Nein, so hat sich Lukas Hammerstein sein Sabbatical wahrlich nicht vorgestellt: Nach dem völlig aus dem Ruder gelaufenen G20-Gipfel in Hamburg, der in Krawallen und Rauchwolken mündete, will der Reporter der *Hamburg News* sich eigentlich auf die anstehende Geburt des ersten Kindes konzentrieren: die unlängst erstandene Doppelhaushälfte in Schuss bringen, mit Lilli endlich über einen Namen nachdenken – die To-do-Liste seiner Frau ist ellenlang. Doch dann kommt alles anders: Als sich die Anschläge auf Journalisten häufen, steckt Lukas plötzlich mittendrin in den Ermittlungen – nicht zuletzt weil seine Kollegin, die Polizeireporterin Kaja, einen heißen Draht zu ihm pflegt. Ein Glück für Lukas, dass ihm neuerdings Dackel Finchen als Alibi dient, öfter mal das Haus zu verlassen und die Spur zwischen Alster und Elbe zu verfolgen. Schon bald zeichnet sich ein mörderisches Komplott ab, das Hammerstein tief hinter die Kulissen von Medien und Politik führt.

Lars Haider, geboren 1969 in Hamburg, ist seit 2011 Chefredakteur *des Hamburger Abendblatts*. Zuvor arbeitete er für verschiedene Zeitungen. Er gilt als einer der Journalisten in Deutschland, die Olaf Scholz so gut kennen wie kaum ein anderer, sein Buch über den Kanzler wurde 2022 zum *Spiegel*-Bestseller. Im selben Jahr erschien sein Buch *Das Phänomen Markus Lanz – Auf jede Antwort eine Frage*. Haider ist zusammen mit zwei Freunden Gastgeber des Wein-Podcasts *Vier Flaschen*, der alle zwei Wochen erscheint, und pflegt eine WhatsApp-Freundschaft mit Udo Lindenberg. Seine Lukas-Hammerstein-Reihe erscheint seit 2023 bei Hoffmann und Campe und wird von den Lesern und der Presse begeistert aufgenommen.

LARS HAIDER

EINER
MUSS DEN JOB
JA MACHEN

HAMMERSTEINS ERSTER FALL

Hoffmann und Campe

MIX
Papier | Fördert
gute Waldnutzung
FSC® C014496

3. Auflage 2025
Copyright © 2023 Hoffmann und Campe Verlag
Harvestehuder Weg 42, 20149 Hamburg, produktsicherheit@hoca.de
www.hoffmann-und-campe.de
Umschlaggestaltung: © zero media, München
Umschlagabbildung: © FinePic®, München
Satz: Pinkuin Satz und Datentechnik, Berlin
Gesetzt aus der Gazette LT
Druck und Bindung: GGP Media GmbH, Pößneck
Printed in Germany
ISBN 978-3-455-01817-2

HOFFMANN
UND CAMPE

Ein Unternehmen der
GANSKE VERLAGSGRUPPE

BITTE KEINE HALBEN SACHEN.

I

Emma Trautmann hatte ihr Wohnmobil in einer Seitenstraße unweit der Elbphilharmonie abgestellt. Natürlich hieß sie nicht wirklich so, weder Emma noch Trautmann, aber auf diesen Namen sollte an der Abendkasse ein Ticket hinterlegt sein. Um sie herum wimmelte es von Menschen, die aufgeregt waren, weil sie Karten für ein Konzert im Großen oder Kleinen Saal ergattert hatten, die beide für Monate ausgebucht waren. Emma hoffte, das alles hier schnell hinter sich zu bringen. Sie reihte sich in die Schlange der Wartenden ein und beschloss, auf keinen Fall durch den Haupteingang in die Elbphilharmonie zu gehen. Von Berufs wegen war sie sowieso eher der Nebeneingangs-Typ.

»Guten Abend. Was kann ich für Sie tun?« Die junge Frau hinter der Kasse hatte ein Piercing im linken Nasenflügel, verschiedenfarbige Fingernägel und roch nach einem Parfüm, dem Sexualhormone beigemischt waren. Emma Trautmann prägten sich solche Details sofort ein, sie konnte nicht anders, es passierte instinktiv. An sie würde sich hingegen niemand erinnern, sie hatte ihre Unauffälligkeit so perfektioniert, dass sie fast schon wieder auffällig war.

»Für mich soll eine Karte auf den Namen Trautmann hinterlegt sein.«

Die Piercing-Frau tippte etwas in ihren Computer: »Emma Trautmann?«

Sie nickte.

»Sind Sie auch Polizistin?«

Emma zuckte unprofessionell zusammen und hoffte, dass ihr Gegenüber es nicht bemerkt hatte: »Nein, wieso?«

»Weil im Großen Saal das Dankeschön-Konzert für die Polizistinnen und Polizisten ist, die beim G20-Gipfel im Einsatz waren«, Emma bekam die Karte über den Tresen geschoben, vor dem sie stand. »Also keine Polizistin? Ach, egal, die Handschellen bekommen Sie trotzdem.« Die Gepiercte reichte eine Tüte mit kleinen Weingummi-Handschellen hinterher, und Emma Trautmann dachte für einen Augenblick, dass der Hinweis, für den sie das alles hier auf sich nahm, vielleicht in der Tüte versteckt war. Sie riss sie beim Verlassen der Abendkasse auf, ein paar Handschellen fielen zu Boden, nur Weingummi, sonst nichts.

Emma knüllte die Tüte zusammen, warf sie in einen Mülleimer und bog rechts in einen Seiteneingang ab, dessen Tür sich automatisch öffnete, als sie ihre Eintrittskarte davorhielt. Ein Sicherheitsbeamter nickte ihr freundlich zu und wies auf die wartenden Fahrstühle. Der erste füllte sich gerade, der daneben war leer. Emma ging hinein, drückte auf den Knopf, neben dem »Plaza« stand, und gleich darauf auf »Tür schließen«, aber nicht schnell genug. Drei junge Männer sprangen herein, sie trugen Anzüge, und man sah ihnen an, dass sie das nicht oft taten. Polizisten, die sich schick gemacht hatten, bei einem war das Sakko im Schulterbereich ausgebeult. Sie waren bester Laune, und als sich die Tür des Fahrstuhls hin zur Plaza der Elbphilharmonie wieder öffnete und den Blick auf eine wuselnde Menge überwiegend junger Menschen freigab, sagte der Typ mit der Sakkobeule: »Ich möchte nicht wissen, wie viele Schusswaffen sich heute in der Elbphilharmonie befinden.«

Emma hätte Zeit gehabt für einen Rundgang auf der Plaza, aber sie war nicht hier, um die Sehenswürdigkeiten Hamburgs zu genießen. Sie zeigte ihr Ticket ein weiteres Mal vor und machte sich auf den langen Weg in den Großen Saal, der über Holztreppen führte, die so steil waren, dass sie unwillkürlich daran denken musste, wie schnell hier ein Unfall passieren konnte. Ein kleiner Rempler, ein unauffälliger Schubser ... Emma musste in die 16. Etage, Reihe 4, Platz 19, und sie ahnte, dass das ganz oben sein würde, unter dem Dach der Elbphilharmonie, wo sie niemanden sehen würde und niemand sie. Es dauerte fast zehn Minuten, bis sie den richtigen Eingang gefunden hatte. Sie durfte ihren Mantel nicht mit hineinnehmen, und als sie ihn an der Garderobe abgegeben hatte, ertönte der erste Gong.

Der Große Saal hatte auf die Geräusche der Menschen den gleichen Effekt wie ein Schalldämpfer auf den Schuss aus einer Pistole. Alles war leiser, wattiger, sanfter, aber was der Mann am Klavier dort tief unten auf der Bühne spielte, klang, als würde er direkt neben Emma sitzen. Für einen Moment vergaß sie, warum sie hier war, lehnte sich in ihrem Sitz zurück, der mehr ein Sessel war, und schloss die Augen. Brahms, an so viel erinnerte sie sich aus ihrem Klavierunterricht in der Schulzeit, natürlich Brahms, war der nicht Hamburger gewesen? Das Konzert dauerte knapp siebzig Minuten, am Ende sangen alle zusammen »Auf der Reeperbahn nachts um halb eins«, und Emma griff unauffällig unter ihren Sitz. Doch dort war nichts.

Zehn Minuten später stand sie wieder vor der Elbphilharmonie, mit dem Mantel *über* dem Arm und dem Gefühl, *auf* den Arm genommen worden zu sein. Wütend stapfte sie ein paar Schritte in Richtung Parkplatz und zog ihren Mantel an, es war frisch geworden. Als sie ihr Handy in der Innentasche verstauen wollte, fühlte sie etwas, das dort vorher nicht gewesen war. Emma Trautmann, die nicht Emma Trautmann hieß, blieb stehen und holte einen gelben Briefumschlag heraus. Sie riss ihn auf und entnahm zwei gefaltete DIN-A4-Seiten, auf denen acht Namen mit Fotos, Adressen und Handynummern standen. Ein neunter Name war mit einem schwarzen Edding durchgestrichen – wenn sie das Blatt gegen das Licht hielt, konnte sie nur eine Telefonnummer erkennen. Emma grinste. Acht Männer und Frauen, jeder und jede 100 000 Euro wert. Und der Neunte? Der hatte Glück gehabt. Hinterher wusste sie nicht mehr, warum sie es tat, aber sie nahm ihr Handy und wählte die Nummer, die neben dem durchgestrichenen Namen stand. Eine Mailbox ging ran: »Moin, hier spricht Lukas. Bitte hinterlasst eine Nachricht.«

»Lukas«, murmelte Emma, »Lucky Lukas.«

2

Lukas Hammerstein stand seit zehn Minuten vor dem Haupteingang der Elbphilharmonie. Das Hemd, das er trug, war das letzte saubere, das er in seinem Schrank gefunden hatte, und er hatte fast eine Handvoll Gel gebraucht, um seine Haare zu bändigen. Eigentlich befand sich Lukas seit zwei Wochen in einem lange geplanten Sabbatical und hatte nicht vorgehabt, hier zu stehen und auf den Innenminister zu warten. Aber er war der Einzige unter den Reportern der *Hamburg News*, der den Minister persönlich kannte, seit er ihn bei einem Kirchentag im wahrsten Sinne des Wortes über Gott und die Welt befragt hatte. Er glaubte nicht, dass sich der Politiker an das Gespräch erinnerte, aber sein Chef hatte trotzdem darauf bestanden, dass er ihn in Empfang nahm. Laut Plan sollte er jeden Moment kommen.

Lukas' Handy klingelte. Kaja.

»Wo bist du?«

»Ich warte vor der Elbphilharmonie auf den Minister. Zwei Personenschützer sehe ich schon, aber …«

»… wenn die Personenschützer:innen da sind, kommt der Minister mit seinen Begleiter:innen in wenigen Augenblicken«, sagte Kaja. »Und wenn du etwas nach rechts schauen würdest, könntest du deiner Lieblingskolleg:in winken.« Lukas drehte seinen Kopf leicht und sah auf der anderen Straßenseite Kaja Woiteks Wuschelkopf inmitten eines Pulks von Polizistinnen und Polizisten. Sie winkte ihm zu und zeigte auf ihr Handy.

»Wen hast du denn schon wieder alles getroffen?«, fragte Lukas über das Telefon.

»Viele liebe Informant:innen«, sagte Kaja, die die beste Polizeireporterin war, mit der Hammerstein jemals zusammengearbeitet hatte. Aber auch die anstrengendste. Kaja Woitek war wegen ihrer Recherchen mindestens so gefürchtet wie wegen ihrer Hartnäckigkeit, wenn es um das Gendern ging. Sie sprach und schrieb grundsätzlich nur von Mörder:innen, Sexualstraftäter:innen und Betrüger:innen, als könnte sich einer der Übeltäter sonst diskriminiert fühlen. Lukas hielt das für ein Verbrechen an der Sprache. Wenn er Texte von Kaja redigierte, strich er ihr die Doppelpunkte raus und provozierte damit jedes Mal ein Grundsatzgespräch. Die »Kolleg:in« glaubte wirklich, dass die Welt erst eine bessere würde, wenn sich jeder zu jeder Zeit von jedem und jeder angesprochen fühlte.

»Ich würde gern weiter mit dir plaudern, aber jetzt kommt dein Minister wirklich«, sagte Kaja, »und ich muss mich um meine Gäst:innen kümmern.«

Lukas legte auf, steckte das Handy ein und ging auf die Wagenkolonne zu, die vor der Elbphilharmonie gehalten hatte. Der Minister stieg als Zweiter aus, er lief direkt auf ihn zu: »Herr Hammerstein, schön, Sie wiederzusehen.« Entweder hatte er ein sehr gutes Gedächtnis, oder er war von seinen Referenten perfekt vorbereitet worden. »Sie sagen mir, was ich machen soll.« Lukas hatte den Auftrag, den Minister in eine Garderobe auf Höhe des Großen Saals zu bringen, wo er den Hamburger Bürgermeister treffen sollte. Julius Wolff war zehn Minuten zuvor eingetroffen, nicht am Haupt-, sondern am Bühneneingang, der schwer einsehbar im hinteren Teil des Konzerthauses lag, direkt an der Elbe. Wolff hatte das, was in

Zeitungen gern das »Bad in der Menge« genannt wurde, nie geschätzt, jetzt wollte er es unbedingt vermeiden. Dass der G20-Gipfel in Hamburg so ausgeartet war, wie er ausgeartet war, dass an der vornehmen Elbchaussee Autos und im alternativen Schanzenviertel Häuser gebrannt hatten, nahmen viele Hamburger dem Bürgermeister übel. Der hatte im Vorfeld gesagt, dass man auch jedes Jahr ohne Probleme den Hafengeburtstag in der Stadt ausrichten würde. Und dann das.

»Ich bringe Sie zum Bürgermeister, er ist schon da«, sagte Lukas zum Minister, als sie auf der langen Rolltreppe standen, die vom Haupteingang bis zur Plaza der Elbphilharmonie führte.

»Armer Julius Wolff«, sagte der Minister, obwohl er aus einer anderen Partei kam als der Bürgermeister. »Die Diskussion über seinen Rücktritt läuft noch, oder?«

Lukas nickte. Julius Wolff hatte sich bei den Hamburgern zwar für G20 entschuldigt, aber das reichte nicht. Jede Menge Reporter recherchierten, welche Fehler der Bürgermeister in der Vorbereitung und während des Gipfels gemacht hatte, kein Tag verging ohne neue Vorwürfe und Enthüllungen. Wolff war angeschlagen wie nie zuvor in seiner Karriere, und er tat Lukas leid. Die beiden kannten sich aus Studienzeiten an der Hamburger Universität, damals hatten sie mit einigen Kommilitonen die »Weltverbesserer AG« gegründet. Eine Gruppe, die im Kern aus vier jungen Männern bestand, von denen jeder auf seine Weise die Welt verändern wollte. Lukas als Journalist, Niklas Claasen, Spross einer Hamburger Reederfamilie, als Mäzen, Clemens Engel als Sänger, nein: als Stimme gegen den Kapitalismus, und Julius Wolff als Politiker. Der Kontakt der vier war nie abgebrochen, auch wenn längst nicht alles so gekommen war, wie sich die Weltverbesserer das vorgenommen hatten. Einmal im Monat gab es einen festen Termin, an dem sie dem einzigen Hobby frönten, das sie gemeinsam hatten: dem Wein. Das nächste Treffen der *Vier Flaschen* war in zwei Tagen geplant, und Lukas hoffte sehr, dass Julius Wolff kommen würde. Es gab viel zu besprechen.

»Da sind wir.« Mit einem Innenminister und seinem Gefolge war es leicht, hinter die Kulissen der Elbphilharmonie zu kommen, die Türen hatten sich wie von selbst geöffnet. Jetzt stand Lukas in einer der Garderoben, in denen normalerweise die Künstler untergebracht wurden. Es gab eine Dusche, ein Sofa und einen Flügel, der Blick aus den gewölbten Fenstern war atemberaubend. Aber der Mann, der hier auf den Minister wartete, hatte dafür keine Augen. Julius Wolff blickte versteinert auf seine Stadt und drehte sich erst um, als der Minister ihn an der Schulter berührte: »Wollen wir raus zu den Leuten, Herr Bürgermeister?« Julius nickte, drückte die ihm dargebotene Hand und wandte sich zur Tür: »Gehen wir.« Er wirkte müde und verzweifelt, Lukas hätte ihn am liebsten in den Arm genommen.

»So habe ich ihn noch nie gesehen«, flüsterte ihm jemand in breitem Hamburgisch ins Ohr.

»Niklas, was machst du hier?«

»Mein Freund, einer muss den Spaß schließlich bezahlen«, sagte Niklas Claasen, der sich genau das zur Lebensaufgabe gemacht hatte: Geld zu geben, wenn Geld gebraucht wurde, ohne darum viel Aufhebens zu machen.

»Du zahlt das alles hier?«, fragte Lukas.

Niklas winkte ab: »Jo, kein Ding, musste sein, nach allem, was in unserem schönen Hamburg in den letzten Wochen passiert ist. Julius tut mir echt leid, hoffe, dass ihn die

Leute im Saal nicht ausbuhen. Wollen wir? Geht gleich los. Setz dich neben mich, mein Freund, meine Stammplätze sind frei.« Lukas und Niklas saßen drei Reihen hinter dem Bürgermeister und dem Minister, mitten in einem Pulk von jungen Polizistinnen und jungen Polizisten. Der Mann links neben ihm beugte sich nach dem ersten Stück, einem Klavierkonzert von Johannes Brahms, zu Lukas und zeigte zu den Sicherheitsbeamten mit den Knöpfen im Ohr, die sich rund um die Politiker platziert hatten: »Viele Waffen heute in der Elbphilharmonie.«

»Wie meinen Sie das?«, fragte Lukas.

»Na«, sagte der Mann und klopfte auf den oberen linken Teil seines Sakkos, der sich leicht ausbeulte, »viele Polizisten, viele Waffen.«

Bevor Lukas etwas dazu sagen konnte, hielt Niklas ihm ein altes Kaugummi unter die Nase: »Guck mal, was ich unter meinem Sitz gefunden habe. Das ist ein Stück Hamburger Geschichte.«

»Warum sollte ein ekliges Stück Kaugummi ein Stück Geschichte sein?«, fragte Lukas.

»Weil vor zwei Wochen auf diesem Stuhl der Spacken Trump gesessen hat.«

»Du meinst …?«

»Jo, das meine ich«, sagte Niklas. »Und jetzt sollten wir leise sein, wir kriegen schon schiefe Blicke.«

Das Konzert war nach etwas mehr als einer Stunde vorbei, am Ende dankten Julius Wolff und der Minister den zweitausend Polizistinnen und Polizisten im Großen Saal für ihren »heldenhaften Einsatz während G20«, wobei die Stimme des Bürgermeisters trotz Mikrofon fast nicht zu verstehen gewesen war.

»Der ist wirklich fertig«, sagte Niklas. »Den müssen wir bei unserem nächsten Weinabend aufbauen, ich hab schon vier schöne Flaschen für Donnerstag kalt gestellt.«

Der Reederssohn betrieb die exklusive Alster-Lounge in unmittelbarer Nähe des Hamburger Rathauses, und er neigte dazu, auch dort alle einzuladen, die nicht schnell genug mit dem Bezahlen waren. »Ist doch nur Geld«, pflegte er zu sagen, wenn die Freunde ihn ermahnten, nicht zu großzügig zu sein, oder, wenn sich jemand bei ihm bedankte: »Dafür nich'.«

»Wir sehen uns Donnerstag«, sagte Lukas, und Niklas streckte den Daumen der rechten Hand als Zeichen seiner Vorfreude in die Luft, bevor die beiden Freunde vom herausströmenden Publikum getrennt wurden.

Es war kurz nach acht Uhr, als Hammerstein sein Fahrrad aufschloss, um die zehn Kilometer nach Hause zu radeln. Seine Frau hatte ihm kurz zuvor eine WhatsApp geschrieben, dass sie im Bett liege, sonst sei alles in Ordnung. Lilli Hammerstein war im siebten Monat schwanger, und es war gerade in den letzten Wochen keine leichte Schwangerschaft gewesen. Doch nun hatte Lukas endlich frei, drei Monate lang, und konnte sich um seine Frau, das Baby und den dringend nötigen Umbau der Doppelhaushälfte kümmern, die sie vor einem Jahr gekauft hatten.

»Fahr jetzt los«, schrieb er zurück und sah, dass er einen Anruf in Abwesenheit hatte. Die Nummer des Anrufers (»der Anrufer:in!«, würde Kaja mahnen) wurde nicht angezeigt, aber die Mailbox war angesprungen. Er rief sie an, hörte aber nur jede Menge Rauschen und zwei Wörter, die vernuschelt waren und wie »Lucky Luke« klangen.

So nannte ihn nur einer. Und eigentlich könnte er den jetzt noch besuchen. Wach würde er auf jeden Fall sein.

3

Er liebte es, von der Elbphilharmonie kommend durch die Speicherstadt zu fahren, auch wenn das Kopfsteinpflaster hin und wieder der Federung seines Fahrrads die Grenzen aufzeigte. Wer sich nicht auskannte, fuhr achtlos an der meistbesuchten Attraktion Hamburgs vorbei, dem Miniatur Wunderland. Was als kleine Modelleisenbahnanlage begonnen hatte, deren Aufbau keine Bank finanzieren wollte, bis sich die örtliche Sparkasse erbarmte, nahm inzwischen mehrere Speicherstockwerke ein und war bei Deutschland-Touristen beliebter als das Schloss Neuschwanstein.

Lukas bog ab, um am Hauptbahnhof und der Kunsthalle vorbei in Richtung Binnenalster zu fahren. Dass man in Hamburg ständig und überall auf Wasser traf, ließ die Menschen, die hier lebten, zu dem Schluss kommen, dies müsste die schönste Stadt der Welt sein. Julius Wolff, der Bürgermeister, haderte mit dieser Einschätzung, er fand sie unhanseatisch unbescheiden, aber das war der Rummel um die Elbphilharmonie auch, und die hatte er selbst eröffnet. Beim letzten Treffen der *Vier Flaschen* hatte Niklas Claasen deshalb gesagt: »Leute, wir müssen gar nicht mehr behaupten, dass Hamburg die schönste Stadt der Welt ist. Seit es die Elbphilharmonie gibt, ist sie es tatsächlich.«

Jeder Hamburger hat so seinen Hamburg-Moment, bei Lukas Hammerstein waren es die Minuten, in denen er mit der Bahn oder mit dem Fahrrad über die Lombardsbrücke fuhr und sich auf der einen Seite die Binnenalster mit der sprudelnden Fontäne präsentierte. Das war sein Hamburg, und Lukas genoss den abendlichen Anblick, bevor er in Richtung Außenalster abbog und das Fahrrad vor dem Hotel Atlantic abstellte. Lange war er mit dem in die Jahre gekommenen Grandhotel nicht warmgeworden, hatte sich über die hässlichen Teppiche echauffiert und über das Essen, das weit unter dem Niveau eines Fünf-Sterne-Hauses war. Aber seit zwei, drei Jahren ging Lukas regelmäßig ins Atlantic, er hatte hier sogar ein paarmal übernachtet, einfach so. Die Zimmer waren viel schöner als der Eingangsbereich, hohe Decken, große Fenster, wenn man Glück hatte, hatte man Alsterblick. Aber das war nicht der Grund, warum Lukas vom Concierge inzwischen mit Namen begrüßt wurde.

»Guten Abend, Herr Hammerstein, schön, Sie zu sehen«, sagte der Mann, der hinter der Rezeption stand und den alle nur Georg nannten.

»Guten Abend, Georg«, sagte Lukas. »Ich war auf dem Weg nach Hause und dachte, ich nehme noch einen Drink an der Bar.«

»Das ist immer eine gute Idee, Herr Hammerstein«, sagte der Concierge.

»Ist Udo da?«.

»Nein«, sagte Georg. »Der ist für ein paar Tage in Berlin.«

»Ich trinke trotzdem schnell was.«

Lukas ging an die Bar und bestellte einen Sambuca auf Eis ohne Kaffeebohnen. Als das Getränk kam, schwenkte er das bauchige Glas so lange, bis die klare Flüssigkeit milchig geworden war und die Eiswürfel fast weiß aussahen. Dann schloss er die Augen und nahm einen kurzen tiefen Schluck. Sofort verbreitete der Alkohol eine beruhigende Wärme und

Entspanntheit, erst in seinem Bauch, dann in seinem Kopf, und Lukas stellte sich vor, mit Udo an der Bar zu sitzen. Er hatte den berühmten Musiker bei einer Ausstellung kennengelernt, die die Stationen seines Lebens zeigten, ein altes Schlagzeug, goldene Schallplatten, Fotos mit Erich Honecker und Willy Brandt. Irgendwann war Udo auf ihn zugekommen, hatte »Bissu nich der Lucky Luke von den *Hamburg News*« genuschelt und ihm dann eine signierte Schallplatte in die Hand gedrückt, mit Widmung: »Für Lucky Luke von Udo, wir Glücklichen müssen zusammenhalten, Unglückliche gibt es genug. Keine Panik!«

Lukas war schwer gerührt gewesen, nicht nur, weil er Udo Lindenbergs Musik als Junge gehört, verehrt und mitgesungen hatte. Es war mehr passiert in dem Augenblick, in dem der Musiker seine Sonnenbrille ein Stück von der Nase gezogen und ihm tief in die Augen geblickt hatte. So musste es sich anfühlen, dachte Lukas, wenn man auf Droge war. Vielleicht konnte Udo einem dieses Gefühl vermitteln, weil er nahezu alles, was es an bewusstseinserweiternden Mitteln gab, ausprobiert hatte, »nach dem Prinzip der Mengenlehre, also mehr ist mehr, Lucky Luke«. Auf jeden Fall ging es Lukas gut wie lange nicht mehr, und das wollte damals etwas heißen. Der Reporter hatte monatelang mit Panikattacken zu kämpfen gehabt, die sich einstellten, wenn er irgendwo zu lange allein war. Er brauchte Menschen in seiner Nähe, sonst fühlte er sich unsicher und wurde ängstlich, ein Phänomen, das er in mehreren Sitzungen mit einer Psychotherapeutin in Eppendorf besprochen hatte. Die hatte ihm nicht helfen können, im Gegenteil: Als sie mitten in einer Besprechung auf Toilette gehen musste, hatte Lukas vor lauter Aufregung Nasenbluten bekommen und daraufhin erst recht Sorgen, dass mit ihm etwas nicht stimmen könnte.

Seit er Udo kannte, brauchte Lukas keine Therapeutin mehr. Sie waren nachts zusammen um die Alster gelaufen, sie hatten an der Bar des Atlantic gesessen, einmal hatte Udo ihn mit in die Präsidentensuite genommen, und sie hatten so lange geredet, bis es draußen über dem Wasser hell geworden und Lukas wunderbar relaxt gewesen war. Spätestens da wusste er: Wenn gar nichts mehr geht, gehe ich zu Udo. Oder einfach so ins Atlantic.

»Keine Panik«, murmelte er auch jetzt vor sich hin, schlug die Augen auf und trank in Ruhe den Sambuca aus. Lukas legte einen Zehneuroschein auf den Tresen und schickte eine SMS an Udo: »War im Atlantic, aber die Nachtigall war ausgeflogen.« Als er auf Senden drückte, sah er, dass es kurz nach Mitternacht war, es wurde höchste Zeit, dass er ins Bett kam. Er hatte Lilli versprochen, morgen die alten Tapeten in dem Zimmer abzureißen, das das Kinderzimmer werden sollte, auch wenn er dazu keinerlei Lust hatte.

Als er zwanzig Minuten später leise zu Hause die Tür aufschloss, hörte er ein ungewöhnliches Geräusch. Es klang wie Hundepfoten, die über Parkett tippeln. Das Nächste, was er hörte, war die Stimme von Lilli, die aus dem Schlafzimmer schrie: »Tür zu, der Hund!«

Aber da war es bereits zu spät.

4

»Du weißt ja, Schatz, das letzte Kind hat Fell.« Lilli Hammerstein hatte nicht mitgezählt, wie oft ihr Vater diesen Spruch gesagt hatte, während er zusammen mit ihrer Mutter drei Körbe, eine Tragetasche, zwei Decken, vier Leinen, diverse Kisten mit Gummibällen, Knochen, Stofftieren und anderem Hundespielzeug ins Haus gebracht hatte. Es war kaum vorstellbar, wie ihre Eltern das alles in ihrem kleinen Nissan transportiert hatten.

»Ich hoffe, ihr habt in eurem Gefrierschrank genug Platz«, sagte Elisabeth Schuster, eine robuste Frau Mitte sechzig, als sie das letzte Mal mit zwei Tiefkühltaschen vom Auto kam. Sie hatte ihr Leben lang gern gekocht, früher für Lilli und ihre zwei Brüder, heute für den Hund. Aus den Taschen holte sie unzählige Tupperdosen heraus, jede mit einem Datum versehen. »Finchen bekommt nur einmal am Tag etwas zu essen«, erklärte Elisabeth ihrer Tochter. »Das Gemüse habe ich selbst gekocht, dazu gibt es rohen Fisch oder rohes Fleisch, alles bio. Du musst am Abend vorher immer die Portion für den nächsten Tag auftauen und sie ihr am Mittag mit ordentlich Wasser geben. Und auf keinen Fall mehr!«

»Dann macht Fini auch nur einmal am Tag Kacki«, ergänzte Klaus Schuster und zog eine Rolle mit dünnen schwarzen Plastiktüten aus seiner Jackentasche: »Das sind die Beutel dafür, die dürften dicke reichen, bis wir wieder da sind. So, Elisabeth, haben wir alles?«

Vater, Mutter und Tochter standen in dem Raum, in dem in wenigen Monaten ihr erstes Kind beziehungsweise ihr erster Enkel schlafen sollte. Jetzt wäre hier allenfalls noch Platz für eine kleine Wiege gewesen. Lilli Hammerstein hatte den Eltern erlaubt, das Equipment für den Hund ins Kinderzimmer zu bringen, was sie angesichts der unglaublichen Menge an Gegenständen inzwischen für keine gute Lösung mehr hielt. Egal, Lukas könnte den ganzen Kram morgen in den Keller bringen, sie würden Finchen überzeugen, in einem Körbchen auf dem Flur zu schlafen. Die Dackeldame, die ihre Eltern im Alter von sieben Monaten bekommen hatten, nachdem sie von einer Vorbesitzerin »aus unbekannten Gründen« zur Züchterin zurückgebracht worden war, war aufgeregt durchs Haus getippelt. Jetzt lief sie ins Kinderzimmer, den Kopf nach vorn gebeugt, die Zunge weit heraushängend. Finchen leckte wie wild den Boden ab, einmal hin, dann wieder zurück, und als sie damit fertig war, ließ sie sich auf den Bauch plumpsen und begann nervös, in ihre rechte Pfote zu beißen.

»Das hat sie manchmal, wir wissen auch nicht, warum.« Klaus Schuster zog eine kleine Wasserpistole aus seiner Hosentasche. »Fini, nein«, sagte er laut, und als sie nicht reagierte, richtete er die Pistole auf das Tier und drückte ab. Zwei, drei Spritzer, dann ließ Finchen die Pfote los, hob irritiert den Kopf und fing wieder an, den Boden zu lecken. Ihr Herrchen schoss noch einmal, und der Spuk war zu Ende.

»Hier«, sagte er zu seiner Tochter und streckte ihr die Wasserpistole entgegen. »Das hilft fast immer.«

»Hat, hat …«, stotterte Lilli, »hat sie das öfter?«

»Der eine Hund macht ins Wohnzimmer, der andere bellt die ganze Nacht, und Finchen leckt manchmal Fußböden ab. So hat jeder seinen Tick.« Lillis Mutter nahm die Dackeldame auf den Arm und drückte sie an sich. »Wir werden dich vermissen, du Süße.«

»Komm, Elisabeth, machen wir ihr und uns den Abschied nicht zu schwer.« Klaus Schuster sah seine Tochter streng an: »Können wir uns auf dich verlassen?«

Lilli Hammerstein nickte.

»Hat das mit der Haustür alles so geklappt, wie wir das besprochen haben?«

Ihr Vater hatte Lilli gebeten, einen Automatismus an der Haustür anzubringen, der dafür sorgte, dass sie in Höchstgeschwindigkeit, und in der Regel mit einem ohrenbetäubenden Knall, schloss. Es hatten sich bereits leichte Setzrisse am Rahmen gebildet, aber das war Klaus Schuster egal gewesen: »Hauptsache, die Tür geht so schnell wie möglich zu, damit Fini nicht weglaufen kann.«

»Die Tür schließt so schnell, dass nicht mal eine Fliege Zeit hätte, das Haus zu verlassen«, sagte Lilli Hammerstein. »Ihr müsst euch keine Sorgen machen.«

»Das sagst du so«, sagte ihr Vater, dem als Kind ein Hund weggelaufen war. »So, nun gehen wir aber wirklich.« Er öffnete die Haustür, ließ sie los und war zufrieden, als sie sofort zuknallte. Von der Decke rieselte ein wenig Putz.

»Pass gut auf die Kleine auf, mein Schatz.« Mutter Elisabeth schniefte.

»Es ist nun mal so: Das letzte Kind hat Fell«, sagte Vater Klaus, drückte erst seiner Tochter und dann dem Dackel einen Kuss auf die Stirn. »Du kannst uns auch an Bord immer per SMS erreichen.«

Dann waren Lillis Eltern weg, und Finchen hatte erneut begonnen, das Parkett abzulecken. Lilli war es zu blöd gewesen, mit einer Wasserpistole hinter dem Hund herzujagen, außerdem wurde das mit ihrem Sieben-Monats-Bauch langsam anstrengend. Also ließ sie die Dackeldame machen, bis die von allein aufhörte und mit großen Augen in Richtung Lilli guckte, die sich aufs Sofa im Wohnzimmer gesetzt hatte.

Dort saßen sie dann beide, Finchen auf einer Decke mit einem Gummiknochen, Lilli mit der To-do-Liste für Lukas, die inzwischen mehrere DIN-A4-Seiten umfasste. Die ersten zwei Wochen seines Sabbaticals hatte Lilli ihren Mann in Ruhe gelassen, weil sie den Eindruck gehabt hatte, dass er diese Ruhe brauchte. Lukas Hammerstein hatte in den vergangenen Monaten so viel gearbeitet wie nie zuvor in seinem Reporterleben. Anfang des Jahres war in Hamburg nach langem Hin und Her, gewaltigen Kostensteigerungen und mit sieben Jahren Verspätung die Elbphilharmonie eröffnet worden, das Konzerthaus, um das die Stadt inzwischen in großen Teilen der Welt beneidet wurde. Hammersteins Dokumentation über die Fehler, die auf dem Weg von der Planung bis zur Vollendung des Jahrhundertprojekts gemacht worden waren, hatte sechzehn Zeitungsseiten umfasst, er hatte fast vier Monate daran gearbeitet. Als alles fertig war, hatten in Hamburgs Politik und bei den Journalisten die Vorbereitungen für G20, das Gipfeltreffen der Staats- und Regierungschefs, begonnen, das für einen weinenden, da vom Tränengas der Polizei getroffenen Lukas Hammerstein mit einer Videoreportage aus dem Schanzenviertel endete. Jenem Teil der Stadt, den Randalierer und Chaoten für Stunden unter ihre Kontrolle gebracht, wo sie Häuser in Brand gesetzt und Geschäfte geplündert hatten. Lukas war mittendrin gewesen, und Lilli hatte zum ersten Mal in ihrem Leben Angst um ihren Mann gehabt. Sie war eine von fast 900 000 Menschen gewesen, die seine fast eine Stunde dauernde Livereportage vor dem Computer verfolgt hatten.

Am Ende wusste sie, dass sie ihre Pläne ändern musste. Sie konnte Lukas nicht während der ganzen drei Monate des Sabbaticals, das sie ihm in langen Diskussionen abgerungen hatte, für Arbeiten am Haus und die Vorbereitungen auf die Geburt ihres Kindes in Beschlag nehmen. Er brauchte Zeit für sich. Sie hatte ihn deshalb in den ersten Tagen ausschlafen lassen und weder die To-do-Listen noch die fast so lange Namensliste angesprochen, an denen sie seit Wochen saß. Sie hatte nichts dagegen gesagt, als er zum Dankeschön-Konzert für die Polizistinnen und Polizisten in die Elbphilharmonie gegangen war, obwohl sie eigentlich verabredet hatten, dass Lukas mit seinem Job während des gesamten Sabbaticals nicht in Berührung kommen sollte. Vielleicht war der Abend ein guter Abschluss, bevor es morgen richtig losgehen würde, dachte sie.

Lilli hatte die kommenden Wochen generalstabsmäßig geplant, sie plante immer alles generalstabsmäßig. Die Eltern wollten nach dem Ruhestand des Vaters auf große Kreuzfahrt gehen? Dann bitte, solange das Enkelkind noch nicht da war. Auf den Dackel konnte, weil sowieso zu Hause, während ihrer Reise Lukas aufpassen. Nebenbei würde der Hund dafür sorgen, dass ihr Mann die Bewegung erhielt, die in den vergangenen Monaten zu kurz gekommen war. Lilli, die bis vor wenigen Tagen für das Marketing eines großen Hamburger Familienunternehmens verantwortlich gewesen war, hatte parallel zu Lukas' Sabbatical Urlaub genommen, der nahtlos in den Mutterschutz übergehen würde. Drei Monate, in denen sie Zeit hätten, die Arbeiten an der Doppelhaushälfte zu beenden, für die sie entgegen alle Wahrscheinlichkeit den Zuschlag erhalten hatten.

Sie kraulte mit der linken Hand Finchen, die sich auf den Rücken gelegt und alle Pfoten von sich gestreckt hatte, und scrollte mit der rechten Hand in ihrem Handy durch Hunderte von Einrichtungstipps auf Pinterest. Die hundertsechzig Quadratmeter in Eppendorf, einem der schönsten Stadtteile Hamburgs, erfüllten alle Voraussetzungen, ein Traumhaus für die Hammersteins zu werden. Aus dem Obergeschoss, in dem Lilli und Lukas ihr Schlafzimmer hatten, konnte man die Alster sehen, das Gewässer, das sich wenige Kilometer entfernt in der Innenstadt zu zwei großen Seen staute, der Binnen- und der Außenalster. Normalerweise wäre die Doppelhaushälfte für die zwei zu teuer gewesen. Der Quadratmeterpreis in dieser Lage lag gern bei 10 000 Euro, und es gab in Hamburg viele Menschen, für die das gar nicht viel Geld war. Die Preisvorstellungen der Hammersteins lagen eher bei der Hälfte, und sie wären sicherlich nicht zu einer Besichtigung eingeladen worden, wenn der Makler, der das Haus verkaufen sollte, nicht einer der besten Freunde von Lukas gewesen wäre.

Lilli erinnerte sich genau, wie Clemens Engel ihnen das Exposé mit einer kurzen Nachricht via WhatsApp geschickt hatte: »Wäre das nicht was für euch?«

»Nicht ganz unsere Preisklasse«, hatten sie zurückgeschrieben.

»Das lasst mal meine Sorge sein«, hatte Clemens geantwortet, der einer der verrücktesten Menschen war, die Lilli in ihrem Leben kennengelernt hatte. Als sie zum ersten Mal seine Stimme am Telefon gehört hatte, dachte sie, mit einer Frau zu sprechen, ein Eindruck, der sich nicht wesentlich änderte, als sie ihm persönlich begegnete. Clemens hatte nicht nur eine hohe Stimme, sondern war klein und feingliedrig, gerade wenn er neben dem fast zwei Meter langen Lukas stand. Er träumte seit seinem zehnten Lebensjahr davon, ein großer Sänger zu werden und die Welt gerechter zu machen. Er hatte nicht nur den Kriegs-, sondern auch den Zivildienst verweigert, er hatte

Musik studiert, aber den Sprung auf die Bühne nicht geschafft. Dass er Makler geworden war, begründete er damit, »dass ich das kapitalistische System von innen aushöhle, indem ich erst selbst von ihm profitiere, um es schließlich zu zerstören«. Lilli hatte nicht verstanden, was Clemens damit meinte, bis sie mit ihm, Lukas und einem Hamburger Kaufmann beim Notar saß, um ein Haus für rund 800 000 Euro zu kaufen, das locker auch für das Doppelte weggegangen wäre. Wie es Clemens (»Nennt mich den Robin Hood der Makler«) gelungen war, den Verkäufer ausgerechnet von ihnen als Kaufkandidaten zu überzeugen, hatte Lilli bis heute nicht verstanden, aber es war ihr auch egal. Sie und Lukas waren glücklich.

Finchen zuckte, ihre Ohren stellten sich auf, und ehe Lilli reagieren konnte, war die Dackeldame vom Sofa gesprungen und in Richtung Haustür gelaufen. Sie musste den Schlüssel, den Lukas ins Schloss gesteckt hatte, gehört haben, vielleicht auch seine Schritte auf den Kieselsteinen. Lilli dachte an die Mahnung ihres Vaters und daran, dass ihr Ehemann bestimmt vergessen hatte, dass sie seit heute Hundebesitzer waren. Sie rief ihm zu, dass er die Tür schnell schließen solle, hievte sich aus dem Sofa und fiel fast hin, weil ihr rechter Fuß eingeschlafen war. Es dauert eine Minute, bis sie an der Haustür war.

»Du schläfst noch nicht?« Lukas gab ihr einen Kuss auf die Wange.

»Wo ist der Hund?«, fragte Lilli.

»Wo ist wer?« Lukas hatte es vergessen.

»Der Hund. Finchen.«

»Schatz, es tut mir leid …«, sagte Lukas, doch langsam schien er zu verstehen. »Du meinst, deine Eltern haben den Dackel heute gebracht …?«

Lilli ging an ihrem Mann vorbei, riss die Haustür auf und rief: »Fini, Fini, komm her, bei Fuß, Fini, wo bist du?«

»Ich denke, sie heißt Finchen?«, fragte Lukas.

»Wir müssen sie finden, sonst bringen meine Eltern mich um«, sagte Lilli. »Kannst du irgendetwas sehen?«

Lukas holte sein Handy heraus und schaltete die Taschenlampe an, deren Lichtkegel bis zu seinen Füßen reichte.

»Ich finde sie schon, leg du dich wieder hin. Du darfst dich nicht aufregen.« Er strich Lilli über den Bauch.

»Fini, Fini, komm her, Leckerli!«, rief sie und rannte an ihrem Mann vorbei in den Garten.

»Ich schaue mal bei den Nachbarn.« Lukas tat das, was normalerweise in dieser Gegend verpönt war. Er ging vom eigenen auf das Nachbargrundstück, das nicht durch einen Zaun, sondern nur durch eine Bambushecke abgetrennt war. Lilli sah den kleiner werdenden Schein der Handylampe und hörte die umso lauter werdenden »Finchen«-Rufe ihres Mannes, als sie eine Hand auf ihrer Schulter spürte und eine tiefe Stimme fragte: »Ist das Ihrer?«

Sie drehte sich um und blickte in die Augen von Professor Diedrichsen, einem Historiker, der neben den Hammersteins wohnte. Er hatte Finchen am Nacken gepackt, die vergeblich versuchte, sich in ihre rechte Pfote zu beißen.

»Herr Professor Diedrichsen, ja, das ist meiner, ich meine, unser Hund, zumindest zeitweise, meine Eltern sind …«, begann Lilli, aber das schien den Nachbarn nicht zu interessieren.

»Dann wäre es nett«, der Professor hielt Lilli Finchen hin, »wenn Ihr Mann mit seiner Taschenlampe den Haufen finden und entfernen könnte, den Ihr Dackel vor meiner Terrasse hinterlassen hat.«

5

Christoph Meier-Wiegand konnte nicht anders. Auf dem Weg aus der Umkleidekabine blieb er kurz vor einem Spiegel stehen und war sehr erfreut über das, was er dort zu sehen bekam. Nein, wie ein Mann, der in drei Monaten, zwei Wochen und vier Tagen 55 Jahre alt werden sollte, sah er nicht aus. Gut, das Haar war etwas dünner geworden, aber nicht so dünn, dass irgendwo die Kopfhaut zu sehen gewesen wäre. An den Armen zeichneten sich die Adern ab, aufgepumpt an zehn verschiedenen Geräten innerhalb der vergangenen Stunde. Wenn er wollte, könnte er die Brustmuskeln tanzen lassen, und sein Bauch war so schlank und straff und durchtrainiert wie eh und je.

Er sah wie ein ehemaliger Leistungsschwimmer oder zumindest wie ein Physiotherapeut aus, auf jeden Fall nicht wie ein Zeitungsreporter, schon gar nicht, wenn er sich mit den Kollegen verglich. Die waren entweder immer schon zu dick und versoffen gewesen oder hatten sich spätestens mit den Jahren gehen lassen. Er nicht. Meier-Wiegand knotete das Handtuch, das er um seine Hüften trug, so fest es ging zu, blinzelte ein letztes Mal in den Spiegel und ging Richtung Pool. Im Health Club, der unweit der Redaktion des *Politik Insiders* am Hamburger Hafen lag und in dem er seit über zwanzig Jahren Mitglied war, durfte man nackt baden, und Christoph Meier-Wiegand tat das gern und oft.

Es war kurz nach acht Uhr morgens, um diese Zeit war

normalerweise wenig los, nicht selten hatte er das Schwimmbad für sich allein. Dieses Mal zog nur eine Frau einsam ihre Bahnen. Sie hatte eine pinke Taucherbrille an, sonst nichts. Der Reporter ließ das Handtuch fallen, ging zur Leiter und glitt langsam ins Wasser. Die Schwimmerin schien ihn registriert zu haben, auf jeden Fall hatte sie kurz den Kopf gehoben, als er gekommen war. Meier-Wiegand kraulte los, er liebte die nasse Schwerelosigkeit nach dem harten Training an den Maschinen, und er liebte es noch mehr, wenn ihm andere Menschen dabei zusahen, wie er seinen drahtigen Körper durch das Becken schob.

Ein paar Minuten schwammen die beiden hin und her und immer wieder aneinander vorbei, dann bog die Frau, deren Alter Meier-Wiegand schwer schätzen konnte, Richtung Leiter ab. Unauffällig folgte er ihr mit seinen Blicken, sah erst ziemlich große, aber durchaus feste Brüste und danach Beine, die beinahe so trainiert waren wie seine eigenen. Die Frau ging zu einer Liege, auf der ein Bademantel lag, den sie in aller Ruhe anzog. Dann griff sie nach einer Tasche, die neben der Liege gestanden hatte, und nahm etwas heraus, das für Christoph Meier-Wiegand auf den ersten Blick wie eine Heckenschere aussah. Während er sich noch fragte, wozu man in einem Wellnessbereich eine Heckenschere brauchte, flackerten die Lichter an der Decke über dem Pool, plötzlich blitzte und knallte es. Das Letzte, was dem Reporter durch den Kopf ging, war, dass man bei Gewitter nicht baden durfte.

6

Es war eigentlich nicht Kajas Art, mit einem neuen Freund schon nach einer Woche ins Bett zu gehen. Aber erstens kannte sie Enno morgen seit genau acht Tagen, zweitens war ihre letzte Affäre eine Weile her, und drittens hatte sie diese Vorliebe, aus der sie kein Geheimnis machte. »Ich habe eine Schwäche für Polizist:innen«, hatte sie Lukas Hammerstein gestanden, als der sie einmal darauf angesprochen hatte, dass viele ihrer heutigen Informanten von der Hamburger Polizei zugleich ihre Exfreunde waren. Ja, sie hatte »Polizist:innen« gesagt und dabei offengelassen, ob die Wortwahl ausschließlich mit ihrem Hang zur gendergerechten Sprache zu tun hatte.

Enno war nun definitiv ein männlicher Polizist, und was für einer. Kaja hatte ihn zum ersten Mal beim Dankeschön-Konzert in der Elbphilharmonie gesehen, bei dem er neben Lukas gesessen hatte, was es ihr leicht gemacht hatte, mit ihm ins Gespräch zu kommen. Sie zogen nachher mit ein paar Polizeibeamten weiter, von denen sie mindestens die Hälfte kannte.

Es hatte lange so ausgesehen, als ob Kaja Woitek selbst Polizistin werden sollte. Ihr Opa hatte bei der Polizei gearbeitet, ihre Oma war Sekretärin des Hamburger Polizeipräsidenten gewesen, ihr Vater hatte es bis zum Pressesprecher der Innenbehörde gebracht. Seine Tochter wäre heute mit Sicherheit eine Beamtin auf Lebenszeit, wenn sie nicht Lukas

Hammerstein getroffen und der ihr besonderes Talent entdeckt hätte. Kaja war keine begnadete Schreiberin, die meisten ihrer Texte schickte sie vor der Veröffentlichung an Lukas, erst danach waren sie wirklich gut lesbar. Kajas Stärke war nicht der Umgang mit Worten, es war der Umgang mit Menschen, insbesondere mit denen, die für die Hamburger Polizei arbeiteten. Ob es an ihrer Herkunft lag, womöglich an den Genen? Viele Beamtinnen und Beamte, mit denen sie in den fünf Jahren als Polizeireporterin zu tun gehabt hatte, waren Freunde geworden. Man kannte sich, man akzeptierte sich, und wenn etwas Interessantes passierte oder passieren sollte, ein großes Verbrechen, eine geplante Razzia, eine Festnahme, erfuhr es Kaja durch eine Nachricht oder einen kurzen Anruf immer rechtzeitig. Sie machte ihr Handy niemals aus und hatte sicherheitshalber immer eine Powerbank in der Tasche, falls der Akku einmal schlappmachen sollte. Nachts lag das Telefon voll auf Empfang dort, wo es niemals sein sollte: auf dem Nachtschrank, direkt neben dem Kopfkissen.

In dieser Nacht lagen dort zwei Handys. Enno und Kaja hatten laut lachen müssen, als sie gemeinsam in das Schlafzimmer ihrer Dreizimmerwohnung getreten waren und beide als Erstes die Telefone aus den Taschen gezogen hatten. »Ich muss …«, hatte Enno zur Entschuldigung angesetzt, und Kaja vollendete den Satz: »Ich auch.« Danach hatten sie sich ausgezogen, wobei Kaja darauf achtete, dass sie immer genauso viele Kleidungsstücke wie Enno anhatte. Als sie schließlich beide nackt waren, hatte er sie sanft in Richtung Bett gedrückt und versucht, sich auf sie zu legen. Kaja hatte sich das gefallen lassen, die Stellung aber nach ein paar Minuten gewechselt. Ihr Kampf um Gleichberechtigung beschränkte sich nicht auf die Sprache, er ging im Bett weiter. Auch wenn sie ahnte, dass diese Art der Emanzipation wahrscheinlich die war, mit der Typen wie Enno am besten leben konnten.

Er war eine gute Wahl gewesen, und zum Glück hatte in den entscheidenden Minuten weder sein noch ihr Handy vibriert. Als alles vorbei war, hatte sie verstohlen in Richtung Telefon geschielt, allerdings nicht verstohlen genug. »Was hältst du davon, wenn wir beide unsere Mails checken?«, hatte Enno gesagt, und sie hätte ihn für seinen Vorschlag küssen können. Nein, sie tat es. So lagen sie nackt nebeneinander mit ihren Handys im Bett, und vor dem Einschlafen fragte Enno, ob sie ein Ladekabel für ihn hätte, sein Akku ginge zur Neige. Als sie das Licht ausmachten, blinkten die Bildschirme der Telefone kurz auf, als wollten sie den beiden eine gute Nacht wünschen. Kaja schlief so tief wie lange nicht mehr, was in ihrer hellhörigen Altbauwohnung mitten im Schanzenviertel nicht einfach war. Sie hatte sich vor einem Jahr bewusst entschieden, in den Stadtteil zu ziehen, den sie durch ihre Arbeit als Polizeireporterin so gut kannte wie wenige andere in Hamburg. Vis-à-vis lag das Politbüro, ein mondäner Bau, der seit Jahren von der linksalternativen Szene besetzt und immer wieder Ausgangspunkt für Krawalle war, die das bürgerliche Hamburg erschütterten. Als Randalierer und Terroristen während des G20-Gipfels Häuser und Autos in Brand gesetzt hatten und die Straßen rund um das Politbüro zu einem rechtsfreien Raum mutiert waren, war Kajas Wohnung so etwas wie die Zentrale für viele Hamburger Journalisten geworden, die von hier fotografierten, filmten, Texte schrieben und das WLAN nutzten, um alles so schnell wie möglich in die Redaktionen zu schicken.

Kurz nach zwei Uhr in der Nacht von Freitag auf Sonnabend war damals auch Lukas in ihre Wohnung gekommen, ein Lukas, den Kaja fast nicht erkannt hätte. Die sonst so sorgfältig gegelten Haare waren zerzaust, die Augen von den Wasserwerfern rot wie bei einem Allergiker zu Beginn der Heuschnupfensaison. Sie hatte Lukas einen nassen Waschlappen auf die Stirn gedrückt, ihm einen Gin Tonic gemacht und angeboten, sich in ihr Bett zu legen. Er war seit 72 Stunden im Dauereinsatz. Das war Kaja auch, aber es machte ihr nichts aus, sie brauchte diesen Kick, dieses Adrenalin, sie konnte nicht genug davon kriegen. Lukas dagegen konnte nicht mehr, sie sah es ihm an. Als alle anderen Kollegen gegangen waren, war er längst eingeschlafen.

Kaja hatte ihre Jeans ausgezogen und sich vorsichtig und leise neben ihn gelegt. »Schlaf gut, Lukas«, hatte sie geflüstert und für einen Moment überlegt, ob sie ihm einen Kuss geben sollte, wenigstens auf die Stirn. Lukas war durch ihre Bewegungen wach geworden. Er hatte die Augen aufgeschlagen, sich aufgerichtet und gesagt: »Was für ein Wahnsinn.« Dann hatten die beiden Reporter aus dem Schlafzimmerfenster hinaus in das Schanzenviertel gesehen, in dem es immer noch knallte und rauchte und brannte wie sonst in der Silvesternacht.

Irgendetwas piepte, und irgendetwas klingelte. Kaja griff instinktiv nach ihrem Handy und erwischte die Hand von Enno, der genauso automatisch nach seinem Telefon gesucht hatte. Er hatte einen Anruf, sie eine Nachricht.

»Enno hier«, sagte er. »Ja, verstanden, ich kann in einer Viertelstunde da sein. Hast du die Kollegen von der Spurensicherung benachrichtigt? Habe ich das richtig verstanden: Der Mann ist durch einen Stromschlag im Pool des Health Club ums Leben gekommen? Alles klar, bis gleich.«

Er sprang auf, was lustig aussah, weil er nichts außer dem Handy am Körper trug. »Ich muss ...«, setzte er an, und Kaja vollendete erneut den Satz: »Ich auch«, sagte sie und zeigte ihm die WhatsApp, die sie bekommen hatte, so, dass er nicht sehen konnte, von wem: »Unklare Todesursache, Health Club, offenbar jemand, den man kennt.«

Enno grinste: »Dann können wir uns ja ein Taxi teilen.«

7

Der Sommelier hatte die Flasche ganz hinten in den Weinschrank gestellt, einen alten Korken fest in den Hals gedrückt und einen Zettel mit Tesafilm quer über das Etikett geklebt: »Nur für den Chef!« Der Wein war gestern bei der Feier einer Werbeagentur übrig geblieben, die offenbar gute Monate hinter sich hatte. Am Ende hatten fast 26 000 Euro auf der Rechnung gestanden, und der Inhaber der Agentur hatte auf 30 000 Euro aufgerundet, »Trinkgeld, ist doch selbstverständlich«. Nicht selbstverständlich war, dass am Ende des Abends eine nicht vollständig ausgetrunkene Flasche Château Lafite aus dem Jahr 1998 zurückgeblieben war. Niklas Claasen hatte sich entschieden, den exklusiven Wein mit seinen drei besten Freunden zu teilen. Nun war es nicht so, dass er eine Flasche dieser Preisklasse – in der Karte der Alster-Lounge wurde der Château Lafite mit zweitausend Euro geführt – oft getrunken hätte, und die Verlockung war groß. Aber Niklas liebte es zu teilen, großzügig zu sein war für ihn eine Art Lebensziel, und seine größte Sorge war, dass jemand ihm Knauserigkeit vorwerfen könnte.

Der Château Lafite würde deshalb eine der vier Flaschen sein, die Niklas an diesem Abend servieren würde, auch weil das Treffen mit Lukas, Julius und Clemens ein besonderes war. Wegen des G20-Gipfels, der Julius als Bürgermeister und Lukas als Reporter an die Grenzen ihrer Belastbarkeit gebracht und Niklas' Alster-Lounge mehr Veranstaltungen als sonst beschert hatte, waren die *Vier Flaschen* seit zwei Monaten nicht mehr zusammenkommen. Das hatte es nicht gegeben, seit diese Variante eines Stammtisches existierte. Der Termin war grundsätzlich unumstößlich, auch für Julius, und mochte er zehnmal Erster Bürgermeister der Freien und Hansestadt Hamburg sein. Das Prozedere war simpel: Niklas suchte vier Flaschen aus, und die Freunde saßen so lange im Kaminzimmer der Alster-Lounge zusammen, bis der letzte Tropfen getrunken war. Weine zu finden, die allen schmeckten, war dabei nicht einfach. Lukas mochte vor allem Rieslinge, mit weniger Alkohol und etwas mehr Süße. Julius trank gern schwere Rotweine, mit vierzehn Prozent Alkohol aufwärts. Clemens war über die Jahre ein fanatischer Sauvignon-blanc-Fan geworden und deshalb dazu übergegangen, bei seinen Essen mit potenziellen Hauskäufern oder Hausverkäufern in der Alster-Lounge ausschließlich Cloudy Bay zu bestellen. Das war zwar der wahrscheinlich bekannteste Sauvignon blanc aus dem Mutterland der Rebsorte, also aus Neuseeland, aber auch ein ziemlich teurer. Niklas hatte Clemens verschiedene andere Weine empfohlen, die aus seiner Sicht mindestens so gut waren, aber deutlich günstiger. Doch Clemens blieb bei seiner Weinwahl so stur wie sonst im Leben, was auch daran lag, dass er die vielen Rechnungen, die er in der Alster-Lounge sammelte, von der Steuer absetzen konnte.

Niklas selbst hatte, seit er zusammen mit seinem Vater den exklusiven Club mit einem ebenso exklusiven Weinkeller gegründet hatte, so viele Weine probiert, dass er sie kaum richtig trank. Bei den *Vier Flaschen* stand für ihn immer ein Spucknapf auf dem Tisch, und wenn die Freunde den Gastgeber neckten, dass er ruhig das runterschlucken könne, was er für sie ausgesucht hatte, schüttelte Niklas meist den Kopf:

»Leute, am Ende ist das immer noch Alkohol, auch wenn er fantastisch schmeckt.«

Neben dem Château Lafite hatte er für das Comeback der *Vier Flaschen* nach acht Wochen Pause einen Riesling von Eva Fricke ausgesucht, einer Winzerin, die aus Bremen kam und die er trotzdem für eine der besten Weinmacherinnen in Deutschland hielt, dazu einen »Männer-Rosé« aus der Provence und einen Sauvignon blanc aus Deutschland, von Eric Manz. Niklas gab nicht auf, obwohl er gesehen hatte, dass Clemens vor anderthalb Stunden mit einem Gast in die Alster-Lounge gekommen war und sich zu einem Caesar Salad wieder eine Flasche Cloudy Bay bestellt hatte. »Er lernt es nicht«, hatte Niklas vor sich hin gemurmelt, als er aus alter Gewohnheit den Wein probiert hatte, bevor der zu seinem Freund an den Tisch gebracht wurde. Am liebsten hätte er die Flasche nicht berechnet, aber darauf reagierte Clemens allergisch, zumindest wenn er einen Wein nicht zusammen mit Niklas und den anderen trank. »Wir wissen, dass du das Geld nicht brauchst«, hatte Clemens Niklas einmal gesagt. »Aber wir wollen nicht Typen sein, die ihren Freund ausnutzen. Selbst dann nicht, wenn er der einzige Sohn des drittreichsten Unternehmers Deutschlands ist.« Niklas' Vater, Niklas Claasen senior, hatte mit seinen Reedereien und Speditionen ein unvorstellbares Vermögen gemacht, das das *Manager Magazin* auf 14 Milliarden Euro schätzte. Niklas junior wusste nicht, ob die Zahl stimmte, sie schien ihm absurd hoch zu sein. »Haben kommt von Behalten«, hatte Niklas senior seinem Sohn so oft gesagt, bis dieser den Satz nicht mehr hören konnte und beschloss, dass einer in der Familie damit anfangen musste, die Milliarden auszugeben. Das war *er*.

Auch deshalb hatte er die Alster-Lounge übernommen, ohne das, was sein Vater einen Business-Plan nannte. In den ersten beiden Jahren hatte der Club hohe Verluste gemacht, inzwischen war die Zahl der Mitglieder auf knapp eintausend gestiegen, mehr wollte Niklas nicht. Sechshundert standen auf einer Warteliste, und wenn die zweite Hälfte des Jahres 2017 so weiterlief wie die erste, und Niklas sah nichts, was dagegensprach, würde er es mit einem Rekordgewinn abschließen. Das war nicht sein Ziel gewesen, aber sein Vater hatte stolz befunden: »Einmal Claasen, immer Claasen«, und ihn gefragt, ob er nicht doch ins Familienimperium einsteigen wolle. Doch das hatte der Junior für alle Zeiten ausgeschlossen, selbst wenn der Vater damit drohte, sein gesamtes Vermögen in eine Stiftung zu überführen. Geld war nun einmal nichts, was seinen Sohn interessierte.

»Bin gespannt, wann die beiden heute Abend kommen.« Es war 19.45 Uhr, als Clemens zu Niklas ins Kaminzimmer trat, ein Glas mit einem Schluck Cloudy Bay in der Hand, und auf einem der Ledersessel Platz nahm. So war es immer: Niklas und Clemens waren die Ersten, sie machten den oder die Rotweine auf und dekantierten sie, manchmal taten sie das auch mit den Weißweinen. Niklas stellte vier Gläser auf den kleinen Holztisch zwischen den Sesseln, Clemens füllte das Eis in den Weinkühlern nach, und dann erzählte der eine von den Häusern, die er verkaufen wollte, und der andere überlegte, welches Mitglied der Alster-Lounge daran Interesse haben könnte. Wenn Niklas für jeden Kunden, den er Clemens vermittelt hatte, eine Provision kassiert hätte, wäre er ein reicher Mann – wenn er nicht schon ein sehr reicher Mann gewesen wäre.

Die beiden waren es gewohnt, die ersten fünfzehn Minuten, manchmal eine halbe Stunde unter sich zu sein, bis Lukas und Julius eintrafen, meist in dieser Reihenfolge. Der

Tag eines Journalisten war ebenso schwer planbar wie der eines Bürgermeisters, deshalb hatten Niklas und Clemens Verständnis dafür, dass die Freunde so gut wie nie pünktlich kamen. Und deshalb waren sie auch sehr überrascht, als Lukas Hammerstein um eine Minute nach 20 Uhr plötzlich im Kaminzimmer stand.

»Alter ...«, sagte Niklas.

»... was machst du denn schon hier?«, beendete Clemens den Satz, und es klang, als würde zwischen der tiefen Stimme des einen und der quietschigen Stimme des anderen mehr als eine Oktave liegen.

»Man nennt es Sabbatical.« Lukas drückte erst Clemens und dann Niklas an sich und nahm in dem Sessel direkt neben dem Alster-Lounge-Chef Platz. »Und ich kann noch nicht sagen, ob es weniger anstrengend ist als ein Reportereinsatz während G20.«

»Was ist mit deinen Haaren los? Biste über Nacht weiß geworden?«, fragte Niklas und zeigte auf eine Reihe Flecken und Strähnen auf Lukas' Kopf.

»Ich habe die vergangenen Tage damit verbracht, Tapeten abzureißen und Wände zu verputzen und zu streichen. Dazwischen habe ich einen Dackel ausgeführt, der auf jeden Hund losgeht, der größer ist als er selbst, also auf jeden.« Lukas trank einen Schluck Wasser. »Jetzt komme ich direkt von der vorletzten Sitzung des Geburtsvorbereitungskurses, in dem uns die Hebamme eröffnet hat, dass wir uns an all das, was sie in den vergangenen Wochen erzählt hat, während der entscheidenden Stunden sowieso nicht erinnern werden. Weil man zu aufgeregt sei und weil sowieso alles ganz anders komme, als wir das gelernt haben. Das Einzige, was ich mir gemerkt habe, ist: Wenn plötzlich ein Arzt in den Kreißsaal kommt, ist das kein gutes Zeichen ...«

»Dein Sabbatical hat schon begonnen?«, unterbrach ihn Clemens.

»Wie rührend du über das Leben eines der besten Freunde Bescheid weißt«, sagte Lukas. »Ein Drittel ist fast rum.«

»Krass«, sagte Clemens, »und vermisst du die Arbeit?«

»Wie gesagt: Ich habe nicht das Gefühl, dass ich weniger tue, und ich weiß nicht, wie ich die To-do-Listen von Lilli abarbeiten soll, ohne das Sabbatical um mindestens zwei Monate zu verlängern ... Aber zu den wichtigen Fragen des Lebens, meine Freunde: Was trinken wir heute?«

Niklas zeigte drei der vier Weine: den Riesling, den Rosé aus der Provence, der von dem Weingut stammte, das der Schauspieler Brad Pitt gekauft hatte, und den Sauvignon blanc.

»Hatten wir nicht immer vier Flaschen?«, fragte Lukas spöttisch.

»Überraschung«, antwortete Niklas. »Wollen wir mit dem Rosé starten, oder wollen wir noch auf den Bürgermeister warten?«

»Der Herr Bürgermeister wird ein paar Minuten brauchen«, sagte wie aufs Stichwort ein Mann, dessen Eintreffen keiner der drei Freunde bemerkt hatte. Die Mitarbeiterinnen und Mitarbeiter des Landeskriminalamtes, kurz LKA, die für die Sicherheit von Julius Wolff sorgten, hatten die Eigenheit, wie aus dem Nichts aufzutauchen und in Gebäude zu gelangen, obwohl sich niemand erinnern konnte, sie hereingelassen zu haben. Manchmal machten sich Clemens, Niklas und Lukas einen Spaß und beobachteten von der Dachterrasse der Alster-Lounge aus, wie ihr Studienfreund, der inzwischen zu den wichtigsten und bekanntesten Politikern Deutschlands gehörte, den kurzen Weg vom gegenüberliegenden Rathaus in den Club zurücklegte. Vor ihm zwei Sicherheitsbeamte, hinter ihm zwei Sicherheitsbeamte und in der Mitte Julius selbst, der aussah, als würde er in einem unsichtbaren Panzer sitzen. Er brachte die Beamten des Landeskriminalamtes immer mit in die Alster-Lounge. Einer postierte sich vor der Tür des Kaminzimmers, die anderen saßen in einem Nachbarraum, in den Niklas stets etwas zu essen, ein paar Flaschen Wasser, einen Rot- und einen Weißwein stellen ließ. Die Weine waren noch nie angerührt worden.

»Vielen Dank, wir warten«, sagte Niklas zu dem Sicherheitsmann, der genauso lautlos verschwand, wie er gekommen war. Eine Viertelstunde später wurde es unruhig auf dem Flur. Man konnte jedes Mal hören, wenn der Bürgermeister sich näherte, Türen wurden lauter als sonst aufgerissen, schnelle Schritte klangen über das Parkett, und dann war Julius da, oder zumindest das, was die G20-Tage und ihre politischen Nachwehen von dem Julius übrig gelassen hatten, den Niklas, Clemens und Lukas seit mehr als zwei Jahrzehnten kannten.

Wie euphorisch er gewesen war, als die Bundeskanzlerin ihn gefragt hatte, ob er sich vorstellen könne, mit Hamburg Gastgeber des Treffens der Staats- und Regierungschefs zu sein. Der amerikanische Präsident würde kommen, der französische auch, die Premierministerin Großbritanniens, die Herrscher von China und Russland, dieser unglaublich attraktive Premierminister Kanadas – und mittendrin Julius Wolff, für den sich G20 wie ein Vorgeschmack auf all das angefühlt haben musste, was in seiner politischen Karriere noch kommen konnte. Er hatte den Freunden bei einem sehr, sehr langen Weinabend vor drei oder vier Jahren verraten, dass er damit rechnete, eines Tages Kanzlerkandidat seiner Partei zu werden und dann, natürlich, Kanzler. Es hatte damals nur Rotweine gegeben und Julius deutlich mehr getrunken als sonst, gegen Mitternacht hatte er bis auf seinen Fahrer alle Sicherheitsbeamten nach Hause geschickt. Das Treffen dauerte bis vier Uhr morgens, was daran lag, dass Julius seine Pläne bis ins kleinste Detail ausbreitete und Niklas gegen die Regeln zwei zusätzliche Flaschen aufmachen musste. Am Ende waren alle betrunken, und Niklas, Clemens und Lukas verbuchten das, was Julius ihnen erzählt hatte, unter der Rubrik Weinlaune – »Schnapsidee passt nicht«, hatte Clemens gesagt und gegluckst.

Dabei hatte Julius die Sache mit dem Kanzler ernst gemeint, wie ernst, hatte die Begeisterung gezeigt, mit der er sich in die Planungen des Gipfels gestürzt hatte, und später die Bilder, die ihn mit dem US-Präsidenten auf dem Hamburger Flughafen zeigten. Julius sah aus, als wäre er bereits der Bundeskanzler. Die Freunde konnten nur ahnen, wie brutal die drei Tage für ihn gewesen sein mussten, die zwischen den Bildern vor der Air Force One und jenen der brennenden Autos und zerstörten Häuser in Hamburg lagen, nach denen es nur eine Frage gab: Wer trug daran die Schuld? Die Antwort war für viele: der Bürgermeister, der vor G20 versprochen hatte, dass sich niemand in der Stadt Sorgen um die Sicherheit machen müsse, dass viele gar nicht merken würden, dass es das Treffen gegeben hatte.

Es war ein Wunder, dass Julius diese Sätze und G20 bis heute politisch überlebt hatte, und es war nicht ausgemacht, dass das so bleiben würde. Mindestens ein Dutzend Journalistinnen und Journalisten recherchierten weiter, was vor und an den Tagen des Gipfeltreffens schiefgegangen war und welchen Anteil der Bürgermeister daran gehabt hatte. Julius Wolff sah aus, als hätte er seit Wochen nicht geschlafen, die sonst so stolzen, geraden Schultern hingen herab, am rechten Auge hatte sich ein unschöner Tränensack gebildet, vielleicht war es auch ein Gerstenkorn.

»Schönen guten Abend«, sagte er, als er das Kaminzimmer betrat und wenige Schritte hinter der Tür stehen blieb. Niklas, Clemens und Lukas standen fast gleichzeitig auf, es fühlte sich einerseits so an, als ob sie das ihrem Freund schuldig wären, und andererseits gehörte es sich eben, wenn der Bürgermeister den Raum betrat. Wobei den Freunden in diesem Moment bewusst war wie selten zuvor, dass einer von ihnen dieser Bürgermeister war und was das bedeuten konnte. Niklas ging als Erster auf Julius zu, breitete die Arme weit aus und zog ihn an sich. Julius war das Gegenteil von einem Umarmer, er achtete darauf, dass sich sein Körper mit dem seines Gegenübers möglichst an wenigen Punkten berührte. Doch diesmal ließ er sich fallen, erwiderte den Druck erst bei Niklas, dann bei Clemens und schließlich bei Lukas.

»Tut gut, euch alle mal wiederzusehen.«

»Leute«, sagte Niklas, dem gefühlsduselige Augenblicke unangenehm waren, »nun lassen wir den Bürgermeister mal Bürgermeister sein, vergessen diesen ganzen G20-Quatsch und konzentrieren uns auf das, was im Leben wirklich wichtig ist. Ich habe heute eine Überraschung für euch, die es in sich hat. Und, lieber Julius, es hat mit einem Rotwein zu tun, den selbst du noch nicht probiert haben dürftest. Die Flasche kostet zweitausend Euro, aber das soll eure Sorge nicht sein, ist ja klar ... Lasst euch überraschen.«

Ein Lächeln huschte über das Gesicht des Bürgermeisters, er signalisierte dem Sicherheitsbeamten an der Tür, diese zuzumachen, nahm ein Glas von dem Holztisch vor dem Kamin und hielt es Niklas in der Erwartung hin, den ersten Wein eingeschenkt zu bekommen. Niklas startete mit dem Rosé aus der Provence, der deutlich dunkler und eleganter aussah als die Rosés aus Deutschland, die die vier bisher in der Regel wenig begeistert probiert hatten.

»Der macht einen vielversprechenden Eindruck«, sagte Lukas.

»Zumindest für den Start«, piepste Clemens und räusperte sich, weil er gemerkt hatte, dass er, selbst für seine Verhältnisse, ziemlich hoch gesprochen hatte.

»Ich rieche rote Früchte, aber auch Kräuter …«, wollte Niklas ansetzen, als ihn Julius Wolff unterbrach.

»Bevor wir zum entspannten und, wie ich hoffe, lustigen Teil des Abends kommen, muss ich euch etwas fragen: Was sagt ihr zu Christoph Meier-Wiegand?«

»Ist das nicht einer der Chefreporter vom *Politik Insider*?«, fragte Clemens.

»Der ist Mitglied bei uns, ein eitler Fatzke, wenn ihr mich fragt«, sagte Niklas.

»Hat er etwas Neues in Sachen G20 herausgefunden?«, fragte Lukas, der immer in Sorge war, dass die Kollegen beim Nachrichtenmagazin etwas aus der Stadt berichten könnten, was sie bei den *Hamburg News* übersehen hatten.

Julius Wolff setzte das Glas wieder ab, das er zum Mund hatte führen wollte, und blickte langsam von einem zum anderen, bevor er sagte: »Christoph Meier-Wiegand ist tot.«

8

Lukas hatte Lilli versprochen, spätestens gegen Mitternacht aus der Alster-Lounge aufzubrechen, um noch einmal mit Finchen Gassi zu gehen. Die Dackeldame hatte Eingewöhnungsprobleme, sie machte permanent kleine Seen ins Haus. Einen hatte Lilli erst nach ein paar Stunden entdeckt, und damit zu spät. Die Flüssigkeit war eingetrocknet und hatte einen hässlichen Fleck auf dem Naturparkett hinterlassen. Das, so hatte Lilli ihrem Mann gesagt, dürfe nicht wieder passieren.

Trotzdem war Lukas viel zu spät losgekommen. Als er sich endlich von Niklas, Clemens und Julius verabschiedet hatte, war es fast halb zwei. Die vier Freunde hatten lange über G20 und die Folgen für Julius gesprochen und darüber diskutiert, warum er sich das alles überhaupt antue. Das waren die Momente, in denen Lukas klar wurde, dass der Bürgermeister niemals freiwillig sein Amt räumen würde und dass er seine politische Karriere wirklich erst beenden würde, wenn er alles versucht hatte, um Kanzler zu werden. Er hatte den Ehrgeiz, die Konsequenz und das Durchhaltevermögen von Julius an dieser Stelle genauso unterschätzt wie seine Fähigkeit, nie zurückzuschauen, sondern nur nach vorn. »Das habe ich von Helmut Schmidt gelernt«, hatte er gesagt und damit den Ton in der Diskussion gesetzt. Die war bald von ernst zu entspannt gewechselt, was nicht unwesentlich mit den Weinen zu tun hatte, die schnell ihren Weg aus den Gläsern in die

Körper fanden. So schnell, dass nach anderthalb Stunden die ersten drei Flaschen leer und Lukas, Clemens und Julius für einen Augenblick enttäuscht gewesen waren, als Niklas ihnen offenbarte, dass in der letzten Flasche für jeden nur noch ein kleiner Schluck sei. Doch die Enttäuschung war einem Jubelschrei gewichen, der den Sicherheitsbeamten vor der Tür kurz hereingucken und fragen ließ, ob alles in Ordnung sei – die Runde hatte erfahren, dass es sich bei Flasche Nummer vier um einen Château Lafite handelte.

Die Atmosphäre war fast feierlich gewesen, als Niklas den verbliebenen Rotwein, so gerecht es ging, auf vier Gläser verteilt hatte, wobei er sich selbst unter dem Protest der Freunde am wenigsten eingeschenkt hatte. Als die Flasche bis auf den letzten Tropfen geleert war, hatten Niklas, Clemens, Julius und Lukas die Gläser in die Luft gehoben und auf deren sich langsam mit Rotwein benetzende Bäuche gestarrt, als handelte es sich um den Heiligen Gral.

»Man mag es gar nicht trinken«, hatte Clemens gesagt. »Ich glaube, ich hatte noch nie einen solch teuren Rotwein im Glas.«

»Ich wahrscheinlich schon.« Julius Wolff hatte gelacht, er war es gewohnt, an Staatsbanketten mit wichtigen Gästen aus allen Teilen der Welt teilzunehmen und entsprechend gute Weine zu trinken. »Aber noch nie habe ich solch einen Wein mit so lieben Menschen probiert.«

»Aufs Leben, Leute«, hatte Niklas gesagt, als die vier fast zeitgleich die Gläser zum Mund führten.

»Und auf Christoph Meier-Wiegand«, hatte Lukas vor sich hin gemurmelt.

Die Nachricht vom Tod des Reporterkollegen hatte ihn aus dem Nichts getroffen. Er hatte Meier-Wiegand nicht besonders gut gekannt, dafür gaben sich die Kollegen vom *Politik Insider* zu wenig mit Journalisten von der lokalen Zeitung ab. Aber gerade in den Tagen vor und nach G20 war man sich häufiger über den Weg gelaufen, bei einer Pressekonferenz mit dem Hamburger Innensenator und dem Bundesinnenminister hatte Lukas neben Christoph Meier-Wiegand gesessen, der als einer der besten Schreiber beim *Politik Insider* galt. In dem Team, das das Nachrichtenmagazin für G20 gebildet hatte, war er derjenige gewesen, der all die Informationen, die die Kollegen lieferten, zu großen lesenswerten Texten zusammengeschrieben hatte. Lukas hatte die Art geschätzt, wie Meier-Wiegand formulierte, wie er die richtigen Bilder fand und den Lesern das Gefühl vermittelte, beim Geschehen dabei gewesen zu sein.

Er schloss sein Fahrrad auf, das er an einem Geländer an der Binnenalster abgestellt hatte, direkt vor dem Hintereingang der Alster-Lounge. Die Luft hatte sich abgekühlt, es wehte dieser leichte Wind, der Sommerabende in Hamburg so angenehm machen konnte. Lukas hatte den Geschmack des Château Lafite auf den Lippen, er hatte danach als Einziger nichts anderes mehr getrunken, einerseits, weil er das Besondere nicht zerstören wollte, andererseits, weil er wusste, dass er noch fahren musste. Normalerweise brauchte er von der Alster-Lounge mit dem Fahrrad gut zwanzig Minuten nach Hause, heute würde er es ruhiger angehen lassen. Sicher ist sicher, und einer Polizeistreife wollte er ungern auffallen. Was sollte er auch sagen? Lassen Sie mich bitte weiterfahren, ich habe mit dem Bürgermeister sauteuren Wein getrunken?

Christoph Meier-Wiegand. Der Gedanke an den Mann vom *Politik Insider*, den man nackt und leblos im Pool des Health Club unweit des Hafens gefunden hatte, ließ ihn nicht los. Normalerweise hätte er längst etwas davon mitbekommen, vielleicht wäre er als Reporter der *Hamburg News* sogar einer der Ersten gewesen. Doch Lilli und er hatten abgemacht, dass er während des Sabbaticals die Mails auf seinem Handy nur einmal am Tag checkte. Und selbst das hatte er heute vergessen, weil er sich so darauf konzentriert hatte, sein Tagespensum zu schaffen, um rechtzeitig zum Treffen mit den Freunden zu kommen.

Während der Fahrt pulte er das Telefon aus der Hosentasche und gab den Code ein, was mit einer Hand gar nicht einfach war. Es gelang beim zweiten Versuch, und als er auf die Zahl der Mails in seinem Posteingang blickte, erschrak er: 61. Das waren fünfmal so viele wie sonst, und Lukas ahnte, warum. Als er an einer roten Ampel bei seiner geliebten Lombardsbrücke halten musste, warf er einen schnellen Blick auf die Betreffzeilen. Fast immer ging es um Christoph Meier-Wiegand, allein Kaja hatte ihm sechs, sieben Mails geschrieben, die letzte endete mit den Worten: »Wo bist du eigentlich? Melde dich mal!!!«

Lukas beschleunigte, er wollte jetzt so schnell wie möglich nach Hause, vielleicht um die Chance zu haben, mit Kaja zu telefonieren. Er wusste, dass sie ihr Handy niemals ausschaltete, und er wusste, dass er sie zu jeder Tages- und Nachtzeit anrufen durfte, auch wenn es gar nicht dringend war. Doch weil es fast zwei Uhr war, als er zu Hause in Eppendorf ankam, schickte er Kaja zunächst eine Mail: »Noch wach?« Dann schloss er vorsichtig die Haustür auf, öffnete sie einen winzigen Spalt breit und sah sofort das feuchte Näschen des Dackels, immer bereit, die Gelegenheit zu nutzen und zu entwischen. »Nicht mit mir, Finchen«, flüsterte Lukas, schob den Hund mit seinen Beinen langsam in den Flur zurück, angelte sich eine Leine von der Garderobe und machte sie am Halsband fest. »Jetzt aber schnell«, sagte er mehr zu sich und hoffte, dass Finchen ihr Geschäft schon auf dem Weg zum Gartentor erledigen würde. Dann müssten sie nicht mehr richtig los.

Lukas' Handy klingelte, und als er versuchte, das Gespräch anzunehmen, fiel es ihm fast aus der Hand. Erst beim zweiten Versuch hatte er das Telefon im Griff.

»Du bist noch wach?« Kaja.

»Ich muss mit dem Hund gehen«, sagte Lukas.

»Seit wann seid ihr Hünd:innenbesitzer:innen?«, fragte Kaja, und Lukas hatte keine Lust, mit ihr eine Diskussion darüber anzufangen, dass man Hündinnen nicht gendern musste, weil … ach, egal, nicht um diese Uhrzeit.

»Wir passen auf den Dackel meiner Schwiegereltern auf, solange die auf Kreuzfahrt sind, aber davon erzähle ich dir ein anderes Mal. Was weißt du über Meier-Wiegand?«

»Komische Geschichte, längere Geschichte«, sagte Kaja. »Gehst du durch Eppendorf?«

»Ja, ich bin gerade in der Erikastraße.«

»Wenn das kein Zufall ist. Ich kann in fünf Minuten bei dir sein, bleib, wo du bist.«

Ehe Lukas etwas erwidern konnte, hatte die Polizeireporterin aufgelegt. Als sie kurze Zeit später vor ihm stand, ihm ein Küsschen auf die Wange drückte und Finchen über das Fell strubbelte, fragte sich Lukas, warum er sich bei Kaja über nichts wunderte. Nicht einmal, dass sie mitten in der Nacht plötzlich da war.

»Ich war bei einer Razzia in einer Unterkunft für Geflüchtete im Nedderfeld, Verdacht auf Menschenhandel«, sagte Kaja, und Lukas staunte, dass sie nicht müde aussah, obwohl der Tag für sie lang gewesen sein musste.

»Warst du heute Morgen auch im Health Club?«, fragte er.

»Was glaubst du denn?«, sie grinste. »Sogar zeitgleich mit der Kripo.« Dass es bei »der Kripo« um ihre aktuelle Affäre ging, musste Lukas ja nicht wissen. Normalerweise verriet sie ihm sowieso nicht, mit wem sie gerade zusammen war, dafür wechselten die Namen zu schnell.

»Erzähl!« Finchen hatte immer noch nichts gemacht, und auf einmal war Lukas froh darüber.

»Ein:e Frühschwimmer:in hat einen leblosen Mann gegen kurz nach acht Uhr im Pool gefunden und die Polizei gerufen. Dass es sich um Christoph Meier-Wiegand handelte, hat man herausgefunden, als man mit dem Schlüssel, den er um seinen Arm trug, den Spind in der Umkleidekabine geöffnet hat.«

»Ich nehme an, er war nackt?« Lukas versuchte, so leise wie möglich zu sprechen.

»Das ist man meistens, wenn man im Health Club schwimmt«, antwortete Kaja. »Ich war ein paarmal dort und habe niemanden gesehen, der eine Badehose oder einen Bikini getragen hätte.«

»Was ist passiert?«, wollte Lukas wissen.

»Ja, das ist seltsam. Eine Lampe hat sich von der Decke gelöst, die dort seit Jahren hing und angeblich besonders gesichert war. Sie ist ins Wasser gefallen und hat einen Stromschlag ausgelöst, der Meier-Wiegand getötet hat. Auf jeden Fall habe ich das so verstanden«, sagte Kaja.

»Ist das denn erlaubt?«, fragte Lukas.

»Was?«, fragte Kaja.

»Dass eine Lampe direkt über dem Pool hängt?«

»Offensichtlich, und ich habe bisher noch nie etwas von einem Stromschlag in einem Wellness-Bereich gehört – du?«

Lukas schüttelte den Kopf.

»Niemand kann sich erklären, warum und wie sich die

Lampe, ein ziemlich dickes, schweres Ding, gelöst hat.« Kaja zuckte mit den Schultern.

»Wahrscheinlich ist es ein unglücklicher Zufall und damit ein Unfall gewesen?«, fragte Lukas.

»Im Moment geht die Polizei davon aus, ermittelt aber trotzdem in alle Richtungen.« Kaja gähnte. »Routine.«

»Der arme Kerl. Wollte einfach etwas für seine Gesundheit tun«, sagte Lukas.

»Meier-Wiegand war fünfmal die Woche im Club, immer morgens, er gehörte zu den ehrgeizigsten Mitglieder:innen«, erzählte Kaja.

Jetzt konnte Lukas nicht anders: »Mitglieder:innen ist Unsinn, Kaja, das Mitglied ist Neutrum.«

»Wie kann Mit*glied* Neutrum sein?«, gab die Polizeireporterin zurück. »Ich finde sowieso, dass man von Beitragszahler:innen sprechen sollte.«

»Habt ihr groß über die Sache berichtet?«, fragte Lukas.

»Schaust du nicht mehr auf die Seite?« Kaja hob mahnend den Zeigefinger ihrer rechten Hand.

Lukas schüttelte den Kopf und formte mit seinem Mund fast lautlos die Silben »Sab-ba-ti-cal«.

»Am Anfang ging es um einen unbekannten Mann. Inzwischen hat der *Politik Insider* selbst bekannt gegeben, dass es sich um Meier-Wiegand handelt«, erklärte Kaja. »Sein Kollege hat ihn identifiziert, dieser Jens, wie heißt er noch?«

»Jens U. Schmidt, die beiden haben zuletzt gemeinsam im G20-Team gearbeitet«, sagte Lukas.

»Genau, Jens U. Schmidt heißt er«, bestätigte Kaja. »Mehr weiß ich auch nicht.«

»Tragische Geschichte.« Lukas bemerkte, dass er überhaupt nicht darauf geachtet hatte, ob Finchen Pipi gemacht hatte. Er sah auf sein Handy. Es war gleich drei Uhr.

»Ich muss ins Bett, Kaja, morgen wird ein anstrengender Tag.«

»Sagt einer, der unbezahlten Urlaub hat.« Kaja drückte Lukas an sich und verschwand lautlos in der Nacht, wie sie gekommen war. Er drehte sich um, zog Finchen hinter sich her und schaffte es, so leise ins Haus zu kommen, dass Lilli davon nicht wach wurde. Als er im Bett lag und die Augen schloss, sah er den nackten Christoph Meier-Wiegand durch einen riesigen Wellness-Pool treiben, aus dem kleinen Blitze in den Himmel stiegen.

9

Der Beamte vom Landeskriminalamt klingelte um 6.45 Uhr. Es war knapp vier Stunden her, dass sein Kollege aus der Vortagesschicht Julius Wolff vor seiner Wohnung im Hamburger Stadtteil Altona abgesetzt hatte. Der Bürgermeister war es gewohnt, wenig zu schlafen, und er war froh, dass er fast immer gut und tief schlief. Selbst als während der G20-Tage unsicher war, ob es bei den Krawallen im Schanzenviertel Tote geben würde, was zwangsläufig das Ende seiner politischen Karriere bedeutet hätte, hatte Julius stets drei Stunden Schlaf gefunden, als würde es all die schrecklichen Bilder von brennenden Häusern nicht geben. Der Bürgermeister hatte nur einen anderen Menschen in seiner langen Zeit in der Politik kennengelernt, der wie er keine Probleme mit dem Schlafen kannte. Dass dieser Mensch die Bundeskanzlerin war, bestärkte ihn in seinen Zukunftsplänen.

Julius zog sich seinen Trainingsanzug an, griff die Sporttasche mit der Wechselkleidung, einen Bügel mit einem Anzug und seine Aktentasche. Die hatte er seit Jahren an jedem Arbeitstag dabei, vorn steckte in einem Lederetui sein Parteiausweis. Mit siebzehn war Julius eingetreten, wegen Menschen wie Willy Brandt und Helmut Schmidt, und der Ausweis war das Einzige, was aus dieser Zeit übrig geblieben war. Er hatte ihn lange nicht mehr vorzeigen müssen, weder bei Parteitagen noch bei Terminen in der Zentrale in Berlin. Man erkannte ihn immer.

»Guten Morgen, Herr Bürgermeister«, sagte der LKA-Beamte, der draußen vor dem Mehrfamilienhaus stand, vor dem es zum Schutz von Julius Wolffs Wohnung auch einen Polizeicontainer gab.

»Schönen guten Morgen.« Julius drückte einem anderen Beamten, der vor einer der zwei wartenden Limousinen Stellung bezogen hatte, die Sport- und die Aktentasche und seinen Anzug in die Hand.

»Wollen wir?«

Der Sicherheitsbeamte am Eingang nickte, Julius hatte registriert, dass er sich neue Sportschuhe gekauft hatte. Bisher war der Polizist immer in Nike unterwegs gewesen, jetzt trug er wie der Bürgermeister Adidas. »Kann losgehen.«

Julius hatte vor wenigen Jahren mit dem Joggen begonnen, nachdem seine Frau in einem Nebensatz erwähnt hatte, dass er mal etwas für seinen Körper tun müsse. Er war nie besonders sportlich gewesen, hatte dafür aber immer ein Durchhaltevermögen und eine Zähigkeit bewiesen, die sowohl seinen Mitarbeitern als auch dem politischen Gegner Angst machen konnten. Julius hatte sich am Abend des Tages, an dem der Nebensatz gefallen war, seine alten Laufschuhe geschnappt und war auf die benachbarte Sportanlage gegangen, um ein paar Runden zu drehen. Nach zweihundert Metern war die Atmung schwerer geworden, nach dreihundert Metern fingen die Beine an zu brennen, und nach dreihundertfünfzig Metern konnte er nicht mehr. Da hatte Julius Wolff gewusst, dass er etwas tun musste, wenn er nicht irgendwann aussehen wollte wie der ehemalige Bundeskanzler Helmut Kohl, nur eben zwanzig Zentimeter kleiner. Er hatte begonnen zu joggen, zweimal die Woche, immer morgens, gern dienstags und freitags.

Inzwischen schaffte er locker acht bis zehn Kilometer. So viel hatte er sich auch heute vorgenommen. Von seiner Wohnung zur Elbe war es nicht weit. Julius liebte es, am Fluss entlangzulaufen, die Luft war klar und frisch, der Blick nicht so eng, wie es das politische Geschehen in diesen Tagen war. Der Sicherheitsbeamte mit den neuen Schuhen hielt zwei, drei Meter Abstand. Er hatte einen Knopf im Ohr, durch den er mit seinen Kollegen in den beiden Fahrzeugen verbunden war, die Julius Wolff hinterherfuhren. Das war das Privileg eines Bürgermeisters: Wenn er nicht mehr joggen konnte oder wollte, gab er ein Zeichen, auf dass die Limousinen heranbrausten, ihn einsteigen ließen und ins Rathaus brachten.

Heute hatte Julius Wolff es nicht eilig, dorthin zu kommen. Er hatte mit jedem Tag, der seit dem Ende des G20-Gipfels vergangen war, versucht, zur politischen Routine zurückzukehren. Eine Eröffnung hier, eine Rede dort, der Besuch eines Konsuls. Es waren die Dinge, die der Bürgermeister vor G20 nicht sonderlich geschätzt hatte, nach denen er sich jetzt sehnte. Termine, bei denen es nicht um die Chaostage ging, die nicht nur die Stadt, sondern vor allem den Blick auf den Regierungschef verändert hatten. Julius war nie der Typ Politiker gewesen, dem die Herzen zugeflogen waren, dafür war er zu sehr ein trockener, manche sagten, gefühlloser Mensch, positiv gesagt: ein klassischer Hanseat. Aber er hatte sich Respekt erworben für seine harte Arbeit und den Anspruch, jedes politische Problem so zu durchdringen, dass er ohne fremde Hilfe eine vernünftige Entscheidung treffen konnte. Ihm war es gelungen, den Bau der Elbphilharmonie zu einem Ende zu führen, nachdem es lange so ausgesehen hatte, als würde Hamburg kein neues Wahrzeichen, sondern eine gewaltige Ruine bekommen. Er hatte kostenfreie Kitas und Ganztagsschulen eingeführt, damit sich Familien das Leben in der Stadt trotz der explodierenden Mieten leisten konnten.

Und dann kam G20. Zum ersten Mal in seiner politischen Karriere hatte sich Julius Wolff zu ein paar eher flapsigen Bemerkungen hinreißen lassen. Die schlimmste war die mit dem Hafengeburtstag gewesen – dass der Vergleich schief war, fiel Julius erst auf, als er ihn ausgesprochen hatte, und da war es bereits zu spät. Das Zitat fehlte bis heute in keinem Text oder Fernsehbeitrag über G20 und die Versäumnisse des Hamburger Bürgermeisters, und Julius Wolff fragte sich, wie ausgerechnet ihm ein solcher Fauxpas hatte passieren können. Immer hatte er penibel darauf geachtet, dass seine Aussagen nicht falsch interpretiert werden konnten, dass jeder, der sie hörte, sie genau so verstand, wie er sie gemeint hatte, auch wenn er den Kontext nicht kannte. Nur dieses eine verdammte Mal nicht.

Als sie die Elbe erreicht hatten, beschleunigte Julius Wolff seine Schritte. Er genoss es, wenn er den Eindruck hatte, dass es dem deutlich jüngeren Sicherheitsbeamten nicht leichtfiel, mit dem sportlich spät berufenen Politiker mitzuhalten. Den Kopf machte ihm der Lauf leider nicht frei, weder heute noch sonst. Er hatte von anderen Spitzenpolitikern gehört, dass sie beim Sport alles vergessen konnten, was sie gerade beschäftigte und bedrängte. Für Julius Wolff galt das nicht. Laufen war gut für seinen Körper, keine Frage, aber sein Kopf arbeitete, wie er immer arbeitete, außer nachts eben.

Nach einer Dreiviertelstunde nickte er seinem Begleiter zu, und der sprach eine kurze Nachricht in das Mikrofon, das er an seiner Trainingsjacke festgeklemmt hatte. Wenige Augenblicke später sprangen die Türen der zwei Limousinen auf, und zwei andere Jogger stutzten, bevor sie erkannten, auf wen die Autos da warteten.

»Moin, Herr Bürgermeister!«, rief einer, und Julius winkte kurz, ehe er im Fond eines der Wagen verschwand.

Er duschte im Rathaus und war um kurz vor neun Uhr in seinem Büro, das für einen Politiker im Rang eines Ministerpräsidenten eher bescheiden war. Als er seinen niedersächsischen Kollegen in der Staatskanzlei in Hannover einmal besucht hatte, hatte er dessen Schreibtisch von der Bürotür aus kaum erkennen können, so groß war die Distanz. Das Büro des Hamburger Bürgermeisters hingegen war eher praktisch, sowohl was die Quadratmeterzahl als auch was die Einrichtung anging. Julius hatte die quietschgelbe Sofakombination seines Vorgängers entfernen lassen, auch der alte, schwere Schreibtisch aus Holz war weg. Stattdessen hatte er sich ein modernes, höhenverstellbares Modell in Leichtbauweise an die linke Seite des Büros stellen lassen. Julius arbeitete gern im Stehen, und es störte ihn zur Verwunderung seiner Mitarbeiter nicht, dabei gegen die Wand zu starren.

Solche Äußerlichkeiten waren dem Bürgermeister nicht wichtig, er war mit wenig zufrieden, solange er in Ruhe arbeiten und, eine seiner Lieblingsphrasen, »ordentlich regieren« konnte. Was seit G20 kaum möglich war, trotz der Entschuldigung, die sich Julius Wolff wenige Tage nach dem Ende des aus den Fugen geratenen Treffens abgerungen hatte: »Dafür bitte ich die Hamburgerinnen und Hamburger um Entschuldigung«, hatte er in einer Sitzung der Bürgerschaft gesagt und gehofft, dass es damit gut sein würde. Doch das war es nicht, im Gegenteil. Die Medien hatten dem Bürgermeister die Entschuldigung nicht abgenommen, dafür war sie zu spät gekommen. Sie hatten viele, sehr viele Fragen zu Julius Wolffs Rolle bei der Planung und Durchführung von G20 und zu den Stunden, in denen die Lage im Schanzenviertel eskaliert war, während der Bürgermeister mit den ausländischen Regierungschefs bei einem Konzert in der Elbphilharmonie saß.

Die Interviewbitten stapelten sich auf dem kleinen Konferenztisch, der in Wolffs Büro stand. Obenauf lag die des *Politik Insiders*, eine ausgedruckte, drei Seiten lange E-Mail, abgeschickt von Christoph Meier-Wiegand.

»Furchtbare Geschichte«, sagte Michael Assauer, der Sprecher des Bürgermeisters, der mit einer Tasse Kaffee in der Hand an dem großen Fenster lehnte, das zum Rathausmarkt und zur Binnenalster wies. »Wie hoch ist die Wahrscheinlichkeit, dass man an einem Stromschlag im Pool eines Fitnessclubs stirbt?«

»Null«, sagte Julius Wolff trocken und blickte an Assauer vorbei auf die Inschrift, die in einem kleinen Rahmen auch in den meisten Büros seiner Mitarbeiter hing: »Wir sind nie beleidigt, wir werden nicht hysterisch.« Sein engster Führungskreis nannte den Satz das Erste Wolff'sche Gesetz. Es war ein Vorsatz, der immer schwerer einzuhalten war.

Julius litt darunter, dass viele der sogenannten Leitmedien ihren Sitz in Hamburg und deren Journalisten entsprechend das G20-Chaos in der Stadt täglich direkt miterlebt hatten. Der Chefredakteur einer viel gelesenen Boulevardzeitung hatte einen bösen Leitartikel nach dem anderen in Julius' Richtung abgefeuert, weil seine Eltern in den Hamburger Elbvororten wohnten und angesichts der Chaoten, die, wie er geschrieben hatte, »plündernd und brandschatzend durch das Viertel zogen«, Angst um ihr Leben gehabt hätten. »Treten Sie zurück, Herr Bürgermeister« stand unter jedem seiner Texte. Seit der Chefredakteur die Richtung vorgegeben hatte, arbeitete sich die komplette Redaktion des Blattes an Julius Wolff ab, auch wenn Assauer glaubte, dass sie irgendwann müde werden würde: »So lange müssen wir durchhalten, Julius.«

Immerhin war Durchhalten eine der Stärken des Bürgermeisters. Er würde sie brauchen. Die Bundeskanzlerin hatte, obwohl eigentlich Gastgeberin des G20-Treffens in Hamburg, sich nur kurz telefonisch bei ihm bedankt und »weiter viel Erfolg« gewünscht. Für sie war die Sache abgehakt – je weniger sie mit den unschönen Begleiterscheinungen in Verbindung gebracht wurde, umso besser. Von seiner Partei konnte Julius in dieser Situation nicht viel erwarten, die war in der Regel nur an seiner Seite, wenn es etwas zu feiern gab, zum Beispiel gewonnene Wahlen. Zu allem Überfluss hatte der verrückte amerikanische Präsident, über den sich in Deutschland alle lustig machten, eine E-Mail veröffentlicht, die er dem Bürgermeister geschrieben hatte: »Danke für die netten, schönen Tage in Ihrer wunderschönen Stadt. I love Hamburg.« Wolff hatte nicht darüber lachen können, die meisten Reporter schon. Sie hatten die Worte des Präsidenten in ihren Analysen und Rückblicken genüsslich ausgeschlachtet, so nach dem Motto: Die Stadt brennt, und der US-Präsident sagt: Schön war's.

Der Gegenwind kam von allen Seiten, und die Vorschläge, was der Bürgermeister nun zu tun habe, auch. Eigentlich müsse er zurücktreten, war fast überall zu lesen, und wenn er dazu nicht bereit war, müsse er wenigstens durchgreifen. Niklas hatte am gestrigen Abend mindestens eine halbe Stunde auf Julius eingeredet, dass er sofort die Anweisung geben müsse, das Politbüro zu räumen. Das linksalternative Zentrum im Schanzenviertel hatte Hamburg jahrelang als Ausweis gedient, nicht nur eine biedere Kaufmannsstadt zu sein, sondern eine weltoffene Metropole. Man gönnte sich die Aktivisten in einem Haus, das ihnen nicht gehörte, sie spielten um den 1. Mai mit der Polizei Katz und Maus, und mit der Zeit bekam das Ganze etwas Folkloristisches. Bis zu den G20-Tagen, in denen das Politbüro zur Zentrale des Chaos wurde. Der Bürgermeister hatte sich trotzdem nicht dazu entschließen können, das Haus räumen zu lassen. Er wollte dieses dunkle Kapitel in seiner Karriere einfach beenden, ein weiteres konnte er wirklich nicht gebrauchen.

»Was machen wir jetzt damit?«, fragte Julius Wolff den Senatssprecher und zeigte auf den Fragebogen, den Christoph Meier-Wiegand ihm geschickt hatte.

»Wir beantworten die Fragen und schicken sie wie gewünscht bis heute Mittag zurück an die Redaktion des *Politik Insiders*«, sagte Michael Assauer. »Nur dass sie eben nicht an Herrn Meier-Wiegand gehen.«

»Sondern?«, fragte Julius.

»An Jens U. Schmidt«, antwortete Assauer.

Julius Wolff wusste nicht, ob das irgendetwas an der Sache besser machte.

10

Weil der Fahrstuhl komplett aus Glas war und vom Innenhof des Pressehauses jeder sehen konnte, wer nach oben fuhr und was oder wen er dabeihatte, musste man sehr vorsichtig sein, wenn man bei Rindchen's Weinkontor um die Ecke einkaufen ging. Dort gab es inzwischen auch Whiskey und Gin, der Besitzer hatte sich den Wünschen der Kunden angepasst, die gern kurz vor Geschäftsschluss kamen, um sich für die nächsten Arbeitsstunden einzudecken. Jens U. Schmidt war Stammgast bei Rindchen's, und er hatte jedes Mal einen Rucksack dabei. Ein Handtuch sorgte dafür, dass die Flaschen nicht aneinanderstießen und im Fahrstuhl unliebsame, weil verräterische Geräusche machten.

Ohne Alkohol wären die vergangenen Tage für Schmidt nicht zu ertragen gewesen. Er hatte wieder angefangen, während der Arbeitszeit zu rauchen, obwohl er sich vor Wochen das Gegenteil vorgenommen hatte und obwohl er dafür jedes Mal auf die Dachterrasse gehen musste, zu der kein Fahrstuhl, sondern eine steile Treppe führte. Nur mit Zigaretten und etwas zu trinken bekam der Reporter des *Politik Insiders* seine Nerven halbwegs in den Griff. Die Nachricht von Christoph Meier-Wiegands Unfall hatte Schmidt schwer getroffen. Er hatte kein enges Verhältnis zu dem Kollegen gehabt, obwohl sie beide mehrfach gemeinsam an Geschichten und Recherchen gesessen hatten, zuletzt bei G20. Aber zu wem hatte man beim *Politik Insider* schon ein enges Verhältnis?

Wer es zum Nachrichtenmagazin geschafft hatte, gehörte im Selbstverständnis der Redaktion zum Besten, was es im deutschen Journalismus gab. Der *Politik Insider* war wie eine Fußballmannschaft, die überwiegend aus Cristiano Ronaldos und Lionel Messis bestand, aus lauter Superstars, von denen jeder Einzelne am Ende für sich schrieb, auch wenn unter den Texten im Heft manchmal drei, vier oder mehr Namen standen.

Wer hier sein durfte, zahlte dafür einen Preis. Im Pressehaus wurde viel und lange gearbeitet – bevor man das Licht im eigenen Büro ausmachte, vergewisserte man sich, dass in möglichst vielen anderen Büros keines mehr brannte. Was dazu führte, dass nicht selten tief in der Nacht Reporter über ihren Laptops saßen, nachdachten, in Notizen blätterten und schrieben, schrieben, schrieben.

Christoph Meier-Wiegand hatte in dieser Disziplin zu den Besten gehört, er konnte aus den Versatzstücken, die ihm Reporter, Dokumentare und Rechercheure zulieferten, Geschichten komponieren, die jede für sich einen Journalistenpreis verdient hätte. Anders als Jens U. Schmidt, der für die Informationen, die man beim *Politik Insider* von ihm verlangte, hart arbeiten musste und dem man die Mühe ansah, hatte Meier-Wiegand immer vollkommen unangestrengt gewirkt. Selbst jüngere Kollegen hatten ihn um seine Fitness beneidet, und wenn Schmidt mit ihm in einer Besprechung saß, hatte er an diese Vorher-nachher-Bilder denken müssen, die es in Frauenzeitschriften von Menschen gab, die erfolgreich eine Diät oder ein Fitnessprogramm hinter sich gebracht hatten. Er, Schmidt, wäre das Vorher, gezeichnet von zu vielen Zigaretten, zu viel Alkohol und zu wenig Bewegung, wenn man von den wenigen Tagen absah, an denen er mit dem E-Bike von seiner Wohnung in die Redaktion fuhr. Christoph Meier-

Wiegand war mit seinem geraden Oberkörper, dem breiten Kreuz und den kräftigen Oberarmen und Oberschenkeln das Nachher gewesen. Schmidt hatte nie gesehen, dass er den Fahrstuhl benutzt hätte. Insofern war es grotesk, dass er Meier-Wiegand überlebt hatte.

Aber grotesk war vieles gewesen in den vergangenen Tagen, zum Beispiel dass er im Büro gesessen hatte, als überraschend sein Festnetztelefon klingelte – die meisten Menschen riefen natürlich auf dem Handy an –, und Schmidt abgenommen hatte, obwohl ihm die Nummer nichts sagte. Es war eine Frau von der Polizei dran gewesen, die ihm von Meier-Wiegands Unfall berichtete und fragte, ob es ihm etwas ausmachen würde, das Opfer zu identifizieren. Meier-Wiegands Exfrau würde sich in ihrem Ferienhaus auf Mallorca befinden, Kinder hatten die beiden nicht. Also hatte er sich nach Rücksprache mit der Chefredaktion des *Politik Insiders* von einem Taxi zu der Adresse fahren lassen, die ihm die Frau am Telefon genannt hatte, und dort bestätigt, dass es sich bei dem Mann, den man ihm zeigte, um den Kollegen handelte, mit dem er wenige Stunden zuvor einen langen Fragenkatalog an den Hamburger Bürgermeister geschickt hatte. Hinterher war Schmidt mit dem Taxi zurück in die Redaktion gebracht worden, hatte sich eine Quittung geben lassen, die er, so hatte man ihm gesagt, bei der Polizei einreichen könnte, und dann Chefredaktion und Geschäftsführung Bericht erstattet. Danach hatte er sich in seinem Büro eingeschlossen und versucht, das Geschehene mit Hilfe eines Whiskeys so zu ordnen, dass seine Welt wieder halbwegs geregelt war. Es funktionierte nicht, was auch daran lag, dass sich Jens U. Schmidt immer und immer wieder fragte, wer denn nun die Nachrichten zu den Nachwehen von G20 in Worte fassen sollte, die er gesammelt hatte.

Am Tag nach dem Unfall hatte es eine außerordentliche Redaktionskonferenz gegeben, bis auf einen Platz waren alle Stühle belegt gewesen. Der leere Sitz war der, auf dem Christoph Meier-Wiegand bevorzugt gesessen hatte, wenn man sich im »Egon Erwin Kisch«, so hieß der nach der Reporterlegende benannte Raum, getroffen hatte. Auf dem Tisch davor standen ein gerahmtes Bild des Reporters mit Trauerflor und eine weiße Rose. Chefredakteur Stephan Stelling hatte auf seine nüchterne Art die wesentlichen Fakten präsentiert. Dann hatte Ricarda Frömmel das Wort ergriffen, die zusammen mit Meier-Wiegand, Schmidt und der jungen Volontärin Barbara Holzner die letzten Wochen das G20-Team gebildet hatte. Sie hatte Tränen in den Augen gehabt, als sie über die Zusammenarbeit mit Meier-Wiegand gesprochen hatte und wie sehr er fehlen würde. Aber niemand hatte die anwesenden, normalerweise hartgesottenen Redakteure und Reporter so erreicht wie Hans Münch, der aus dem Stegreif einen Nachruf auf »unseren Christoph« aufsagte, wie Jens U. Schmidt ihn auch mit tagelanger Vorbereitung nicht hätte formulieren können. Münch war erst seit kurzer Zeit beim *Politik Insider*, aber schon der neue Superstar. Er gewann mit fast jedem Text, den er veröffentlichte, einen Journalistenpreis, seine Geschichten klangen beinahe zu gut, um wahr zu sein. Trotzdem war Münch über alle Ressorts hinweg geschätzt, selbst der kritische und selbstverliebte Meier-Wiegand war an den Rand des Schwärmens geraten, wenn er von dem jungen Kollegen sprach. Er hätte sich bestätigt gefühlt, hätte er die Worte hören können, die Hans Münch für ihn, »den Giganten der deutschen Sprache«, fand. Als er fertig war, hatte sich erst der Chefredakteur von seinem Platz erhoben, dann alle anderen. Gemeinsam klatschte man minutenlang, es war eine Mischung aus Trauer und Verarbeitung, und als es vorbei war, flüsterten die Ersten, wer denn wohl Meier-Wiegands Nachfolger werden würde.

Jens U. Schmidt konnte nicht so schnell zur Tagesordnung zurückkehren. Er war es, der den Fragebogen, den sein Kollege an Hamburgs Bürgermeister geschickt hatte, per Mail zurückbekommen hatte, mit »aufrichtigen Beileidswünschen«. Julius Wolff hatte wie immer auf die Fragen entweder gar nicht oder ausweichend geantwortet, was Schmidts Arbeit nicht leichter machte. Er brauchte fast drei Tage, um daraus und aus den Zulieferungen von Ricarda Frömmel und Barbara Holzner einen Text zu schreiben. Die Überschrift, die der Chefredaktion dazu einfiel, empfand er nicht gerade als Kompliment für seine Arbeit, auch wenn sie inhaltlich richtig war: »Hamburgs Bürgermeister und G20 – viele Fragen, kaum Antworten« stand über der Geschichte, unter die Jens U. Schmidt anstandshalber und zum letzten Mal auch Meier-Wiegands Namen gesetzt hatte.

Der Unfall war fünf Tage her, oder waren es sechs? Egal, Schmidt schenkte sich den letzten Schluck aus der Whiskeyflasche ein, die er nachher auf demselben Weg rausschmuggeln würde, wie er sie reingeschmuggelt hatte, nämlich in seinem Rucksack. Seit er Meier-Wiegand bei der Polizei identifiziert hatte, war er jeden Tag mit dem E-Bike in die Redaktion und wieder zurück gefahren, es war seine Art, des Kollegen zu gedenken. Außerdem hatte er angesichts seines deutlich gestiegenen Alkoholkonsums im Büro ein besseres Gewissen, wenn er nach Feierabend nicht in ein Auto stieg.

Das E-Bike parkte er auf dem Platz in der Tiefgarage des Pressehauses, den er für zweihundert Euro im Monat angemietet hatte. Bevor er losfuhr, ließ er die Whiskeyflasche und zwei weitere Flaschen im Glascontainer verschwinden, der passenderweise auf seinem Parkdeck stand. Schmidt klemmte sein Handy in die dafür vorgesehene Vorrichtung am Lenker. Falls ihm langweilig werden sollte, könnte er während der Fahrt irgendetwas auf YouTube gucken.

Es war kurz vor 22 Uhr, als sich das automatische Schiebetor der Tiefgarage öffnete und Jens U. Schmidt die Ausfahrt dank elektronischer Unterstützung hochfuhr, als gäbe es die starke Steigung gar nicht. Er beschloss, den Weg durch die Hamburger Innenstadt zu nehmen, von der Binnen- über die Außenalster bis nach Harvestehude, wo er zusammen mit einem Kater eine hundertzwanzig Quadratmeter große Eigentumswohnung bewohnte. Die frische Luft war nach den mehr als zwölf Stunden im Büro ungewohnt, aber sie schaffte es nicht, die Müdigkeit und Alkoholschwere zu vertreiben, die sich in seinem Körper breitgemacht hatten. Schmidt schaltete den Elektroantrieb auf die höchste Stufe, er selbst trat nur, weil man das halt so tat, wenn man auf einem Fahrrad saß. Als er am Hotel Vier Jahreszeiten vorbeifuhr, überholte ihn eine Frau mit wehenden blonden Haaren, obwohl die nicht auf einem E-Bike saß. Schmidt staunte über ihr Tempo, und plötzlich war sein Ehrgeiz geweckt, sich nicht abhängen zu lassen. Er erhöhte die Geschwindigkeit und nahm die Verfolgung auf.

Am Ende der Binnenalster bog die Radfahrerin scharf nach rechts ab und fuhr bedenklich nah an der Wasserkante entlang – eine Unachtsamkeit, und sie lief Gefahr hineinzufallen. Weiter ging es mit hoher Geschwindigkeit durch einen kleinen und nach Urin stinkenden Tunnel unter der Lombardsbrücke hindurch. Schmidts Abstand vergrößerte sich, und als er aus dem Tunnel herauskam, konnte er die Frau nicht mehr sehen. Er strampelte heftiger, bog um die nächste Kurve und stellte fest, dass die Lampe an seinem E-Bike dunkel war.

Schmidt fuhr etwas langsamer, schaltete das Licht an, dann sah er sie wieder. Sie musste kurz vor der Alster zum Stehen gekommen sein, das Fahrrad ragte mit einem Reifen über das Wasser, das an dieser Stelle so breit war, dass zwei Barkassen aneinander vorbeifahren konnten. Die Frau lag auf dem Boden, vielleicht hatte sie sich den Kopf aufgeschlagen oder das Bewusstsein verloren, vielleicht auch das Bein gebrochen, das schräg unter dem anderen Reifen lag. Jens U. Schmidts Gedanken gingen in seinem vom Whiskey benebelten Kopf wild durcheinander, er bremste scharf und sah sich um, ob jemand in der Nähe war, der helfen könnte. Weit und breit war niemand zu sehen. Vorsichtig und leicht schwankend schob er sein E-Bike bis zu der Frau heran, die, so war sein Eindruck, leblos auf dem Boden lag, fuhr den Ständer aus und klickte sein Handy aus dem Lenker. Es dauerte etwas, bis er die Taschenlampe angeschaltet hatte. Schmidt leuchtete sich den Weg und beugte sich langsam zu der Frau herunter. »Sind Sie verletzt?«, fragte er, als Bewegung in ihren Körper kam, eine Bewegung, mit der der Reporter nicht gerechnet hatte. Dann wurde es dunkel.

Das Kinder- und das Gästezimmer waren fertig gestrichen, im Schlafzimmer hatte er die neuen dimmbaren
Leuchten montiert und sämtliche Bilder. Der Keller war aus-
geräumt, den Sperrmüll hatte er in drei Touren weggebracht,
die Ausrüstung von Finchen war nun sorgfältig in einer
Ecke gestapelt. Lukas Hammerstein hatte das Gefühl, gut
vorangekommen zu sein, auch wenn er allenfalls zwei von
mindestens zehn Seiten abgearbeitet hatte, die die To-do-
Liste seiner Frau umfasste. Aber er fand langsam Freude
daran, sich den Tag selbst einteilen zu können, von morgens
bis abends daheim zu sein und zu sehen, wie das eigene Zuhause schöner wurde. Die Sache mit Christoph Meier-Wiegand hatte er erstaunlich schnell verdrängt, wahrscheinlich
auch, weil er die weitere Berichterstattung nicht verfolgte.
Das Handy blieb den größten Teil des Tages aus, und wenn
Lukas draufguckte, stellte er fest, dass er kaum E-Mails aus
der Redaktion bekam. Aus den Augen, aus dem Sinn, dachte
er.

Udo hatte ihm geschrieben, er liebte Mails von ihm, weil
sie fast so viele Wörter wie Emojis enthielten und weil er
beim Lesen jedes Mal glaubte, den Sänger nuschelnd reden
zu hören: »bin zzt immer noch der panic ghost, aber komm
bald zurück in die geilste stadt der welt, lieber lukas, dein
udo ☘︎☺︎♡︎🖥︎.« Offenbar war er weiter in Berlin, vielleicht
auch in Los Angeles oder am Timmendorfer Strand, bei Udo

wusste man nie. Lukas schrieb zurück: »Melde dich, wenn du wieder gelandet bist, ich habe gerade viel Zeit.«

Das war gelogen, wenn er auf die Kartons sah, die am Vormittag geliefert worden waren. Die Babywiege, zwei Regale, eine Wickelkommode, eine Wärmelampe, ein Windeleimer, ein Großteil davon musste zusammengebaut werden. Lukas war nie ein toller Handwerker gewesen, aber seit ihm Clemens gesagt hatte, dass man die meisten Dinge im Leben nur deshalb nicht könne, weil man sie nicht ausprobiert hätte, versuchte er, im Haus so viel wie möglich selbst zu machen. Sein Bankkonto würde es ihm danken.

Am Abend standen die Wickelkommode und die Wiege. Lukas und Lilli befestigten gemeinsam den Himmel, der sich wie ein Brautschleier über die Ränder der Wiege legte, machten die Spieluhr in Form eines lächelnden Halbmondes daran fest und zogen gemeinsam an der Schnur. Eine leicht schnarrende Fassung von »La-Le-Lu« erklang, und sie ließen sich auf die beiden Sitzsäcke fallen, die gestern angeliefert worden waren.

»Kaum vorstellbar«, Lilli nahm Lukas' Hand, »dass in wenigen Wochen dort oben ein kleines Wesen liegen wird.«

»Ein Junge«, sagte Lukas, der sich sein Leben lang gewünscht hatte, möglichst früh Vater eines Mädchens zu werden. Nun war er jenseits der vierzig, und der Frauenarzt von Lilli hatte sich bereits in der sechsten Schwangerschaftswoche festgelegt, dass das, was da in ihrem Bauch heranwuchs, ein Junge werden würde.

»Wir müssten uns allmählich Gedanken darüber machen, wie er heißen soll«, sagte seine Frau.

»Hammerstein!« Lukas grinste.

Lilli hob mühevoll ihr Hinterteil an und zog etwas aus ihrer Hosentasche.

»Bitte nicht noch eine Liste«, sagte Lukas.

Jetzt grinste Lilli: »Also, ich finde ja Jonathan als Namen für einen Jungen sehr, sehr schön ...«

»Ich auch«, unterbrach sie Lukas, weil das wirklich so war und weil er die Hoffnung hatte, die Debatte über den Namen abkürzen zu können. »Wenn es nach mir geht ...«

»Stopp«, sagte Lilli. »Wir können eine so wichtige Entscheidung nicht innerhalb weniger Minuten fällen ...«

»... auch nicht, wenn uns beiden Jonathan gut gefällt?«

Lilli schüttelte den Kopf. »Ich habe mal alle Jungennamen aufgeschrieben«, sagte sie und zeigte auf die beiden DIN-A4-Zettel in ihrer Hand, »die aus meiner Sicht infrage kommen. Jonathan ist dabei, und überhaupt viele Namen, die mit J beginnen. Guck mal.« Sie reichte Lukas die Liste, der sie überflog. »Julius kannst du streichen, Clemens auch, ich kann meinen Erstgeborenen doch nicht wie meine besten Freunde nennen. Konstantin ist mir zu lang, und Luke soll ein Scherz sein, oder? Dann kann er ja gleich Lukas heißen.«

»Auf keinen Fall!«, protestierte Lilli.

Lukas las weiter, und als er fertig war, ließ er die Zettel sinken: »Ich finde wirklich Jonathan am besten.«

»Was hältst du davon«, schlug Lilli vor, »wenn wir jeden Tag einen Namen von der Liste streichen, dann müssten wir ...«, sie stockte und schien nachzurechnen, »dann müssten wir rechtzeitig vor der Geburt eine Entscheidung getroffen haben.«

»Wollen wir wetten, dass es Jonathan wird?«, fragte Lukas.

»Wir werden sehen«, antwortete Lilli. »Heute streiche ich Julius, Clemens, Konstantin, Luke und Nikolaus vielleicht auch, das ist ja die Langform von Niklas, oder?«

Lukas zuckte mit den Schultern: »Keine Ahnung, aber je mehr wir streichen, umso besser.«

»Wir kommen voran, Hasenzahn.« Lilli nahm Lukas' rechte Hand und legte sie auf ihren Bauch, der erstaunlich groß geworden war. Sie hatte in den vergangenen Wochen fast achtzehn Kilogramm zugenommen, das war ein Drittel ihres normalen Körpergewichts. »Fühl mal, der Kleine strampelt.«

Lukas spürte einen kleinen Tritt oder Schlag an der Innenfläche seiner Hand, und er säuselte: »Aua, Jonathan, du tust mir weh ...«

»Witzbold.« Lilli gähnte und rappelte sich hoch. »Ich glaube, ich gehe jetzt ins Bett. Je länger die Schwangerschaft dauert, desto müder werde ich.«

»Und wer geht mit dem Hund raus?«, fragte Lukas.

»Immer der, der fragt.« Lilli sah auf die Uhr. »Es ist fast zehn Uhr, es reicht, wenn du Finchen einmal in den Garten lässt.«

Die Dackeldame hatte nach wie vor Schwierigkeiten mit ihrem neuen Zuhause. Sie schreckte bei den kleinsten Geräuschen hoch, bellte wahlweise wie irre die Haustür an oder leckte so lange den Fußboden ab, bis der wie frisch gewienert aussah. Lukas fand das genauso seltsam wie Finchens Tick, sich in die Pfote zu beißen und damit erst aufzuhören, wenn man sie mit einer Wasserpistole bespritzte. Wobei er herausgefunden hatte, dass man sie auch mit einem Leckerli ablenken konnte. »Damit kommst du nicht weiter, wenn du nicht willst, dass Fini bald so aussieht wie ich«, hatte Lilli gesagt. Lukas hatte trotzdem Spaß daran, dem Hund heimlich etwas zuzustecken, weil er glaubte, ihn damit erziehen zu können. Etwas, was seine Schwiegereltern anscheinend nie versucht hatten. Finchen hörte gerade mal auf den Befehl »Sitz«, aber nur, wenn man ihn zwei-, dreimal wiederholte.

Lukas nahm den Hund an die lange Leine, ließ ihn aus der Terrassentür raus und zählte langsam bis sechzig. Dann griff er in seine Hosentasche, holte etwas heraus und rief: »Fini, Leckerli!« Die Dackeldame kam für ihre Verhältnisse rasend schnell zurückgelaufen. »Geht doch.« Lukas schloss die Terrassentür, machte die Leine ab und verschwand ins Schlafzimmer. Er ahnte, dass Finchen in wenigen Minuten hinterherkommen würde, an den vergangenen Tagen hatte er sie morgens entweder am Fußende des Bettes oder auf dem Teppich an Lillis Seite gefunden.

Seine Frau las in einem Schwangerschaftsbuch. Lukas zog sich aus, ging Zähne putzen und fühlte eine wohlige Müdigkeit in sich aufsteigen. Er war lange nicht so schnell eingeschlafen wie in den vergangenen Tagen, und er hatte lange nicht so tief geschlafen. Es tat ihm gut, dass sein Körper viel, sein Kopf dagegen ungewohnt wenig arbeitete, auch wenn er nicht leugnen konnte, dass er langsam wieder Lust aufs Schreiben und Recherchieren bekam. Was allerdings nichts war, das er gegenüber Lilli zugeben würde.

»Gute Nacht, Hasenzahn«, flüsterte er und dachte, was die Leute in der Redaktion sagen würden, wenn sie wüssten, dass sich Lilli und Lukas beide mit dem, nun ja, gewöhnungsbedürftigen Spitznamen ansprachen. Er mochte das und fragte sich, ob Lilli vergessen hatte, ihm eine gute Nacht zu wünschen, oder ob sie schon eingeschlafen war.

»Lukas.« Er spürte eine Hand auf seiner Schulter. »Lukas, wach auf.« Lilli rüttelte an ihrem Mann, erst sanft, dann etwas doller. »Lukas, wach auf, ich glaube, Finchen muss raus.«

»Was … wie, wie spät ist es?«, fragte er schlaftrunken, um schnell selbst auf das Handy zu schauen, das im Flugmodus neben ihm auf dem Nachttisch lag. Es war halb sieben.

»Sie jault vor der Haustür, hörst du? Vielleicht hätten wir gestern Abend länger mit ihr gehen sollen.« Sagte Lilli, ehe sie sich, so gut das in ihrem Zustand ging, auf die Seite drehte, die Decke bis unter das Kinn zog und weiterschlief.

Jetzt hörte Lukas es auch. Er stand auf, schnappte sich eine Jeans und ein T-Shirt und ging die Treppe hinunter. Mit jeder Stufe, die er vom zweiten Stock in Richtung Erdgeschoss kam, wurde das Heulen und Jaulen lauter. Als er unten war, sah er einen Hund, der verzweifelt an der Haustür kratzte. Vor allem sah er mehrere, ungleich große braune Flecken, die sich auf den Fliesen im Flur verteilten und die von weitem Ähnlichkeit mit Blättern hatten, die im Herbst von den Bäumen fielen. Doch erstens war Sommer, und zweitens wuchsen in Häusern bekanntlich keine Bäume. Lukas tippte vorsichtig mit seinem nackten großen Zeh in das braune Unbekannte, um eine schlimme Vorahnung bestätigt zu sehen.

»Fini, hast du Durchfall?«

Die Dackeldame blickte ihm unschuldig ins Gesicht und begann, wie wild mit dem Schwanz zu wedeln. Lukas hastete in die Küche, holte eine Rolle Küchenpapier und begann auf Knien die Bescherung aufzuwischen, während ihn Finchen aufmerksam beobachtete. »Komm jetzt bloß nicht auf die Idee zu bellen«, flüsterte er, knüllte das benutzte Papier zusammen und warf es in den Karton, in dem die Babywiege geliefert worden war. Anschließend wusch er seine Hände gründlich, erst mit Seife, dann mit Desinfektionsmittel, zog sich an und suchte eine Leine.

»So, und jetzt machen wir beide mal einen richtig langen Spaziergang.« Finchens Schwanz sah aus wie der Propeller eines Hubschraubers kurz vor dem Start.

Lukas war sein Leben lang das Gegenteil von einem Frühaufsteher gewesen, aber wenn er in den Morgenstunden unterwegs sein musste, genoss er es jedes Mal. In knapp fünfzehn Minuten war er auf dem Weg, der einmal um die Alster führte und zu den beliebtesten Joggingstrecken der Stadt gehörte. TV-Moderator Markus Lanz war hier fast jeden Tag unterwegs, getarnt mit Kapuzenpullover und Mütze. Manchmal lief auch Julius Wolff die Strecke, etwa wenn er einen Termin im Gästehaus des Senats hatte, das sich auf der anderen Alsterseite befand. Lukas ging in Richtung Innenstadt, Finchen immer zwei, drei Schritte voraus.

Als sie nach einem guten Kilometer an den Alster-Hundewiesen vorbeikamen, zog er die Leine stramm. Die große Auslauffläche war leer, weit und breit war kein anderes Tier zu sehen. Das musste ein Paradies für einen Dackel sein, der den Großteil des Tages in einem Haus eingesperrt war und der einen schlimmen Durchfall hinter sich hatte, dachte Lukas. »Mach Sitz«, sagte er zu Finchen, und die setzte sich tatsächlich sofort hin. Lukas ging zwei, drei Schritte rückwärts, murmelte: »Bleib, bleib«, und dann etwas lauter: »Komm!« Finchen gehorchte aufs Wort, hielt vor ihm und machte wieder Sitz.

»Geht doch«, sagte Lukas und wurde von diesem Gefühl durchschossen, das er manchmal hatte, wenn er überlegte, etwas zu tun, was man nicht tun sollte. Diese Was-wäre-wenn-Momente hatten etwas Verführerisches. Clemens hatte ihm gestanden, dass sie ihn regelmäßig ereilten, wenn er etwa auf einer Dachterrasse oder auf dem Deck eines Schiffes stand und plötzlich darüber nachdachte, was wäre, wenn er runterspränge. Ein Gedanke, den Lukas zum Glück nicht kannte. Aber diese Mischung aus Schauer und Neugier konnte er nachvollziehen, es gab sie auch in einer homöopathischen Dosierung. Etwa, als er sich nun zu der immer noch in Sitzhaltung ausharrenden Finchen herunterbeugte und die Leine aus dem Halsband klickte. Das war genau das, was sein Schwiegervater ihm strengstens verboten hatte, weil der Hund »schneller weg ist, als ihr Stopp sagen könnt«. Aber sein Schwiegervater neigte zu Übertreibungen, warum sollte das in diesem Fall anders sein? Und zur Not hatte Lukas eine Handvoll Leckerlis dabei.

»Lass laufen, Fini«, sagte er, und die Dackeldame guckte ihn für einen Moment an, als könne sie nicht glauben, was passierte. Dann geschah genau das, wovor Lukas' Schwiegervater gewarnt hatte. Der Hund drehte sich um und rannte der neu gewonnenen Freiheit entgegen, erst schnell, dann sehr schnell und schließlich so, dass die langen Dackelohren wie Segel im Wind wehten.

»Leckerli!«, rief Lukas, und lauter: »Leckerli, Leckerli!« Als Finchen sich nicht umsah, begann auch Lukas zu laufen und verlor auf den ersten Metern fünf, sechs Leckerlis, über die sich später andere Hunde freuen würden. Noch konnte er Finchen sehen, aber die Entfernung zwischen Hund und Halter wurde von Sekunde zu Sekunde größer. Zu rennen und gleichzeitig zu rufen strengte an, und das Einzige, was Lukas in diesem Moment trösten konnte, war, dass ihm dabei niemand zusah. Wobei er die Hilfe anderer Hundebesitzer gut hätte gebrauchen können.

Finchen war von den Hundewiesen in Richtung Alster abgebogen, und Lukas fragte sich, während er den Namen der Dackeldame zunehmend heiser rief, was er tun würde, wenn sie ins Wasser springen würde. Wie weit konnte so ein Hund schwimmen? Bis ans andere Ufer? »Fiiiinchen!«, schrie Lukas. Es klang verzweifelt, was auch daran lag, dass die Gerufene im meterhohen Schilf verschwand, das Lukas an die Maislabyrinthe erinnerte, durch die er als Kind in den Sommerferien an der Ostsee geirrt war. Hinter dem Schilf führte ein kleiner Steg entlang. Lukas lief bis an dessen Ende und hatte von dort einen halbwegs freien Blick auf die Alster. »Fiiii-inchen!«, rief er so laut wie nie zuvor, und dann sah er sie. Im Wasser, irgendetwas Schwarzes im Maul, vielleicht einen Vogel, den sie gewittert, gejagt und gefangen hatte. Jetzt kam es darauf an, in welche Richtung sie schwamm. Lukas griff in die Plastiktüte mit den Leckerlis, die er von seinem Schwiegervater bekommen hatte, und stutzte, als er etwas Kaltes, Glattes fühlte. Er zog es heraus und hielt eine Trillerpfeife in der Hand, die vielleicht seine Rettung sein konnte. Er steckte die Pfeife in den Mund und blies so kräftig hinein, wie er es nach den Anstrengungen noch konnte. Heraus kam ein hoher, kaum hörbarer Ton, der sich aus Lukas' Sicht nahtlos in die Fehleinschätzungen, Pleiten und Enttäuschungen der vergangenen Minuten einreihte. Oder doch nicht? Finchen änderte plötzlich die Richtung, sie paddelte mit ihren kleinen Füßen direkt auf den Steg und auf Lukas zu, der pfiff und pfiff und pfiff, bis die beiden nur noch wenige Meter trennten. Dann kniete er sich hin, ließ sich auf den Bauch fallen und schnappte mit ausgestreckten Armen zu, als der Hund die Stegkante erreicht hatte. Der zappelte, als Lukas ihn aus dem Wasser zog, aber er schien sich zu freuen, wieder bei ihm zu sein. Auf jeden Fall war der Dackelschwanz in voller Bewegung.

»Das ... machen ... wir ... nie ... wieder!« Lukas atmete zwischen jedem Wort schwer ein. Er befestigte die Leine an Finchens Halsband und schwor sich, sie dort so lange zu lassen, bis seine Schwiegereltern von der Kreuzfahrt zurück waren. Dann rappelte er sich auf, klopfte sich die Hose ab, fuhr sich mit den Ärmeln des T-Shirts ein paarmal durch das schweißnasse Gesicht und strich mit den Händen die Haare aus der Stirn.

Erst jetzt hatte er Zeit, sich mit dem zu beschäftigen, was Finchen in ihrem Maul hatte. Es war kein Vogel.

»Was hast du da?« Lukas beugte sich herunter und versuchte, dem Dackel den Gegenstand aus den Zähnen zu reißen. Es gelang ihm nicht, Finchen hielt ihre Beute im wahrsten Sinne des Wortes verbissen fest, aber Lukas hatte nicht vor, sich ein weiteres Mal von ihr vorführen zu lassen. Er zog und rüttelte so lange, bis die Kiefermuskeln für einen Moment nachgaben. Lukas hatte ein Lederetui in der Hand, eines dieser flachen, in dem man EC-Karte, Ausweise und Geldscheine aufbewahren konnte und das in Hosen oder Jacken nicht zu dick auftrug. Jemand musste es verloren haben, und gleich würde er auch wissen, wer dieser Jemand war. Er klappte das Etui mit einer Handvoll Plastikkarten auf. Ganz vorn ragte ein Führerschein heraus, und von einem Foto blickte ihn ein Mann an, den er kannte. Lukas konnte es nicht glauben. Er nahm den Führerschein heraus, sah auf den Namen, dann auf das Bild, dann wieder auf den Namen und auf die Visitenkarte mit dem Logo des *Politik Insiders*, die dahintersteckte.

»Jens U. Schmidt«, las Lukas und hatte dieses Gefühl, das er sonst nur hatte, wenn er einer großen Geschichte auf der Spur war.

12

Wenn sie irgendwo einen Namen angeben müsste, würde sie behaupten, Anna Beerbock zu heißen, »wie die grüne Politikerin, nur ohne Lena und mit zwei e«. Es war ein bewährter Trick, leicht veränderte Namen von Prominenten zu benutzen, die meisten erinnerten sich später nur *daran*, nicht an ein Gesicht. Aber aktuell war das nicht nötig. Sie war zu Beginn der Operation mit ihrem Wohnmobil nach Hamburg gekommen und hatte gestaunt, wie wenig sie damit im Stadtbild auffiel. Selbst direkt an der Außenalster nicht, wo tatsächlich so viele Wohnmobile parkten, dass sie sich fragte, ob es hier eine Art exklusiven Straßenstrich gab. Auf jeden Fall hatte jemand in der vergangenen Nacht an ihre Tür geklopft, zweimal lang, dreimal kurz.

Sollte, aus welchen Gründen auch immer, die Polizei sie kontrollieren, war das Schlimmste, was sie befürchten musste, ein Strafticket wegen Falschparkens. Sonst würde kein Beamter dieser Welt etwas in ihrem Wohnmobil finden, was auf den Job hinwies, dem Anna Beerbock, die nicht Anna Beerbock hieß, seit vielen Jahren mit großem Erfolg nachging.

Sie hatte keine Waffen bei sich, nicht mal Stricke oder Schlagstöcke, obwohl sie beides manchmal gut gebrauchen könnte. Die Liste mit den acht Namen, die sie in der Elbphilharmonie erhalten hatte, hatte sie an einem sicheren Ort versteckt. Was sie über die Männer und Frauen wissen musste, fand sie im Internet oder im Darknet. Sie hatte geahnt, dass dieser Job eine andere Dimension haben würde als vieles, was sie vorher gemacht hatte, und es war neben dem Geld genau das, was sie gereizt hatte. Die Aufgabe hieß, die genannten Personen »auszuschalten«, was in ihrer Branche ein dehnbarer Begriff war. Damit könnte eine Liquidation genauso gemeint sein wie eine Entführung oder ein Unfall, der dazu führte, dass der Betroffene seinen Beruf nicht mehr ausüben konnte. Denn der Beruf war es, der die acht miteinander verband. Sie waren alle Journalisten bei großen Zeitungen und Magazinen, und sie hatten, soweit sie das beurteilen konnte, alle etwas mit diesem G20-Treffen zu tun. Zumindest hatte sie im Netz viele aktuelle Artikel gefunden, in denen sich die Leute von der Liste damit beschäftigten, was bei dem Spitzentreffen der Staats- und Regierungschefs falsch gelaufen war und welche Fehler der Hamburger Bürgermeister gemacht hatte.

Sie kannte Julius Wolff aus seiner Zeit in Berlin und hatte ihn ein paarmal im Fernsehen gesehen. Er war ihr nicht unsympathisch gewesen, weil er mit der gleichen Einstellung an seine Arbeit heranging wie sie an ihre: nüchtern, emotionslos, immer vom Ende her denkend, allein das Ergebnis zählte. »Einer muss den Job ja machen«, hatte Wolff in einem früheren Interview auf die Frage erwidert, warum er Generalsekretär seiner Partei geworden war. Es war genau die Antwort, die sie geben würde, wenn jemand von ihr wissen wollte, warum sie das tat, was sie tat. Wobei sie hoffte, dass ihr diese Frage niemals gestellt werden würde, weil das entweder auf einer Polizeiwache oder in einem Gerichtssaal geschähe.

Sie hatte das Gefühl, Julius Wolff in der schwierigsten Zeit seiner Karriere nahe zu sein. Ein einziger Text, eine Enthüllung konnte dazu führen, dass der Bürgermeister sein Amt verlor und damit alle Hoffnungen auf weitere Positionen und mehr Macht. Mit jedem Reporter, den sie ausschaltete, verringerte sich dieses Risiko, weswegen sie manchmal dachte, dass der Bürgermeister ihr eigentlich dankbar sein müsste. Konnte sie ausschließen, dass er mit ihren Auftraggebern gemeinsame Sache machte? Menschen wie sie wussten nie genau, von wem sie den jeweiligen Job bekommen hatten. Das war zum Schutz aller Beteiligten essenziell, wobei es für jemanden wie sie natürlich Mittel und Wege gab herauszufinden, wer dahintersteckte. Die Kontakte entstanden über Mittelsmänner, die wie Makler arbeiteten. Verträge gab es nicht, die Bezahlung erfolgte bar über Boten, die sich in der Unterwelt auskannten, und neuerdings auch über Bitcoins.

Welche Motive hinter dem Auftrag steckten, war ihr zwar nicht egal, aber wichtiger war, dass die Bezahlung stimmte und sie schnell und effektiv arbeiten konnte. Die Sache in Hamburg hatte gut begonnen, aber sie wusste, dass es kaum so weitergehen würde. Dafür war die Liste zu lang, und dafür waren die Klienten, wie sie ihre Opfer nannte, zu sehr Teil der Öffentlichkeit. Sie ahnte, dass die Journalisten, die bekanntermaßen zu Übertreibungen neigten, hysterisch werden und entsprechend berichten würden, wenn sie eins und eins zusammenzählten. Und das würden sie früher oder später, da machte sie sich keine Illusionen.

Wahrscheinlich war das auch das Ziel ihrer Auftraggeber: Sie wollten Unruhe stiften und Angst in den Hamburger Medien säen, sie wollten die, die normalerweise immer allen sagten, wo es langging, aus dem Konzept bringen. Zumindest reimte sie sich das so zusammen, als sie nach dem gemeinsamen Bad mit Christoph Meier-Wiegand, dem ersten

Klienten, wieder in ihrem Wohnmobil saß und langsam durch Hamburg kurvte, um sich einen neuen Stellplatz zu suchen. Dass sie dabei nach gut zehn Minuten von einem Polizeibeamten gestoppt wurde, der sie mit Handzeichen aufforderte, anzuhalten und rechts ranzufahren, sorgte für einen kurzen Adrenalinschub. Sie kurbelte das Fenster herunter und fragte: »Bin ich zu schnell gefahren?«

Der Polizist schüttelte den Kopf. »Nein, Sie müssen nur kurz einen Demonstrationszug durchlassen«, sagte er und zeigte auf etwa zweihundert Menschen, die hinter ihr auf die Straße bogen. Sie trugen Plakate mit Aufschriften wie »Lügenpresse, halt die Fresse« oder »Wer einmal lügt, dem glaubt man nicht«, darunter die Logos der wichtigsten Hamburger Medien, und einen Moment lang dachte sie, dass ihr Auftrag auch aus den Reihen solcher Menschen kommen konnte. Nur: Woher sollten die so viel Geld haben?

Nach zwanzig Minuten konnte sie weiterfahren und fand eine ruhige Stelle in der Nähe der Außenalster, wo sie parken und sich mit ihrem nächsten Klienten beschäftigen konnte. Wer hinter alldem hier steckte – ob linke Aktivisten, die bei G20 ihre Ziele nicht erreicht hatten, oder rechte Verschwörungstheoretiker, die die Gunst der Stunde nutzten –, sollte bitte schön die Kriminalpolizei klären. Sie hatte einen Job zu erledigen.

13

So froh Lukas war, dass er Finchen wieder sicher an der Leine hatte, so sehr beunruhigte ihn das Lederetui, das in seiner Hosentasche steckte. Er hatte überlegt, es auf der nächsten Polizeiwache abzugeben, nach Hause zu gehen und damit zu beginnen, die Regale im Kinderzimmer aufzubauen. Wahrscheinlich hätte er es so gemacht, wenn in dem Etui nicht Ausweise, Kredit- und Visitenkarten eines Kollegen gesteckt hätten, wodurch es einfach war, ihn anzurufen, um zu sagen, dass er es gefunden hatte. Im Normalfall hätte Jens U. Schmidt längst gemerkt, dass er seine Brieftasche verloren hatte, und hektisch mit der Suche begonnen. Lukas wusste, wie es sich anfühlte, die kleinen Plastikkarten zu vermissen, ohne die im Jahr 2017 nichts mehr ging, ohne die man nicht einmal beweisen konnte, dass man der war, der man war.

Als Finchen am Rande der Alster stoppte, um ein Häufchen zu machen, das diesen Namen wirklich verdiente – der Durchfall schien vorbei –, nahm Lukas sein Telefon, googelte die Nummer des *Politik Insiders* und rief in der Zentrale mit der Bitte an, man möge ihn mit Herrn Schmidt verbinden, Jens U. Schmidt.

»Einen kleinen Moment, bitte«, sagte eine nette junge Stimme auf der anderen Seite. Dann hörte Lukas Ausschnitte aus »The Final Countdown« von Europe, einem Lied, das vor vielen, vielen Jahren mal ein Tophit gewesen war. Jetzt taugte es immerhin als Warteschleife, die nach ein paar Sekunden von einem Freizeichen abgelöst wurde. Es klingelte sechsmal, dann hörte Lukas erneut den finalen Countdown und schließlich wieder die nette Stimme, die um Entschuldigung bat, aber der Herr Schmidt scheine noch nicht in der Redaktion zu sein, »es ist ja auch noch früh«. Lukas schaute auf sein Handy und sah, dass es 8.30 Uhr und er seit fast zwei Stunden unterwegs war.

»Vielen Dank für Ihre Mühe, ich versuche es später noch mal«, sagte er und legte auf.

Lilli war wach geworden, sie hatte ihm eine WhatsApp geschrieben, wo er denn sei, und, in Großbuchstaben: »IST FINCHEN BEI DIR?«

»Wir waren an der Alster, ich hatte das Gefühl, dass die Kleine mal richtig Auslauf braucht. Der Durchfall ist auch weg«, schrieb Lukas zurück.

»Welcher Durchfall?«, fragte Lilli, und Lukas sah sie vor sich, aufrecht im Bett sitzend, ein Kissen hinter den Rücken geschoben, das Handy auf dem Babybauch, wie jeden Morgen, auch wenn er mehrfach gesagt hatte, dass er das nicht so gut fände, wegen der Strahlung und so.

»Erkläre ich dir nachher, wir sind auf dem Rückweg. Küsschen«, schrieb er und registrierte aus den Augenwinkeln den Golden Retriever, der mit seinem Frauchen auf den Alsterwanderweg einbog. Wenn Finchen ihn bemerken würde, würde es ein gewaltiges Gebelle und Angriffsversuche geben, für die sich Lukas in den vergangenen Tagen bei Spaziergängen schon mehrfach geschämt hatte. Er änderte abrupt die Richtung, zog kurz und hart an der Leine und fiel in einen leichten Trab, der dem Hund Spaß zu machen schien, obwohl er mit seinen kleinen Beinchen kaum hinterherkam. Sie liefen von der Alster weg in Richtung Eppendorf und hatten in wenigen Minuten den Harvestehuder Weg erreicht.

Der Dackel legte eine Schnüffelpause an einer der Straßenlaternen ein, die für Hunde so etwas sein mussten wie für Menschen Twitter, ein Ort voller Nachrichten. »Lass dir Zeit«, sagte Lukas und griff nach seinem Handy. Ihm war beim Laufen eingefallen, dass es eine Kollegin beim *Politik Insider* gab, die er etwas besser kannte und von der er eine Handynummer haben musste. Barbara Holzner hatte anderthalb Jahre als Reporterin bei den *Hamburg News* gearbeitet und war Lukas dort aufgefallen, weil ihre Texte aus vielen kurzen Sätzen bestanden, für die sie extrem lange brauchte. Sie schrieb damals so, wie man sonst nur beim *Politik Insider* schrieb. Dort war man stolz darauf, dass die Geschichten alle einen ähnlichen Sound hatten, und man suchte intensiv nach jungen Leuten, die garantierten, dass das so blieb. Deshalb war es nur eine Frage der Zeit gewesen, dass Barbara Holzner und der *Politik Insider* zusammenfanden. Wenn Lukas sich richtig erinnerte, war sie von Christoph Meier-Wiegand, dieser Edelfelder unter den Edelfedern, angesprochen worden.

Er hatte ihre Handynummer gefunden und hoffte, dass sie sich nicht geändert hatte. Auf jeden Fall tutete es.

»Hallo?« Barbaras Stimme, wenn auch leicht verschnupft. Lukas glaubte sich daran zu erinnern, dass sie stark an Allergien gelitten hatte, vor allem an Heuschnupfen.

»Hallo, Barbara, hier ist Lukas, Lukas Hammerstein von den *Hamburg News*, ich hoffe, ich störe nicht.« Eigentlich hatte er sagen wollen, dass er hoffte, sie erinnere sich an ihn, aber im letzten Moment fand er das albern. Wieso sollte sie einen Kollegen vergessen haben, nur weil sie beim *Politik Insider* und nicht mehr bei den *Hamburg News* arbeitete?

»Lukas, das ist ja eine Überraschung«, sagte Barbara, »lange nichts voneinander gehört.« Man fragte, ob es dem anderen gut gehe und was die jeweiligen Partner machten (Barbara hatte sich von dem, den Lukas kannte, getrennt), um schnell zu der Formulierung zu kommen, die für solche Telefonate typisch war.

»... aber deswegen rufe ich natürlich nicht an. Ich habe eine Frage an dich«, sagte Lukas.

»Das habe ich mir gedacht«, entgegnete Barbara Holzner. »Schieß los, wie kann ich dir helfen?«

»Ich bräuchte einen direkten Kontakt zu Jens U. Schmidt«, bat Lukas.

»Zu Jens U.? Das ist einfach.« Lukas glaubte zu hören, wie Barbara sich in Bewegung setzte. »Ich arbeite mit ihm im Moment in unserem G20-Team zusammen, und wenn du mir einen Augenblick Zeit gibst und wir etwas Glück haben, kann ich dich gleich weiterreichen. Ich laufe schnell die Treppe zu seinem Büro runter. Wir wollten uns um neun Uhr zu einem Team-Meeting treffen, es gibt viel zu besprechen. Das mit Christoph Meier-Wiegand hast du sicherlich gehört?«

Lukas nickte automatisch: »Natürlich, es ist furchtbar, einfach furchtbar.«

»Wir können es immer noch nicht glauben. Er war kein einfacher und schon gar kein uneitler Kollege, aber seine Art zu schreiben war genial. Was das angeht, war er ein großes Vorbild für viele bei uns.« Barbara atmete schwer, und Lukas wusste nicht, ob das an der Erinnerung an Meier-Wiegand lag oder daran, dass sie zu schnell gegangen war.

»Ich bin gleich da, warte«, sagte sie, und Lukas hörte etwas, das wie das Klopfen an eine Tür klang.

»So, jetzt bin ich in seinem Büro«, setzte Barbara ihre Livereportage aus dem Pressehaus fort. »Jens U. ist nicht da, aber er muss gestern Abend lange gearbeitet haben. Der Aschenbecher quillt über, und das, was in dem Glas neben seinem Laptop ist, mag aussehen wie Apfelsaft, ist aber …«, Lukas stellte sich vor, wie sie das Glas in die Hand nahm und daran roch, »… ist aber Whiskey. Jens U. ist einer von der alten Sorte, Lukas, wenn du verstehst, was ich meine.«

Lukas nickte wieder still vor sich hin. Die alte Sorte, das waren jene Journalisten, die bei der Arbeit wie selbstverständlich Alkohol tranken, auch harte Drinks.

»Hast du eine Handynummer von ihm?«, fragte er.

»Tut mir leid, die darf ich nicht rausgeben, Datenschutz«, antwortete Barbara. »Aber ich habe ihm einen Zettel geschrieben, dass er dich unter der Nummer anrufen soll, die mir angezeigt wird. Worum geht es eigentlich, wenn ich fragen darf? Um G20?«

»Er hat seine Brieftasche an der Alster verloren, und ich habe sie heute Morgen durch Zufall gefunden.« Die Details wollte Lukas Barbara ersparen, auch weil er sie nicht mit der Information beunruhigen wollte, dass Finchen sich das Lederetui nicht an, sondern in der Alster geschnappt hatte.

»Da wird er sich freuen«, sagte Barbara. »Ich glaube, es ist nicht das erste Mal, dass er etwas Wichtiges verloren hat, aber es könnte das erste Mal sein, dass er es wiederbekommt. Er hat die letzten Tage leider noch mehr getrunken als sonst, die Sache mit Christoph Meier-Wiegand hat ihn sehr mitgenommen.«

»Was ich verstehen kann«, sagte Lukas. »Ist er denn gestern Abend an der Alster gewesen?«

»Soweit ich weiß, fährt er manchmal mit seinem E-Bike aus der Redaktion nach Hause, er wohnt in Harvestehude«, antwortete Barbara.

Das war eine wichtige Information.

»Weißt du, wo?«, fragte Lukas. »Ich bin auf dem Weg nach Hause, wir wohnen in Eppendorf, ich könnte ihm seine Sachen vorbeibringen oder wenigstens in den Briefkasten stecken.«

»Ich weiß seine Adresse nicht, aber wenn du seine Brieftasche hast, müsste doch auch sein Personalausweis dabei sein. Und auf der Rückseite ...«

»... steht seine Adresse, danke, darauf hätte ich selbst kommen können«, sagte Lukas. »Ich schaue gleich nach. Magst du mir Bescheid sagen, wenn du Jens U. Schmidt siehst?«

»Gern«, sagte Barbara. »Bis demnächst.«

»Danke, bis bald.«

Lukas fand den Personalausweis hinter der EC-Karte. Jens U. Schmidt wohnte im vornehmen Teil der Isestraße. Dort hinzukommen war zwar ein kleiner Umweg, aber er wollte das jetzt hinter sich bringen.

»Ich hole schnell ein paar Brötchen und etwas Aufschnitt«, schrieb er Lilli per WhatsApp, und sie schrieb zurück: »Keine Eile, die Wehen kommen erst alle zwei Minuten ... Kleiner Scherz.«

Jens U. Schmidts Wohnung lag in einer alten Villa. Lukas zählte sechs Klingelschilder, auf dem obersten stand »JUS«. Das musste er sein. Er klingelte und wartete, dann noch einmal, schließlich ein drittes Mal. Es war kurz nach neun Uhr, entweder hatte Schmidt verschlafen und hörte das Klingeln nicht, oder er war inzwischen in der Redaktion zum vereinbarten Treffen angekommen. Alles wäre Lukas recht gewesen, wenn er endlich ein Lebenszeichen von dem Mann erhalten hätte, dessen komplette Identität in seiner Hosentasche steckte.

Finchen knurrte, und bevor Lukas etwas wie »Aus« sagen

konnte, fing sie an zu bellen. Die Tür öffnete sich, eine Mutter mit Babywagen trat heraus und erschrak kurz vor dem lauten Hund. Lukas entschuldigte sich, hielt die Tür auf und wünschte einen schönen Tag. Jetzt war er im Haus. Es roch muffig, und der Fahrstuhl sah aus, als müsste einmal die Woche der Notdienst kommen. Lukas zerrte Finchen unter leichtem Protest hinein. Als sich die Tür klappernd schloss, fing die Dackeldame an, den Boden abzulecken, ein sicheres Zeichen ihrer Aufgeregtheit. Lukas drückte den obersten Knopf, und es dauerte fast zweieinhalb Minuten, bis sie ihr Ziel erreicht hatten.

Jens U. Schmidts Wohnung befand sich unter dem Dach. Die aktuelle Ausgabe der *Hamburg News* lag vor der Tür. Lukas klingelte, aber im Inneren der Wohnung rührte sich nichts, auch nicht, als er dezent klopfte. Finchen hatte den kompletten Flur abgeleckt, auf dem Boden bildete sich ein dünner Speichelfilm. »Aus, Fini«, sagte Lukas, aber die Dackeldame machte weiter. Er kniete sich hin, hob den Briefschlitz der Tür an und versuchte, in die Wohnung zu schauen. Er konnte nicht viel sehen. »Herr Schmidt, sind Sie da?«, sagte er, so laut, wie es ihm in einem Treppenhaus angemessen schien, aber eine Antwort blieb aus. »Dann ist es halt so«, murmelte Lukas, holte das Etui aus seiner Hosentasche und ließ es durch den Briefschlitz plumpsen.

Hinterher kaufte er in einem nahegelegenen Edeka-Markt vier Brötchen, Salami, Erdbeermarmelade mit wenig Zucker und zwei Packungen Choco Crossies, die Lilli in diesem Stadium der Schwangerschaft zu sich nahm wie früher im Job Kaffee. Unter sechs Tassen am Tag hatte sie es nicht gemacht. Finchen hatte die wenigen angeleinten Minuten vor der Tür damit verbracht, sich die rechte Pfote blutig zu kauen, und Lukas beschloss, dem Hund zu Hause einen Verband zu machen, vielleicht mit einer Salbe, die so bitter schmeckte, dass sie nie wieder auf den Gedanken kommen würde, sich selbst zu verstümmeln.

Es war kurz vor zehn Uhr, als er die Haustür aufschloss, Finchen von der Leine befreite, Lilli ein Brötchen mit Erdbeermarmelade schmierte und zusammen mit ein paar Choco Crossies ins Schlafzimmer brachte. Seine Frau lag im Bett und freute sich, dass sie etwas zu essen bekam, und vor allem, was.

»Du bist ein Schatz, Hasenzahn.« Lilli biss von dem Brötchen ab, ein wenig Marmelade tropfte auf ihr Kinn, »Wo warst du so lange?«

»Erzähle ich dir später«, sagte Lukas. Hinter sich hörte er die Trippelschritte von Finchen, die mit einem kurzen Anlauf aufs Bett sprang, es sich an den Füßen von Lilli gemütlich machte und relativ bald alle viere von sich streckte. Der lange Spaziergang hatte die Dackeldame müde gemacht.

Lukas selbst war aufgewühlt und blickte im Fünf-Minuten-Rhythmus auf sein Handy, in der Hoffnung, eine Nachricht von Barbara oder, noch besser, von Jens U. Schmidt selbst zu erhalten. Doch das Telefon blieb stumm. Er ging ins Kinderzimmer, riss den Karton mit dem ersten Regal auf und begann, sich in die Aufbauanleitung zu vertiefen. Es war genau die Art von Ablenkung, die er brauchte. Nach knapp anderthalb Stunden stand das Regal, Lukas hatte nur drei Schrauben und zwei Muttern übrig behalten und wertete das als gutes Zeichen. Von Lilli und Finchen hatte er genauso wenig gehört wie von seinem Handy.

Er beschloss, nach seiner Frau und dem Hund zu sehen, bevor er sich dem nächsten Regal zuwandte. Finchen war eingeschlafen und machte nicht einmal kurz die Augen auf, als

Lukas ins Schlafzimmer kam. Lilli hatte das Brötchen und die Schokolade aufgegessen, den Teller auf den Nachttisch gestellt und starrte auf das iPad, das sie gegen das Handy eingetauscht hatte.

»Kommst du gut voran?«, fragte sie und sagte, als Lukas nickte: »Ich glaube, ich bleibe heute erst mal im Bett.« Der Frauenarzt hatte Lilli geraten, sich, so oft es ging, zu schonen. Sie hatte für eine zierliche Frau ordentlich an Gewicht zugelegt, und ab und an hatte es in den vergangenen Wochen einen Fehlalarm gegeben, Wehen, die zum Glück genauso schnell verschwanden, wie sie gekommen waren. Aber die Botschaft des Arztes war deutlich gewesen. Schonen Sie sich, wenn Sie nicht viel früher Mutter werden wollen, als für Ihr Kind gut ist.

»Entspann dich und ruh dich aus, ich kümmere mich um alles andere«, sagte Lukas. »Das erste Regal steht.«

Lilli nickte zufrieden. »Dann kann ich mich ja über unsere Namensliste beugen.«

»Ich bin für Jonathan.« Lukas gab seiner Frau einen Kuss auf die Stirn und wollte gerade den Teller mit den Brötchenkrümeln wegräumen, als er sah, was sie auf dem iPad las. Lilli hatte die Internetseite der *Hamburg News* aufgerufen. Über der obersten Meldung war das Foto eines Sees zu sehen, die Schlagzeile lautete: »Passant findet leblosen Mann in Außenalster«. Der Teller glitt Lukas aus der Hand und zerbrach in drei Teile, als er auf dem Parkett aufschlug.

14

Wer als Polizeireporterin zwischen Elbe und Alster arbeitete, bekam mit unschöner Regelmäßigkeit Wasserleichen präsentiert. Meist war ein Unfall die Ursache, oft waren Alkohol oder Drogen oder schlicht Lebensmüdigkeit im Spiel. Manchmal unterschätzten Menschen Strömungen und Entfernungen und ertranken, obwohl sie ganz passable Schwimmer waren. Dass eine Person, die im Alster- oder Elbwasser gefunden wurde, Opfer eines Verbrechens geworden war, war dagegen selten. Aber weil es passieren konnte und weil es neben vielen unbekannten auch prominente Wasserleichen geben konnte, rückte Kaja Woitek jedes Mal aus, wenn sie eine entsprechende Information aus Polizeikreisen bekam.

Dabei achtete sie darauf, anders als sonst, nicht zu früh am Tatort zu sein. Es konnte unerfreulich werden, wenn man als Reporterin vor der Polizei eintraf, und das lag nicht nur daran, dass Wasserleichen meist keinen schönen Anblick abgaben. Daran hatte Kaja sich mehr oder weniger gewöhnt, solche Bilder gehörten zu ihrer Arbeit. Woran sie sich nicht gewöhnen konnte, waren die unschuldigen und unbeteiligten Menschen, die das Pech hatten, bei einem schönen Spaziergang einen Körper im Wasser treiben zu sehen, und diesen Moment nie in ihrem Leben vergessen würden. Deshalb mochte sie Überschriften wie die, die seit ein paar Minuten auf der Internetseite der *Hamburg News* stand, nicht besonders: »Passant findet leblosen Mann in Außenalster«

hieß, dass es in zwei Leben einen unwiederbringlichen Bruch gegeben hatte.

Von der Redaktion zu der Stelle, wo das Opfer gefunden worden war, brauchte Kaja mit einem der E-Bikes, die extra für die Polizeireporter angeschafft worden waren, zehn Minuten. Der Tatort war mit dem rot-weißen Flatterband der Polizei abgesperrt, dahinter standen zwei Typen in weißen Schutzanzügen, die sich über etwas beugten, das auf dem Boden lag. Zeitgleich mit Kaja war ein Mitarbeiter des Psychologischen Dienstes eingetroffen, der sich um denjenigen kümmern würde, der die Polizei gerufen hatte. Von den anderen Zeitungen war niemand da, sie verließen sich bei Wasserleichen oft allein auf die Pressemitteilungen der Polizei. Kaja stellte das E-Bike kurz vor der Absperrung ab und suchte jemanden, mit dem sie über die ersten Erkenntnisse sprechen konnte.

»Kann ich Ihnen helfen?« Die Stimme kam aus ihrem Rücken, und Kaja musste lächeln, als sie sich umdrehte.

»Vielleicht kann ich auch dir helfen, Enno«, sagte sie und musste sich beherrschen, ihn nicht in den Arm zu nehmen und zu küssen.

»Nicht so laut«, Enno senkte die Stimme. »Wäre nicht gut, wenn die Kollegen von der Spurensicherung«, er zeigte zu den Männern in den Schutzanzügen, »mitbekommen, dass ich mich mit einer Polizeireporterin duze.«

»Wahrscheinlich kenne und duze ich die beiden auch«, sagte Kaja etwas leiser und trat so nah an Enno heran, dass sich ihre Oberkörper leicht berührten. Der Polizist war mindestens einen Kopf größer als sie, vielleicht sogar anderthalb. Kaja merkte, dass der Kontakt ihn verunsicherte, möglicherweise etwas erregte. Sie räusperte sich, ging wieder auf Abstand und sagte förmlich: »Können Sie mir sagen, was hier passiert ist, Herr ...«, sie tat, als würde sie das Namensschild auf Ennos Jacke lesen, »Herr von Spoercken?«

»Wir sind gerade erst angekommen. Vor knapp zwanzig Minuten hat die Dame dahinten«, Enno zeigte auf eine junge Frau, derer sich der Mann vom Psychologischen Dienst angenommen hatte, »einen Notruf abgesetzt und den Fund eines leblosen Körpers gemeldet. Den konnten wir inzwischen bergen, es handelt sich nach ersten Einschätzungen um einen Mann um die sechzig Jahre. Er muss etwas länger tot sein. Mehr wissen wir leider auch nicht, Frau ...«, Enno tat, als würde er Kajas Nachnamen nicht kennen. Sie zog mit einem breiten Grinsen eine Visitenkarte aus ihrer Hosentasche und überreichte sie ihm. »... Woitek. Wenn ich weitere Informationen habe, werde ich mich gern bei Ihnen melden. Ihre Nummer habe ich jetzt ja«, sagte er so, dass alle es hören konnten, steckte die Visitenkarte ein und senkte die Stimme wieder: »Wollen wir uns heute Abend sehen?«

Kaja nickte: »Ich würde mich freuen.«

Dann hob ihr Freund das Absperrband hoch und begrüßte die Kollegen der Spurensicherung. Kaja nahm ihr Handy, um Fotos und Videos zu machen, die sie an die Redaktion schickte. Als sie damit fertig war, pirschte sie sich an die Frau heran, die die Wasserleiche gefunden hatte, in der Hoffnung, etwas von ihrem Gespräch mit dem Mann vom Psychologischen Dienst mitzubekommen. Doch bevor sie ein Wort verstanden hatte, klingelte ihr Telefon. Ein Anruf aus dem Sabbatical.

»Lukas Hammerstein, du lebst noch?«

Er ignorierte die Begrüßung. »Kaja, bist du bei der Wasserleiche?«, fragte er, und obwohl sie zu hören glaubte, dass seine Stimme ernster klang als sonst, versuchte sie es mit einem weiteren Scherz.

»Nein, ich mache eine Umfrage in der Innenstadt, wie viel

die Hamburger:innen in diesem Jahr für Weihnachtsgeschenke ausgeben wollen.«

»Sorry, Kaja, es ist wichtig: Bist du bei der Wasserleiche?« Lukas meinte es wirklich ernst.

»Ja, bin ich. Wieso interessiert dich das so brennend?«, fragte sie zurück.

»Wisst ihr, wie alt der Mann war?« Wieder keine Antwort von Lukas.

»En... Der leitende Polizist vermutet, um die sechzig.« Kaja kam ins Stammeln.

»Verdammt, das könnte hinkommen«, sagte Lukas.

»Was könnte hinkommen?«, fragte Kaja.

Lukas fragte weiter: »Wie sieht er aus?«

»Wir wurden einander noch nicht vorgestellt, der Herr Wasserleiche und ich«, antwortete sie etwas schnippisch.

»Ich kann dir nicht genau sagen, warum, aber ich vermute, dass der Mann, den sie in der Alster gefunden haben, Jens U. Schmidt ist.« Lukas atmete tief durch.

»Jens U. Schmidt?«, fragte Kaja. Ihr kam der Name bekannt vor, sie wusste aber nicht, woher.

»Jens U. Schmidt ist Reporter beim *Politik Insider*, ein Kollege von Christoph Meier-Wiegand«, sagte Lukas.

»Du meinst ...?« Kaja hielt die Luft an.

»Ich meine gar nichts«, sagte Lukas. »Ich fände es nur komisch, wenn zwei Journalisten von ein und demselben Magazin innerhalb weniger Tage leblos im Wasser treiben, der eine im Fitnessstudio, der andere in der Alster. Deshalb muss ich unbedingt wissen, ob eurer Mann Jens U. Schmidt ist.«

»Wie sieht er aus?«, fragte Kaja. »Hast du ein Foto?«

»Ich habe ...« Lukas griff instinktiv in die Hosentasche, in der er bis vor kurzem das Lederetui mit den Ausweisen von Schmidt gehabt hatte. Da war nichts mehr. Oder doch? Er zog eine Plastikkarte heraus. Der Personalausweis, den er vorhin gebraucht hatte, um Schmidts Adresse herauszufinden. Er hatte ihn nicht zurück in die Brieftasche gesteckt.

»Ich habe ein Foto von ihm, warte kurz, ich schicke es dir über WhatsApp.« Lukas hielt den Ausweis vor die Kamera seines Handys und drückte ab. Nicht einmal eine Minute später ploppte das Bild bei Kaja auf.

»Woher hast du …«, fing sie an.

»Wie gesagt, das ist eine lange Geschichte, die ich dir gern später in aller Ruhe erzähle.« Lukas überlegte, was er mit dem Ausweis machen sollte. »Aber jetzt zählt nur eine Frage: Liegt da neben dir Jens U. Schmidt oder nicht?«

Kaja dachte nach.

»Kaja?«, fragte Lukas. »Bist du noch dran?«

»Ich melde mich gleich, gib mir fünf Minuten«, sagte sie und legte auf.

15

»Natürlich kann das alles auch Zufall sein. Aber wenn du mich fragst: Groß ist die Wahrscheinlichkeit nicht.« Hartmut Naumann kam wie immer gleich zum Punkt. Er hatte eine lange Karriere bei der Bundeswehr hinter sich, bevor er in die Politik gewechselt war. Naumann war ein Musterbeispiel, wenn es um Eigenschaften wie Loyalität, Disziplin und Belastbarkeit ging, alles Dinge, die Julius Wolff genauso schätzte wie die Erfahrung eines Mannes, der für Deutschland im Afghanistan-Krieg gedient hatte. Als feststand, dass er Bürgermeister werden würde, war Naumann einer der Ersten gewesen, den er angerufen und gefragt hatte, ob er sich vorstellen könne, Minister in seiner Regierung zu werden. Er hatte »Es wäre mir eine Ehre« gesagt und nicht einmal gefragt, welche Rolle Wolff für ihn vorgesehen hatte. Seitdem war er Hamburger Innensenator und würde das trotz des G20-Desasters auch bleiben.

Eigentlich hatten die beiden am späten Abend ihre weitere Strategie im Umgang mit den nicht abreißenden Nachfragen abstimmen wollen, die sowohl in der Innenbehörde als auch im Rathaus zu G20 eintrafen. Es war wichtig, dass sich der Bürgermeister und der Innensenator nicht widersprachen, dass man gleichlautende Antworten auf schwierige Fragen fand und alles tat, um die Aufmerksamkeit der Journalisten endlich auf andere Dinge zu lenken. Allerdings nicht auf die, über die Hartmut Naumann so dringend mit dem Bürgermeister sprechen musste, dass er dieses Mal sowohl auf eine Begrüßung als auch auf den üblichen Small Talk verzichtet hatte.

»Ich fasse zusammen«, sagte Julius Wolff, nachdem sein Innensenator ihn in kurzen, knappen Sätzen auf den Stand der Dinge gebracht hatte. »Erst kommt Christoph Meier-Wiegand unter mysteriösen Umständen in einem Schwimmbad ums Leben, wenig später erleidet sein Kollege Jens U. Schmidt dasselbe Schicksal in der Alster. In beiden Fällen kann es ein schreckliches Unglück, also ein Unfall gewesen sein, zumindest sieht es auf den ersten Blick so aus. Zumal man im Blut von Jens U. Schmidt auch 1,2 Promille nachweisen konnte ...«

»1,3«, verbesserte Naumann.

»... er also unter Alkoholeinfluss stand und auf der Heimfahrt von der Redaktion vom Weg abgekommen und in die Alster gestürzt sein könnte, wo er ertrunken ist. Habt ihr das Fahrrad gefunden?«, fragte Wolff.

»Taucher suchen gerade den Grund der Alster ab«, antwortete Naumann.

»Es kann also wirklich eine Verkettung zweier schrecklicher Zufälle sein.« Der Bürgermeister guckte seinem Innensenator direkt in die Augen, der hielt dem Blick stand.

»Wie gesagt: Groß ist die Wahrscheinlichkeit dafür nicht. Zumal wir«, Naumann hielt einen Moment inne, »zumal wir erste Hinweise darauf haben, dass die Lampe, die für das Ableben von Christoph Meier-Wiegand verantwortlich war, nicht von selbst von der Decke gefallen ist.«

Julius Wolff hob den Kopf: »Heißt was?«

»Ich denke, dass wir feststellen werden, dass an der Lampe herummanipuliert worden ist«, sagte Naumann. »Dann hätten wir eine andere Lage.«

»Du meinst …?«, fragte Julius Wolff.

»Ich meine gar nichts.« Der Innensenator stand auf und ging im Büro hin und her, ein Verhalten, das der Bürgermeister kannte und das er auf Naumanns Zeit bei der Bundeswehr schob. »Ich weiß nur, was die Medien daraus machen werden. Für die gilt nämlich nicht, was dort an der Wand steht, vor allem nicht, wenn es um zwei Kollegen geht.« Naumann zeigte auf den Rahmen mit dem Ersten Wolff'schen Gesetz: »Wir sind nie beleidigt, wir werden nicht hysterisch.«

»Die Hamburger Journalisten, und nicht nur die, werden hysterisch werden, wenn nur der leiseste Verdacht besteht, dass zwei aus ihren Reihen Opfer eines Verbrechens geworden sein könnten. Und dann auch noch zwei, die kritisch über G20 und die Fehler des Hamburger Bürgermeisters berichtet haben.« Naumann blieb mitten im Raum stehen.

»Das klingt, als sei ich selbst verdächtig.« Wolffs Stimme wurde leiser.

»Auf jeden Fall werden die Journalisten noch mehr Fragen stellen, als sie es ohnehin tun«, sagte Naumann.

»Was nicht schlimm ist, weil wir bekanntlich Meister darin sind, Fragen nicht zu beantworten«, erwiderte Julius Wolff, der in Situationen wie der, die sich aufzubauen schien, zu Sarkasmus neigte. »Gibt es denn auch bei Schmidt Grund zur Annahme, dass es sich um ein Verbrechen handelt?«

»Auf jeden Fall ermitteln wir allein wegen der zeitlichen Nähe zu der Sache mit Meier-Wiegand in alle Richtungen. Schmidt hatte ein großes Hämatom am Kopf …«

»… das er sich auch bei einem Sturz hätte zuziehen können«, wandte Wolff ein.

Naumann setzte sich wieder an den Tisch, schenkte sich einen Schluck Kaffee aus der Kanne ein, die hier beim Bürgermeister immer stand, und sagte: »Ja, das hätte er. Aber wenn du mich fragst: Da stimmt etwas nicht, und dieses Gefühl werden auch die Journalisten haben, vor allem die, die mit Schmidt und Meier-Wiegand zusammengearbeitet haben.«

Jetzt stand Julius Wolff auf, ging an Naumann vorbei zu seinem Schreibtisch und schlug einen Ordner auf, in dem der Pressespiegel der vergangenen Tage abgeheftet war. »Hier ist der letzte Text aus dem *Politik Insider* zu G20, Autoren waren neben Meier-Wiegand und Schmidt Ricarda Frömmel und Barbara Holzner, die Erste kenne ich ein bisschen, die Zweite nicht.«

»Die beiden werden über die Todesfälle schockiert sein und sich Gedanken machen, ob das alles mit ihrer Arbeit zusammenhängen könnte«, sagte Naumann. »Genau wie all die anderen Journalistinnen und Journalisten, die an G20 gearbeitet haben oder immer noch arbeiten.« Der Innensenator erhob sich erneut, ein Zeichen, dass und wie es in ihm arbeitete. »Nach dem, was wir beide bei G20 erlebt haben, wissen wir nur zu gut, dass nichts unmöglich ist. Gar nichts.« Hartmut Naumann und Julius Wolff hatten die Nacht, in der in Hamburg der Ausnahmezustand geherrscht hatte und es der Polizei nur mit Hilfe ausländischer Spezialkräfte gelungen war, das von Chaoten besetzte Schanzenviertel zurückzuerobern, bis in die frühen Morgenstunden gemeinsam im Polizeipräsidium verbracht. Julius Wolff hatte sich dort, vor den vielen Bildschirmen, die das Ausmaß der Katastrophe zeigten, so hilflos gefühlt wie nie zuvor in seinem Leben, und er hatte Hartmut Naumann das erste Mal weinen sehen.

»Was sollen wir tun?«, fragte er seinen Innensenator.

»Nicht hysterisch werden, was sonst?«, antwortete der. »Ich habe rund um das Pressehaus, in dem die meisten Journalisten sitzen, die Polizeipräsenz verstärken lassen. Natürlich so, dass es keiner bemerkt.«

»Meinst du, dass das nötig ist?« Julius Wolff hatte sich wieder hingesetzt.

Naumann kniff die Augen zusammen, als würde ihn ein Lichtstrahl blenden. »Seit G20 mache ich grundsätzlich lieber zu viel als zu wenig.«

Julius Wolff hörte den Unterton in seiner Stimme. »Wie reagieren wir, wenn in der Stadt tatsächlich jemand herumrennen sollte, der zwei angesehene Journalisten ermordet hat?«, fragte er, und Hartmut Naumann wusste, dass er darauf keine Antwort von ihm erwartete. Er gab trotzdem eine: »Die Rechtsmedizin will spätestens bis morgen früh einen Bericht schicken, aus dem hoffentlich hervorgeht, dass bei Jens U. Schmidt ein Fremdverschulden auszuschließen ist. Vielleicht hat er die Nachricht vom Tod seines Kollegen nicht verkraftet und ist selbst ...«

»Glaube ich nicht«, sagte Wolff.

»Morgen früh wissen wir mehr und sollten dieses Wissen so schnell wie möglich mit den Medien teilen.« In Naumanns Sakko vibrierte ein Handy. »Darf ich?«, fragte er, »vielleicht sind das die Rechtsmediziner.«

Der Bürgermeister nickte.

Hartmut Naumann nahm das Gespräch an und hörte ein paar Sätze zu, bevor er sagte: »Ich sitze gerade beim Bürgermeister und werde ihn sofort informieren. Halten Sie mich bitte auf dem Laufenden.«

»Und?«, fragte Julius Wolff, als sein Innensenator aufgelegt hatte.

Hartmut Naumann räusperte sich. »Das war nicht die Rechtsmedizin, das war der Polizeipräsident, der vor wenigen Minuten einen Hinweis aus der Notrufzentrale erhalten hat. Dort ist eine Vermisstenmeldung eingegangen, der wir normalerweise nicht viel Aufmerksamkeit schenken würden ...«

»Aber?«, fragte Wolff.

»Bei der Vermissten handelt es sich um eine Moderatorin der *Tagesschau*.«

Der Bürgermeister schluckte und blickte an seinem Senator vorbei an die Wand. Hartmut Naumanns fast kahler Kopf verdeckte das Bild mit dem Ersten Wolff'schen Gesetz fast völlig. Das einzige Wort, das Julius lesen konnte, war »hysterisch«.

16

Brigitte Reimers war zufrieden. Ihre Tochter hatte sehr souverän gewirkt, ihre Aussprache war noch präziser und klarer als sonst gewesen, selbst die Namen dieser Politiker aus Aserbaidschan hatte sie fehlerfrei ausgesprochen. Das Haar hatte gut gesessen, und das Kostüm, das sie vor ein paar Tagen gemeinsam gekauft hatten, sah im Fernsehen besser aus als in Wirklichkeit. Brigitte Reimers stellte den Fernseher auf stumm und ging zu ihrem Mann, der im Keller an seiner Modelleisenbahn schraubte.

»Julia war sensationell«, sagte sie. »Wir können wirklich stolz auf sie sein.«

Otto Reimers schaute nicht einmal hoch, als seine Frau plötzlich im Raum stand. Er brummte etwas, das sich wie »Schön, schön« anhörte, und machte ansonsten weiter, als wäre er allein in seinem Keller. Was er am liebsten auch war.

Brigitte Reimers hatte sich daran gewöhnt, dass ihr Mann die Begeisterung für den Job der Tochter nicht teilte. Als Julia das erste Mal die Nachrichten in der *Tagesschau* gesprochen hatte, hatte er mit vor dem Fernseher gesessen und »Daumen drücken, Brigitte, Daumen drücken!« gerufen. Doch nach der fünften, sechsten Sendung war es ihm zu langweilig geworden, und fortan sah er seiner Tochter nur bei der Arbeit zu, wenn ihm die Nachrichtenlage wichtiger erschien als seine Modelleisenbahn. Das war nicht oft. Brigitte Reimers dagegen verpasste keinen Auftritt, auch im fünften Jahr nicht. Sie ließ sich von Julia jede Woche die Übersicht aller Sendungen schicken, die sie moderierte, und saß jedes Mal fünf Minuten vor Beginn vor dem Fernseher, um nichts zu verpassen.

»Sie war wirklich sensationell«, murmelte sie, als sie aus dem Keller zurück ins Haus ging, um sich einen Aperol Spritz zu machen. Das Glas in der einen, ihr Telefon in der anderen Hand, setzte sie sich in ihren Fernsehsessel und wählte Julias Nummer. Sie musste ihr unbedingt sagen, wie gut das Kostüm ausgesehen und dass sie, ihre Mutter, recht gehabt hatte, es zu kaufen. Weil die Tochter etwas zögerlich gewesen war, hatte sie es auch bezahlt.

»Hallo, ich bin zurzeit nicht zu erreichen. Bitte hinterlassen Sie eine Nachricht nach dem Ton.« Julia sagte ihren Namen auf der Mailbox grundsätzlich nicht. Je länger sie bei der *Tagesschau* war, desto größer war die Zahl der Stalker geworden, einige konnten wirklich unangenehm werden. Die Bekanntheit ihrer Tochter schmeichelte Brigitte Reimers – Julia war schließlich ihr Kind –, hatte aber ihre Schattenseiten. Wo immer sie auftauchten, ob im Café Paris, im Alsterhaus oder bei Butter Lindner, ihrem Lieblingsfeinkostgeschäft, Julia wurde von nahezu jedermann erkannt. Ihre Mutter hatte aufgehört zu zählen, wie oft sie auf den Titelblättern von Hochglanzmagazinen zu sehen gewesen war, von den Klatschblättern abgesehen, die vom »Krach bei der *Tagesschau*-Sprecherin« schrieben, wenn es in der Straße, in der Julia Reimers in einer schicken Dreizimmerwohnung lebte, Bauarbeiten gab. Ihr Rechtsanwalt hatte gut damit zu tun, gegen solche Berichte vorzugehen. Das war einfacher als der Kampf gegen zudringliche Verehrer, die Julia ein Foto ihres vermeintlich besten Stücks mit der Post schickten. Es war widerlich, und manchmal fragte sich Brigitte Reimers, ob es nicht besser wäre, wenn ihre Tochter wie Politiker Personenschutz hätte, am Ende war sie schließlich bekannter als viele Ministerinnen und Minister. Sie drückte auf die Wahlwiederholungstaste ihres Handys. Wieder nur die Mobilbox. Brigitte Reimers war enttäuscht, sie hätte zu gern mit Julia im Detail über die letzte Sendung gesprochen. Sie probierte es im Viertelstundentakt, aber beim übernächsten Mal sprang nicht einmal die Mailbox mehr an. Brigitte Reimers schickte eine SMS hinterher, aber auch hier: keine Reaktion. Sie musste an den Mann denken, der Julia vor dem *Tagesschau*-Gebäude aufgelauert hatte, um seine Brust zu entblößen, bei deren Anblick sie in ihr eigenes Gesicht schaute, das dort eintätowiert war. Oder an den Typen, der gefälschte Nacktbilder ihrer Tochter ins Internet gestellt und den die Polizei bis heute nicht gefunden hatte. Es gab so viele Verrückte da draußen, und Julias Handy war weiterhin aus.

Brigitte Reimers wurde zunehmend unruhiger, auch wenn ihr Mann bei einem weiteren Besuch im Keller gesagt hatte, sie solle sich nicht immer so viele Gedanken um ihre Tochter machen, »die ist ja schon groß«. Um 22.45 Uhr – seit der Sendung waren zweieinhalb Stunden vergangen – wusste Brigitte Reimers nicht mehr weiter. Ein langes Telefonat mit ihrer besten Freundin Suse hatte sie, anders als sonst, nicht besänftigen können, was sie als Bestätigung ihres instinktiven Muttergefühls wertete, dass Julia etwas passiert sein könnte. Brigitte Reimers tat das, was man in solchen Situationen machen sollte: Sie wählte die 110, hatte in wenigen Sekunden einen freundlichen Polizeibeamten am Ohr, der sich in Ruhe anhörte, was sie zu sagen hatte. Sie erzählte, dass sie die Mutter von Julia Reimers sei, er wisse sicher, die *Tagesschau*-Sprecherin, und dass sie sich Sorgen mache, weil sie sie ganz gegen ihre Gewohnheiten weder per Handy noch per SMS erreichen könne. Sie vergaß nicht, den Typen mit der Tätowierung und den mit den Nacktfotos zu erwähnen, mindestens der zweite müsste aktenkundig sein, oder?

Anders als ihr Otto hatte der Mann in der Notrufzentrale Verständnis für das, was Brigitte Reimers vortrug. Er notierte ihre Personalien, und sie hörte das Klackern einer Tastatur, als er in Stichworten aufschrieb, was sie ihm gesagt hatte. Der Polizist versprach, dass er sich der Sache annehmen werde.

»Sie finden meine Sorgen also nicht übertrieben?«, fragte Brigitte Reimers.

»Nein, Frau Reimers, ich finde es sogar gut, dass Sie sich bei uns gemeldet haben. Lieber einmal zu viel als einmal zu wenig«, antwortete der Beamte. Seine Worte beruhigten sie, sie fühlte sich endlich ernst genommen in dem, was sie für ihre Tochter tat.

»Ich danke Ihnen.« Brigitte Reimers legte auf, mischte sich einen neuen Aperol Spritz und trank ihn in einem Zug aus. Im ZDF hatte *Markus Lanz* begonnen, sie stellte den Ton wieder an. Wenige Minuten später war sie in ihrem Sessel eingeschlafen.

Kurz vor Mitternacht schreckte sie auf, als das Handy klingelte, das sie auf den Wohnzimmertisch gelegt hatte.

»Ja, bitte?«, fragte Brigitte Reimers schlaftrunken.

»Ich bin es, Mama, Julia. Du hast versucht, mich anzurufen? Mein Akku war leer, ich habe es gerade erst bemerkt.«

»Ach, du bist es, Julia«, sagte Mutter Reimers. »Ich hatte mir fast schon Sorgen gemacht. Du hast sehr gut ausgesehen heute, wollte ich nur sagen, und das Kostüm …«

»Mama«, unterbrach Julia sie, »können wir das morgen früh besprechen? Ich bin echt müde, der Tag war anstrengend.«

»Aber sicher, mein Schatz. Deine Mutter ist stolz auf dich. Schlaf gut.«

Als sie aufgelegt hatte, kam Otto Reimers die Kellertreppe hoch und dachte, dass seine Frau ihn gemeint hatte. »Dir auch eine gute Nacht«, brummelte er und ging in sein Zimmer. Die Reimers schliefen seit Jahren getrennt, weil der eine das Schnarchen des anderen nicht ertragen konnte. Brigitte schaltete erst den Fernseher und dann das Licht im Wohnzimmer aus, bevor sie sich auf den Weg in ihr Reich machte.

Den Anruf bei der Polizei hatte sie längst vergessen.

17

Als kleiner Junge hatte Lukas Hammerstein mit seinem Vater gern die Musik von Reinhard Mey gehört. »Über den Wolken« konnte er nach wie vor auswendig, aber sein Lieblingslied war »Es gibt Tage, da wünscht' ich, ich wär' mein Hund«, und es war kein Zufall, dass er ausgerechnet heute daran denken musste. Lukas hätte gern ein Ventil für die Anspannung der vergangenen Stunden gehabt, wie es Finchen im Ablecken von Böden und minutenlangen Beißattacken in die Pfote gefunden hatte. Nachdem er Kaja das Ausweisfoto von Jens U. Schmidt geschickt hatte, hatte es nicht lange gedauert, bis sie ihn zurückgerufen und seinen Verdacht bestätigt hatte. Lukas hatte nur ganz kurz mit der Polizeireporterin reden können, schließlich widersprach so ein Telefonat den Sabbatical-Regeln von Lilli, und die hatte direkt neben ihm gestanden, als das Handy klingelte. »Alles in Ordnung, Hasenzahn?«, hatte sie gesagt, ihm das Telefon aus der Hand genommen und es ausgeschaltet. »Wir hatten eine Abmachung, oder? Drei Monate ohne die Redaktion, ohne ständige Telefonate, ohne den ganzen Wahnsinn, nur wir zwei, bald drei.« Sie hatte ihm sanft einen Kuss auf den Mund gegeben und war mit seinem Handy im Schlafzimmer verschwunden. Lukas trottete in der Hoffnung hinterher, vielleicht durch einen Blick auf ihr iPad neue Informationen rund um den Vorfall an der Alster erhaschen zu können.

Doch Lilli hatte das iPad weggelegt und hielt stattdessen

ein paar Zettel in der Hand. Als sie Lukas unschlüssig an der Schlafzimmertür stehen sah, bedeutete sie ihm, sich zu ihr zu legen: »Wollen wir einen Namen von unserer Liste streichen?«

Lukas tat, wie ihm geheißen. Er legte sich so auf das Bett, dass er die Zettel einsehen konnte, und er sah nur Jungennamen mit J: *Jonathan, Jonas, Johann, Johannes, Jens ...* Nein, »Jens« stand da gar nicht, sein Kopf spielte ihm einen Streich, und er glaubte den eigenen Puls zu hören, so aufgeregt und verwirrt war er. Ich muss hier raus, dachte er, und zugleich: Ich kann jetzt nicht allein sein. Er wollte wissen, ob Kaja etwas herausgefunden hatte, aber er wollte sich auch die Decke über den Kopf ziehen und die verrückten Ereignisse der vergangenen Tage vergessen. Meier-Wiegand, Jens U. Schmidt, das ausgebüxte Finchen, das Lederetui, Kaja neben der Wasserleiche, der fremde Personalausweis in seiner Hosentasche.

»Was meinst du, welchen Namen sollen wir streichen?«, fragte Lilli.

»Jens, äh, ich meine, Jonas«, antwortete Lukas.

»Schade«, sagte Lilli, »ich mag Jonas, aber okay.« Sie strich den Namen mit einem Kugelschreiber durch.

»Was meintest du mit Jens?«

»Vergiss es, ein Versprecher.« Lukas rappelte sich hoch. »Ich mach mich an die Regale und die Kommode im Kinderzimmer.«

»Du bist ein Schatz, Hasenzahn«, sagte Lilli.

»Kriege ich mein Handy zurück?«, fragte Lukas und kam sich ziemlich doof dabei vor.

»Nachher.« Lilli grinste. »Erst die Arbeit ...«

»... dann der nächste tote Kollege«, murmelte Lukas so leise vor sich hin, dass seine Frau ihn nicht verstehen konnte.

»War ein Spaß, Hasenzahn.« Lilli rief ihm hinterher, als er in Richtung Kinderzimmer verschwand. »Wer bin ich, dass ich dir dein Handy wegnehme? Ich will nur, dass du endlich abschalten kannst und nicht ständig an die Arbeit erinnert wirst.«

»Ich lasse es aus, versprochen.« Lukas gab seiner Frau einen Kuss und flüsterte: »Ich liebe dich, und dich«, er streichelte ihren Bauch, der erneut etwas runder geworden zu sein schien, »mein kleiner Jonathan.« Der letzte Satz kam aus vollem Herzen, der erste war gelogen. Auf dem Weg ins Kinderzimmer schaltete Lukas das Handy ein und sah, dass er allein von Kaja drei Anrufe in Abwesenheit hatte, dazu kam einer von Barbara Holzner. Offenbar war da draußen die Hölle los. Und er? Er saß in einem Raum mit lauter Möbeln, die aufgebaut werden wollten. Lukas griff sich die Anleitung für den Wickeltisch, tippte auf seinem Handy die Playlist »Udos Balladen« an und fing bei den ersten Tönen von »Hinterm Horizont« wie immer an mitzusingen: »Wir war'n zwei Detektive, die Hüte tief ihm Gesicht ...« Der Song beruhigte ihn, wie alles von Udo, aber das Grundproblem blieb. Er musste einen Weg finden, das Haus zu verlassen, um in Ruhe mit Kaja telefonieren zu können. Aber vorher musste er bis zu Schritt 42 der Anleitung kommen, dann wäre der Wickeltisch für seinen Sohn endlich fertig.

Lukas arbeitete drei Stunden konzentriert, schaffte es in dieser Zeit, auch die Wärmelampe über dem Tisch zu installieren und ein weiteres Regal aufzubauen. Lilli schien eingenickt zu sein, auf die Frage, ob sie etwas zu trinken oder zu essen wolle, hatte sie nicht reagiert. Dafür war die andere Mitbewohnerin wieder wach. Finchen kam ins Kinderzimmer getippelt, als hätte es den Alster-Eklat am Morgen mit seinen unübersehbaren Folgen nicht gegeben. Sie stupste Lukas von hinten in die Knie. Als er nicht sofort reagierte, rollte sie sich auf dem Boden hin und her, um schließlich auf dem Rücken liegen zu bleiben.

»Jetzt willst du auch noch gestreichelt werden, du Ausreißer«, sagte Lukas, strubbelte Finchen ein paarmal über das kurze Fell und bemerkte dabei, dass vor ihm die Gelegenheit lag, auf die er gewartet hatte. Er sprang auf, steckte das Handy in die Hosentasche, holte die Hundeleine und rief zu seiner Frau ins Schlafzimmer: »Ich glaube, Fini muss mal. Ich geh raus mit ihr.«

Diesmal schien Lilli ihn gehört zu haben: »Das ist lieb, Hasenzahn. Denk daran ...«

»... sie immer an der Leine zu haben«, vollendete Lukas den Satz. »Keine Sorge, das musst du mir nicht zweimal sagen.«

Er ging so schnell aus der Tür, dass die Dackeldame Schwierigkeiten hatte, Schritt zu halten, und anders als sonst gab er ihr auf den ersten zwei-, dreihundert Metern keine Gelegenheit, irgendwo anzuhalten und zu schnuppern. Erst als sie weit genug von zu Hause weg waren, stoppte Lukas, holte sein Handy heraus und drückte bei einem der Anrufe von Kaja, die er nicht hatte annehmen können, auf Rückruf. Er atmete tief durch. Sie ging nach dem ersten Klingeln dran.

»Was ist das für eine Geschichte, Lukas?«

»Erzähl, was hast du rausgefunden?«, fragte er zurück.

»Nach meinen Informationen schließt man bei der Polizei weder bei Jens U. Schmidt noch bei Christoph Meier-Wiegand ein Verbrechen aus ...«

Jetzt hielt Lukas den Atem an.

»Bei Meier-Wiegand haben die Ermittlungen ergeben, dass die Deckenlampe, die zu seinem Tod geführt hat, wahrscheinlich manipuliert worden ist ...«

»Das heißt, sie wurde absichtlich gelockert?«, fragte Lukas dazwischen.

»Zum Beispiel«, sagte Kaja. »Wenn Meier-Wiegand Opfer eines Verbrechens oder eines Anschlags oder was auch immer geworden ist, dann ist aus meiner Sicht die Wahrscheinlichkeit sehr gering, dass das Ableben von Jens U. Schmidt ein Zufall war. Es sei denn, ihn hat die Trauer über den Verlust seines Kollegen so mitgenommen, dass er ins Wasser gegangen ist … Aber ehrlich: Das glaubt von den ermittelnden Beamt:innen keiner. Eher vermuten die eine Verbindung mit G20 und den Recherchen, die Meier-Wiegand und Schmidt angestellt haben.«

»Und ungefähr dreißig bis vierzig andere Journalistinnen und Journalisten in Hamburg«, sagte Lukas.

»Aber im Unterschied zu den Kolleg:innen vom *Politik Insider* leben die noch.« Kaja räusperte sich.

»Wenn das stimmt, gibt es da draußen einen Mörder, der zwei hochrangige Journalisten auf dem Gewissen hat.« Lukas konnte selbst kaum glauben, was er sagte.

»Oder ein:e Mörder:in«, sagte Kaja.

»Ja, oder eine Mörderin. Ich hatte keine Zeit, die Berichte zu lesen, was schreiben die Kollegen?«, fragte Lukas.

»Die Kolleg:innen waren erst vorsichtig in ihren Bewertungen, aber allmählich spürt man eine gewisse Unruhe und Besorgnis in den Texten«, antwortete Kaja. »Zumal es morgen früh eine kurzfristig angesetzte Pressekonferenz des Innensenators im Rathaus geben soll.«

»Soll ich versuchen, über meine Kontakte mehr darüber herauszubekommen?« Kaja gehörte zu den wenigen Kollegen, die wussten, dass Lukas' »Kontakte« der direkte Draht zum Bürgermeister waren.

»Du bist im Sabbatical, Lukas. Außerdem hast du mir

noch nicht erzählt, wie du in den Besitz von Schmidts Personalausweis gekommen bist«, antwortete sie. Er fasste die Ereignisse des Vormittags, so knapp es ging, zusammen, und Finchen, die erstaunlich brav an seiner Seite wartete, zuckte jedes Mal, wenn sie ihren Namen hörte.

»Was ist das bloß für eine Geschichte?« Kaja wiederholte sich, doch bevor Lukas etwas erwidern konnte, sagte sie: »Ich bekomme gerade einen wichtigen Anruf, kann ich mich nachher noch mal bei dir melden?« Dann war sie weg.

Lukas scrollte auf der Anrufliste seines Handys weiter nach unten, bis er die Nummer von Barbara Holzner gefunden hatte. Bei ihr dauerte es ein bisschen, bis sie sich meldete.

»Lukas, hast du es schon gehört?« Barbara sprach leise und stockend.

»Jens U. Schmidt …«, setzte er an.

»… ist tot, genauso wie Christoph Meier-Wiegand. Die Polizei war vorhin hier, deshalb habe ich dich angerufen. Ich habe nicht mit denen gesprochen, ich konnte und wollte das nicht, aber sie waren in seinem Büro und haben alles durchsucht. Kann sein, dass sie den Zettel gefunden haben.«

»Welchen Zettel?«, fragte Lukas.

»Den Zettel, auf dem ich deinen Namen und deine Nummer notiert habe, damit Jens U. dich …«, Barbaras Stimme brach ab, Lukas hörte sie weinen.

»Es tut mir sehr leid, Barbara«, sagte er. »Es ist eine Tragödie.«

Das Schluchzen wurde lauter: »Lukas, ich …«

»Wir können gern später weitersprechen, Barbara. Pass auf dich auf!« Die letzten vier Worte waren ihm rausgerutscht, er hoffte, dass er ihr damit nicht mehr Angst gemacht hatte.

»Barbara?«

Sie hatte aufgelegt.

Ob sich die Polizei bei ihm melden würde? Lukas sah ein weiteres Mal auf sein Handy, er konnte keine unbekannte Nummer entdecken. Finchen hatte auf der anderen Straßenseite einen Schäferhund bemerkt und begonnen, an der Leine zu zerren. Lukas schlug den Rückweg ein und fing im Gehen an, die Texte zu lesen, die auf den Internetseiten von den *Hamburg News*, dem *Politik Insider* und der *Chronik* standen, dem anderen großen Magazin, das seine Redaktion im Pressehaus am Hamburger Hafen hatte. Kaja hatte recht. Da bahnte sich eine große Geschichte an, und er, Lukas Hammerstein, war mittendrin, obwohl er genau das Gegenteil gewollt hatte. »Und du bist schuld, Finchen«, sagte er in Richtung des Hundes, der im wahrsten Sinne des Wortes vor ihm herdackelte.

Er schrieb eine E-Mail an Julius, die wie immer unverfänglich formuliert war. »Alles gut, bei dir? Ruf gern an.« Doch die Einzige, die sich am Abend meldete, war wieder Kaja. Um 23.13 Uhr schickte sie eine WhatsApp: »Höre gerade aus der Polizei, dass Julia Reimers vermisst wird.«

»Die *Tagesschau*-Sprecherin?«, schrieb Lukas zurück, der kurz vor dem Zubettgehen seine Mails heimlich im Badezimmer gecheckt hatte.

»Genau die«, schrieb Kaja.

Das kann nicht wahr sein, dachte Lukas und schrieb es auch. Er schlief schon, als Kaja zwei Stunden später eine weitere WhatsApp sendete, die nur ein Wort enthielt: »Fehlalarm.«

Aber auch das war nur die halbe Wahrheit.

18

Julius Wolff gehörte nicht zu den Fans von Julia Reimers, und trotzdem war er froh, als er sie am frühen Morgen in einer der ersten Ausgaben der *Tagesschau* sah. Er mochte nicht darüber nachdenken, was passiert wäre, wenn die Sprecherin tatsächlich verschwunden wäre. Ihre Popularität hätte den mysteriösen Journalisten-Unfällen – Wolff blieb vorerst bei dieser Bezeichnung – eine noch größere Aufmerksamkeit beschert, als sie sie sowieso hatten. Der Pressespiegel des Bürgermeisters war voll mit Berichten, in denen mehr oder weniger vorsichtig gemutmaßt wurde, dass die Todesfälle beim *Politik Insider* miteinander zusammenhingen. Natürlich thematisierten die Medien die zeitliche und inhaltliche Nähe zum G20-Treffen, und Julius Wolff hatte das Gefühl, sich in einem nicht enden wollenden Albtraum zu befinden. Die Toten, die ihm während der G20-Tage in Hamburg erspart geblieben waren, wurden jetzt nachgeliefert. Seine Strategie, langsam zur politischen Tagesordnung überzugehen und zu hoffen, dass mit jeder Woche, die verging, die Erinnerungen an das »Chaosdrama von Hamburg«, wie es die *Hamburg News* genannt hatten, verblassen würden, war dahin.

Julius Wolff würde sich der Meute, zu der Journalisten in Zeiten wie diesen wurden, stellen müssen, und er hatte vor, das so schnell wie möglich zu tun. Er musste die Deutungshoheit gewinnen und der Öffentlichkeit vermitteln, dass er aus G20 gelernt und die Dinge in seiner Stadt im Griff hatte.

Das würde schwer genug werden, weil in Hamburg zwei bekannte Journalisten ums Leben gekommen waren und der Bürgermeister nicht ausschließen konnte, dass das gewaltsam geschehen war und dass weitere Reporter in Gefahr waren.

Michael Assauer, sein Sprecher, hatte die dem Innensenator vorbehaltene Pressekonferenz im Rathaus von elf auf neun Uhr vorverlegt, mit der Begründung, dass man die Medien über die sich »im Umlauf befindenden Spekulationen über die Todesfälle bei einem Hamburger Nachrichtenmagazin« so rasch wie möglich informieren wolle. Tatsächlich hoffte er darauf, dass die frühe Anfangszeit den Andrang der Journalisten auf ein erträgliches Maß reduzieren würde. Er hatte dem Bürgermeister in der Nacht eine Liste mit möglichen Fragen und den dazu passenden Antworten zusammengestellt, die ziemlich lang geworden war. Assauer wusste, dass Julius Wolff in solchen Situationen normalerweise ein Vollprofi war, einer dieser Politiker, über die Journalisten in einer Mischung aus Frustration und Respekt sagten, dass sie sich an ihnen die Zähne ausbeißen würden. Aber nach den Erfahrungen von G20 ging man im Rathaus auf »Nummer doppelsicher«, wie Assauer es nannte, der auch mögliche Antworten auf die von Wolff gehassten »Können Sie ausschließen«-Fragen formuliert hatte. Denn natürlich konnte der Bürgermeister nicht ausschließen, dass schreckliche und unvorhergesehene Dinge passierten, wie die Todesfälle von Christoph Meier-Wiegand und Jens U. Schmidt zeigten. »Wenn ich bestimmte Entwicklungen ausschließen könnte, wäre ich nicht Politiker geworden, sondern Hellseher«, hatte Julius Wolff dazu einmal gesagt.

Doch das war heute nicht der richtige Ton. Wolff und Assauer hatten mit Innensenator Hartmut Naumann, dessen

Anzüge genauso eng saßen, wie es die Uniformen in seiner Bundeswehrzeit getan hatten, beschlossen, dass der Bürgermeister in seinen einleitenden Worten zunächst sein Mitgefühl ausdrücken würde. Für die Angehörigen der beiden Journalisten und für die »Mitarbeiterinnen und Mitarbeiter des *Politik Insiders*, denen ich in diesen schweren Zeiten meine große Anteilnahme genauso aussprechen möchte wie die vollständige Unterstützung des Senats. Die Freiheit der Presse ist ein hohes Gut, und wir werden sie in Hamburg, *der* Medienstadt, zuvörderst verteidigen, ganz egal, wer sie angreift.« Assauer war stolz auf dieses Statement gewesen, weil es verschiedene Punkte ansprach, die wichtig waren, ohne sie direkt zu benennen. Das war der Stil, den Julius Wolff liebte. Wer genau hinhörte, konnte die »vollständige Unterstützung« als gestiegene Sicherheitsmaßnahmen rund um das Pressehaus interpretieren, in dem neben dem *Politik Insider* alle Redaktionen der Zeitungen und Zeitschriften saßen, die zum großen Friedrichsen-Verlag gehörten, und »ganz egal, wer sie angreift« als Ermittlungen in verschiedene Richtungen verstehen. Dass Wolff die »Freiheit der Presse« erwähnte, deutete wiederum darauf hin, dass diese von möglichen Feinden des Grundgesetzes attackiert wurde, womit der aufmerksame Journalist schnell bei den Extremisten war, die Hamburg während G20 verwüstet hatten.

Die Pressekonferenz begann mit etwa fünf Minuten Verspätung. Der Andrang in Saal 151 des Hamburger Rathauses, einem unspektakulären Konferenzraum, war so groß, dass die Kamerateams der Fernsehsender das taten, was sie in solchen Situationen gern taten: Sie filmten sich gegenseitig, um zu beweisen, dass etwas Wichtiges geschah, sonst wären die Kollegen der anderen Sender schließlich nicht da. Michael Assauer zählte am Ende 16 TV-Kameras, die sich auf Julius

Wolff richteten, das waren G20-Dimensionen, und er registrierte mit einem Anflug unhanseatischer Genugtuung, dass der Bürgermeister Wort für Wort die Formulierungen benutzte, die er für ihn aufgeschrieben hatte.

Danach übergab Wolff an Hartmut Naumann, der den aktuellen Sachstand knapp und präzise zusammenfasste. Beim Tod von Christoph Meier-Wiegand könne man nicht ausschließen, dass es sich um ein Verbrechen handele, da es eindeutige Hinweise auf Manipulationen an der Deckenbeleuchtung gegeben habe, die in den Pool des Fitnessstudios gefallen sei.

»Heißt *was* genau?«, fragte ein Journalist dazwischen.

»Das heißt, dass jemand mit Gewalt dafür gesorgt hat, dass die unter Strom stehende Lampe ins Wasser stürzte, während Herr Meier-Wiegand dort schwamm«, antwortete Naumann, und wer Julius Wolff gut kannte, konnte erkennen, wie er bei diesen Worten leicht zusammenzuckte. Musste sein Senator das denn alles so direkt und drastisch formulieren?

Naumann fuhr fort, dass man bei der Obduktion des zweiten Opfers, bei Jens U. Schmidt, im Blut einen Alkoholgehalt von 1,3 Promille festgestellt hätte, dazu schwere Verletzungen im Kopfbereich. Die könne sich der Tote beim Sturz in die Alster zugezogen haben, »sie können ihm aber auch zugefügt worden sein«, sagte der Senator. Das Fahrrad, mit dem der Reporter auf dem Weg von der Redaktion nach Hause gewesen sei, habe man bisher nicht gefunden, »das ist aber nur eine Frage der Zeit«. Naumann räusperte sich und trank einen Schluck Wasser. Er saß rechts neben Julius Wolff, links daneben saß Michael Assauer.

»Wir können«, sagte Naumann, »leider in beiden Fällen weder ausschließen, dass es sich um Gewaltverbrechen handelt, noch, dass sie miteinander zusammenhängen. Eine

Verbindung zu den Vorfällen beim G20-Gipfel scheint aus unserer Sicht möglich, weil beide Journalisten bis zuletzt an diesem Thema gearbeitet haben. Deshalb haben wir uns entschlossen«, er blickte kurz zum Bürgermeister hinüber, der bestätigend mit dem Kopf nickte, »eine Sonderkommission einzusetzen, die bereits mit Hochdruck an der Aufklärung der Fälle arbeitet. Wir werden Sie über deren Arbeit und neue Ergebnisse zeitnah und transparent informieren.«

Nun sah der Innensenator zu Michael Assauer, der den schwierigsten Teil der Pressekonferenz übernehmen musste. Die Eingangsstatements waren beendet, jetzt kamen die Fragen der Journalisten. Julius Wolff legte sich die Zettel mit den vorbereiteten Antworten parat, Hartmut Naumann schenkte Wasser nach. Assauer blickte auf ein Meer von Händen, die sich ihm entgegenstreckten. Als Erstes zeigte er auf Kaja Woitek, die Polizeireporterin der *Hamburg News*, was ein Fehler war. Denn sie fragte: »Stimmt es, dass eine weitere Journalistin verschwunden ist?«

Ein Raunen ging durch den Saal, die Kameras der Fotografen klickten, als Naumann zu einer Antwort ansetzte: »Das stimmt nicht. Es hat gestern eine Vermisstenmeldung gegeben, die eine Person betraf, bei der die Polizei angesichts der jüngsten Vorfälle auf Nummer sicher gegangen ist. Die Meldung hat sich schnell als unbegründet erwiesen.«

»Nächste Frage«, sagte Assauer und zeigte auf einen Mitarbeiter der Senatskanzlei, der sich mit einem Handmikrofon vor einem anderen Journalisten postiert hatte.

»Gibt es Erkenntnisse des Staatsschutzes, dass das Politbüro etwas mit den Angriffen auf die Journalisten zu tun haben könnte?«

»Bisher nicht, aber wir ermitteln in alle Richtungen«, antwortete Naumann.

»Nächste, bitte.« Assauer machte Tempo.

»Sie sagen, dass es eine Verbindung zwischen den Morden und dem G20-Treffen geben könnte. Sind dann nicht auch andere Journalisten potenziell in Gefahr, die darüber berichtet haben oder noch berichten?« Die Frage kam von weiter hinten, die Politiker konnten nicht sehen, wer sie gestellt hatte.

»Ich habe nicht von Morden gesprochen, sondern nur davon, dass wir zumindest im Fall von Christoph Meier-Wiegand nicht mehr von einem Unfall ausgehen«, sagte Naumann.

»Danke, wer will jetzt?«, wollte Assauer weitermachen, aber der Journalist, der die vorherige Frage gestellt hatte, ging laut dazwischen: »Und was ist mit der Gefahr für andere Journalisten?«

Naumann blieb cool: »Wir gehen nicht davon aus, dass sich die Gefährdungslage für Journalisten in dieser Stadt verschlechtert hat.«

»Jetzt aber der Nächste.« Assauer nahm eine Reporterin von der *Chronik* dran.

»Ich würde von dem Herrn Bürgermeister gern wissen, ob er ausschließen kann, dass es zu weiteren mysteriösen Todesfällen unter Hamburger Journalisten kommen wird, und was er dagegen zu tun gedenkt.«

Julius Wolff drückte auf den Knopf, mit dem sich das Mikrofon, das vor ihm auf dem Tisch stand, einschalten ließ. Er wartete, bis ein kleines rotes Licht leuchtete, dann sagte er: »Schönen Dank für die Frage. Ich kann Ihnen versichern, dass die Stadt Hamburg alles in ihrer Macht Stehende tun wird und immer getan hat, um Journalistinnen und Journalisten vor Übergriffen zu schützen und die Freiheit der Presse zu gewährleisten. Das werden wir auch weiter und unter Berücksichtigung der jeweiligen Erkenntnisse von Staatsschutz, Polizei und anderen Behörden machen.«

Die Reporterin hakte nach: »Aber ausschließen können Sie nicht, dass es weitere Angriffe geben wird?«

»Ich habe Ihnen eben gesagt, dass wir alles unternehmen werden, damit sich Journalistinnen und Journalisten sicher fühlen.«

Michael Assauer rief die nächste Frage auf. Peter Berndt hatte sich gemeldet, ein Reporter vom *Blick*, der für seine Auftritte auf Pressekonferenzen im Hamburger Rathaus gefürchtet war, weil er dazu neigte, dort so zu sprechen, wie er in dem Boulevardblatt schrieb.

»Wir werden uns nie daran gewöhnen, dass Sie das Recht der Presse, auf Fragen auch Antworten zu bekommen, immer und immer wieder mit Füßen treten, Herr Bürgermeister«, sagte er, und weiter: »Ich persönlich finde es zum Ko...«

Assauer ging dazwischen: »Herr Berndt, haben Sie eine konkrete Frage an den Bürgermeister oder den Innensenator?«

»Ja, die habe ich«, sagte der Angesprochene, »aber Sie müssen sie mir nicht beantworten, wahrscheinlich haben Sie das sowieso nicht vor: Kann es sein, dass da draußen jemand unterwegs ist, der vorsätzlich Journalisten abschlachtet?«

19

Lukas Hammerstein hätte nie gedacht, dass er sich einmal freuen würde, mit einem Hund Gassi zu gehen. Finchen hatte um kurz vor neun Uhr an der Haustür gestanden und so gejault, dass er mit dem Dackel in Richtung Alster verschwinden musste und ab neun Uhr über sein Handy den Livestream von der Pressekonferenz auf der Internetseite der *Hamburg News* verfolgen konnte. Julius hatte auf seine Mail gestern Abend nicht mehr reagiert, jetzt wusste er, warum. Der Bürgermeister saß mit in der Pressekonferenz, die sein Innensenator hatte allein abhalten sollen, und Lukas ahnte, wie er sich fühlte. So gern Julius Politik machte und davon überzeugt war, dass er das besser konnte als viele andere, so sehr fremdelte er mit den Begleiterscheinungen: mit den Scheinwerfern und TV-Kameras, mit den Fotografen, die auf eine ungelenke Regung von ihm warteten, um abzudrücken, und mit den Journalisten, die nicht aufhörten, Fragen zu stellen. »Wisst ihr, was das Schönste wäre?«, hatte er die Freunde bei einem Treffen der *Vier Flaschen* gefragt und die Antwort selbst geliefert: »Das Schönste wäre, wenn ich jede Woche eine Viertelstunde im Fernsehen sagen könnte, wie ich die Dinge sehe, und gut.«

Aktuell war nichts gut für den Bürgermeister, auch wenn er wie immer dieses Gesicht aufgesetzt hatte, das signalisieren sollte, dass ihn nichts aus der Ruhe bringen konnte. Ein Stück weit war das auch so, Niklas hatte mal gefrotzelt, dass »Julius kein Hobby braucht, um runterzukommen, weil er gar nicht erst hochkommt«. Nur bei G20 war das anders gewesen – das, was während des Gipfels passiert war, hatte Julius Wolff nicht kaltgelassen, auch dazu gab es ein Zitat von einem Weinabend: »Wenn es ein Ereignis gäbe, nur eines, das ich in meinem Leben löschen könnte, dann wäre es dieses verdammte G20.« Ja, er hatte *verdammt* gesagt, ein Begriff, der normalerweise in seinem Wortschatz nicht vorkam, weil er nicht zu dem »Wir sind nie beleidigt, wir werden nicht hysterisch« passte.

Jetzt ging dieses verdammte G20 für den Bürgermeister, für die Stadt und für die Journalisten in eine Verlängerung, die zwei Menschenleben gekostet hatte. Natürlich war das, was Peter Berndt am Ende der Pressekonferenz gesagt hatte, zugespitzt gewesen, wie das Boulevardzeitungen eben machten. Aber das Gefühl der Kollegen im Saal hatte er getroffen.

»Komische Stimmung hier«, hatte Kaja Lukas geschrieben. »Normalerweise mögen Journalist:innen das Spiel mit der Angst vor Verbrechen, aber offenbar nicht, wenn diese Verbrechen den einen oder die andere von ihnen selbst bedrohen könnten.«

»Hat die Polizei eine Spur?«, hatte Lukas zurückgeschrieben.

»Nein«, hatte Kaja geantwortet, »aber meine Informant:innen sagen, dass man im Polizeipräsidium eindeutig von einem Verbrechen ausgeht.«

»Also hat Peter Berndt nicht unrecht, dass da draußen möglicherweise ein Killer herumläuft«, hatte Lukas geschrieben.

»Oder eine Killer:in«, hatte Kaja geantwortet. »Angeblich soll das Pressehaus rund um die Uhr bewacht werden, und angeblich stellt die Sonderkommission eine Liste mit allen Journalist:innen zusammen, die sich in Hamburg mit G20 befasst haben.«

Das wird eine lange Liste, dachte Lukas, als er sich nach dem Ende der Pressekonferenz mit Finchen auf den Rückweg machte und feststellte, dass er die Kackibeutel vergessen hatte. Zum Glück erledigte der Hund sein Geschäft erst, als sie in die Straße einbogen, in der das Haus der Hammersteins stand. Den Haufen mache ich nachher weg, nahm sich Lukas vor, als er vor seiner Gartentür zwei Männer stehen sah, die in seine Richtung blickten. Er ging direkt auf sie zu.

»Moin«, sagte Lukas.

»Guten Tag«, erwiderte einer der Männer, ein etwas kleinerer, untersetzter. »Hat Ihr Hund da nicht gerade ein ...«

»Ja, hat er«, unterbrach ihn Lukas. »Ich sammele das gleich alles ein, ich hatte nur keine Ka... keine Beutel mehr mit. Wollten Sie zu uns?« Er zeigte auf die Doppelhaushälfte mit der Nummer fünf.

»Ja, wir wollten zu Ihnen«, sagte der andere Mann, dessen Gesicht ihm bekannt vorkam. »Sie sind doch Lukas Hammerstein?«

»Richtig, ich bin Lukas Hammerstein, der Mann, der die Hinterlassenschaften seines Hundes nicht aufsammelt.« Er wusste nicht, ob man in dieser etwas seltsamen Situation lustig sein durfte, aber er versuchte es einfach. Zumal ihm eingefallen war, woher er den Mann kannte, der ihn nach seinem Namen gefragt hatte.

»Ich bin Enno von Spoercken von der Kriminalpolizei, das ist mein Kollege Ritter.« Wie auf ein Kommando holten beide ihre Ausweise raus und hielten sie Lukas so hin, dass er sie flüchtig lesen konnten.

»Wir kennen uns«, sagte Lukas. »Wir haben beim Dankeschön-Konzert für die Polizei in der Elbphilharmonie nebeneinandergesessen, oder?«

»Kann sein.« Der Typ, der sich als Enno von Spoercken

vorgestellt hatte, war sehr bedacht darauf, jeden Anschein von Vertraulichkeit zu vermeiden. »Können wir irgendwo in Ruhe miteinander sprechen?«

»Worum geht es denn?«, fragte Lukas, dem erst jetzt auffiel, dass der Besuch der Kriminalpolizei nicht unbedingt mit den toten Journalistenkollegen zu tun haben musste. Es konnte auch etwas mit Lilli sein. Lukas wurde heiß.

»Es geht um einen Kollegen von Ihnen, um Jens U. Schmidt vom *Politik Insider*. Wie Sie vielleicht wissen, ist er gestern Morgen tot in der Alster aufgefunden worden. Wir haben diesen Zettel auf dem Schreibtisch in seinem Büro im Pressehaus gefunden.« Von Spoercken hielt Lukas ein gelbes Post-it entgegen, auf dem in einer weiblichen Schrift stand: »Lukas Hammerstein von den *Hamburg News* bittet um Rückruf. Geht um deine Brieftasche.« Es folgten Lukas' Handynummer und ein »Gruß BH«, die Initialen von Barbara Holzner, die Lukas niemals als Kürzel verwendet hätte, wenn er eine Frau gewesen wäre.

»Gehen wir rein und besprechen das Ganze bei einer Tasse Kaffee«, sagte er und atmete tief durch. Mit Lilli war alles in Ordnung, und die Sache mit Jens U. Schmidt ließ sich schnell erklären. Zumindest hoffte er das.

Er schloss die Tür auf und wäre fast mit seiner Frau zusammengestoßen, die dahinterstand und dabei war, sich die Schuhe anzuziehen. »Ich habe gleich einen Termin beim Frauenarzt und …«, sagte Lilli und stockte, als sie die beiden Männer sah, die hinter Lukas ins Haus kamen und brav die Schuhe auf der Fußmatte abtraten. »Äh, ich wusste gar nicht, dass wir Besuch haben.«

»Das sind zwei Herren von der Kriminalpolizei, kein Grund zur Aufregung.« Lukas schob seine Frau aus der Tür, bevor sie weitere Fragen stellen konnte. »Erkläre ich dir alles nachher, wirklich, nichts Besonderes.«

»Lukas, ich …«, setzte Lilli erneut an.

»Ich weiß, du musst zum Frauenarzt. Fahr bitte vorsichtig.« Er gab ihr einen Kuss auf die Wange und verschwand im Haus. »Bis nachher, wir müssen ja noch einen weiteren Namen auf unserer Liste streichen.«

Wenige Minuten später saß Lukas mit von Spoercken und Ritter am Küchentisch. Die beiden hatten nichts trinken wollen. Er selbst hatte sich ein Glas Mineralwasser eingeschenkt und erzählte, wie er mit Finchen an der Alster spazieren gegangen, sie ihm abgehauen und ins Wasser gesprungen war und dort etwas gefunden hatte, das sich als Brieftasche von Jens U. Schmidt herausstellte. Lukas erklärte gerade, dass er die normalerweise bei der Polizei abgegeben hätte, als Ritter ihn unterbrach: »Und warum haben Sie das diesmal nicht getan?«

»Weil es um einen Kollegen ging, den ich kannte«, antwortete Lukas, was nicht ganz richtig, aber auch nicht ganz falsch war. »Deshalb dachte ich, dass ich direkt beim *Politik Insider* anrufe und versuche, mit Jens U. Schmidt zu sprechen.«

»Duzten Sie sich?«, wollte Ritter wissen.

»Unter Journalisten duzt man sich eigentlich immer«, sagte Lukas.

»Ich meine, hätten Sie sich auch geduzt, wenn Sie nicht beide Journalisten gewesen wären?«

Was war das denn für eine Frage? »Wenn Sie wissen wollen, ob wir befreundet oder näher bekannt waren: Das waren wir nicht«, sagte Lukas und berichtete, wie er seine ehemalige Kollegin Barbara Holzner angerufen hatte, die für den Zettel auf Jens U. Schmidts Schreibtisch mit seiner Handynummer verantwortlich war.

»Wo ist die Brieftasche von Herrn Schmidt jetzt?«, fragte von Spoercken.

»Ich habe sie durch den Briefschlitz seiner Wohnungstür geworfen«, antwortete Lukas wahrheitsgemäß und wusste, dass er das ausführlich würde erklären müssen. Als er damit fertig war, holte er den Personalausweis aus seiner Brieftasche, wo er ihn in den vergangenen Tagen aufbewahrt hatte, und übergab ihn den Beamten.

»Ist das alles?«, fragte Ritter.

»Das ist alles«, sagte Lukas.

»Darf ich Sie fragen, wo Sie vorgestern in der Zeit von 20 bis 24 Uhr waren?« Ritter hatte angefangen, sich Notizen auf einem kleinen Block zu machen.

»Da war ich hier zu Hause bei meiner Frau. Vielleicht bin ich kurz mit dem Hund raus. Warum fragen Sie mich das?« Lukas kannte die Antwort, dafür war er lange genug Reporter, aber er wollte es von den Polizisten hören.

»Reine Routine.« Von Spoercken deutete seinem Kollegen an, das Mitschreiben einzustellen. »Wir danken Ihnen für Ihre Zeit, Herr Hammerstein. Wenn Ihnen etwas einfällt, das für die Aufklärung des Falles wichtig sein könnte, erreichen Sie mich unter diesen Telefonnummern.« Er schob Lukas eine Visitenkarte über den Tisch.

»Gehen Sie endgültig davon aus, dass es ein Fall ist?«, fragte Lukas zurück, während er die Visitenkarte dort verstaute, wo vorher Jens U. Schmidts Ausweis gewesen war.

»Lesen Sie Ihre eigene Zeitung nicht? Ihre Kollegin Kaja, ich meine, die Frau Woitek, ist ziemlich genau auf dem Laufenden, was die Ermittlungen angeht.« Von Spoercken gab ihm zum Abschied die Hand: »Und nicht den Haufen vergessen!«

Als die Haustür hinter den beiden Polizisten zugefallen war, atmete Lukas tief durch. Eigentlich war jetzt der Zeitpunkt gekommen, in dem er sein Sabbatical Sabbatical sein lassen und wieder als Reporter arbeiten musste. Er steckte sowieso viel zu tief drin in dem Fall. Aber er befürchtete, dass er mit Lilli nicht darüber reden könnte, gerade jetzt nicht. Sie hatte ihm vor einer Viertelstunde eine WhatsApp geschrieben, die Großbuchstaben ließen keine Fragen offen: »DU KOMMST MIT ZWEI TYPEN VON DER KRIPO NACH HAUSE UND ICH SOLL MICH NICHT AUFREGEN?« Kurz darauf, wieder in normaler Schrift: »Lukas, was ist da los? Muss ich mir Sorgen machen?«

20

Nachdem sie in der Redaktionskonferenz des *Politik Insiders* zusammen mit den anderen Christoph Meier-Wiegands gedacht hatte, hatte Ricarda Frömmel ihre Sachen gepackt, ein Taxi zum Hauptbahnhof bestellt und um kurz nach 15 Uhr den Regionalexpress nach Flensburg erwischt. Sie wollte nur weg aus Hamburg, weg aus der Redaktion, auch wenn das gegenüber Jens U. Schmidt und Barbara Holzner, den anderen beiden Verbliebenen aus dem G20-Team des Nachrichtenmagazins, unfair war. Hieß es Verbliebene oder Hinterbliebene? Ricarda fühlte sich wie beides, und das hatte nicht nur mit einer thematischen Nähe zu Christoph Meier-Wiegand zu tun.

Die beiden waren vor Jahren ein Paar gewesen, wie es in den Hamburger Redaktionen der großen Magazine und Zeitungen so viele gab. Man sitzt abends lange über Texten und Recherchen zusammen, einer macht eine Flasche Sekt auf, der andere holt einen Weißwein heraus, und plötzlich kommt man sich näher, obwohl zu Hause ein Partner, in ihrem und Christophs Fall sogar jeweils ein Ehepartner, wartet. Ihre Beziehung spielte sich im Wesentlichen zu später Stunde in der Redaktion ab, wenn sie die Einzigen waren, die noch arbeiteten. Christoph war eine Maschine beim Redigieren von Texten, er konnte fanatisch werden, wenn es darum ging, für ein Wort ein besseres, für ein Bild eine passenderes zu finden. Ricarda hatte ihn dafür bewundert, wie ihre jungen Kolleginnen diesen Hans Münch bewunderten, einen Reporter, der erst vor kurzem zum *Politik Insider* gekommen war und inzwischen das Maß aller Dinge zu sein schien.

Ricarda traute dieser steilen Karriere nicht, sie wurde immer misstrauisch, wenn alle in der Redaktion einer Meinung waren. In dem Fall, dass Hans Münch eine Sensation sei. Selbst Christoph hatte sich nicht von einem Anflug von Begeisterung freimachen können, vielleicht weil Münch die Leichtigkeit an den Tag legte, die ihm gefehlt hatte. Christoph Meier-Wiegand musste und wollte sich quälen, morgens im Fitnessstudio, tagsüber mit den Hunderten Zeilen, aus denen er die Texte machte, für die der *Politik Insider* berühmt war. Ab und an waren Ricarda und er am frühen Abend in einem benachbarten Hotel verschwunden, Christoph hatte angeblich den Inhaber gekannt. Der Sex mit ihm war Hochleistungssport, und Ricarda bewunderte ihn dafür, dass er auch hier an seine Grenzen ging und darüber hinaus. Auf Dauer wäre ihr das zu anstrengend gewesen, aber als Abwechslung war Christoph Meier-Wiegand ein Traum gewesen. Als seine Frau ihn verlassen hatte, hatte sie eine Zeit lang befürchtet, dass der Kollege auf eine festere Beziehung drängen könnte, was er zum Glück nicht getan hatte.

Und nun war Christoph nicht mehr da.

Ricarda Frömmel hatte sich eine Karte für die erste Klasse gekauft. Sie fand einen Platz im oberen Teil eines doppelstöckigen Waggons, schaltete ihr Handy auf stumm und schaute die rund zwei Stunden, die der Zug von Hamburg-Hauptbahnhof nach Flensburg brauchte, aus dem Fenster. Sie liebte es, wenn sich die Landschaft veränderte, wie sie immer flacher und ruhiger wurde und schließlich das Wasser dazukam. Spätestens als sie den Bahnhof in Schleswig erreichten, merkte Ricarda, dass mit ihrem Kopf und ihrem Körper das passierte, was immer passierte, wenn sie sich in Richtung Ostsee aufmachte: Sie entspannten sich.

Ihre Schwester hatte versprochen, sie vom Bahnhof abzuholen. Rebecca Frömmel lebte seit mehr als zehn Jahren mit ihrem Mann und den zwei Kindern in Glücksburg. Sie hatten damals durch einen Zufall ein Haus gefunden, das auf einer Anhöhe an der Förde lag, aber so marode und heruntergekommen war, dass der Makler selbst nach zwanzig Bewerbungen der Verkäuferin, einer fast neunzig Jahre alten Frau, die in ein Seniorenheim gezogen war, keinen Abschluss melden konnte. Bis Rebecca Frömmel gekommen war, die als Innenarchitektin das Potenzial erkannte, das in dem alten Gemäuer steckte, und ihre Bank überzeugte, ihr den Kredit dafür zu bewilligen. Inzwischen hätte sie das Haus für anderthalb bis zwei Millionen Euro verkaufen können, was ihr nicht eingefallen wäre. Rebecca hatte ihr Glück in Glücksburg gefunden, und je öfter ihre Schwester sie hier oben besuchte, desto mehr verstand sie, wieso die Stadt so hieß, wie sie hieß.

Der Regionalexpress fuhr mit zehn Minuten Verspätung in Flensburg ein, Rebecca wartete am Gleis. Sie fielen einander in die Arme und drückten sich länger, als sie es sonst taten.

»Schrecklich, was da bei euch passiert ist. Und schön, dass du da bist.«

Ricarda registrierte aus den Augenwinkeln, wie ein älteres Ehepaar stehen blieb und in ihre Richtung schaute, auch ein junger Mann hatte sich umgedreht. Das passierte oft, wenn die Zwillingsschwestern zusammen waren. Rebecca war fünf Minuten vor Ricarda auf die Welt gekommen, und das war bis heute der einzige Unterschied geblieben. Die beiden sahen, obwohl sie bereits Anfang fünfzig waren, aus wie ein und dieselbe Person, Ricarda konnte es manchmal kaum glauben. Es war auch auf diesem Bahnsteig so, als würde sie sich selbst begegnen, zumal ihre Schwester eine Jacke trug, die der ihren zum Verwechseln ähnlich sah. Sie hatten aufgehört zu zählen, wie oft sie sich in den vergangenen Jahren zufällig dieselben Klamotten, Schuhe oder Taschen gekauft hatten. Es war unheimlich, aber es war auch unheimlich schön, einen Menschen zu haben, der so war wie man selbst und der einen verstand, ohne dass man etwas sagen musste.

Rebecca Frömmel spürte, dass ihre Schwester nicht über Christoph Meier-Wiegand, über den *Politik Insider* und G20 sprechen wollte. Sie wollte einfach nur in Glücksburg sein, bei ihrer Familie, abends ein gutes Glas Wein trinken und stundenlang von der Terrasse des Hauses auf die Ostsee gucken, so lange, bis der Mond aufgegangen war und die Sterne leuchteten, wie sie in Hamburg niemals leuchten würden. Zwischendurch gingen sie essen, in die Hafenküche in Flensburg, die ein Geheimtipp war und es hoffentlich immer bleiben würde. Es gab nur acht Gerichte zur Auswahl, etwas mit Fleisch, etwas mit Fisch und etwas für Vegetarier und Veganer. Aber jedes dieser acht Gerichte war eine Offenbarung. »So ein Restaurant gibt es bei uns in Hamburg nicht, und wenn, dann hat es zwei Sterne«, hatte Ricarda nach dem ersten Besuch gesagt.

Zwei, drei Tage hier oben waren für die Reporterin, was für andere Menschen zwei, drei Wochen Urlaub waren. Als sie sich von ihrer Schwester zurück zum Flensburger Bahnhof fahren ließ, fühlte sie sich fit und gerüstet genug, um ihre Arbeit beim *Politik Insider* wieder aufzunehmen. Sie redete sich ein, dass Christoph es so gewollt hätte.

Als die Bahn auf dem Rückweg Schleswig passierte, schaltete sie zum ersten Mal, seit sie Hamburg verlassen hatte, ihr Handy wieder ein. Eine der ersten Mails stammte von

Stephan Stelling, dem Chefredakteur des *Politik Insiders*. Als Ricarda sie las, wäre sie am liebsten umgekehrt. Stattdessen fing sie leise an zu weinen.

Jetzt saß sie in einer Redaktionskonferenz, von der sie gehofft hatte, sie nicht noch einmal erleben zu müssen. Diesmal waren zwei Plätze frei. Der von Christoph Meier-Wiegand und der von Jens U. Schmidt, deren gerahmte Fotos auf dem langen Tisch standen, an dem sonst über Themen und die Titelseite des *Politik Insiders* diskutiert wurde. Die Stimmung war anders als an dem Tag, an dem es nur um Meier-Wiegand gegangen war. In die Trauer um die Kollegen hatte sich Fassungslosigkeit gemischt, Angst und Trotz. Natürlich hatten alle Journalistinnen und Journalisten des Nachrichtenmagazins die Pressekonferenz des Hamburger Bürgermeisters und seines Innensenators verfolgt und wussten, dass das, was sie da gerade erlebten, eine Tragödie, aber keine zufällige Häufung von Unglücksfällen war. Diesmal ging es nicht, wie sonst beim *Politik Insider*, darum, über das Schicksal anderer Menschen zu berichten. Diesmal waren sie Subjekt und Objekt der Berichterstattung zugleich, ein Zustand, den es normalerweise zu vermeiden galt. Die anderen Zeitungen, Nachrichtenseiten, die Hörfunk- und TV-Sender beschäftigten sich rund um die Uhr mit dem *Politik Insider*, mal war vom »Anschlag auf Deutschlands wichtigstes Nachrichtenmagazin« die Rede, dann wieder hieß es: »Wer schützt unsere Journalisten?«

Bei Chefredakteur Stelling stapelten sich die Interviewanfragen, doch er hatte beschlossen, sich vorerst nicht zu äußern, schon gar nicht über die Stimmung in der Redaktion. Er hatte vor gut einer Stunde Besuch vom Polizeipräsidenten und vom Leiter der Sonderkommission erhalten, einem Herrn von Spoercken, der drei wichtige Informationen für ihn gehabt hatte, die er mit der Redaktion in der eigens einberufenen Konferenz teilen wollte.

»Ich bitte Sie, alles, was ich jetzt sage, vertraulich zu behandeln. Auch und gerade in Gesprächen mit Kolleginnen und Kollegen aus anderen Häusern.« Stelling stand am Kopf des Konferenztisches, hier und da nickte ein Reporter, bei anderen war sich der Chefredakteur nicht sicher, ob sie nicht unter dem Tisch das Handy bereithielten, um zu twittern. Twitter war längst das wichtigste der sozialen Medien für Journalisten geworden – wer hier viele Follower hatte, weil er relevante Nachrichten oder steile Thesen verbreitete, zählte etwas. Zwar nur in der Branche, aber leider gab es gerade beim *Politik Insider* nicht wenige, denen das wichtiger war als die Verkaufszahlen des Magazins am Kiosk.

»Ich verlasse mich auf Sie.« Stelling blickte ernst in die Runde und fuhr dann fort: »Information Nummer eins: Sowohl bei Christoph Meier-Wiegand als auch bei Jens U. Schmidt«, er atmete hörbar ein, »geht die Polizei von einem Gewaltverbrechen aus. Information Nummer zwei: Da Meier-Wiegand und Schmidt in den vergangenen Wochen fast ausschließlich zu G20 recherchiert haben, ist ein Zusammenhang der Verbrechen damit nicht nur möglich, sondern auch wahrscheinlich.«

»Es könnte aber auch sein, dass einer von diesen Lügenpresse-Idioten durchgedreht ist«, unterbrach jemand aus einer der hinteren Reihen den Chefredakteur.

»Das ist möglich, aber die Soko, die die Polizei eingesetzt hat, ermittelt vor allem im Umfeld aller, die etwas mit G20 zu tun hatten. Etliche Aktivisten sollen noch in der Stadt sein, auch solche, die wegen der Randale im Schanzenviertel per Haftbefehl gesucht werden.« Stelling stützte sich mit dem rechten Arm am Konferenztisch ab. »Bleibt Information Nummer drei. Der Polizeipräsident hat mir mitgeteilt, dass er die Polizeipräsenz rund um das Pressehaus deutlich erhöht hat und dass in besonderen Bedrohungssituationen selbstverständlich ein individueller Personenschutz möglich ist.«

Der Chefredakteur hatte lange überlegt, ob er das der Redaktion wirklich sagen sollte, sich aber am Ende dafür entschieden, weil es ihn persönlich beruhigte, Polizeibeamte in unmittelbarer Nähe zu wissen. Bei mehreren Kolleginnen und Kollegen schien das anders zu sein, Stelling nahm ein lauter werdendes Gemurmel und Geraune wahr, als er fertig war, und fügte deshalb schnell hinzu: »Gibt es Redebedarf? Ricarda?«

Die Frömmel hatte Mühe, ihre professionelle Fassung zu bewahren. »Was heißt das denn, ›besondere Bedrohungssituationen‹ und ›individueller Personenschutz‹? Das klingt für mich danach, als hätte diese Sonderkommission schon die nächsten Opfer ausgemacht, was nicht gerade beruhigend wäre, im Gegenteil.«

Mehrere Redakteure klopften zustimmend mit den Fingerknöcheln auf das Holz des Konferenztisches, das Geräusch erinnerte Stephan Stelling an Regen, der auf die Veluxfenster im Dachgeschoss seines Hauses prasselte, wo er sein Arbeitszimmer hatte.

»Ich glaube«, sagte er, »dass das so nicht gemeint ist, und ich kann Ihnen versichern, dass die Polizei derzeit keine Hinweise darauf hat, dass weitere Reporter des *Politik Insiders* gefährdet sein könnten.«

»Bei Christoph und Jens hatten sie das auch nicht«, rief wieder jemand aus den letzten Reihen, und Stelling spürte,

dass er etwas sagen musste, was die Situation wirklich ent-
spannte. Er ging zu Ricarda Frömmel und legte ihr die Hand
auf die Schulter, in der Hoffnung, die anderen würden verstehen, dass die Geste stellvertretend allen galt.

»Liebe Kolleginnen und Kollegen«, sagte er, »ich weiß,
was in Ihnen vorgeht, ich kann nachempfinden, was Sie besorgt, und ich muss zugeben: Mir geht es nicht anders. Ich bin
traurig wie Sie, ich bin verunsichert wie Sie, und ja, auch ich
kann mich nicht ganz freimachen davon, Angst zu verspüren.
Aber: Die Geschichte, die wir gerade am eigenen Leib erleben,
hat sich anderswo so oder so ähnlich schon Dutzende, was
sage ich, Hunderte Mal abgespielt. Wir waren es, die dann
darüber berichtet haben und die Leute gebeten haben, mit
uns darüber zu sprechen. Es ist uns immer gelungen, Menschen zu finden, selbst in tiefster Angst und Verzweiflung, die
den Mut hatten, das zu tun.« Stelling hatte seine Hand weiter
auf der Schulter von Ricarda Frömmel. »Jetzt sind wir an
der Reihe und müssen etwas von diesem Mut zurückgeben,
jetzt müssen wir zeigen, dass wir mit dem, worüber wir bei
anderen so oft geschrieben haben, selbst umgehen können.
Liebe Kolleginnen und Kollegen, ich bin sicher, dass wir das
können.«

Das war pathetisch, für einen nüchternen Menschen wie
den Chefredakteur des *Politik Insiders* unglaublich pathetisch, aber es funktionierte, wie immer, wenn Führungskräfte
in schwierigen Situationen an die Berufsehre appellierten.
Erst erhoben sich zwei Ressortleiter und fingen an zu ap-
plaudieren, dann immer mehr, und am Ende standen fast alle
und klatschten sich gegenseitig Mut zu.

Ricarda Frömmel blieb sitzen, und sie hatte, wie so oft seit
ihrer Rückkehr nach Hamburg, Tränen in den Augen. Dies-

mal allerdings Tränen der Rührung. Sie hatte vor zehn Minuten eine überraschende WhatsApp von Rebecca erhalten: »Schwesterherz«, hatte die geschrieben, »ich hoffe, ich überfalle dich nicht, aber ich hatte das Gefühl, dass ich in deiner Nähe sein sollte. Bin vor einer Stunde in Hamburg angekommen und warte in der Lobby des Pressehauses auf dich, um dich gleich ganz lange in die Arme zu schließen.«

Ricarda Frömmel hatte nur vier Worte zurückgeschrieben: »Du bist die Beste.« Und kurz darauf: »Weiß noch nicht, wann ich hier rauskomme. Musst nicht auf mich warten. Melde mich, wenn ich losgehe. Treffen uns dann. Tausend Küsse.«

Rebecca Frömmel hatte überlegt, trotz der Nachricht ihrer Schwester in der Lobby des Pressehauses zu bleiben. Doch dann machte sich ihr Magen bemerkbar. Sie hatte, seit sie in Glücksburg aufgebrochen war, nichts gegessen, weil sie möglichst schnell bei Ricarda sein wollte. Sie tat ihr furchtbar leid, und sie wollte sie angesichts der Verbrechen, die an zwei ihrer Kollegen begangen worden waren, nicht allein lassen. Ricardas Mann, ein Unternehmensberater, war auf einem Projekt in Myanmar. Er hatte zwar angekündigt, in drei, vier Tagen nach Hamburg zurückzukommen, aber bis dahin konnte viel passieren. Rebecca Frömmel war fest entschlossen, alles dafür zu tun, dass ihre Zwillingsschwester in Sicherheit war.

»Gehe schnell einen Happen essen«, schrieb sie zurück, schulterte den braunen Rucksack, von dem Ricarda und sie sich beinahe zeitgleich ein Exemplar gekauft hatten, und nickte beim Herausgehen den beiden Männern zu, die am Empfang des Pressehauses saßen. Einer nickte zurück und sagte: »Schönen Abend, Frau Frömmel«, und Rebecca winkte, ohne aufzuklären, dass sie nicht die war, für die man sie hielt.

Der andere Pförtner verließ mit ihr zusammen das Presse-haus, er stand in der gläsernen Drehtür genau hinter ihr. Er war es auch, der zwei Minuten später mit kreidebleichem Gesicht und panischem Blick zurück in das Gebäude stürmte und seinem Kollegen zurief: »Ingo, ruf einen Notarzt, schnell! Ein Typ hat die Frau umgefahren, die gerade hier rausgegangen ist ...«

»Die Frau Frömmel?«, schrie Ingo zurück.

»Schnell, Ingo, schnell.« Der Mann zitterte am ganzen Körper.

21

Manchmal fragte sich Enno von Spoercken, ob mit Polizisten wie ihm etwas nicht stimmte. Je schwerer die Verbrechen waren, je gefährlicher die Lage sich entwickelte, desto mehr Spaß machte ihm der Job. Selten hatte er so gern gearbeitet wie im Moment, was auch damit zu tun hatte, dass er, anders als während der G20-Tage, nicht mehr in der zweiten Reihe ausharren musste. Zwei seiner Chefs waren nach dem Ende des Gipfeltreffens abgetreten, weil es für die Hamburger Polizei anders gelaufen war, als sie es geplant hatten. Der eine hatte sich in den Vorruhestand verabschiedet, der andere in eine länger geplante Kur, an die sich ein unbezahlter Urlaub anschloss. Enno hatte darauf spekuliert, dass er bei nächster Gelegenheit in der Hierarchie aufrücken würde, aber dass es so schnell geschehen würde, war selbst für ihn überraschend. »Des einen Leid, des anderen Freud«, das war einer der Lieblingssprüche seines Opas gewesen, der für die GSG 9 gearbeitet hatte und der nächtelang von seinen Einsätzen erzählen konnte. Der kleine Enno hatte an seinen Lippen gehangen, keine Geschichte konnte ihm aufregend genug sein. Jetzt, in seiner ersten Position als Leiter einer wichtigen Sonderkommission, deren Arbeit die maximale mediale Aufmerksamkeit zuteilwurde, begriff er, wie viel Wahrheit in diesen sechs Worten steckte. »Des einen Leid, des anderen Freud« bedeutete in seinem Fall: Ohne die Morde an Christoph Meier-Wiegand und Jens U. Schmidt wäre er nach wie vor ein talentierter Ermittler im Hintergrund, der ungeduldig auf seine große Chance wartete. Doch dank der Morde war er nun der Leiter der »Soko Pressefreiheit«, wie sie getauft worden war, und hatte in weniger als drei Stunden mit den Chefredakteuren des *Politik Insiders*, der *Chronik* und des *Blicks* gesprochen. Enno von Spoercken genoss seine neue Rolle.

Zusammen mit dem Polizeipräsidenten war er bei den Chefs der beiden Wochenmagazine und des großen Boulevardblatts vorstellig geworden, um sie über die aktuelle Lage und die verstärkten Sicherheitsvorkehrungen zu informieren. Es war dabei von Vorteil, dass alle drei Titel zum Friedrichsen-Verlag gehörten und ihren Sitz im Pressehaus am Hamburger Hafen hatten. Enno und der Polizeipräsident hatten nur ein paarmal das Stockwerk wechseln müssen. Jetzt saßen sie unter dem Dach des imposanten Baus in der Vorstandsetage des Friedrichsen-Verlags und warteten auf Martin Grube. Der Vorstandsvorsitzende war relativ neu, er hatte vor einem halben Jahr Firmengründer Karl Friedrichsen abgelöst, der nicht nur auf die achtzig zuging, sondern die Hälfte seines Verlags an einen internationalen Medienkonzern verkauft hatte – soweit Enno wusste, weil er keine Kinder hatte, die das Unternehmen weiterführen konnten.

Der Blick aus dem Konferenzraum, in dem er mit dem Polizeipräsidenten wartete, war atemberaubend. Nur eine gigantische Fensterfront trennte sie vom Hamburger Hafen, auf der Elbe fuhr ein Kreuzfahrtschiff vorbei, Enno glaubte, die Queen Mary II zu erkennen. Es würde zu dem Hochgefühl passen, das er verspürte, zu diesem Adrenalinkick, den die Ermittlungen und die Treffen mit den wichtigen Medienleuten bei ihm auslösten.

Die Tür öffnete sich, und herein trat ein Mann Anfang fünfzig, groß gewachsen, mit einem Körper, der irgendetwas zwischen durchtrainiert und ausgezehrt war. Er trug ein paar Stoffbänder um das rechte Handgelenk, vielleicht Erinnerungen an die Teilnahme an Marathonläufen. Martin Grube galt als fanatischer Sportler, es ging das Gerücht, dass er jede Woche mindestens hundert Kilometer zu Fuß oder auf dem Fahrrad zurücklegte. Bei der ersten Weihnachtsfeier, an der er als frisch ernannter CEO teilgenommen hatte, sollte er auf die Frage eines Kellners, was dieser ihm zu trinken bringen dürfe, geantwortet haben: »Einen Ingwertee, bitte.« Als der Kellner ratlos die Schultern gezuckt und erwidert hatte, man habe nur Bier, Weiß- und Rotwein und selbstverständlich Gin Tonic, soll Martin Grube eine Ingwerknolle aus seiner Hosentasche geholt und sie seinem Gegenüber mit den Worten in die Hand gedrückt haben, dass er heißes Wasser schon irgendwo würde auftreiben können.

Es waren Geschichten dieser Art, die in Hamburg über Grube kursierten, sowie der Ruf, dass ihn nur drei Dinge interessierten: Zahlen, Zahlen, Zahlen. Der Manager war das Gegenteil seines Vorgängers. Karl Friedrichsen hatte im Zweifel einen Leitartikel für eine seiner Zeitungen schnell selbst geschrieben, wenn er das Gefühl gehabt hatte, dass der entsprechende Chefredakteur nicht die passenden Worte fand. Geld hatte Friedrichsen nie besonders interessiert, was auch daran lag, dass er mit seinen Medien so viel davon verdiente, dass er nicht ansatzweise hinterherkam, es auszugeben. Doch die goldenen Zeiten, in denen man als Verleger seinem Chefredakteur einen Porsche zum Geburtstag schenkte, waren vorbei, und deshalb hatte die Ära von Männern wie Martin Grube begonnen. Die erste Entscheidung, die er in seinem neuen Amt getroffen hatte, war, jede fünfte Stelle in den Redaktionen zu streichen.

Enno konnte nicht sagen, ob ihm Grube sympathisch oder unsympathisch war, der Vorstandsvorsitzende entzog sich solchen Kategorien auf eine fast unnatürliche Art. Er drückte von Spoercken sehr fest die Hand und bat den Soko-Chef und den Polizeipräsidenten, am Konferenztisch Platz zu nehmen. Er sei erschüttert über das, was passiert sei, und habe den Redaktionen sein Beileid ausgesprochen, erklärte Grube. Aber leider habe er nicht viel Zeit, die Herren von der Polizei würden verstehen.

Der Polizeipräsident nickte und schilderte in kurzen Worten den Stand der Ermittlungen, Enno wiederholte das, was er zuvor den Chefredakteuren gesagt hatte. Martin Grubes Handy piepte derweil ununterbrochen, dreimal nahm er es zur Hand und tippte darauf herum, obwohl Enno mitten in seinen Erklärungen war. Als sie beendet waren, stand der Vorstandsvorsitzende auf, streckte den beiden Besuchern erneut die Hand entgegen und sagte: »Ich danke Ihnen, dass Sie sich die Zeit genommen haben. Wir arbeiten natürlich vollumfänglich mit der Polizei und den Behörden zusammen.« Enno überlegte kurz, ob er sagen sollte, dass es hier nicht um ein Verfahren wegen möglicher Steuerhinterziehung ging, sondern wahrscheinlich um zwei Mordfälle, doch ein Blick des Polizeipräsidenten signalisierte ihm, dass er sich die Mühe sparen konnte. Man verabschiedete sich, die Beamten waren wieder allein. Auf der Elbe fuhr ein Schiff mit Containern von Hapag-Lloyd vorbei.

»Komischer Typ.« Der Polizeipräsident sah aus dem Fenster.

»So richtig schien ihn das alles nicht zu interessieren«, sagte Enno. »Vielleicht denkt er auch: Hey, zwei teure Leute weniger auf meiner Payroll, da komme ich ja mit meinem Sparprogramm besser voran, als ich dachte.«

»Herr von Spoercken!« Der Polizeipräsident drohte mit dem Zeigefinger, aber Enno sah, dass er Mühe hatte, sich ein Lachen zu verkneifen. »Wollen wir?«

Sie waren auf dem Weg zum Fahrstuhl, als Ennos Handy klingelte. Die Einsatzzentrale. Er ging sofort ran.

»Ja, von Spoercken. Doch, ich höre Sie gut.« Dann sagte er eine kurze Zeit nichts mehr, beschleunigte aber seine Schritte und signalisierte dem Polizeipräsidenten, es ihm gleichzutun. »Ich habe verstanden. Ein Unfall mit Fahrerflucht, Opfer ist mutmaßlich eine weitere Journalistin vom *Politik Insider*.« Jetzt horchte der Polizeipräsident auf. »Wie?«, fragte Enno und schrie nun fast ins Telefon: »Direkt vor dem Pressehaus? Wir sind in wenigen Minuten da.« Er beendete das Telefonat, steckte das Handy in die Tasche seines neuen Sakkos, das er trug, seit er Leiter der Soko war, und suchte nach einem Schild, das die Richtung zum nächsten Treppenhaus wies. Kurz darauf rannten von Spoercken und sein Chef in Richtung Erdgeschoss und Ausgang, teilweise nahmen sie zwei, manchmal drei Stufen auf einmal. Enno spürte, wie das Blut in seinen Adern pulsierte, die Sportwatch an seinem Armgelenk zeigte einen Herzschlag von fast 130 an. Er war in höchster Alarmbereitschaft.

Vor der Tür des Pressehauses hatte sich eine Traube von Menschen gebildet, ein Notarztwagen war da, zwei Polizeifahrzeuge auch. Ein Sanitäter und ein Arzt knieten auf der Straße, vor ihnen lag eine Frau, die eine Platzwunde an der Stirn und schwere Schürfwunden an den Beinen hatte, ihr Kleid war an mehreren Stellen zerrissen. Der Arzt hatte ihr einen Zugang in den rechten Arm gelegt, offenbar bekam sie ein Beruhigungsmittel. Enno zückte seinen Dienstausweis und bahnte sich den Weg direkt an den Tatort: »Enno von Spoercken, Leiter der Soko Pressefreiheit, wie geht es der Frau?«

Der Notarzt drehte sich kurz um: »Sie hat wahnsinniges Glück gehabt, und sie muss wahnsinnig sportlich sein. Angeblich hat das Auto sie voll erwischt, sie soll nach Zeugenaussagen über das Heck geflogen und hier auf dem Asphalt aufgeprallt sein. Aber soweit ich das feststellen kann, hat sie sich nicht sehr schwer verletzt. Wir versetzen sie sicherheitshalber in eine leichte Narkose, um sie für weitere Untersuchungen ins Universitätsklinikum Eppendorf zu bringen.«

»Kann ich kurz mit ihr sprechen?«, fragte Enno.

»Das ist«, antwortete der Notarzt und sah zu der Frau, der die Augen zufielen, »leider nicht mehr möglich. Aber der Herr dort hinten hat alles gesehen.«

Enno drehte sich zu einem Mann um, der zitternd und trotz der milden Temperaturen in eine Decke gehüllt ein paar Meter entfernt stand. Er hatte ein Glas Wasser in der Hand, aus dem er schluckweise trank, auch wenn er dabei die Hälfte verschüttete. Eine Frau redete behutsam auf ihn ein, und Enno traute seinen Augen kaum, wer es war. Oder doch.

»Darf ich kurz stören«, fragte er süffisant, als er sich zu Kaja und dem Mann stellte.

»Wenn es unbedingt sein muss«, sagte die Polizeireporterin und nickte ihm zur Begrüßung zu. »Herr Breitscheid ist Pförtner im Pressehaus, er hat miterlebt, wie Frau Frömmel, die nach seinen Angaben für den *Politik Insider* arbeitet, von einem Auto erfasst und durch die Luft geschleudert wurde.«

»Ist sie, ist sie …«, stammelte der Pförtner.

»Nein, sie lebt«, sagte Enno. »Sie muss einen riesigen Schutzengel gehabt haben. Der Autofahrer ist also einfach weitergefahren, hat weder angehalten noch sein Tempo gedrosselt?«

Der Pförtner schüttelte den Kopf, Enno und Kaja tauschten vielsagende Blicke. Das war der dritte Mordversuch, diesmal einer, der glücklicherweise schiefgegangen war.

»Sie sind sicher, dass es sich um Ricarda Frömmel handelt?« Enno war der Name geläufig, Ricarda Frömmel hatte zusammen mit Christoph Meier-Wiegand und Jens U. Schmidt in einem Team beim *Politik Insider* gearbeitet, es passte alles.

Der Pförtner schien sich zu sammeln, er nahm einen tiefen Schluck aus seinem Wasserbecher: »Ich arbeite seit zehn Jahren im Pressehaus und bin stolz darauf, die meisten Reporter mit Namen begrüßen zu können. Frau Frömmel hatte immer einen netten Satz für uns übrig, sie war, Verzeihung, sie ist, sie ist ... Moment mal, da ist sie!« Herr Breitscheid fing wieder an zu zittern und sah aus, als würde er jeden Moment in Ohnmacht fallen, während er in Richtung Pressehaus zeigte.

Denn von dort kam genau die Frau angelaufen, die soeben auf einer Trage in den Notarztwagen verladen worden war.

22

Joachim Gärtner hatte seine Zugehfrau gebeten, ihm die Tageszeitungen vom Kiosk um die Ecke mitzubringen, und er hatte die entscheidenden Texte rechtzeitig gelesen, bevor die Telefonkonferenz mit dem Parteivorstand begann. Offiziell hatte er mit seinen 72 Jahren darin keine Funktion mehr, aber der Strippenzieher im Hintergrund war er immer noch. Wenn es in der Partei etwas Wichtiges zu besprechen gab, traf man sich in seinem Haus im Blankeneser Treppenviertel. Gärtner hatte aufgehört zu zählen, wie viele große Entscheidungen für Hamburg hier oben gefällt worden waren, immer mit einem fabelhaften Blick auf die Elbe.

Seine Bedeutung speiste sich aus drei Faktoren: Er hatte die Partei vor mehr als einem Jahrzehnt endlich ins Hamburger Rathaus geführt, zwar nicht als Bürgermeister, aber als der unumstrittene Stratege an dessen Seite. Er war wie kaum jemand sonst in der Hamburger Wirtschaft vernetzt, hatte zum Beispiel zu den ersten Mitgliedern der von Milliardär Niklas Claasen senior mit seinem Sohn Niklas Claasen junior gegründeten Alster-Lounge gehört, wo er bis heute ein- bis zweimal in der Woche essen ging. Vor allem hatte Joachim Gärtner sehr viel Geld, mit dem er die Partei immer unterstützte, wenn es für sie finanziell eng zu werden drohte. Was zum Beispiel nach der letzten Bürgerschaftswahl der Fall gewesen war, als die Wahlkampfkostenerstattung angesichts der heftigen Niederlage so mager wie selten zuvor ausgefallen war.

Gärtner hatte nicht verstanden, wie seine Partei die hart errungene Macht so leichtfertig hatte verlieren können, und das ausgerechnet an einen Mann wie Julius Wolff, der aus seiner Sicht weniger Charisma besaß als ein Kieselstein am Elbufer. »Der stürzt unser schönes Hamburg ins Verderben«, hatte er kurz nach Wolffs Vereidigung gesagt. Erst gab ihm G20 recht, dann das, wovon Gärtner gerade in den Zeitungen gelesen hatte. Zwar hatte sich die dritte Attacke auf eine Journalistin des *Politik Insiders* als eine Verwechslung entpuppt – der oder die Täter hatten nicht Ricarda Frömmel erwischt, sondern ihre Zwillingsschwester. Aber das änderte nichts daran, dass in Hamburg jemand frei herumlief, der alle paar Tage versuchte, einen Journalisten, oder in diesem Fall eine Journalistin, um die Ecke zu bringen. »Und der Bürgermeister tut das, was er am besten kann«, hatte Joachim Gärtner bei der Telefonkonferenz des Parteivorstands gesagt. »Nichts.«

Sie waren zu zehnt, und Gärtner hoffte, dass seine Partei ihn nicht enttäuschen würde. In den vergangenen Tagen war sie in der Kommentierung dessen, was offenbar erneut im Zusammenhang mit G20 in Hamburg passierte, aus seiner Sicht viel zu zurückhaltend gewesen und hatte von »staatspolitischer Verantwortung« gesprochen, die man als größte Oppositionspartei in dieser schweren Zeit mittragen wolle. Was für ein Quatsch! Nachdem sich herausgestellt hatte, dass die Journalisten des *Politik Insiders* nicht bei zwei Unfällen, sondern durch Verbrechen ums Leben gekommen waren, musste sich der Ton deutlich ändern. Jetzt war die Chance, endlich den Rücktritt von Julius Wolff zu erzwingen und dann schnell Neuwahlen herbeizuführen.

»Diesmal kommt er uns nicht davon!«, hatte Joachim Gärtner ins Telefon gebrüllt. »Diesmal muss er endlich die

Verantwortung für all das übernehmen, was während und nach G20 geschehen ist. ›Wenn es Tote gegeben hätte, wäre ich von meinem Amt zurückgetreten‹, hat er damals behauptet. Darauf werden wir ihn festnageln.« Er hatte eine Pause gemacht, um das zustimmende Gemurmel der Kollegen zu genießen. »Denn jetzt *hat* es Tote gegeben, und wenn dieser Mann Bürgermeister bleibt, kann niemand garantieren, dass nicht weitere unschuldige Menschen wegen seiner Fehler, ja wegen seiner dreisten Dummheit, seiner Lügen und Alleingänge mit ihrem Leben bezahlen werden.«

Das hatte gesessen, und als er fertig war, hatte Joachim Gärtner angekündigt, eine große Meinungsumfrage aus der eigenen Tasche zu bezahlen, die innerhalb der nächsten drei bis fünf Tage zeigen werde, »wie sehr die Menschen in dieser Stadt von ihrem Bürgermeister enttäuscht sind und wie groß der Wunsch ist, dass er endlich Platz macht für einen Neuanfang«. Bei diesen Worten hatte der Rest des Parteivorstandes angefangen zu klatschen, und Gärtner hatte sich in dem sicheren Gefühl im Sessel in seinem Arbeitszimmer zurückgelehnt, bald wieder derjenige zu sein, der im Rathaus und damit in Hamburg insgesamt das Sagen hatte. Vielleicht sollte er doch selbst Bürgermeister werden, besser als dieser Julius Wolff konnte er das auf jeden Fall.

Der war, wie damals in der furchtbaren G20-Nacht, zusammen mit Innensenator Hartmut Naumann ins Polizeipräsidium gefahren, wo er sich vom Polizeipräsidenten und vom Leiter der Soko Pressefreiheit über den neuen Stand der Ermittlungen unterrichten ließ. Wobei vor allem Letzterer sprach.

Enno von Spoercken kam aus dem Universitätsklinikum Eppendorf, wo er eine halbe Stunde mit dem neuesten Opfer hatte sprechen können. Rebecca Frömmel war nicht nur wieder bei Bewusstsein, sie hatte beim Frontalzusammenstoß vor dem Pressehaus wirklich wie durch ein Wunder keine schwerwiegenden Verletzungen erlitten. Wenn alles gut liefe, hatten die Ärzte gesagt, könne sie das Krankenhaus in wenigen Tagen verlassen. Ihre Schwester, das eigentliche Ziel des Anschlags, war am Vorabend mit Enno in die Klinik gefahren und hatte sich vorgenommen, erst wieder zu gehen, wenn Rebecca das auch konnte. Die Polizei hatte sicherheitshalber einen Beamten auf der Station postiert, und Ricarda Frömmel hatte von Spoercken erzählt, dass sie beim *Politik Insider* unbezahlten Urlaub beantragt habe. Wann und ob sie in ihren Beruf zurückkehren werde, könne sie gerade nicht sagen, »ich werde erst einmal untertauchen, wenn Sie verstehen, was ich meine«.

Der Chef der Soko Pressefreiheit konnte das gut verstehen. Er hatte gehofft, dass Rebecca Frömmel ihm bei der Suche nach dem geflüchteten Autofahrer weiterhelfen könnte. Doch die erinnerte sich nur an den netten Pförtner, der ihr zugenickt und sie mit ihrer Schwester verwechselt hatte, etwas, das ihr im Leben sehr oft passiert sei. »Ansonsten habe ich das, was man als Filmriss bezeichnet«, hatte Rebecca Frömmel gesagt und wie froh sie sei, dass das Auto nicht ihre Schwester, sondern sie getroffen habe.

Enno war dankbar, dass es nicht einen weiteren toten Journalisten gegeben hatte. Er berichtete dem Bürgermeister und dem Innensenator in Kurzform, was sich am Vorabend vor dem Pressehaus und am Morgen in der Klinik zugetragen hatte. Er erwähnte die sofort eingeleitete Großfahndung nach »einem schwarzen Kombi, vielleicht einem Volvo«, die ergebnislos geblieben war. Was kein Wunder sei bei den sehr rudimentären Aussagen, die der Pförtner des Pressehauses habe machen können.»Ich möchte nicht wissen, wie viele schwarze Kombis allein von Volvo in Hamburg zugelassen sind«, hatte Hartmut Naumann gesagt.»Ich fahre privat auch einen«, ergänzte Enno und, um die Stimmung etwas aufzulockern:»Aber ich habe ein Alibi.«

Er konnte nicht wissen, dass Julius Wolff diese Art von Humor in heiklen Situationen durchaus schätzte, sich das aber niemals anmerken lassen würde. Er verzog keine Miene, als er sagte:»Was machen wir jetzt?«

»Die Opposition fordert, dass du zurücktrittst«, antwortete Hartmut Naumann und grinste:»Aber das würde die Lage eher verschärfen als beruhigen.«

»Haben Sie irgendeine Spur, einen Anhaltspunkt?«, fragte Julius Wolff den Leiter der Soko.

»Was wir wissen, ist, dass alle drei Opfer für den *Politik Insider* gearbeitet haben und dass sie zusammen mit einer weiteren Reporterin …«, sagte Enno von Spoercken.

»… die hoffentlich inzwischen unter Polizeischutz steht?«, unterbrach ihn der Innensenator.

»Natürlich.« Enno machte dort weiter, wo er gerade aufgehört hatte:»Und dass sie zusammen mit einer weiteren Reporterin seit vielen Wochen zu G20 recherchieren und schreiben, zuletzt vor allem zu der Rolle des Bürgermeisters.«

»Ich weiß.« Julius Wolff sah nicht besonders beunruhigt aus.

»Ich habe mir heute Nacht viele der Texte, die von den vier *Politik Insider*-Leuten veröffentlicht worden sind, durchgelesen. Die Vierte«, beinahe hätte Enno *die letzte Lebende* gesagt, was so pietätlos wie falsch gewesen wäre, »heißt Barbara Holzner. Ich habe bei der Lektüre leider nichts gefunden, woran man ansetzen könnte, mit einer Ausnahme: Die Reporter hatten gute Informationen über die Rolle, die das

Politbüro bei der Vorbereitung und Durchführung von G20 gespielt hat, und sie haben das erstaunlich detailreich und kritisch aufbereitet.«

»Sie meinen, kritisch für ein Magazin, das tendenziell eher dem linken Spektrum zugeordnet wird?«, fragte Julius Wolff.

Enno von Spoercken nickte: »Ich kann mir nicht vorstellen, dass sich der *Politik Insider* mit dieser Art der Berichterstattung bei den Linken viele Freunde gemacht hat ...«

»... bei uns allerdings auch nicht«, ging Hartmut Naumann erneut dazwischen.

»... und ich könnte mir vorstellen, dort einmal genauer nachzusehen.« Enno hörte auf zu reden und sah erst den Polizeipräsidenten, dann den Innensenator und zuletzt den Bürgermeister an. Zum ersten Mal entstand eine Pause.

»Sie meinen«, sagte Julius Wolff nach ein paar Augenblicken, »dass wir das Politbüro stürmen sollten?«

»Das ist genau das, was die Opposition fordert, und allein deshalb wird der Bürgermeister das nicht anordnen«, sagte Hartmut Naumann.

»... es ist das, was sie seit langem von mir verlangt, seit dem Ende von G20 fast jeden Tag.« Wolff blieb weiter ruhig. »Ich habe das bisher ehrlich gesagt nicht für eine gute Idee gehalten und tue es auch jetzt nicht.«

»Ich auch nicht, Julius, versteh mich nicht falsch«, sagte der Innensenator. »Aber in einem hat Herr von Spoercken recht. Wir müssen etwas tun, und sei es nur, um den Menschen zu zeigen, dass wir als Senat nicht tatenlos zusehen, wie alle paar Tage ein Anschlag auf Journalisten und damit auf die Pressefreiheit verübt wird, denn so werden es viele schreiben.«

»Ich weiß.« Der Bürgermeister hatte angefangen, mit einem Bleistift zu spielen, der vor ihm auf dem Tisch lag. »Aber ich weiß nicht, ob wir mit einer Räumung des Politbüros nicht alles schlimmer machen. Herr von Spoercken«, er wandte sich direkt an Enno, »halten Sie es denn für möglich, dass die dahinterstecken?«

»Haben Sie das für möglich gehalten, was bei G20 passiert ist, Herr Bürgermeister?«, fragte Enno zurück.

Julius Wolff schüttelte den Kopf.

»Ich würde gar nicht so weit gehen«, sagte Enno weiter, »eine Räumung des Politbüros anzuordnen. Ein einfacher Durchsuchungsbefehl tut es erst einmal auch.«

23

Als Lukas Hammerstein seiner Frau erklären wollte, warum er zwei Kriminalbeamte mit ins Haus gebracht hatte, hatte sie ihm behutsam den Zeigefinger ihrer rechten Hand auf den Mund gelegt und mit der linken Hand auf ihren Bauch gezeigt. »Lukas«, hatte sie gesagt, »entweder ist eine Frau schwanger, oder sie ist nicht schwanger, ganz oder gar nicht. Und so ist das auch, wenn man sich dazu entschieden hat, ein Sabbatical zu machen. Das geht nicht ein bisschen – an dem einen Tag arbeitet man, an dem anderen nicht, mal ignoriert man seine E-Mails, dann beantwortet man sie wieder. Ganz oder gar nicht, Lukas, und ich dachte, dass wir uns einig gewesen wären, dass *gar nicht* keine Option ist.« Ohne dass er etwas dazu sagen konnte, war Lilli fortgefahren: »Ich weiß, dass du deine Arbeit liebst. Wir wissen aber auch, dass du nach G20 dringend eine Auszeit gebraucht hast, einen Abstand zu dieser Welt voller schlechter Nachrichten. Ich verstehe, dass jemand wie du sich dem schwer entziehen kann, aber: Wenn nicht jetzt, wenn nicht kurz vor der Geburt deines ersten Kindes, wann dann?«

Lukas hatte zugehört, er hatte ein-, zweimal genickt, aber er hatte nichts gesagt, weil er Angst hatte, dass er würde lügen müssen. Lilli hatte mit alldem recht, und er fühlte sich schuldig, gegen die gemeinsame Abmachung verstoßen zu haben. Aber einem Reporter wie ihm zu erzählen, dass er das, was gerade in seiner Branche und in seiner Stadt passierte, ignorieren solle, war in etwa so, als würde man Finchen erklären wollen, dass sie nicht wegrennen dürfe, wenn Herrchen oder Frauchen die Leine lösen. Das konnte maximal so lange funktionieren, bis der Hund eine Fährte wittern würde, der Rest wäre Instinkt. Genauso war es bei Lukas. Er hatte eine Spur aufgenommen, die größer werden könnte als alle Spuren, die er bisher verfolgt hatte, und die ihn direkt betraf. Nicht nur weil er als Reporter, der sich wochenlang fast ausschließlich mit G20 beschäftigt hatte, ein potenzielles nächstes Opfer sein konnte. Dass Finchen die Brieftasche von Jens U. Schmidt gefunden hatte, hatte Lukas tief in den Fall hineingesogen, es war für ihn wie ein Auftrag, wie eine Verpflichtung, sich der Sache anzunehmen. Er hatte kurz überlegt, ob er den *Hamburg News* anbieten sollte, in die Redaktion zurückzukehren und so lange normal zu arbeiten, bis die Verbrechensserie aufgeklärt war. Doch damit hätte er im Zweifel seine Ehe aufs Spiel gesetzt, und das in einer Phase, in der seine Frau so verletzlich war, wie er sie noch nicht erlebt hatte. Lukas musste das Sabbatical fortsetzen, ob er wollte oder nicht, und er musste alles dafür tun, dass Lilli die letzten Wochen ihrer Schwangerschaft so ruhig und entspannt wie möglich hinter sich bringen konnte. Gleichzeitig musste er einen Weg finden zu helfen, die Morde an Christoph Meier-Wiegand und Jens U. Schmidt aufzuklären.

Dass es sich um Morde handelte und dass dahinter mehr steckte, als man angesichts der dünnen Ermittlungsergebnisse glauben konnte, die die Polizei bekannt gab, stand für Lukas fest. Sein Bauchgefühl, das nicht weniger war als die Summe aller Erfahrungen, die er in zwei Jahrzehnten als Reporter gemacht hatte, hatte ihn in solchen Fragen noch nie getäuscht.

Als Lilli fertig war, küsste er erst den Zeigefinger, den sie sanft auf seine Lippen gedrückt hatte, dann ihren Bauch und gab ihr schließlich einen Kuss auf den Mund. »Ich liebe dich«, sagte er, denn das stimmte auf jeden Fall.

»Ich liebe dich auch, Hasenzahn.« Lilli fiel Lukas, soweit der Bauch das zuließ, in den Arm.

So verharrten die beiden, bis Finchen von der Seite herantrippelte und versuchte dazwischenzukommen. Spätestens da wurde Lukas klar, dass der Dackel die Brücke zwischen versprochenem Sabbatical und Reporterinstinkt sein könnte. »Wenn ich zu Hause bin, werde ich ganz für dich und den kleinen«, Lukas grinste, »Jonathan da sein.«

»Versprochen?«, fragte Lilli.

»Versprochen«, antwortete Lukas und hatte damit nicht gesagt, was er machen würde, wenn er *nicht* zu Hause war.

Als könnte sie Gedanken lesen, löste sich Finchen aus dem Knäuel, das sie zusammen mit Lilli, Lukas und dem ungeborenen Kind gebildet hatte, lief zur Haustür und bellte.

»Ich glaube, ich muss mal wieder.« Lukas rappelte sich hoch.

Lilli nickte: »Nimm die Rolle mit den neuen Kackibeuteln mit, ich habe sie vorn an die Garderobe gelegt«, sagte sie. »Und vergiss nicht …«

»… sie immer an der Leine zu behalten, das musst du mir wirklich nicht mehr sagen«, vollendete Lukas den Satz, wobei ihm auffiel, dass er Lilli nun gar nicht erzählt hatte, was die Polizisten von ihm gewollt hatten. Das würde er später nachholen, damit sie verstand, wie er durch einen Zufall in diese Geschichte hineingeraten war. Wobei er ihr dann gestehen müsste, dass er Finchen gegen alle Anweisungen von der Leine gelassen hatte. Vielleicht war die Wahrheit in diesem Fall doch keine gute Idee.

Die Spaziergänge mit dem Dackel waren es dagegen auf jeden Fall. Lukas nutzte die Zeit, um sich mit seinem Handy auf den neuesten Stand der Recherche-Ergebnisse der Kollegen zu bringen, er las viele Texte auf den Internetseiten der wichtigsten Medien, telefonierte hier und da mit Kaja. Vor allem machte er das, was er bei seinen früheren größeren Recherchen immer getan hatte: Er sah sich die Orte, an denen die Verbrechen begangen worden waren, genau an. Die Gegend rund um das Pressehaus, vor dem die falsche Ricarda Frömmel umgefahren worden war, ging er ebenso ab wie den Weg entlang der Alster, der von Jens U. Schmidts Wohnung in die Redaktion des *Politik Insiders* führte. Er hatte sich von Kaja die Stelle beschreiben lassen, an der Polizeitaucher das Fahrrad des Journalisten aus der Alster gezogen hatten, und er hatte versucht nachzuvollziehen, wie Schmidt ausgerechnet hier ins Wasser geraten konnte.

Als Lilli sich zu Hause mit zwei ebenfalls hochschwangeren Freundinnen traf, hatte er die billigste aller Ausreden genutzt (»Ich will euch nicht stören«) und war, nachdem er Finchen bei Niklas in der Alster-Lounge abgegeben hatte, in den Health Club am Hafen gegangen. Lukas konnte nicht über etwas schreiben, was er nicht selbst erlebt oder wenigstens gesehen hatte. Er hatte mal eine Krimireihe gelesen, in der die Protagonistin, eine Kommissarin, sich bei jedem Fall in die Rolle der Opfer begeben hatte. Wenn eine Frau in einem Waldstück vergewaltigt und dort von Passanten nackt aufgefunden worden war, hatte sich die Kommissarin in ebendieses Waldstück begeben, sich ausgezogen, die Augen geschlossen und wie in Trance zu fühlen versucht, was geschehen war. Lukas' Art zu arbeiten war ähnlich und hatte ihm den Ruf eingebracht, Geschichten so anschaulich erzählen zu können wie wenige andere.

Jetzt war er tatsächlich auch nackt, ein Umstand, der ihm in einem Fitnessstudio eher unangenehm war. Er war schnell an den großen Spiegeln, die im Umkleideraum hingen, vorbeigegangen, mit einem Handtuch um die Hüften, das er erst abgelegt hatte, als er die kleine Leiter erreicht hatte, die in den Pool führte. Außer ihm war nur eine Handvoll Leute da, alle schwammen, und Lukas hatte das Gefühl, dass sie nur darauf warteten, dass er das Handtuch fallen ließ. Er stieg in einem Rutsch in den Pool, der kälter war als gedacht, und machte ein paar Kraulzüge, bevor er sich auf den Rücken drehte. Über sich an der Decke sah er keine Lampen mehr, die Beleuchtung kam indirekt von Strahlern, die in sicherer Entfernung an den Wänden angebracht waren.

Lukas bewegte sich langsam vorwärts, wurde wieder zum Brustschwimmer und stoppte schließlich am Beckenrand. Es war komisch, sich in demselben Pool zu wissen, in dem Christoph Meier-Wiegand die letzten Minuten seines Lebens verbracht hatte, und Lukas fragte sich, was dieser wohl gedacht und was er gesehen hatte. Sein Blick wanderte zu einer Frau, die splitterfasernackt am Beckenrand stand, und Lukas registrierte, dass er ihr fast automatisch auf die Brüste guckte. In diesem Moment hätte er nicht gemerkt, oder erst zu spät, wenn um ihn herum etwas Bedrohliches passiert wäre. War es Christoph Meier-Wiegand genauso gegangen? Auf jeden Fall schien es Lukas unwahrscheinlich, dass der Kollege hier allein geschwommen war und sich die Lampe, wie von Zauberhand, von der Decke gelöst hatte. Er beschloss, sich nachher in der Umkleidekabine eine entsprechende Notiz zu machen.

Zur Routine des Reporters Hammerstein gehörte, dass er bei jeder Recherche ein neues Notizbuch dabeihatte, Größe DIN A5, mit schwarzem Einband. Vor Jahren hatte er fünfzig

Stück davon gekauft und einen ordentlichen Mengenrabatt erhalten. Fünfunddreißig waren voll und standen, sorgfältig beschriftet und nach Jahren sortiert, in einem Regal im Keller. Nummer 36 hatte er bei jedem Ausflug mit Finchen griffbereit, um sich Beobachtungen, Gedanken und neue Ermittlungsstände aufzuschreiben. Nach dem Besuch im Health Club notierte er zwei Fragen: »Wer war mit Christoph Meier-Wiegand im Poolbereich? Hat ihn jemand (eine Frau) abgelenkt?«

Seit Lukas sich zu Hause verabschiedet hatte, war erst gut eine Stunde vergangen. Lilli hatte gemeint, dass die Freundinnen mindestens zwei Stunden bleiben würden, vielleicht länger, er könne sich mit Finchen also Zeit lassen. Lukas holte die Dackeldame bei Niklas ab, der ihm grinsend berichtete, dass seine Leute nur mit Mühe hatten verhindern können, dass sein Hund »sämtliche Räume der Alster-Lounge sauber leckt«, und ob das normal sei. »Hunde haben einen siebten Sinn für mangelnde Hygiene und Sauberkeit«, hatte Lukas geantwortet und breiter gegrinst als sein Freund, um gleich darauf mit Finchen dorthin zu gehen, wo er seit den Randalen beim G20-Gipfel nicht mehr gewesen war. Von der Alster-Lounge ins Schanzenviertel brauchten die beiden eine Viertelstunde, und Lukas staunte einmal mehr, wie nah zwei so komplett verschiedene Welten in Hamburg beieinanderlagen. Vor dem Politbüro, das in einer einst prunkvollen Villa untergebracht war, ging es ruhig zu. Die Eingangstüren waren verrammelt, davor waren zwei Campingzelte aufgebaut, an die Wände waren Graffiti mit unterschiedlichen Botschaften geschmiert, die sich gegen Nazis, den Kapitalismus und die Staatsgewalt richteten, eine bunte Mischung, die Lukas nie verstanden hatte.

Die Erinnerung an die langen Stunden während der G20-Nacht von Freitag auf Samstag kam hoch, in denen er hier gestanden hatte, zwischen brennenden Häusern und johlenden Chaoten, und sich ziemlich einsam vorgekommen war: »Die vierte Gewalt war da«, hatte ein Kollege der *Chronik* geschrieben. »Aber wo waren die anderen, wo war vor allem die Polizei?« Lukas schluckte und verspürte den Wunsch, schnell von hier wegzukommen. Er wandte sich vom Politbüro ab und fing an, »Durch die schweren Zeiten« von Udo Lindenberg zu pfeifen, als er sie sah. Aus den Nebenstraßen kamen wie aus dem Nichts Dutzende Streifenwagen und andere Autos mit blinkendem Blaulicht. Lukas zog Finchen an sich, nahm sein Handy und machte ein paar Fotos. Was war hier los? Er wollte gerade Kaja anrufen, als ihm einfiel, dass er das viel leichter haben konnte: Sie wohnte schräg gegenüber, und als der letzte Streifenwagen vorbeigerauscht war, überquerte Lukas die Straße und klingelte bei Woitek. Nichts tat sich. Er versuchte es erneut, und als er zum dritten Mal auf die Klingel drücken wollte, öffnete sich die Tür, und Kaja kam heraus. Finchen fing sofort an, den Boden abzulecken.

»Lukas?«, Kaja stutzte. »Was machst du hier?«

»Ich war in der Nähe«, er zeigte auf die Dackeldame, als ob sie ihn hierhergezerrt hätte, »und dachte ...«

Kaja hielt ihm ihren Haustürschlüssel entgegen. »Ihr wolltet mich besuchen? Dann geh schon mal hoch, den Weg kennst du ja, und mach dir einen Kaffee oder Tee. Küche sieht etwas chaotisch aus, aber du kommst schon klar. Ich muss nur mal kurz rüber«, sie zeigte zum Politbüro, »dauert hoffentlich nicht lange.«

24

Enno von Spoercken hatte beschlossen, seine Leute mit dem Kollegen Ritter ins Politbüro hineinzuschicken. Er selbst wollte draußen bleiben und auf die Reporter warten, denen er vor einer Stunde den dezenten Hinweis hatte geben lassen, dass sich im Schanzenviertel polizeilich etwas tun könnte, Stichwort: Soko Pressefreiheit. So etwas geschah meist über vertrauliche Kontakte zu den Medien, von denen Enno selbst einen in den vergangenen Wochen sozusagen intensiviert hatte. Vielleicht ergab sich heute die Gelegenheit, Kaja wiederzusehen, ihre Wohnung war vielleicht hundertfünfzig Meter Luftlinie vom Einsatzort entfernt.

Auch deshalb war sie die erste Reporterin, die vor dem Politbüro stand. Ritter war mit seinem Trupp und jeder Menge Müllsäcke, in denen Beweismaterial abtransportiert werden sollte, im Inneren des Hauses verschwunden, als Kaja sich ganz beiläufig neben Enno stellte.

»Ihr traut euch was!« Sie zwinkerte ihm zu.

»Wir müssen was tun, der Druck auf die Politik ist immens. Der Bürgermeister hat den Einsatz selbst angeordnet«, sagte Enno, wohl wissend, dass er Julius Wolff in Wahrheit gemeinsam mit dem Innensenator dazu hatte überreden müssen. »Aber das bleibt unter uns, Kaja, sonst bekomme ich Schwierigkeiten.«

»Hm, na gut.« Kaja zückte trotzdem einen Notizblock.

»Erwartet ihr Widerstand? Wissen die Anwälte der Aktivisten Bescheid?«

»Na ja, wir räumen das Haus ja nicht, wir haben nur einen harmlosen Durchsuchungsbefehl«, antwortete Enno. »Aber vielleicht sollte ich das gleich für alle erklären, dahinten kommen schon deine Kollegen.«

Eine Viertelstunde später hatten sich eine Handvoll Kamerateams und ein Dutzend Reporter so um Enno von Spoercken drapiert, dass er das Politbüro im Rücken hatte, aus dem die ersten Polizisten mit Computern und Aktenordnern auf den Armen kamen. Das würde gute Bilder geben, dachte Enno, und er konnte nicht leugnen, dass er es genoss, gefilmt und befragt zu werden, auch wenn er nicht viel mehr sagen konnte, als dass es einen Durchsuchungsbefehl gebe und man im Rahmen der Soko Pressefreiheit hier und heute Ermittlungen anstelle: »Ob diese am Ende entlastend oder belastend sein werden, kann ich nicht sagen.«

»Aber Sie hegen im Zusammenhang mit den Morden an Christoph Meier-Wiegand und Jens U. Schmidt und dem Anschlag auf Ricarda Frömmel einen konkreten Verdacht gegen die Aktivisten, die hier ihr Zentrum haben?«, fragte einer der Reporter.

»Wir ermitteln in alle Richtungen«, sagte Enno. »Da alle drei Opfer in den vergangenen Wochen intensiv zu G20 recherchiert haben und dabei regelmäßig Kontakte zu Vertretern des Politbüros hatten, ist unserer Bitte nach einem Durchsuchungsbefehl stattgegeben worden.«

»Wird es ähnliche Durchsuchungen an anderer Stelle geben?«, fragte eine Frau, die mit einem Kamerateam des NDR gekommen war.

Enno hätte sagen können, dass diese aktuell nicht geplant seien, aber das war ihm zu profan. Stattdessen sah er direkt in die Kamera, die auf ihn gerichtet war: »Ich bitte Sie um Verständnis, dass ich mich dazu aus ermittlungstaktischen Gründen nicht äußern kann. Aber ich versichere Ihnen, dass wir mit Hochdruck, daran arbeiten, die Fälle so schnell wie möglich aufzuklären.«

»Bisher haben Sie aber so gut wie keinen Anhaltspunkt, oder?«, setzte die NDR-Frau nach.

Enno bekam eine Nachricht auf den Knopf, den er im Ohr trug. »Moment.« Er drehte sich weg und hielt die Hand an das Ohr, um besser verstehen zu können, was Ritter ihm sagte. Dann wandte er sich wieder der Reporterin zu: »Entschuldigung, wie war noch mal Ihre Frage?«

»Ich wollte wissen, ob Sie einen Anhaltspunkt haben, irgendetwas, das Sie auf die Spur des Täters oder der Täter führen könnte.«

»Noch nicht, aber das kann sich schnell ändern«, sagte Enno und versuchte dabei, möglichst souverän und zuversichtlich zu gucken. »Gibt es weitere Fragen?«

Hinter der NDR-Reporterin tauchte Peter Berndt auf. Dem Mann vom *Blick* hatte Enno bewusst keinen Tipp gegeben, er empfand seine Art, über die Arbeit der Polizei zu berichten, als unangenehm und grenzüberschreitend. Was aber nichts daran änderte, dass der Typ jetzt da war und einfach anfing zu reden, auch wenn sich zwei andere Reporter meldeten.

»Wäre es nicht höchste Zeit«, Berndt zündete sich eine Zigarette an, als ob er nicht mitten in einer Art Pressekonferenz stünde, »dass die Polizei diese Brutstätte linksextremistischer Gewalt endlich räumt und das Pack«, er zeigte Richtung Politbüro, aus dem gerade ein junger Mann und eine junge Frau heraustraten, die »Keine Gewalt, keine Gewalt« riefen, »aus dieser Stadt vertreibt?«

»Das wäre erstens nicht meine Wortwahl, und zweitens

haben wir das als Polizei nicht zu entscheiden«, antwortete Enno, dem mit dem Auftritt Berndts die Lust an der Frage-runde vergangen war. »Wir setzen hier nur einen Durch-suchungsbefehl um. Ich danke für Ihr Interesse.« Er nickte den Reportern zu, aber die Einzige, die zurücknickte und mit der rechten Hand ein »Wir telefonieren«-Zeichen machte, war Kaja.

Das, was ihm Ritter über Funk mitgeteilt hatte, konnte endlich Bewegung in die Ermittlungen bringen. Enno war kurz versucht gewesen, gegenüber den Reportern eine An-deutung zu machen, dass man im Politbüro tatsächlich etwas Wichtiges gefunden hatte, einen Hinweis, aus dem sich ein konkreter Verdacht ableiten ließe. Aber hätte er das gesagt, hätten die Journalisten weitere Fragen gestellt, viele Fragen, und sie hätten nicht aufgehört zu insistieren und in der Folge zu recherchieren, bis sie Antworten gehabt hätten. Und diese Antworten hätten sie beunruhigt. Enno hatte an den Bundes-innenminister denken müssen, der in einer ähnlichen Situa-tion einen legendären Satz gesagt hatte: »Ein Teil dieser Ant-worten würde die Bevölkerung verunsichern.« Wenn Enno Ritter richtig verstanden hatte, wäre das jetzt auch so. Er musste sich in Ruhe ansehen, wovon der Kollege gesprochen hatte, und dann entscheiden, was zu tun war.

Eine halbe Stunde später war der Leiter der Soko Presse-freiheit überzeugt, alles richtig gemacht zu haben. Er hatte sich mit den zwei DIN-A4-Blättern, die Ritter in einem Büro im Politbüro gefunden hatte, in einen Mannschaftswagen zurückgezogen. Die Kollegen waren weiter damit beschäftigt, jeden Winkel des Hauses zu durchkämmen, was nicht unge-fährlich war, so hatte Ritter berichtet, weil sich Teile des Ge-bäudes in einem äußerst maroden Zustand befänden. »Wenn man wollte, könnte man allein deshalb räumen lassen, weil hier Gefahr für Leib und Leben in Verzug ist«, hatte er gesagt.

»Zum Glück müssen wir das nicht entscheiden«, hatte Enno entgegnet und das Fundstück an sich genommen, das ihn viel mehr interessierte als morsche Balken, verschimmelte Decken und Löcher in den Wänden. Auf den zwei Seiten, die nun vor ihm lagen, standen 33 Namen von Journalistinnen und Journalisten, die dazugehörigen Medien, Adressen, E-Mails, Angaben zu den Spezialgebieten. Zwei Namen waren dick durchgestrichen: der von Christoph Meier-Wiegand und der von Jens U. Schmidt. Und ja, Kaja stand auf der Liste, die Enno in normalen Zeiten für eine Art Presseverteiler gehalten hätte. Auch Aktivisten und Extremisten wussten schließlich, an wen sie ihre Mitteilungen schicken mussten. Doch die Zeiten waren angesichts zweier geglückter Morde und eines versuchten nicht normal, und Enno ahnte, welche Wirkung die Zettel entfalten könnten, wenn bekannt würde, was und vor allem wer darauf stand. Da konnte aus einer Adressliste schnell eine Übersicht von 31 potenziellen Todeskandidaten gemacht werden und wehe, wenn in den nächsten Wochen und Monaten nur einem von ihnen etwas passieren würde.

Enno faltete die Papiere zusammen und beschloss, vorerst niemandem davon zu erzählen. Also, *fast* niemandem. Er schickte Ritter eine Nachricht, dass er kurz weg sei. Dann ging er zu dem Haus, das das einzige war, in dem er im Schanzenviertel jemals eine Nacht verbracht hatte.

Kaja Woitek saß zusammen mit Lukas bei einem Tee in ihrer Küche und hatte nichts dagegen, dass der kleine Dackel wie verrückt den Boden mit der Zunge bearbeitete. »So sauber war es hier lange nicht«, sagte sie und fügte hinzu: »Meinst du, ich kann mir den Hund einmal die Woche ausleihen? Kann der auch saugen?« Lukas grinste, rief Finchen vergeblich ein »Stopp« zu und fragte Kaja weiter über all das aus, was sie über die Angriffe auf Christoph Meier-Wiegand, Jens U. Schmidt und die Frömmel-Schwester wusste, aber nicht geschrieben hatte. Das war nicht viel, eigentlich ging es nur um einen Punkt. »Weißt du, was komisch ist?«, fragte Kaja. »Dass alle wie selbstverständlich davon ausgehen, dass die Täter:in, die Meier-Wiegand und Schmidt auf dem Gewissen hat, auch Ricarda Frömmel umbringen wollte.«

»Was findest du daran komisch?«, fragte Lukas. »Ich finde das ziemlich naheliegend.«

»Aber es könnte doch sein, dass der Autounfall von Rebecca Frömmel wirklich ein Autounfall war ...« Kaja trank vorsichtig einen Schluck Tee, er war heiß.

»... mit einem Fahrer ...«, sagte Lukas.

»... oder einer Fahrerin ...«, ergänzte Kaja.

»... die mitten in Hamburg Fahrerflucht begeht, obwohl sie damit rechnen muss, an der nächsten Straßenecke in einen Stau zu geraten oder geblitzt zu werden. Das glaubst du doch selbst nicht.« Lukas sah Kaja zweifelnd an, doch die machte weiter: »Weißt du, warum der Angriff auf die Frömmel, wenn er denn ein Angriff war, nicht zu den beiden ersten Fällen passt?«

»Du wirst es mir gleich erzählen«, sagte Lukas.

»Weil er nicht erfolgreich war. Weil er viel zu laut war. Weil er so viel Aufsehen erregt hat. Daran musste ich denken, als du mich gefragt hast, ob mir etwas aufgefallen ist, worüber ich nichts geschrieben habe.«

Es klingelte an der Wohnungstür. »Wahrscheinlich hat meine Nachbarin wieder etwas bestellt.« Kaja sprang auf und ging in Richtung Flur. »Ist typisch für die: Kauft jeden Tag zwei, drei Dinge bei Amazon, ist aber, wenn überhaupt, nur spät am Abend zu Hause. Unternehmensberaterin. Vor einer Woche stand mein ganzer Flur voll mit ihren Paketen.« Sie drückte auf den Summer, öffnete die Tür und rief ins Treppenhaus: »Stellen Sie es einfach wie immer unten ab!« Dann ging sie zurück in die Küche und schenkte Tee nach: »Wo waren wir?«

Wenige Minuten später waren sie zu dritt. Lukas staunte nicht schlecht, als er sich plötzlich dem Kripomann gegenübersah, dessen Visitenkarte in seiner Brieftasche steckte, und Enno von Spoercken ging es nicht anders. »Entschuldigung«, stammelte der – von der Souveränität, an die Lukas sich aus dem Gespräch in seinem Haus erinnerte, war nichts mehr zu bemerken. »Ich wusste nicht, dass du Besuch hast.«

»Ihr kennt euch?«, fragte Lukas Kaja.

»Das ist Enno von Spoercken«, sagte sie.

»Und das«, jetzt zeigte sie auf Lukas, »ist Lukas Hammerstein.«

»Ich weiß.« Enno nickte.

»Ein Kollege«, ergänzte Kaja, und als sie die Blicke der beiden bemerkte: »Ihr kennt euch auch?«

»Ist eine lange Geschichte«, sagte Lukas, dann fingen die drei an zu lachen, und Lukas erzählte, wie Enno ihn »verhört« hatte, und Enno sagte entschuldigend, dass das Teil seiner Arbeit sei. Inzwischen habe man die Brieftasche von Jens U. Schmidt im Flur seiner Wohnung gefunden, direkt unterhalb des Briefschlitzes, und damit sei der Fall, was Lukas angehe, für ihn erledigt.

»Zumal ihr anscheinend neue Hinweise habt, oder?« Kaja machte eine Kopfbewegung in die Richtung, in der sich das Politbüro befand.

»Du weißt, dass ich darüber nichts sagen darf, schon gar nicht im Beisein von Journalisten«, sagte Enno.

»Ich wollte sowieso gerade los«, sagte Lukas. Was einerseits stimmte, weil er seit mehr als zwei Stunden von zu Hause weg war und bei Lilli nicht den Verdacht wecken wollte, dass er sich nicht an ihre Abmachungen hielte. Andererseits empfand er es als eine Frage der Höflichkeit, Kaja und diesen Enno allein zu lassen. Denn so selbstverständlich, wie der ihre Wohnung betreten hatte, verband die beiden nicht nur der aktuelle Fall.

»Du kannst ruhig bleiben«, sagte Kaja, aber Lukas hörte aus ihrer Stimme heraus, dass sie das nicht so meinte.

»Nee, lass mal, ich muss wirklich los, und Finchen braucht nach der ganzen Aufregung«, er zeigte auf das Wohnzimmerparkett, das die Dackeldame blitzblank geleckt hatte, »ein bisschen Ruhe. Ich rufe dich morgen an, Kaja.« Er nahm die Polizeireporterin kurz in den Arm und drückte Enno von Spoercken die Hand.

Als Lukas weg war, sah Kaja Enno tief in die Augen und bemerkte, dass sie sich zu lange nicht getroffen hatten. Sie gab ihm einen Kuss, dann noch einen, und als ihre Hand sich zur Gürtelschnalle seiner Hose tastete, hatte Enno Mühe, sich zu beherrschen. Aber es ging nicht anders. »Kaja«, er hielt ihre Hand kurz, aber bestimmt fest, »ich muss dir etwas sagen, was auf jeden Fall unter uns bleiben muss.«

25

Peter Berndt hatte sich den Ruf als Enfant terrible unter den Journalisten, die in Hamburg über Politik berichteten, hart erarbeitet. Privat war er eher der überlegte und ruhige Typ, spielte Schach und verbrachte viel Zeit im Garten seines Ferienhauses am Timmendorfer Strand, der so schön war, dass er ihn manchmal für Film- und Fotoaufnahmen zur Verfügung stellte, gegen Geld natürlich. Er hatte eine erwachsene Tochter, die als Soziologin an der Universität arbeitete, und eine Lebensgefährtin, die wirklich eine Lebensgefährtin war. Berndt und sie waren seit knapp zwanzig Jahren ein Paar, nur das mit der gemeinsamen Wohnung und dem Heiraten hatten sie nicht hinbekommen. Vielleicht war das der Grund, dass sie noch zusammen waren.

Das einzige Laster, das Peter Berndt hatte, war das Rauchen. Unter zwei Schachteln pro Tag machte er es nicht, da konnten die Preise steigen, wie sie wollten. Die Zigarette in seiner rechten Hand, die niemals ausging, war beim *Blick* so lange sein Markenzeichen gewesen, bis das Rauchen in der Redaktion verboten worden war. Berndt hatte seine Karriere bei einer Lokalzeitung begonnen und war später zum *Politik Insider* gewechselt, hatte aber schnell festgestellt, dass die Arbeit dort nichts für ihn war. Die Kollegen waren ihm zu abgehoben, und das Magazin war Berndt, der sich bis dahin für einen grundsätzlich liberalen Bürger gehalten hatte, dann doch zu liberal. Als ein kritischer Text von ihm über eine linke Gruppe, die aus Protest gegen was auch immer Kartoffelbrei auf Kunstwerke in Museen geworfen hatte und mit einem Verwarngeld davongekommen war, von seinem Ressortleiter abgelehnt wurde, kündigte er. Es war die erste Kurzschlusshandlung in einem bis dahin geordneten Leben, aber sie fühlte sich gut an. An dem Tag, an dem Berndt als ehemaliger Reporter des *Politik Insiders* das Pressehaus verließ, beschloss er, den rebellischen Teil seines Lebens nachzuholen, den er als junger Mann versäumt hatte.

Ein paar Monate später kehrte Peter Berndt ins Pressehaus zurück, diesmal als Reporter des *Blicks*, einer Boulevardzeitung, die angesichts ihrer großen Auflage und Millionen von Lesern im Internet zwar genauso mächtig war wie der *Politik Insider*, vielleicht mächtiger, aber ansonsten das Gegenteil. Der *Politik Insider* erreichte vor allem Besserverdienende und Bessergebildete, unter jedem zweiten Leserbrief, den das Magazin veröffentlichte, stand ein Doktor, ein Professor oder ein Professor Doktor. Der *Blick* verstand sich dagegen seit seiner Gründung in den fünfziger Jahren als die Stimme des kleinen Mannes (und erst dann der kleinen Frau), die Texte mussten kurz und leicht verständlich sein und durften gern zugespitzt sein. Beide Redaktionen hatten gemeinsam, dass sie die Welt am liebsten in Schwarz und Weiß beschrieben, weil sie glaubten, dass sich Grautöne nicht gut verkauften und es am Ende darum ging, die jeweilige Klientel zu bedienen. Die war auf der einen Seite eher links und auf der anderen eher rechts.

Dass ein Reporter vom *Politik Insider* zum *Blick* wechselte, war ungewöhnlich, ein Wechsel in die entgegengesetzte Richtung so gut wie ausgeschlossen. Insofern war die Redaktion des *Blicks* stolz, einen Kollegen vom Intimfeind verpflichtet zu haben. In den ersten Wochen fühlte sich Peter Berndt wie eine Trophäe, die zwischen Chefredaktion, Ressortleitern und Geschäftsführung herumgereicht wurde. Aber er hatte sich vorgenommen, sich nie wieder vereinnahmen zu lassen, er wollte als Journalist künftig nichts und niemandem vertrauen, nicht einmal den eigenen Kollegen. Wie um das zu beweisen, hatte er sich in der ersten Redaktionskonferenz eine Zigarette angezündet und in Ermangelung eines Aschenbechers auf den Fußboden geascht. Seitdem stand er in dem Ruf, ein unbequemer Typ zu sein, ein harter Hund, mit dem man sich besser nicht anlegte. Die meisten Kollegen beim *Blick* arbeiteten ungern mit Peter Berndt zusammen, der sich auch nach Jahren in der Redaktion mit niemandem duzte. Es hatte mehrere Beschwerden über ihn bei der Chefredaktion gegeben. Zum Beispiel von einer Volontärin, der er bei der Besprechung eines Textes auf den Rock geascht und daraufhin die Asche ohne ein Wort der Entschuldigung einfach mit der Hand weggewischt hatte. Die Chefredaktion ermahnte den Reporter zwar, künftig respektvoller mit den Kolleginnen umzugehen, aber auf die Idee, sich von ihm zu trennen, wäre an der Spitze des *Blicks* niemand gekommen. Dafür schleppte Peter Berndt zu viele exklusive Geschichten an und war wie kein anderer bereit, Klartext zu schreiben. Gerade unter der älteren Kernklientel der Zeitung hatte er eine ständig wachsende Fangemeinde, die ihre Begeisterung für »den einzigen Mann, der wirklich sagt, wie es ist«, pro Woche in mehreren Dutzend Leserbriefen zum Ausdruck brachte. Berndt war, zumindest in diesen Kreisen, die für die Argumente der Lügenpresse-Bewegung nicht unempfänglich waren, ein Star. Er genoss das, ganz für sich. Nach außen gab er, auch in Gesprächen mit Lesern, die ihn manchmal im Supermarkt oder an der Tankstelle ansprachen, weiter den griesgrämigen, unzufriedenen und kritischen Reporter.

Heute war Peter Berndt nicht nur aus Imagegründen schlecht gelaunt. Der Leiter der neuen Soko hatte es nicht für nötig befunden, ihm rechtzeitig einen Tipp wegen des Polizeieinsatzes zukommen zu lassen, anders als den Kollegen von den sogenannten Qualitätsmedien. Berndt hatte nur durch einen alten Informanten bei der Kripo von der Aktion erfahren, dem er hin und wieder einen Hunderter zusteckte, auch wenn beide wussten, dass das verboten war. Als er vor dem Politbüro eintraf, musste er feststellen, dass die Polizei das Gegenteil von dem tat, was er seit Monaten in großen Buchstaben im *Blick* gefordert hatte: »Räumt endlich!«, »Worauf wartet Hamburg noch?« und »Was will sich der Senat alles gefallen lassen?« waren nur drei der Überschriften, die über seinen Texten gestanden hatten und in denen es jedes Mal darum ging, dass sich Politik und Polizei von dem »linken Pack« auf der Nase herumtanzen ließen. Und jetzt das: ein Durchsuchungsbefehl und Beamte mit Müllsäcken anstelle eines Spezialeinsatzkommandos mit Dampframme. Dachte Peter Berndt und fand die Formulierung so gut, dass er sie gleich aufschrieb.

Die improvisierte Pressekonferenz vor dem Politbüro war unergiebig gewesen, wie die meisten Pressekonferenzen, die der Boulevardmann in den Jahren seit seiner Radikalisierung erlebt hatte. Er hatte lange geglaubt, dass das an der Unfähigkeit der Politikerinnen und Politiker liegen würde, die sich vor Mikrofonen aufbauten, als hätten sie etwas zu sagen. Inzwischen war er sich da nicht mehr sicher. Die Kollegen der anderen Zeitungen, der Radio- und insbesondere der Fernsehsender waren mit schuld an der Entwicklung, weil sie Politikern durchgehen ließen, auf Fragen nicht zu antworten oder etwas zu erzählen, das mit dem Thema nichts zu tun hatte. Am meisten nervte ihn, wenn Politiker um Verständnis dafür baten, zu diesem oder jenem Punkt nichts sagen zu können, und andere Journalisten dieses Verständnis tatsächlich hatten.

Bei Peter Berndt war es längst aufgebraucht. Er fragte, was er wissen wollte, klar und deutlich, und wenn die Antwort nicht entsprechend ausfiel, sagte er das. Er hatte sich dadurch bei der Politik einen Respekt erarbeitet, der von Abscheu und Angst durchzogen war. Niemand aus dem Senat wollte freiwillig mit dem Reporter reden, zu Interviews kamen die Politiker nur, weil sie wussten, wie viele potenzielle Wählerinnen und Wähler zu den Lesern des *Blicks* gehörten.

Als dieser Adlige, dieser Enno von Spoercken, seine letzte Frage nicht beantwortet und die Pressekonferenz abgebrochen hatte, hatte Peter Berndt überlegt, einfach ins Politbüro hineinzuspazieren, die Tür stand schließlich offen. Aber dann sah er, dass sein Informant kontrollierte, wer raus- und reinging, und aus dem Gebäude Beweismaterial entgegennahm, mal in Müllsäcken, mal in Kisten und Pappkartons. Er stapelte alles im Eingangsbereich, von wo es ein anderer Kollege in einem Einkaufswagen abtransportierte, den er sich anscheinend aus dem Supermarkt an der Ecke geliehen hatte. Die Polizei konnte also doch pragmatisch und erfinderisch sein, dachte Berndt, zumindest wenn es darum ging, die eigene Ermittlungsarbeit zu erleichtern.

Als sein Mann für einen Moment an der Tür allein war, schlenderte Peter Berndt ein Stück auf das Gebäude zu und versuchte, Blickkontakt mit ihm aufzunehmen. Der Polizist machte eine Bewegung mit den Armen, die wohl bedeuten sollte, er möge ihn nicht in Verlegenheit bringen. Berndt nickte leicht mit dem Kopf, was Verständnis signalisieren sollte, machte ein Telefonzeichen mit Daumen und kleinem Finger der rechten Hand und formte mit seinen Lippen lautlos ein »Ruf mich an«. Dann ging er in die Bullerei, das Restaurant von Tim Mälzer, das nur ein paar Hundert Meter vom Politbüro entfernt lag. Er hatte dort noch nie etwas gegessen, dabei mochte er Mälzer, weil der selbst im Fernsehen Worte benutzte, die andere nicht mal auf der Straße in den Mund nahmen.

Peter Berndt hatte Glück, dass ein Tisch in einer der hinteren Ecken frei war. Er bestellte ein Alsterwasser und ein Steak mit Beilagen und ging danach vor die Tür, um zu rauchen. Durch ein großes Fenster konnte er seinen Tisch sehen, und er machte die Zigarette erst aus – es war die fünfte –, als sein Essen darauf stand. Das Steak schmeckte so, wie Mälzer auftrat, saftig und vollmundig, er mochte das. Hinterher orderte der Reporter einen Espresso und einen Jägermeister, und als er überlegte, ob er auf beides warten oder eine weitere Zigarette rauchen sollte, klingelte sein Handy.

»Ja?« Peter Berndt hatte es sich abgewöhnt, am Telefon seinen Namen zu sagen – wer ihn anrief, wusste schließlich, wer er ist.

»Wo bist du?« Sein Kontaktmann bei der Polizei.

»In der Bullerei«, sagte Berndt.

»Bei Mälzer? Ihr Journalisten verdient zu viel«, sagte die Stimme. »Ich bin in fünf Minuten bei dir.«

Das reichte, um noch eine zu rauchen, dachte Berndt, und als er in den letzten Zügen war, sah er den Polizisten auf sich zukommen.

»Ich dachte, du isst was.« Der Mann hatte offenbar selbst Hunger.

»Bin schon fertig«, sagte Berndt.

»Ich habe was für dich.« Der Polizist zog sein Handy aus

der Tasche und rief seine Fotos auf, dann hielt er dem Reporter den Bildschirm hin. Peter Berndt musste näher herangehen, um zu sehen, dass sein Informant etwas fotografiert hatte, das wie eine Liste aussah. Eine Liste, auf der zwei Namen durchgestrichen waren, die Namen von Christoph Meier-W...

»So genug, gesehen.« Der Polizist steckte sein Handy wieder ein. »Das ist ein ziemlicher Hammer, oder?«

Berndt zündete eine neue Zigarette an und versuchte, sich seine Aufregung nicht anmerken zu lassen.

»Bist du interessiert?«, fragte der Polizist.

Der Reporter ließ Rauch aus Nase und Mund entweichen: »Was willst du dafür haben?«

Sein Kontaktmann räusperte sich: »Tausend Euro.«

Peter Berndt hätte auch fünftausend bezahlt.

26

Als hätte er nicht genug Probleme, hatte Kaja Lukas, ein paar Stunden nachdem er mit Finchen bei ihr gewesen war, eine WhatsApp geschrieben: »Mein Lieber, kann es sein, dass dein:e Hünd:in aus Versehen einen meiner Diamantohrringe mitgenommen hat?«

Lukas verstand die Frage nicht und schrieb genau das zurück.

»Auf dem Tisch in meinem Wohnzimmer, das dein:e Hünd:in so schön sauber geleckt hat, stand eine Schüssel mit Keksen. Daneben lagen ein Paar Ohrringe. Nun ist die Schüssel leer, und einer der Ohrringe fehlt ... Vielleicht hat sie/er/es ihn aus Versehen mitgefressen?«

Unter normalen Umständen hätte Lukas Kaja erklärt, dass das Gegendere in diesem Fall wirklich unnötig war, weil Finchen eindeutig eine Dackeldame war, kein Er und schon gar kein Es. Aber die Umstände waren nicht normal und dass ein Hund Schmuck fraß, auch nicht.

»Ich kann mir nicht vorstellen«, schrieb Lukas deshalb, »dass Finchen zwischen ein paar Keksen einen Ohrring verspeist.« Und wenn doch?, dachte er. War das nicht gefährlich? Könnte so ein Ohrring mit seinem spitzen Stecker im Magen oder im Darm nicht Verletzungen auslösen, die man erst bemerkte, wenn es zu spät war? Lukas mochte gar nicht daran denken, wenn er seinen Schwiegereltern beichten müsste, dass ... Nein, er dachte lieber wirklich nicht daran.

»Was soll ich denn jetzt deiner Meinung nach tun?«, whatsappte er Kaja.

»Ganz einfach: Alles, was in einen Körper reingeht, muss auch wieder raus. Das ist bei deine:r Hünd:in«, sie konnte es nicht lassen, »nicht anders als bei allen anderen Säugetieren. Deshalb würde ich dich bitten, in den nächsten Tagen alle Haufen, die sie/er/es macht, gründlich zu durchsuchen, mit etwas Glück findest du den Ohrring. Der ist echt wertvoll und dazu noch ein Geschenk meiner geliebten Großmutter, Gott habe sie selig.«

Lukas wusste nicht, ob man von einem Kollegen, selbst von einem Kollegen, der ein Freund war, verlangen konnte, dass er die Ausscheidungen seiner »Hünd:in« durchwühlte, nur weil ein Ohrring verschwunden war. Aber er versprach, es zu tun, und suchte im Garten zwei kleine Stöcker, mit denen er mit möglichst großem Abstand in Finchens Haufen herumstochern könnte.

»Ich melde mich, wenn der Ohrring rausgekommen sein sollte«, schrieb er an Kaja zurück.

»Danke«, antwortete sie, »und das mit Enno und mir bleibt bitte unter uns.«

»Wem sollte ich davon erzählen?« Lukas hatte also recht gehabt, die beiden hatten etwas miteinander. »Ich bin schließlich im Sabbatical.«

Kaja schickte drei Smileys.

Finchens erster Haufen nach der Ohrring-WhatsApp war unauffällig. Lukas kam sich wie im falschen Film vor, als er ihn am späteren Abend unter Zuhilfenahme der Handytaschenlampe sezierte, bevor er alles mit einem der schwarzen Kackibeutel aufnahm und im Restmüll entsorgte. Es war widerlich, und es war zu befürchten, dass er das Prozedere ein paarmal über sich ergehen lassen musste. Wie lange brauchte ein Ohrring, um den Magen-Darm-Trakt eines Dackels zu passieren? Auf diese Frage hatte nicht einmal Google eine Antwort.

Als Lukas mit Finchen am nächsten Morgen das Haus verließ, suchte er sich zwei frische Stöcker, steckte sie zu den Beuteln in seiner Hosentasche und hoffte, dass der Hund einen möglichst kleinen überschaubaren Haufen machen würde. Es war kurz nach sieben Uhr, und eigentlich hatte Lukas den Spaziergang nutzen wollen, um die Eindrücke des gestrigen Tages zu verarbeiten: den Besuch im Health Club, die Durchsuchung des Politbüros, das unerwartete Aufeinandertreffen mit Enno von Spoercken. Er schlug wie vor ein paar Tagen, als Finchen die Brieftasche von Jens U. Schmidt aus dem Wasser gefischt hatte, den Weg Richtung Alster ein und wunderte sich, wie viele Wohnmobile in den Nebenstraßen standen, durch die er ging. Ob das die mobilen Zweitwohnsitze der Anwohner waren, die sie hier draußen parkten, weil angesichts der SUVs auf ihren Grundstücken kein Platz mehr war? Oder gab es wirklich Hamburg-Besucher, die mit dem Wohnmobil in die Stadt kamen und darin übernachteten? Wenn er zurück bei den *Hamburg News* wäre, dachte Lukas, könnte das mal eine größere Geschichte sein. Er müsste nur an ein paar Türen klopfen und mit den Menschen sprechen, die er dort treffen würde. Wer weiß, was sie erzählen würden, vielleicht waren ja auch welche dabei, die angesichts der exorbitant gestiegenen Mieten in Hamburg ständig im Wohnmobil lebten. Hinter den kleinen Scheiben und Gardinen könnten sich echte Schicksale verbergen, überlegte Lukas und war so in Gedanken, dass er beinahe mit einem älteren Herrn zusammengestoßen wäre, der ihm auf dem Gehweg entgegenkam.

»Können Sie nicht aufpassen«, zischte der Mann. Er war ins Straucheln geraten und hatte dabei etwas verloren, was unter seinem linken Arm gesteckt hatte.

»Entschuldigung, das war keine Absicht.« Lukas bückte sich und hob die aktuelle Ausgabe des *Blicks* auf, die dem Typen heruntergefallen war. »Hier, bitte schön«, sagte er, ehe er die Schlagzeile las, die größer und fetter war als sonst: »Exklusiv: 33 Reporter auf Todesliste«. Bevor Lukas weiterlesen konnte, riss ihm sein Gegenüber das Blatt aus der Hand: »Ihre Zeitung kaufen Sie sich gefälligst selbst. Frechheit!«

Was war *das* gewesen? Lukas rief in seinem Handy die Internetseite des *Blicks* auf, konnte aber nichts über eine Todesliste und 33 Journalisten finden. Manchmal veröffentlichte die Redaktion wichtige Nachrichten erst in der Zeitung auf Papier, um möglichst viele Exemplare davon zu verkaufen, bevor sie sie ins Netz stellte. Diesmal schien das so zu sein, was hieß, dass Lukas etwas tun musste, was er lange nicht getan hatte. Er musste sich die aktuelle Ausgabe des *Blicks* kaufen. In der Nähe war eine Bäckerei, von der er hin und wieder Schokocroissants oder Laugenbrötchen mitbrachte, je nachdem, worauf seine schwangere Frau gerade Heißhunger verspürte. Lukas glaubte, dort den *Blick* auf dem Tresen gesehen zu haben, und er irrte sich nicht. Zwei Exemplare waren noch da, er nahm eines, gab der Verkäuferin einen Euro und verließ den Laden, ohne auf Wechselgeld zu warten. Was kostete der *Blick* eigentlich? 70 Cent, 80 Cent? Lukas zerrte Finchen hinter sich her und suchte eine Bank, an der er den Hund festbinden und in Ruhe Zeitung lesen konnte.

»Exklusiv: 33 Reporter auf Todesliste. Polizei findet in Hamburg bei Razzia spektakuläre Dokumente. Führen sie zu den Journalistenmördern?« Mehr stand nicht auf der Titelseite, die auf »ausführliche Berichte« auf Seite drei verwies. Lukas blätterte hektisch um, und sogleich sprangen ihm Fotos entgegen, die zwei DIN-A4-Blätter fast in Originalgröße zeigten. Man konnte die Anfangsbuchstaben der Vor- und

Nachnamen verschiedener Personen erkennen, der Rest war geschwärzt, dahinter standen die Titel von Zeitungen und Zeitschriften und weitere geschwärzte Angaben, E-Mail-Adressen und Telefonnummern. Lukas überflog die einzelnen Zeilen. Ein unbedarfter Leser würde damit nicht viel anfangen können, ein Reporter wie er konnte aus den einzelnen Initialen schnell ableiten, wer sich dahinter verbarg. Er suchte in der zweiten Spalte die *Hamburg News* und fand insgesamt vier Kollegen. K.W. war dabei, also Kaja Woitek, und L.H., für Lukas Hammerstein. Was um alles in der Welt war das? Er entzifferte zwei Namen, die nicht nachträglich für die Zeitung, sondern auf dem Original durchgestrichen worden waren: C.M.-W. und J.U.S., Christoph Meier-Wiegand und Jens U. Schmidt.

Lukas begann, den Text zu lesen, den Peter Berndt geschrieben hatte, ein Kollege, von dem er menschlich nicht viel hielt und der ihn, obwohl man sich lange kannte, nicht einmal grüßen würde, wenn sie zu zweit im Fahrstuhl ständen. Aber vor den journalistischen Leistungen des *Blick*-Kollegen hatte er durchaus Respekt, Berndt hatte einige Geschichten gehabt, die Lukas gern geschrieben hätte. Er ärgerte sich jedes Mal, wenn ihm ausgerechnet der Unsympath zuvorgekommen war, und er tröstete sich damit, dass nicht selten Geld im Spiel gewesen sein durfte. Anders als die *Hamburg News* kannte der *Blick* weder Skrupel noch finanzielle Restriktionen, wenn es darum ging, Informanten zu bezahlen. Das wussten diese Informanten natürlich, soll heißen: Wenn einer glaubte, eine spektakuläre Geschichte zu haben, und es ihm nur darauf ankam, damit Geld zu verdienen, bot er sie dem *Blick* an.

»Bei einer überfälligen und viel zu späten Razzia im umstrittenen Politbüro im Schanzenviertel stellten Beamte der

Hamburger Polizei müllsäckeweise Material sicher, das ihnen helfen soll, endlich die Anschläge auf Journalisten in Hamburg aufzuklären«, schrieb Berndt. »Doch das wichtigste Beweisstück, das sie in der Zentrale der Linksextremen fanden, wiegt nur ein paar Gramm und hat es in sich. Bei der Razzia fanden die Spezialeinsatzkräfte eine Liste mit den Namen, Adressen und weiteren Angaben von 33 Journalisten, die *Blick* heute exklusiv veröffentlicht (siehe Fotos). Zum Schutz der Betroffenen sind die Namen selbstverständlich geschwärzt.« Das »selbstverständlich« hättest du dir sparen können, dachte Lukas, weil sich der *Blick* normalerweise nicht um Persönlichkeitsrechte scherte. Er las weiter: »Was haben alle Journalistinnen und Journalisten gemeinsam, die auf dieser Liste stehen? Sie haben in den vergangenen Wochen über G20 berichtet, über die verhängnisvollen und verheerenden Tage, die Hamburg dank gewaltiger Fehler des Ersten Bürgermeisters in eine Katastrophe gestürzt haben. Julius Wolff hat sich dafür ›entschuldigt‹ und versprochen, dass so etwas in dieser Stadt nie wieder passieren und dass er künftig besser für die Sicherheit der Bürgerinnen und Bürger sorgen werde. Und dann das: Zwei Journalisten werden ermordet, ein weiterer Anschlag scheitert knapp – und jetzt stellt sich heraus, dass weit mehr Vertreter der freien Presse in äußerster Gefahr, ja in Lebensgefahr schweben. Denn auf der Todesliste, die *Blick* exklusiv vorliegt, stehen insgesamt 33 Namen, von denen zwei durchgestrichen sind: der von Christoph Meier-Wiegand und der von Jens U. Schmidt, ebenjenen Reportern des *Politik Insiders*, die feigen Mördern zum Opfer gefallen sind. Soll heißen: Der Terror gegen Journalistinnen und Journalisten in dieser Stadt hat gerade erst begonnen, die Todesliste enthält 31 (!!!) weitere Namen. Und wo hat die Polizei sie gefunden? In dem Gebäude, das der

Hamburger Senat rechtswidrig seit Jahren linken Kriminellen überlässt, mit der unglaublichen Begründung, so ein linkes Zentrum müsse ›eine Weltstadt wie Hamburg aushalten‹ können. Ich habe es oft geschrieben, und ich bleibe dabei: Räumt das Politbüro, sorgt endlich für Recht und Ordnung in dieser Stadt! Wenn nicht jetzt, wann dann? Oder müssen weitere Journalisten sterben, weil der Hamburger Senat mit seinem Ersten Bürgermeister an der Spitze zu schwach und, seit Jahren (!!!), auf dem linken Auge blind ist?«

Lukas ließ die Zeitung sinken und atmete tief durch. Finchen hatte sich vor die Bank gesetzt und sah ihn aus ihren Dackelaugen an, als wollte sie fragen: »Alles in Ordnung?« Nichts war in Ordnung. Peter Berndts Text strotzte wie immer vor Übertreibungen, er vermischte zugespitzte Nachrichten mit der eigenen Meinung, aber er würde seine Wirkung nicht verfehlen. Denn das Dokument, um das es ging, war eines, das man ernst nehmen musste, vor allem weil die Namen von Christoph Meier-Wiegand und Jens U. Schmidt durchgestrichen waren. Das alles musste auf Außenstehende wirken wie eine Einkaufsliste für den Supermarkt. Die Botschaft: Die durchgestrichenen Punkte waren erledigt, die anderen standen noch aus.

Aber war es wirklich vorstellbar, dass eine Gruppierung, selbst wenn sie so gut organisiert war und derart viele Unterstützer hatte wie das Politbüro, 33 Menschen umbringen wollte? Das wäre dann doch ein so gewaltiges Verbrechen, dass Lukas Zweifel kamen. Zumal die abgebildeten Zettel eher wie ein herkömmlicher Presseverteiler aussahen als wie eine, was hatte Berndt geschrieben, »Todesliste«. Lukas ging die beiden Seiten ein weiteres Mal durch, und er wunderte sich, wie wenig es ihn beunruhigte, dass er selbst auf der Liste stand. Er verspürte tatsächlich keinerlei Angst und wertete das als ein weiteres Zeichen dafür, dass die Papiere nicht das waren, wofür Berndt sie ausgab. Er suchte nach dem Namen von Ricarda Frömmel und fand ihn unter jenen von Meier-Wiegand und Schmidt. R. F., allerdings nicht durchgestrichen. Weil sie am Leben war? War es möglich und denkbar, dass der oder die Täter ein weiteres Mal versuchen würden, sie umzubringen? Barbara Hansen stand auch auf der Liste, genauso wie sechs Kollegen von der *Chronik*, dafür aber keiner vom *Blick*. Lukas stutzte: Ausgerechnet Peter Berndt fehlte, und damit der Mann, den er, wenn er ein Linksextremer und im Politbüro aktiv wäre, am meisten hassen würde. Das passte nicht, und die E-Mail-Adressen hinter den Namen passten auch nicht. Was hatten die auf einer »Todesliste« zu suchen? Die Täter würden ihre Opfer wohl kaum per Mail kontaktieren, auf jeden Fall hatte man bei Meier-Wiegand und Schmidt nach allem, was Lukas wusste, keine Hinweise in dieser Richtung gefunden.

Er faltete die Zeitung zusammen, tätschelte Finchen gedankenverloren über das Köpfchen und holte sein Handy aus der Tasche. Konnte er Kaja anrufen? Oder lief er Gefahr, dass sie gerade neben Enno von Spoercken lag? Er entschied sich, eine WhatsApp zu schicken: »Hast du gelesen, was Peter Berndt geschrieben hat?«

Die Antwort kam prompt: »Dir auch einen guten Morgen, Lukas. Nein, ich habe nichts gelesen, worum geht es?«

Lukas breitete die dritte Seite des *Blicks* auf dem Boden vor sich aus, fotografierte sie und schickte sie mit dem Kommentar »Darum« an Kaja. Dann bemerkte er, dass Finchen direkt vor der Bäckerei den Rücken krumm machte. Bevor er reagieren konnte, hatte sie einen stattlichen Haufen produziert. Lukas stöhnte, fummelte die Stöckchen aus seiner

Hosentasche und begann mit der Untersuchung. Konnte es eine bessere Analogie zu der Geschichte und den Rätseln geben, die ihn gerade beschäftigten? Hier wie dort stank es auf jeden Fall gewaltig.

27

Enno von Spoercken hatte kurz darüber nachgedacht, ob es klug war, die Nacht bei Kaja zu verbringen. Aber erstens musste das Material, das die Kollegen unter Ritters Führung im Politbüro sichergestellt hatten, ins Polizeipräsidium gebracht und dort gesichtet werden. Das konnte Tage dauern. Zweitens brauchte er ein wenig Zeit, um zu entscheiden, wie er mit den beiden Zetteln umgehen sollte, die sie gefunden hatten. Kaja hatte gelassen reagiert, als er ihr erzählt hatte, dass ihr Name zusammen mit denen von 32 anderen Journalistinnen und Journalisten auf der Liste stand. »Uns alle können sie ja nicht umbringen«, hatte sie gesagt, Enno und sich ein Glas Wein eingeschenkt und in Richtung Schlafzimmer gedeutet: »Und jetzt ist sowieso erst einmal Feierabend.«

»Enno?« Von Spoercken schlief tief und fest. »Enno!« Kaja hatte versucht, ihn mit einem Kuss zu wecken und dann mit noch einem, aber ihr Polizist hatte sich bloß auf die andere Seite gedreht und weitergeschlafen. Dabei zählte jede Minute. Sie rüttelte an seiner rechten Schulter, erst vorsichtig, dann energischer, bis Enno die Augen aufschlug: »Was ist denn?«, murmelte er verschlafen.

»*Das* ist.« Kaja hielt ihm ihr Handy mit den Fotos hin, die Lukas ihr vor ein paar Minuten geschickt hatte.

»Was ist das ...?«, Enno rappelte sich langsam hoch. Als er erkannte, was Kaja ihm da zeigte, war er hellwach. »Wo hast du das her?«, fragte er und blickte zu seiner Hose, die auf einem Sessel in der Ecke des Schlafzimmers lag und in deren hinterer Tasche eigentlich die Zettel sein mussten, die sie ihm auf dem Handy präsentierte. Er hatte Kaja zwar von der Existenz der Liste erzählt und dass ihr Name darauf stand, aber gezeigt hatte er ihr die Papiere nicht.

»Wo hast du das her?«, fragte er noch einmal.

»Hat mir Lukas Hammerstein gerade geschickt.« Kaja holte tief Luft, bevor sie den nächsten Satz sagte: »Er hat es aus dem *Blick*.«

»Aus dem *Blick*?« Wenn es jemals einen Menschen gegeben hatte, auf den die Beschreibung zutraf, dass er kerzengerade im Bett saß, war es Enno von Spoercken in diesem Moment.

»Sagt dir der Name Peter Berndt was?«, fragte Kaja.

»Natürlich, das ist dieser widerliche Boulevardreporter, der uns seit Wochen auffordert, das Politbüro dem Erdboden gleichzumachen …«, antwortete Enno.

»… und der auf irgendwelchen Wegen die Liste bekommen hat, von der du mir gestern erzählt hast und die sicherlich für vieles geeignet ist, aber nicht zur Veröffentlichung in einer der größten Tageszeitungen des Landes.« Kaja setzte sich auf.

Enno von Spoercken sprang aus dem Bett und scherte sich nicht darum, dass er nackt war. Er registrierte nicht, wie Kajas Blick an ihm herabwanderte, als er sich hektisch seine Unterhose, sein Hemd und alles andere griff, was sie ihm gestern Abend in einer gänzlich anderen Stimmung ausgezogen hatte.

»Scheiße, Scheiße, Scheiße«, fluchte er, »wie in aller Welt ist der an die Liste gekommen? Und wie kann man so verantwortungslos sein, die eins zu eins zu veröffentlichen? Denn das hat er, oder?« Er machte den Reißverschluss seiner Hose zu und sah Kaja an, die ebenfalls begonnen hatte, sich anzuziehen. Sie nickte.

Also musste es ein Loch geben, ein Leck in seiner Sonderkommission, dachte Enno, jemanden, der Peter Berndt einen Tipp gegeben hatte, nein, mehr noch: der ein Foto von den beiden Zetteln gemacht und sie ihm geschickt hatte. Enno verfluchte innerlich, dass es solche Kollegen bei der Polizei gab, die nur zu gern ihren »Freunden« von der Presse etwas steckten, sei es, weil sie sich dadurch wichtigmachen wollten, sei es, weil sie dafür irgendwelche Gegenleistungen bekamen. Wobei: Wer war er, sich über so etwas zu echauffieren, wo er gerade eine Nacht mit einer der bekanntesten Polizeireporterinnen der Stadt verbracht hatte? Was sollte er sagen, wenn ihn sein Chef darauf anspräche: dass es Liebe war, was durchaus nicht gelogen gewesen wäre?

»Scheiße, Scheiße, Scheiße«, sagte Enno, während er nach seinem Handy griff.

»Das erwähntest du schon.« Kaja hakte ihren BH zu.

Enno hatte mehrere Anrufe in Abwesenheit gehabt, einer war aus dem Büro des Polizeipräsidenten gekommen, einer aus dem des Innensenators. Er wusste nicht, wo er sich zuerst melden sollte, er wusste nur, dass er dringend ins Präsidium musste, und ahnte, was da draußen, in der langsam erwachenden Stadt und in den Redaktionen der Zeitungen und Zeitschriften, los sein würde.

»Ich muss ...« Er gab Kaja einen Kuss, der den Namen nicht verdiente.

»Hau schon ab!«, sagte sie, und Enno dachte, welche Vorteile es doch mit sich brachte, eine Freundin zu haben, die Verständnis für seine Arbeit hatte.

Er brauchte eine gute halbe Stunde ins Polizeipräsidium, auf dem Weg dorthin meldete er sich sowohl bei seinem Präsidenten als auch beim Innensenator. Natürlich hatten die beiden wegen des Textes im *Blick* angerufen und brauchten »dringend weitere Informationen«. Man erwartete ihn im Büro des Polizeipräsidenten, und Hartmut Naumann, der Innensenator, war per Video ebenso zugeschaltet wie der Erste Bürgermeister. Die Begrüßung fiel knapp und formell aus, Enno erklärte in kurzen Worten, wie sie an die Liste aus dem Politbüro gekommen waren und warum er sie erst mal, wie er dachte, für sich behalten hatte.

»Das hat sich ja wohl erledigt«, sagte Naumann und hielt die Seite aus dem *Blick* demonstrativ in die Kamera.

»Ermittlungstechnisch ändert die Veröffentlichung nichts«, gab Enno zurück und fing sich einen scharfen Seitenblick des Polizeipräsidenten ein, der bedeuten sollte: Denk daran, dass wir hier nicht mit irgendwelchen Laien zusammensitzen, sondern mit dem Bürgermeister und dem Innensenator.

»Politisch und medial ändert die Veröffentlichung ziemlich viel«, sagte Julius Wolff. »Mich haben heute Morgen gleich vier Chefredakteure angerufen und gefragt, was wir zu tun gedenken, um ihre Journalistinnen und Journalisten zu schützen.«

»Was gedenken wir denn zu tun?«, fragte der Innensenator in Richtung Polizeipräsidium.

»Wie gesagt, ich würde gern mehr über diese Liste in Erfahrung bringen: Wer hat sie erstellt, wer kannte sie, wozu wurde sie benutzt, so was halt. Erst recherchieren, dann handeln, nicht umgekehrt«, antwortete Enno, obwohl er ahnte, dass dem Polizeipräsidenten auch das nicht gefallen würde.

Der mischte sich zum ersten Mal ein: »Der Rechtsanwalt des Politbüros hat uns mitteilen lassen, dass es sich bei der sogenannten Todesliste um einen völlig unverdächtigen Presseverteiler handelt.«

»Gut, aber bei G20 hat dieser Mann auch gesagt, dass die Randalierer bitte nicht die Häuser im Schanzenviertel in Brand setzen sollen, wo ihre Leute leben, sondern dass sie durch die Viertel ziehen sollen, in denen die Reichen und Schönen wohnen.« Julius Wolff klang verbittert.

»Was Christoph Meier-Wiegand und Jens U. Schmidt angeht, liefert der Anwalt eine Erklärung gleich mit«, fuhr der Polizeipräsident fort, als hätte er die Worte des Bürgermeisters nicht gehört. »Die Namen seien durchgestrichen worden, weil, ich zitiere, es leider keinen Sinn mehr mache, die beiden Herren mit Informationen aus dem Politbüro zu versorgen. Ansonsten habe man mit den Reporterinnen und Reportern des *Politik Insiders* gut zusammengearbeitet. Zitat Ende.«

»Ich glaube diesem vermeintlichen Rechtsanwalt kein Wort. Wir ermitteln weiter mit Hochdruck in alle Richtungen, oder, von Spoercken?« In Krisenzeiten fiel der Oberstleutnant a. D. in den Bundeswehrsprech zurück, der weder »Herr« noch »Frau« kannte.

»Natürlich, Herr Senator.« Enno knallte innerlich die Hacken zusammen. »Aber wir werden ein paar Tage brauchen, um vernünftige Ergebnisse zu erhalten. Zumal wir zwar viel Material gefunden haben, aber nichts, was direkt auf ein Gewaltverbrechen hinweist.«

»Wissen wir denn, wie viele der Extremisten, die wir wegen möglicher Straftaten während der G20-Tage per Haftbefehl suchen, noch in Hamburg sind?«, fragte Julius Wolff.

»Wir schätzen, zehn bis zwölf«, antwortete Enno.

»Kann es nicht sein, dass einer davon durchgeknallt ist und nun das vollendet, was damals nicht gelungen ist?«, fragte Wolff nach.

»Zu einem durchgeknallten Typen, der es auf Journalisten abgesehen hat, würde aber nicht eine detailliert ausgearbeitete Liste von möglichen Opfern passen.« Naumann dachte laut vor sich hin.

»Also, was tun wir? Ich muss den Chefredakteuren antworten, und ich denke, wir werden uns auch öffentlich erklären müssen.« Manchmal verwendete Julius Wolff den Pluralis Majestatis, meinte mit »uns« also sich.

Bevor Enno antworten konnte, sagte Naumann: »Wir erklären, dass es an der Echtheit der vermeintlichen Todesliste Zweifel gibt, das ist nie falsch. Wir verstärken, um guten Willen zu zeigen und rein vorsichtshalber, die Präsenz rund um die Häuser, in denen die betroffenen Redaktionen arbeiten. Wir nehmen zu jeder und jedem einzelnen der 31 Reporterinnen und Reporter Kontakt auf, klären deren persönliches Gefährdungspotenzial und ergreifen gegebenenfalls Maßnahmen.«

»Sie meinen«, fragte Enno, »dass wir 31 Journalisten Personenschutz anbieten sollen? Wissen Sie, wie viele Leute wir dafür brauchen?«

»Das ist mir egal, von Spoercken.« Enno hatte das Gefühl, dass die Stimme des Innensenators eine Spur schneidender geworden war. »Was zählt, ist, dass wir endlich vor die Welle kommen und die Medien das Gefühl haben, dass wir die Bedrohung ihrer Leute ernst nehmen.«

»Was machen wir, wenn die Reporter sich durch Personenschützer oder Sicherheitschecks in ihrer Arbeit beeinträchtigt fühlen?« Enno dachte an Kaja, der er ein solches Gespräch ersparen wollte.

»Das ist ein freies Land, von Spoercken«, antwortete der Innensenator und fügte süffisant hinzu: »Wer nicht will, der hat schon. Sind wir uns also einig?« Er blickte in die Kamera, sah erst den Polizeipräsidenten nicken, ein Stück zu unterwürfig und dienstbeflissen, dann Enno.

Alle warteten auf das Schlusswort des Bürgermeisters, der an einer Espressotasse nippte, bevor er nachdenklich und sehr leise sagte: »Das klingt nach einem Plan, Hartmut – ob er die Gemüter beruhigen wird, weiß ich nicht. Dass es diesmal um die Sicherheit von Journalisten geht, ist der Worst Case. Die können gut damit umgehen, wenn andere Menschen von Katastrophen und Verbrechen heimgesucht werden, aber wenn es sie selbst betrifft …« Er machte eine Pause, die Stimme wurde lauter und klarer: »Wir sollten auf jeden Fall auch den Druck auf das Politbüro erhöhen. Die haben uns dieses ganze Desaster eingebrockt, als Dank dafür, dass wir ihr Treiben in all den Jahren geduldet und ihnen das Haus im Schanzenviertel überlassen haben. Sie haben bei G20 mit dem Leben von Menschen gespielt, nur weil sie die Hoffnung hatten, dass mein Senat und ich darüber stürzen würden. Die schrecken vor nichts zurück und mögen Journalisten nicht viel mehr als uns Politiker.« Julius Wolff atmete tief durch: »Ehrlich gesagt ist diese lange Liste auch der einzige echte Hinweis, den wir haben. Und, mal unter uns: Wer sollte sonst ein Interesse daran haben, reihenweise Reporter umzubringen?«

28

Zwei Haufen später hatte Lukas den Ohrring von Kaja immer noch nicht gefunden. Entweder hatte Finchen ihn nicht gefressen, oder die Ausscheidung von Diamanten dauerte etwas länger. Um die Wahrheit zu erfahren, musste Lukas warten.

Er hatte den *Blick* auf dem Rückweg nach Hause in einem dieser Papierkörbe mit den lustigen Aufschriften (»Ich bin jung und brauche den Müll«) entsorgt, weil er keinen Argwohn bei Lilli wecken wollte. Sie würde Fragen stellen, wenn Lukas mit der Boulevardzeitung nach Hause käme, und diese Fragen wollte er unbedingt vermeiden. Lilli würde im Laufe des Tages sowieso von der »Todesliste« erfahren, so viel wie sie derzeit im Internet surfte. Aber dass sie tief in die Berichterstattung einstieg, war nicht zu befürchten, Lukas hatte den Eindruck, dass ihre sowieso kurze Aufmerksamkeitsspanne durch die Schwangerschaft weiter gelitten hatte. Die Wahrscheinlichkeit war groß, dass Lilli nicht mitbekam, dass der Name ihres Mannes auf der Liste stand.

Nun war es in der Vergangenheit mehrfach so gewesen, dass es Drohungen, auch Morddrohungen, gegen Lukas gegeben hatte, die er auf Anraten der Polizei zur Anzeige gebracht hatte. Doch mit jeder weiteren irren Mail (»Wir kriegen dich! Das höchste Gericht der Lügenpresse«) hatten Lukas und Lilli die Beschimpfungen und Ankündigungen weniger ernst genommen, und die Ermittlungen der Polizei waren nie über das Anfangsstadium hinausgekommen. Doch diesmal war die Lage anders, es hatte zwei Tote gegeben, und deren Namen fand man auf derselben Liste wie den von Lukas. Er wusste nicht, ob Lilli darauf so cool reagieren würde wie früher, sie war feinfühliger geworden, seit Hammerstein junior in ihrem Bauch heranwuchs. In dieser Phase konnte sie die Nachricht nicht gebrauchen, dass der Kindsvater in Gefahr schwebte. Lukas musste an die andere Liste mit Namen denken, auf der inzwischen deutlich mehr als zwei durchgestrichen waren. Die Liste mit den Namen für seinen Sohn, auf der sein Favorit, Jonathan, nach wie vor ganz oben stand. Ihm lief ein Schauer über den Rücken, halb wohlig, halb unangenehm, es war ein komisches Gefühl, dass sich sein Leben gerade zwischen DIN-A4-Zetteln abspielte, deren Inhalt alles bedeuten konnte oder nichts.

Als Lukas nach Hause kam, gab er Finchen als Erstes ein Leckerli. Das sei wichtig, hatten seine Schwiegereltern Lilli gesagt, auch wenn Lukas nicht begriff, warum. Gut möglich, dass der Hund nach jedem Spaziergang dafür belohnt werden musste, dass er nicht abgehauen war ... Er ging in die Küche, um sich einen Tee zu machen. »Ich bin wieder da, Hasenzahn«, rief er in Richtung Schlafzimmer, weil er vermutete, dass es sich seine Frau dort gemütlich gemacht hatte. Wobei *gemütlich* etwas anderes bedeutete, wenn man einen kugeligen Babybauch vor sich hertrug. »Hasenzahn?« Lilli schien ihn nicht gehört zu haben. Lukas schaltete den Wasserkocher ein, suchte zwei Teebeutel seiner neuen Lieblingssorte mit Apfelgeschmack heraus und beschloss, nach seiner Frau zu sehen. Vielleicht war sie eingeschlafen. Er ging leise die Treppe hinauf und staunte nicht schlecht, als er das Schlafzimmer betrat. Das Bett war frisch gemacht, die Kissen aufgeschüttelt, auf seiner Decke lag ein kleiner Zettel: »Bin erst beim Zahnarzt, dann beim Frauenarzt. Frühestens gegen 13 Uhr wieder zurück. Küsschen!«

Dass sie ihn immer wieder auf eine so charmante Art an Dinge erinnerte, die sie nicht selten mehrfach besprochen hatten, war einer der Gründe, weswegen Lukas Lilli liebte. Er ging zurück in die Küche, das Wasser war inzwischen heiß, und Finchen streunte in der Hoffnung um den Kühlschrank herum, dass etwas zu essen für sie abfallen könnte.

»Vergiss es.« Lukas goss sich eine Tasse Tee ein, füllte eine große Schale bis knapp unter den Rand mit Erdbeermüsli und gab etwas Milch dazu. So mochte er es am liebsten, viel Müsli, wenig Milch. Er sah auf seine Uhr und registrierte, dass er knapp drei Stunden für sich hatte, drei Stunden, die er gut gebrauchen konnte, um seine Gedanken zu ordnen und seine Notizen zu ergänzen. Vor allem hatte er Zeit, in Ruhe zu telefonieren. Er wollte gerade Kajas Nummer wählen, als sein Handy klingelte und er erstaunt den Namen las, der ihm angezeigt wurde. Es war selten geworden, dass sein Freund, der Bürgermeister, ihn anrief, meist kommunizierten sie über Mail oder SMS.

»Julius, das ist ja eine Überraschung. Wie geht es dir?«, fragte Lukas.

»Wie es einem Politiker halt geht, der dachte, dass der größte Albtraum seines Lebens endlich zu Ende ist …« Der Bürgermeister klang müde.

»… und dann taucht eine Liste auf, auf der die Namen von 33 Journalistinnen und Journalisten stehen …«, sagte Lukas.

»… und zwei davon sind tot«, ergänzte Julius. Dieses Einer-fängt-einen-Satz-an-den-der-andere-zu-Ende-bringt-

Spiel hatten sie in ihrer Zeit in der Weltverbesserer AG an der Universität zur Perfektion gebracht, es war ihre Art gewesen, Utopien entstehen zu lassen und weiterzuspinnen.

Die Realität sah inzwischen anders aus.

»Du weißt, dass du auch auf der Liste stehst?«, fragte Julius.

»Ja«, antwortete Lukas, »aber ich nehme das ehrlich gesagt nicht so ernst. Sollte ich? Rufst du deshalb an?«

Julius schien nachzudenken. »Die Leute von der Soko werden dich kontaktieren und mit dir über deine Sicherheitslage sprechen, das machen sie mit allen, die auf dieser Liste stehen, reine Routine. Wir wollen uns auf keinen Fall vorwerfen lassen, nicht alles unternommen zu haben.«

»Klingt nicht besonders beruhigend, wenn einem so etwas der Bürgermeister sagt.« Lukas räusperte sich. »Noch mal, Julius: Wie ernst nehmt ihr die Liste? Ich meine, das könnte genauso gut ein harmloser Presseverteiler sein ...«

»Der Rechtsanwalt des Politbüros behauptet genau das«, sagte Julius, und Lukas machte sich eine entsprechende Notiz in seinem Heft.

»Aber?«, fragte er zurück.

»Kein Aber.« Lukas glaubte zu hören, dass Julius einen Seufzer unterdrückte. »Weißt du, vor G20 hat es so viele aberwitzige Szenarien und Drohungen und Warnungen gegeben, die ich mir alle mit der nötigen Ernsthaftigkeit angehört habe. Trotzdem war ich der festen Überzeugung, dass wir die Tage locker über die Bühne kriegen, und deshalb ...«

»... und deshalb bist du jetzt verunsichert?«, fragte Lukas dazwischen.

»Verunsichert zu sein ist keine Kategorie für einen Bürgermeister«, sagte Julius. »Aber ich bin vorsichtiger mit meinen Einschätzungen geworden. Ich wollte, dass du von mir erfährst, dass du auf der Liste bist, falls du es selbst nicht gewusst haben solltest.«

»Das ist nett«, sagte Lukas.

»Sehen wir uns nächste Woche bei den *Vier Flaschen*?«, fragte Julius.

»Wenn ich dann noch …«, setzte Lukas an, aber diesmal unterbrach ihn Julius: »Damit macht man keine Witze, mein Freund. Ich habe eine Bitte.« Er machte eine Pause. »Wenn du irgendetwas hörst, was uns in der Sache weiterbringen könnte, kannst du mich dann genauso vorab informieren, wie ich das jetzt mit dir getan habe?«

»Versprochen«, sagte Lukas, auch wenn ein Journalist gegenüber einem Politiker solche Versprechungen nicht machen sollte.

»Schönen Dank«, sagte Julius. »Wir sehen uns bei Niklas.« Dann legte er auf.

Hatte der Bürgermeister den Reporter mehr oder weniger versteckt um Hilfe gebeten? Bisher hatte Julius zwischen ihrer Freundschaft und dem, was die beiden beruflich machten, streng getrennt, auch um Lukas nicht in Schwierigkeiten zu bringen. Dass er davon ein Stück weit abgerückt war, dass er Lukas eine Art Tauschhandel angeboten hatte, bei dem er mit der Information über die Liste in Vorleistung getreten war, war ein Zeichen, wie ernst er die Situation einschätzte.

Während des Gesprächs hatte Lukas eine WhatsApp von Clemens Engel erhalten. So war das immer: Tagelang hörte er von seinen Freunden nichts, dann konnten innerhalb weniger Stunden Nachrichten von allen dreien kommen, bis wieder Ruhe war. »LL«, schrieb Clemens, was bei ihm für »Lieber Lukas« stand, »ich hatte vorhin einen Anruf von Joachim Gärtner, ging um eine Aktion zu diesen Journalistenmorden.

Er fragte mich, ob ich einen direkten Kontakt zu dir hätte und dich mal vorwarnen könnte, dass er dich anrufen wird. Was ich hiermit tue. LG, C«

»Eigentlich bin ich ja im Sabbatical, aber ist okay«, schrieb Lukas zurück, der neugierig war, was die graue Eminenz der Hamburger Politik, der heimliche Kopf der Opposition, von ihm wollte. Die beiden waren sich in der Zeit, in der Gärtner als Berater des ehemaligen Bürgermeisters gearbeitet hatte, ein paarmal begegnet. Lukas hatte immer über die Selbstverständlichkeit gestaunt, mit der Joachim Gärtner davon ausging, dass alles im Rathaus und in seiner Partei genauso gemacht wurde, wie er sich das vorstellte, dass er gleichzeitig aber nie dazu bereit war, selbst ein hohes Amt zu übernehmen. Er liebte es, nahezu unsichtbar im Hintergrund die Strippen zu ziehen, kaum jemand war in Hamburg so vernetzt wie er. Was auch mit dem Geld zu tun hatte, das Gärtner in großen Mengen zu besitzen schien und von dem niemand so genau wusste, woher es stammte. Lukas hatte sich mal an einem größeren Porträt des Mannes versucht, herausgekommen war nicht viel. Kaum jemand mochte oder konnte etwas über Joachim Gärtner sagen, das über das hinausging, was man sowieso über ihn wusste.

»Was ist denn das für eine Aktion, die Gärtner plant?«, schrieb er an Clemens.

»Irgendwas für die freie Presse. Wenn ich ihn richtig verstanden habe, will er Solidaritätsanzeigen in den Zeitungen und Zeitschriften schalten lassen, auch bei euch«, antwortete der Freund. »Dafür sammelt er Geld.«

»Wie kommt er da auf dich?«, fragte Lukas.

»Ich habe neulich ein Haus für ihn verkauft, und da dachte er wahrscheinlich, dass eine Hand die andere wäscht. Ich habe ihm gesagt, dass ich mir das überlege. Jedenfalls hat er sich nicht mehr gemeldet, nachdem ich ihm deine Nummer gegeben habe. Du bist Gold wert, mein Freund«, schrieb Clemens.

»Woher wusste der denn, dass wir uns kennen?« Der Chat wurde immer länger.

»Das ist eine Frage, die ich mir bei Typen wie Gärtner nicht mehr stelle. Der kennt alle und jeden, und wenn er eine Nummer oder eine Adresse nicht hat, dann kennt er jemanden, von dem er sie bekommt«, schrieb Clemens.

»So einen wie dich halt«, antwortete Lukas und wollte etwas über sein Gespräch mit Julius Wolff hinzufügen, als das Handy in seiner Hand klingelte. Eine unbekannte Nummer.

»Ich glaube, der Gärtner ruft an, bis bald«, tippte Lukas, so schnell es ging, und nahm den Anruf entgegen.

»Ja, bitte?«

»Spreche ich mit Lukas Hammerstein?« Die Stimme am anderen Ende wartete keine Antwort ab. »Guten Tag, hier ist Joachim Gärtner, ich hoffe, Sie können sich an mich erinnern.« Das war eine Floskel, die Menschen benutzen, die genau wissen, dass man sie gar nicht vergessen *kann.* »Und ich hoffe, dass es Ihnen gut geht. Störe ich gerade?«

Lukas räusperte sich: »Moin, Herr Gärtner, lange nichts von Ihnen gehört. Nein, Sie stören nicht, aber wenn es um meine Arbeit als Reporter für die *Hamburg News* geht, muss ich Ihnen sagen …«

»Keine Sorge, lieber Herr Hammerstein, ich weiß, dass Sie in einem Sabbatical sind, sonst würde ich Sie nicht anrufen.« Joachim Gärtner unterbrach Lukas, so wie er die meisten Menschen unterbrach, weil er niemandem Zeit stehlen wollte, die er selbst nicht hatte. »Ich will gleich auf den Punkt kommen. Ein paar verantwortungsbewusste Unternehmer wollen angesichts der furchtbaren Dinge, die in unserer Stadt derzeit passieren, nicht länger schweigen und ihre Solidarität mit denen zum Ausdruck bringen«, er hustete zweimal trocken, »die unter der desaströsen Politik des Ersten Bürgermeisters und seines Senats leiden. Wir können weder G20 ungeschehen machen noch die verabscheuungswürdigen Morde an zwei angesehenen Journalisten, aber wir können etwas dafür tun, dass sich diese Vorfälle nicht wiederholen. Herr Hammerstein, sind Sie noch da?«

»Ich bin da«, sagte Lukas, »ich höre Ihnen zu.«

»Das ist gut«, fuhr Gärtner fort. »Mit anderen Worten: Wir planen eine groß angelegte Anzeigenkampagne in Zeitungen und Zeitschriften dieser Stadt, in der wir unser Mitgefühl mit den betroffenen Journalisten zum Ausdruck bringen und ihnen unsere volle Unterstützung zusichern wollen. Das Motto der Kampagne ist: ›Es lebe die Pressefreiheit!‹«

Und »Es trete der Bürgermeister zurück«, dachte Lukas.

»Haben Sie etwas gesagt?«, fragte Joachim Gärtner.

»Nein, aber das ist immer gut«, antwortete Lukas.

»Was ist immer gut?«, fragte Gärtner zurück.

»Sich für die freie Presse und ihre Arbeit einzusetzen«, sagte Lukas.

»Das freut mich, dass Ihnen die Kampagne gefällt.« Gärtner machte weiter, obwohl Lukas nichts in der Richtung gesagt hatte. »Deshalb rufe ich Sie an. Könnten Sie sich vorstellen, einen flammenden Text für uns zu schreiben, ein Plädoyer für den Kampf gegen jene, die die Grundfesten unserer Verfassung erschüttern wollen und die wir nur besiegen können, wenn wir als Gesellschaft gemeinsam auf- und zusammenstehen ...«, Joachim Gärtner seufzte theatralisch, bevor er hinzufügte: »... weil unser Senat und unsere Polizei offensichtlich überfordert sind?«

Lukas fragte sich, ob Gärtner wirklich glaubte, dass er sein Manöver nicht durchschaute. Natürlich ging es ihm weder um die Pressefreiheit noch um das Grundgesetz. Es ging ihm darum, das zu vollenden, was die Randalierer bei G20 nicht geschafft hatten. Der Bürgermeister musste weg, Neuwahlen mussten her, je schneller, desto besser. Julius hatte Lukas erzählt, dass sich Joachim Gärtner ihm nach seinem Wahlsieg als Berater angedient hätte, er sei bereit gewesen, die Seiten zu wechseln, »so nach dem Motto: Mir doch egal, wer unter mir Bürgermeister ist«. Nachdem Julius auf seine Art mit nur drei Worten abgesagt hatte, »Nö, schönen Dank«, habe Gärtner ihn angesehen, als ob es ein Beweis für politische Unzurechnungsfähigkeit sei, ein solches Angebot abzulehnen. Seitdem hatten die beiden kein Wort miteinander gesprochen.

»Herr Hammerstein, kann ich auf Sie zählen? Für eine gute Sache«, sagte Joachim Gärtner, und Lukas meinte, ein Grinsen aus seiner Stimme herauszuhören, »und für ein sehr gutes Honorar.«

»Nö, schö…«, fing Lukas an, besann sich aber und sagte so unverbindlich wie möglich: »Das ist wirklich nett, dass Sie da an mich gedacht haben, Herr Gärtner, aber erstens soll man sich als Journalist nicht mit einer Sache gemein machen …«

»… auch nicht mit einer guten?«

Lukas ignorierte die Zwischenfrage. »… und zweitens mache ich dieses Sabbatical, um bewusst einmal nicht zu arbeiten. Ich hoffe, Sie haben Verständnis dafür.«

Joachim Gärtner war es nicht gewohnt, dass man ihm eine Bitte ausschlug. »Dann will ich Sie nicht länger von ihrem unbezahlten Urlaub abhalten«, sagte er schnippisch, und: »Die aktuellen Umfragewerte über das Sicherheitsgefühl der

Hamburger und ihr Vertrauen in den Ersten Bürgermeister kennen Sie sicher.«

Als Lukas antworten wollte, merkte er, dass am anderen Ende niemand mehr war.

29

Kaja Woitek hatte eine Umfrage von einem Meinungsforschungsinstitut, das sie nicht kannte, in ihrem Mail-Postfach gefunden und überflogen. Normalerweise interessierte sie so etwas nicht, in ihrem Leben als Polizeireporterin ging es um Fakten, um Dinge, die wirklich passiert waren. Kaja berichtete über die harte, ungeschönte Realität, nicht über persönliche Befindlichkeiten. Wenn sie in der Redaktion gefragt wurde, ob sie zu diesem oder jenem Thema einen Kommentar schreiben könnte, lehnte sie grundsätzlich ab, weil sie der Relevanz ihrer eigenen Meinung misstraute. Das war auch nicht anders, wenn es statt einer Meinung um mehr als tausend Meinungen ging, die in der Stadt abgefragt worden waren. »Mehrheit der Hamburger hält Bürgermeister für überfordert« stand über der Pressemitteilung, die man ihr geschickt hatte, und darunter: »Sicherheitsgefühl so schlecht wie seit zehn Jahren nicht – jeder Dritte plädiert für Neuwahlen.«

Zwei Drittel also nicht, dachte Kaja, bevor sie die Mail löschte.

Nachdem Enno überstürzt in Richtung Polizeipräsidium aufgebrochen war, hatte sie die Liste, die der *Blick*, aus welchen Quellen auch immer, bekommen hatte, vor sich auf den Küchentisch gelegt. Beim ersten Drüberlesen waren ihr zwei Einträge aufgefallen, und sie hatte sich nichts anmerken lassen, so lange Enno da gewesen war. Als er ihre Wohnung verlassen hatte, vergewisserte sich Kaja, dass sie sich nicht getäuscht hatte. »U.G.« und »A.G.« standen untereinander, dahinter in der Spalte, in der die Zeitungen aufgeführt waren, »Chronik«. Sie kannte mehrere Journalisten bei der Wochenzeitung, die wie der *Politik Insider* zum Friedrichsen-Verlag gehörte und sich mit diesem ein erbittertes Duell lieferte, wer der Wichtigere, der Bessere und Bedeutendere sei. Aber zwei kannte sie besonders gut.

Urte Grellmann war die beste Freundin ihrer Mutter, Arne Grellmann der beste Freund ihres Vaters. Über Kajas Eltern hatten sich die beiden kennengelernt – wenn man ehrlich war, waren sie von ihnen verkuppelt worden. Der Freundschaft hatte das nicht geschadet, im Gegenteil, als Kaja zur Welt kam, fragte ihre Mutter Urte, ob sie Patentante des Mädchens werden wollte, das jetzt als Polizeireporterin über dieser Liste brütete, auf der allem Anschein nach Urte Grellmann zusammen mit ihrem Mann aufgeführt war.

Urte und Arne waren mitverantwortlich dafür, dass Kaja nicht in Fortsetzung der Familientradition Polizistin, sondern Journalistin geworden war. Als sie in der Schule ein Betriebspraktikum hatte machen müssen, war sie bei ihrer Patentante und damit bei der *Chronik* untergekommen. Nicht so sehr, weil sie sich für Journalismus interessiert hätte, sondern eher, weil sie vergessen hatte, sich rechtzeitig um einen Praktikumsplatz zu bewerben. Als es so weit war, waren alle Plätze bei der Sparkasse, im Kindergarten oder beim Buchhändler um die Ecke schon vergeben. Deshalb war Kaja dankbar, dass Urte Grellmann sie in der Redaktion untergebracht und Arne Grellmann sie mit auf seine Recherchen genommen hatte. Der erste Termin war für eine Reportage über die Suche nach einem Vergewaltiger gewesen, der mit Hilfe eines Angestellten aus dem Gefängnis Santa Fu geflüchtet war und daraufhin zwei Wochen lang für Schlagzeilen sorgte, ehe er in einem Bordell auf der Reeperbahn festgenommen wurde.

Das alles hörte sich nicht nach einer Geschichte für ein vierzehn Jahre altes Mädchen an, aber Kaja konnte nicht genug Details erfahren. Sie ging mit zu den Pressekonferenzen, sie hielt bei Befragungen von Informanten Arnes Diktiergerät und ließ sich nur mit Mühe davon abhalten, nach der Verhaftung des Geflohenen mit ins Bordell auf dem Kiez zu fahren. »Das geht wirklich zu weit«, hatte Arne gesagt, und auch Kajas Betteln bei ihrer Patentante konnte daran nichts ändern. Seit dem Praktikum war für sie klar gewesen, was sie werden wollte: Reporterin, gern Polizeireporterin, auch weil das nach wie vor ein Männerjob zu sein schien. Ihre Eltern waren froh, dass die Tochter wenigstens etwas im Umfeld der Polizei machen würde, und die Grellmanns freuten sich, dass sie ihr Patenkind vom Journalismus hatten begeistern können.

Wahrscheinlich wussten Urte und Arne längst, dass sie auf der Liste standen, vielleicht hatte die Polizei bereits mit ihnen gesprochen. Aber verlassen wollte sie sich darauf nicht. Kaja nahm die Liste mit den 33 Namen und ihr Handy, holte das Rennrad aus dem Keller und fuhr in Richtung Pressehaus. Wenn sie eines in ihrer Zeit als Polizeireporterin gelernt hatte, war es, dass man schlechte Nachrichten persönlich überbrachte. Wenn die Empfänger die eigene Patentante und ihr Mann waren, allemal.

Während Kaja durch das Schanzenviertel in Richtung St. Pauli-Landungsbrücken fuhr, wie immer viel zu schnell und ohne Fahrradhelm, obwohl sie nicht zählen konnte, wie viele schwer verunglückte Radfahrer sie selbst auf Hamburgs Straßen gesehen hatte, saßen Urte und Arne Grellmann nebeneinander im großen Konferenzraum der *Chronik*. Das war etwas Besonderes, weil sie normalerweise darauf achteten, in Konferenzen, an denen sie beide teilnehmen mussten, möglichst weit voneinander entfernt zu sitzen. Es war nichts Ungewöhnliches, dass Reporterinnen und Reporter liiert oder miteinander verheiratet waren, eher im Gegenteil. Weil sie bei der *Chronik* seit Jahren alles versuchten, den *Politik Insider* als wichtigstes politisches Medium des Landes abzulösen, wurde hier vielleicht noch länger und härter gearbeitet als in der Redaktion des Konkurrenten, die zwei Stockwerke höher lag. Wer bei der *Chronik* angestellt war, hatte kaum andere Möglichkeiten, als einen Partner bei der Arbeit kennenzulernen. Urte Grellmann hatte ausgerechnet, dass zu Spitzenzeiten fast ein Fünftel der Redakteurinnen und Redakteure etwas miteinander hatten, und das umfasste nur die, von denen sie mit Sicherheit wusste. So lange verheiratet wie Arne und sie war allerdings niemand.

»Krass, es sind wirklich fast alle da«, flüsterte Arne seiner Frau ins Ohr. Beiden sahen sich ein weiteres Mal im Konferenzraum um, in dem die Kolleginnen und Kollegen so eng an eng standen oder saßen, dass Georg Weichmann Mühe hatte, sich seinen Weg zu dem einzig leeren Platz zu bahnen. Der Chefredakteur kam immer zwei, drei Minuten zu spät, wie der Chefarzt bei der Visite im Krankenhaus, gefolgt von seinen engsten Vertrauten, die man daran erkennen konnte, dass sie männlich und eher jung waren und die Ärmel ihrer wahlweise blauen oder weißen Hemden hochgekrempelt hatten. Weichmann war vor zwei Jahren Chefredakteur der *Chronik* geworden, und sollte es zu diesem Zeitpunkt in der Redaktion jemanden gegeben haben, der Wortspiele mit Namen für originell oder witzig hielt, verstummte er spätestens dann. Vielleicht war Georg Weichmann so, wie er war, weil er seit 41 Jahren mit diesem Namen durchs Leben ging: Er verzieh weder sich noch sonst jemandem eine Schwäche, Politikern schon gar nicht. Er war der Erste, der morgens in die Redaktion kam, oft ging er nicht einmal zum Schlafen nach Hause. Er hatte ein Schlafsofa in seinem Büro aufstellen lassen, und dass er es nutzte, konnten nicht nur seine Sekretärinnen bestätigen. Weichmann sah gut aus, er war männlich, und er war mächtig.

Es hieß, dass er aktuell ein Verhältnis mit einer Volontärin habe, die gut zwölf Jahre jünger war als er. Urte und Arne beteiligten sich an solchen Gerüchten nicht, sie hörten den Klatsch zwar und dachten sich ihren Teil, aber sie sagten nichts dazu. Was auch daran lag, dass sie seit ein paar Wochen mit Georg Weichmann ein ganz anderes Problem hatten.

»Guten Tag, Kollegen«, sagte der Chef, der grundsätzlich in der männlichen Form sprach, obwohl die Redaktion der *Chronik* fast zur Hälfte aus Frauen bestand. »Ich bin sicher, dass Sie alle diese Liste kennen«, er hielt zwei DIN-A4-Zettel hoch, »und ich bin sicher, dass Sie alle wie ich nicht erfreut davon sind, dass ausgerechnet der *Blick* diese Liste heute als Erster veröffentlicht hat.« Das war typisch für Weichmann. Er sprach nicht davon, dass sich auf den zwei Zetteln die Namen von Kollegen befanden, die möglicherweise in Lebensgefahr waren. Er ärgerte sich, dass das Boulevardblatt, das wiederum zwei Stockwerke unter der *Chronik* seine Büros hatte, ihnen zuvorgekommen war. Auch wenn Weichmanns größtes Ziel war, den *Politik Insider*, wie er es ausdrückte, »vom Thron zu stoßen, auf dem längst wir sitzen müssten«, beobachtete er die Entwicklung des *Blicks* argwöhnisch: »Wir müssen die ernst nehmen«, hatte er vor kurzem in einer Konferenz gesagt, »die haben einfach zu viele Geschichten exklusiv, die eigentlich wir exklusiv haben müssten.«

Weichmann legte die Zettel vor sich auf den Tisch und tat, als würde er darauf etwas nachzählen. Dann hob er den Kopf und blickte in die Runde: »Immerhin sind sechs der Journalisten, die auf dieser Liste stehen, von der *Chronik*, und damit so viele wie von keinem anderen Medium.« Für Urte und Arne klang das, als wäre ihr Chefredakteur stolz darauf, und ja, sie trauten ihm genau das zu. Er gehörte zu dem Typ Alphatier, dem es wichtig war, immer ganz vorn zu stehen, da machte es keinen Unterschied, ob es um Auflagenzahlen oder um eine vermeintliche Todesliste ging. »Ich habe eben lange mit dem Bürgermeister gesprochen und ihm versichert«, Weichmann streckte seinen Körper durch und saß nun kerzengerade auf seinem Stuhl, »dass wir bei der *Chronik* uns von so etwas nicht einschüchtern lassen. Wir wissen, dass die Arbeit eines Journalisten, so wie wir sie verstehen, jederzeit unangenehm und gefährlich werden kann, das ist quasi ein Berufsrisiko, und dem stellen wir uns.«

Der Chefredakteur war früher als Kriegsreporter in Afghanistan unterwegs gewesen, wahrscheinlich schreckten ihn solche Dinge, wie sie in den vergangenen Tagen in Hamburg passiert waren und wieder passieren konnten, tatsächlich nicht. »Wir sollten jetzt unsere ganze Kraft darauf verwenden aufzuklären, wer hinter dieser Liste und was hinter den Anschlägen auf die Kollegen vom«, er machte eine Pause, als fiele es ihm schwer, den Namen in den Mund zu nehmen, »vom *Politik Insider* steckt. Also zurück an die Arbeit. Es kann sein, dass diejenigen von Ihnen, die auf der Liste stehen, einen Anruf von der Polizei erhalten – der Bürgermeister deutete so etwas an. Er hat mir versprochen, dass die Stadt alles dafür tun wird, die Sicherheit der Journalisten, die hier arbeiten, zu gewährleisten. Ich habe ihm gesagt, dass wir volles Vertrauen in die Polizei und in unsere eigenen Schutzmaßnahmen haben.« Georg Weichmann galt, anders als seine Chefredakteurskollegen vom *Politik Insider* und *Blick*, als

Fan des Bürgermeisters. Er glaubte, dass Julius Wolff eine große Karriere vor sich hätte, die ihn eher früher als später ins Kanzleramt führen würde. Während der *Blick* nach G20 Wolffs Rücktritt gefordert hatte und Teile des *Politik Insiders* mit ihm gefremdelt hatten, bewunderte Weichmann seine Disziplin und die Art, mit Niederlagen umzugehen. »Das ist nicht so ein Waschlappen, der sich bei dem erstbesten Rückschlag aus der Politik zurückzieht«, hatte er in den vergangenen Monaten mehrfach erklärt und war selbst nach dem Ende von G20 bei dieser Einschätzung geblieben.

»Zurück ans Werk«, sagte Georg Weichmann erneut, stand auf, wartete kurz auf die Fingerknochen, mit denen mehrere Reporter pflichtschuldig auf den Konferenztisch klopften, und verließ den Raum als Erster, seine Stellvertreter und den Rest der Redaktion hinter sich herziehend. Urte und Arne Grellmann blieben sitzen, als hätten sie das vorher abgesprochen, und ehe sie sichs versahen, waren sie allein in dem Konferenzraum, der auf einmal unverhältnismäßig groß wirkte.

»Meinst du …«, fing Urte an, und Arne Grellmann vollendete den Satz: »… dass das eine versteckte Botschaft an uns sein sollte? So nach dem Motto: Nun macht euch mal nicht in die Hose, nur weil zwei Personen, die mit euch auf einer Liste standen, gerade ums Leben gekommen sind …«

»… und eine dritte einem Anschlag mit Glück entkommen ist«, sagte Urte. »Der Weichmann hat gut reden. Sein Name steht vielleicht ganz oben im Impressum, aber auf der Liste fehlt er.« Sie wandte sich ihrem Ehemann zu: »Was machen wir jetzt?«

Arne Grellmann erhob sich von seinem Sitz, langsamer als sonst, weil er seit Tagen Rückenprobleme hatte. Das Iliosakralgelenk, das sich immer dann meldete, wenn ihn Sorgen plagten. Er ging an eines der großen Fenster, das zum Michel hinauszeigte, dem Wahrzeichen Hamburgs: »Weißt du, für meinen Geschmack tauchen unsere beiden Namen im Moment auf zu vielen Listen auf, Urte.«

Seine Frau stand ebenfalls auf, stellte sich neben ihren Mann und legte ihre linke Hand auf seine Schulter. Vor drei Wochen hatte Weichmann verkündet, dass der neue Vorstandsvorsitzende des Friedrichsen-Verlags, Martin Grube, ein »ambitioniertes Sparprogramm« aufgelegt hätte, von dem leider auch die *Chronik* betroffen sei. Er hoffe, hatte der Chefredakteur gesagt, dass man um betriebsbedingte Kündigungen herumkommen und die geforderten Stellen sozialverträglich abbauen könne. Wie viele es sein würden, sagte er nicht, aber eine mittlere Zahl von Reportern müssten die *Chronik* verlassen, zum Beispiel solche, die etwas älter und länger dabei seien und denen man gute Angebote für einen Vorruhestand machen könne. Kurz darauf war Arne Grellmann eine Liste mit entsprechenden Kandidaten von einem Mitglied des Betriebsrats zugespielt worden, und wie auf der Liste aus dem Politbüro hatte er auch dort seinen Namen und den seiner Frau gefunden. Das Abfindungsangebot des Verlags kam eine Woche später, er hatte es eigentlich ignorieren wollen. Aber jetzt wusste er nicht mehr, was sie tun sollten.

»Vielleicht«, sagte er zu Urte, »sollten wir das Geld nehmen, unsere Sachen packen und den Rest des Jahres in unserem Ferienhaus verbringen.« Die Grellmanns hatten eine kleine Finca auf Mallorca.

»Du willst aufgeben?«, fragte Urte.

»Was heißt aufgeben?«, antwortete Arne. »Ich will nicht so enden wie Christoph Meier-Wiegand und Jens U. Schmidt. Und ehrlich gesagt weiß ich nicht, ob ich noch lange mit diesem Typen ...«, er deutete in Richtung der Tür, durch die vor wenigen Minuten Georg Weichmann entschwunden war, »zusammenarbeiten möchte.«

»Du Waschlappen«, sagte Urte liebevoll und nahm ihren Mann in den Arm, als ihr Handy klingelte. Sie zog es aus der Hosentasche, sah, wer dran war, und nahm ab. »Kaja, das ist ja eine Überraschung! Was sagst du? Ja, wir wissen, dass wir auf der Liste stehen. Du bist wo? Na klar kommen wir runter.« Sie legte auf und wandte sich wieder ihrem Mann zu: »Mein Patenkind wartet im Foyer. Ich glaube, Sie macht sich Sorgen um uns.«

»Muss sie nicht«, murmelte Arne Grellmann entschlossen vor sich hin, »muss sie nicht.«

30

Sie konnte sich nicht erinnern, jemals so viel Zeitung gelesen zu haben. Jeden Morgen, wenn sie mit ihrem Wohnmobil in einen anderen Stadtteil umzog, holte sie sich bei einem Bäcker oder einem Kiosk einen Filterkaffee und die aktuellen Tageszeitungen. Natürlich war sie auch viel im Internet unterwegs, aber dort brauchte man für immer mehr Angebote ein Abonnement, und wenn sie eines so wenig wie möglich hinterlassen wollte, waren das persönliche Angaben. Kam hinzu, dass weder Emma Trautmann noch Anna Beerbock eine Kreditkarte oder eine Bankverbindung besaßen.

Inzwischen genoss sie die morgendliche Lektüre, manchmal las sie die Texte laut, weil sie nicht glauben konnte, was dort stand. Sie hatte gewusst, dass ihr Auftrag für Schlagzeilen sorgen würde, für Unruhe und Angst, gerade unter Hamburgs Medienleuten. Aber niemals hätte sie damit gerechnet, was für eine Geschichte die Zeitungen daraus machen würden. Sie kam sich vor wie die Regisseurin eines Films, der von Drehtag zu Drehtag absurder wurde, was auch daran lag, dass die Story immer weniger mit dem Drehbuch zu tun hatte und mit der Wirklichkeit schon gar nicht.

Eigentlich konnte ihr das nur recht sein, weil mit jedem neuen Artikel über die »Todesliste«, die die Polizei in diesem Politbüro gefunden hatte, der Blick von ihr weggelenkt wurde. Aber gleichzeitig begann die Geschichte sich zu verselbstständigen, sie hatte keine Kontrolle mehr, ein Gefühl, an das sie sich nicht würde gewöhnen können. Zumal das Projekt bisher optimal gelaufen war.

Die Polizei hatte, nach allem, was zu lesen war, in den Fällen Meier-Wiegand und Schmidt nach wie vor nicht den Hauch einer Spur. Zwischenzeitlich hatte sie den Eindruck bekommen, dass sich die Soko Pressefreiheit nur am Rande darum kümmern konnte. Erst hatte die Fahrerflucht, bei der die Schwester einer *Politik Insider*-Reporterin verletzt worden war, die Aufmerksamkeit von Polizei und Presse abgelenkt, dann, und das mit der Wucht eines Vulkanausbruchs, die Liste mit den 33 Journalistennamen aus dem Politbüro. Sie, die Emma Trautmann aus der Elbphilharmonie, hatte weder mit dem einen noch mit dem anderen etwas zu tun gehabt, und sie fragte sich, ob der Zufall nicht doch manchmal Schicksal spielte und umgekehrt.

Ricarda Frömmel hatte tatsächlich auf ihrer Liste, der einzig wahren Liste, gestanden. Aber erstens hätte sie sie niemals mit ihrer Zwillingsschwester verwechselt, und zweitens wäre sie nicht so dämlich gewesen, auf einer viel befahrenen Straße einen Frontalunfall zu riskieren. Deutlich zu gefährlich, deutlich zu auffällig, das machte ein Profi nicht. Die Schwester der Frömmel musste Opfer eines herkömmlichen Unfalls geworden sein, wie es sie in Hamburg mehrmals am Tag gab. Nicht immer mit Fahrerflucht, aber schon das war ein Detail, das in den Zeitungen und anscheinend auch bei der Polizei niemanden interessierte. Für alle schien festzustehen, dass der »feige Anschlag auf offener Straße«, so die Worte des *Blicks*, die Verbrechensserie gegen Journalisten fortsetzte und Ricarda Frömmel einfach nur Glück gehabt hatte, dass nicht sie, sondern ihre Schwester angefahren worden war.

Die Stimmung in der Stadt war ausgerechnet mit der einzigen Attacke, die für das Opfer halbwegs glimpflich ausgegangen war, von besorgt zu panisch gewechselt. Als die »Todesliste« veröffentlicht wurde, gab es in den Redaktionen kein Halten mehr, und die Frau, die das alles ausgelöst hatte, konnte einmal mehr nicht glauben, was geschrieben wurde und welche Namen sie dort las. Für sie sah das Ganze eher wie eine normale Telefonliste aus, aber sie war weder Journalistin noch Polizistin, sondern lediglich eine Problembeseitigerin. »Auftragskillerin« klang so negativ und deckte sich weder mit der Art und Weise, wie sie ihren Job verstand, noch damit, wie sie ihre Aufträge erledigte. Ihre Erfahrung war, dass man Menschen nicht immer töten musste, um sie um ihr Leben zu bringen.

Was eine Einschätzung war, die sich beim aktuellen Projekt bestätigte. Manchmal, dachte sie, war ihr Job wie Angeln, man musste nur die Schnur ins Wasser halten und abwarten, irgendwann würde etwas passieren. Ein Autounfall etwa, der im Fall von Ricarda Frömmel dazu geführt hatte, dass diese nicht nur den *Politik Insider*, sondern gleich die Stadt verlassen hatte und sie einen weiteren Namen auf ihrer Liste durchstreichen konnte. Oder diese Geschichte, die sie heute Morgen in den *Hamburg News* gelesen hatte und in der es um zwei Reporter von der *Chronik* ging, deren Namen auf der Liste aus dem Schanzenviertel gestanden und die sich deswegen entschlossen hatten, so schnell wie möglich in den Vorruhestand zu gehen. Sie hatte gestaunt, dass die Lokalzeitung so offen über die Kollegen von der Wochenzeitung geschrieben hatte und darüber, dass bei der *Chronik* stark gespart werden sollte und deshalb auch dort »Todeslisten« kursierten, auf denen die Reporter standen, von denen man sich gern trennen würde. Meistens waren es die älteren und damit die, die besonders gut verdienten.

Sie hatte sofort gewusst, um wen es ging, und konnte ihr

Glück kaum fassen. Es waren die Nummern vier und fünf auf ihrer Liste, Urte Grellmann und Arne Grellmann. Soll heißen: Da waren es nur noch drei. Sie ging die Namen der verbliebenen Personen durch, die sie würde bearbeiten müssen, bis sie das Wohnmobil wieder in Richtung Süden lenken und Hamburg verlassen konnte. Ihr Job würde nicht leichter werden, wenn all das stimmte, was sie sonst in den *Hamburg News*, im *Politik Insider*, im *Blick* und in der *Chronik* gelesen hatte: Die Journalisten in der Stadt waren gewarnt, die Polizei hatte die Präsenz rund um das Pressehaus und vor anderen Gebäuden erhöht, in denen Redaktionen saßen, die als gefährdet eingestuft wurden. Die *Chronik* berichtete sogar, dass einigen ihrer Reporterinnen und Reporter Personenschutz angeboten worden war. Woraus man folgern konnte, dass allen anderen Journalisten, die auf der Liste des Politbüros standen, ähnliche Offerten unterbreitet wurden. So leicht es gewesen war, an Christoph Meier-Wiegand und Jens U. Schmidt heranzukommen, so schwer dürfte es künftig bei den anderen Kandidaten werden. Aber mit nichts anderem hatte sie gerechnet, als sie als Emma Trautmann das erste Mal einen Blick auf die Liste ihres Auftraggebers geworfen hatte. Acht Menschen, die nicht nur in derselben Stadt lebten, sondern in derselben Branche arbeiteten, schaltete man nicht einfach so aus. Sonst hätte den Job jeder machen können.

Sie faltete die *Chronik* ordentlich zusammen, legte sie auf den Stapel zu den anderen Zeitungen und wandte sich dem Gerät zu, an dem sie in den vergangenen Tagen viele Stunden verbracht hatte. Die Zeiten, in denen man in ihrer Branche fast überwiegend analog tätig sein konnte, tätig sein *musste*, waren längst vorbei. Wer Probleme beseitigen wollte, musste digital denken und handeln, auch weil sich mit den Methoden der Cyberkriminalität und Internetrecherche Menschen mindestens so effektiv zur Strecke bringen ließen wie mit dem kleinen, wie ein Vibrator aussehenden Schlagstock, der in Hamburg bisher genau einmal zum Einsatz gekommen war, nämlich an der Alster bei Jens U. Schmidt.

Sie fuhr den Computer hoch und trank den letzten Schluck Filterkaffee aus. Es war Zeit für Teil zwei.

31

Der schönste Moment des Tages war für Niklas Claasen, wenn er mit dem Fahrstuhl aus dem zweiten Stock der Alster-Lounge in den Keller fahren konnte, der sich knapp unterhalb der Alsterwasserlinie befand. Hier lagerten die Weine nach einem Prinzip, das neben ihm nur sein Sommelier verstand, sie beide aber so, dass sie jede gewünschte Flasche innerhalb von dreißig Sekunden herausgesucht hatten. Niklas hatte von seinem Vater die Liebe für Weine geerbt und bis zum Exzess getrieben, die beiden besaßen rund 100 000 Flaschen, von denen die allermeisten in einem ehemaligen Bunker in der Nähe von Bremen lagen, trocken und gut gesichert. Im Hamburger Keller hatten 20 000 Flaschen Platz. Die Mitglieder der Alster-Lounge tranken gern und viel, und Niklas hatte es sich zur Aufgabe gemacht, all diejenigen, die nach wie vor am liebsten Grauburgunder oder Weißburgunder bestellten, an wirklich gute Weine heranzuführen. Zuallererst an die deutschen Rieslinge, die aus seiner Sicht zu dem Besten gehörte, was es auf dieser Welt zu trinken gab. Irgendwann würden das auch diejenigen begreifen, die Rieslinge mit der Begründung ablehnten, sie vertrügen die Säure nicht.

Vor wenigen Minuten war ein besonderer Riesling angeliefert worden, und Niklas hatte darauf bestanden, die Kisten selbst anzunehmen und einzusortieren. Die Flaschen kamen von Eric Manz, einem Winzer aus Rheinhessen, der über die Jahre zu einem Freund geworden war und der Niklas deshalb einen ungewöhnlichen Gefallen getan hatte. Niklas hatte sich von der letzten Ernte ein Fass aussuchen dürfen, das exklusiv für ihn in Flaschen abgefüllt worden war. Ein Großes Gewächs, das man eigentlich erst ab September trinken durfte und das Niklas' Überraschung für seine Freunde sein sollte, die Jungs von den *Vier Flaschen*. So hieß der Wein auch: 4F. Golden prangten die Zahl und der Buchstabe auf einem schwarzen Etikett, die Flasche war tiefgrün und wog allein bestimmt ein Kilo. Niklas hatte den ersten Karton mit seinem Kellnermesser geöffnet, das er immer dabeihatte, und eine Flasche herausgeholt, wie ein Gynäkologe ein Baby bei einem Kaiserschnitt aus dem Bauch einer Frau herausholt: vorsichtig, aber voller Stolz. Er würde gleich vier Flaschen kalt stellen, eine wollte er mit Julius, Clemens und Lukas übermorgen bei ihrem turnusmäßigen Treffen trinken, die anderen sollten sie als Geschenk mit nach Hause nehmen. Spätestens zu Weihnachten würde jeder sechs weitere Flaschen geschenkt bekommen. Niklas verstaute die Kisten in einer der wenigen freien und schwer zugänglichen Ecken des Kellers, und er tat das in der Überzeugung, dass nur er hier etwas herausholen würde.

Was könnte er mit den Freunden sonst ausprobieren, in diesen Zeiten, die Julius Wolff alles abverlangten und die die Atmosphäre in der Alster-Lounge spürbar verändert hatten? Unter den Mitgliedern waren zwar vor allem Unternehmer und Manager, aber auch etliche Journalisten, und mindestens die kannten im Moment nur ein Gesprächsthema: die Morde an Christoph Meier-Wiegand und Jens U. Schmidt, den glücklicherweise gescheiterten Anschlag auf Ricarda Frömmel und die Liste, die die Polizei im Politbüro gefunden hatte. Niklas war sie Stück für Stück durchgegangen und hatte fünf Kürzel gefunden, die zu Mitgliedern der Alster-Lounge passen konnten. Seitdem hatten sie die Eingangskontrollen verstärkt und peinlichst darauf geachtet, dass die schwere Holztür zum Club immer verschlossen war. Wer hineinwollte, musste klingeln und wurde von einem Mitarbeiter abgeholt. Die hatten so oder so die Anweisung, den Gästen im Eingangsbereich Mäntel und größere Taschen abzunehmen. Was bisher vor allem aus ästhetischen Gründen geschehen war – auf dem Stuhl abgelegte Jacken gingen in einem Club wie der Alster-Lounge, in der Männern das Tragen eines Sakkos vorgeschrieben war, überhaupt nicht –, schien Niklas nun auch aus Sicherheitsgründen vernünftig.

Er hatte mehrfach mitbekommen, wie sich Journalisten von der *Chronik* oder dem *Politik Insider* darüber unterhalten hatten, wer der Nächste sein könnte, in einer Mischung aus Zynismus und schwarzem Humor. Vor allem hatte Niklas registriert, dass die Medienvertreter unter den Mitgliedern auf einmal deutlich teurere Weine bestellten und davon auch zwei, drei. Das konnte, dachte er, einerseits an den schlechten Nachrichten liegen, die ohne Alkohol schwer zu verkraften waren, andererseits mit der eigenen Bedrohungslage zu tun haben. Egal, Niklas freute sich, dass er der ansonsten eher preisbewussten Klientel hochwertige Weine verkaufen konnte, und stellte fest, dass jede verrückte Situation ihre guten Seiten haben konnte. Und sei es nur für den Besitzer eines Business-Clubs.

Er brauchte noch drei Weine für die *Vier Flaschen*, es sollten diesmal neben dem Riesling von Eric Manz ein weißer und zwei rote sein. Er fand eine Scheurebe, eine Rebsorte, die Gäste gern mit einem Sauvignon blanc verwechselten, von Horst Sauer, dem Perfektionisten unter den deutschen Winzern. Im Regal daneben stand der Grand Renfort, den Niklas allein wegen des samtweichen Etiketts mochte, das sich so anfühlte, wie der Wein schmeckte. Dann sah er die Probier-flaschen, die in der vergangenen Woche aus dem Napa Valley vom Weingut Schrader angekommen waren. Niklas hatte nach seinem Studium ein Jahr in Kalifornien verbracht und die dortigen Rotweine lieben gelernt. Der Cabernet Sauvignon von 2012 würde großartig sein, die einzige Frage war, *wie* großartig und ob er den Preis von vierhundert Euro, den Niklas in der Alster-Lounge dafür aufrufen würde, wirklich wert war.

Er packte die vier Flaschen in einen der leeren Kartons, die hier unten zum Transport vom Weinkeller ins Restaurant standen, und fuhr mit dem Fahrstuhl zurück in die Alster-Lounge. Der Mittagsbetrieb hatte begonnen, und weil das Wetter nach wie vor hochsommerlich war, saßen fast alle Gäste auf der großen Außenterrasse, die an Tagen wie diesen einen fantastischen Blick auf die Binnenalster und das Rathaus bot. An den meisten Tischen war für zwei Personen eingedeckt – dies war die Zeit, an der sich Unternehmer und Manager in der geschützten Atmosphäre des Clubs trafen, um Geschäfte zu machen und teuren Wein zu trinken. Dass es dabei etwas zu essen gab, war selbstverständlich, aber nicht so wichtig wie eine Empfehlung für eine gute Flasche. Dass jemand Wasser statt Wein zu sich nahm, war eher ungewöhnlich, was auch daran lag, dass die meisten, die hier zusammensaßen, entweder einen eigenen Fahrer hatten, hinterher zu Fuß in ihre Firma gehen konnten oder die Kosten für das Taxi erstattet bekamen.

Niklas ging von Tisch zu Tisch und versuchte, möglichst viele Mitglieder mit Namen zu begrüßen, das war den meisten noch wichtiger als ein guter Wein. Der einzige Tisch, der leer war, stand am Rand der Terrasse in einer windgeschützten Ecke. Er war von Joachim Gärtner reserviert worden, der zu den Gründungsmitgliedern der Alster-Lounge und zum erweiterten Freundeskreis von Niklas' Vater gehörte. Für ihn war der Club ein zweites Wohnzimmer, er verabredete sich zum Teil Wochen im Voraus mit wichtigen Menschen, die er kannte oder kennenlernen wollte. Die meisten seiner Gäste kamen allein deshalb, weil sie wussten, dass Gärtner es sich nicht nehmen lassen würde, die Rechnung zu bezahlen, ganz gleich, wie hoch sie ausfiel.

Instinktiv rückte Niklas die Weingläser zurecht und sorgte dafür, dass Messer und Gabel ordentlich neben den Tellern lagen. Als er fertig war, spürte er, dass jemand hinter ihm stand.

»Hier legt der Chef noch selbst Hand an?« Niklas drehte sich um und sah in das Gesicht von Joachim Gärtner, das wie immer braun gebrannt war, er verbrachte die Wochenenden gern in seinem Ferienhaus auf Sylt.

»Herzlich willkommen, Herr Gärtner, schön, Sie wieder bei uns zu haben«, sagte er.

»Die Geschäfte laufen, Niklas.« Gärtner zeigte auf die voll belegte Terrasse. Obwohl sie sich seit langem kannten, hatte er Niklas nach wie vor nicht das Du angeboten. Joachim Gärtner sprach die meisten Menschen mit ihrem Vornamen an, blieb aber ansonsten beim Sie. In bestimmten Kreisen der Hamburger Gesellschaft war man stolz auf diese hanseatische Form des Duzens und verteidigte sie gegen all die aufstrebenden Internet-Unternehmer, die sich wie selbstverständlich auch mit ihren Praktikanten duzten.

»Martin Grube kennen Sie sicherlich?« Niklas nahm erst jetzt den Mann wahr, der mit Joachim Gärtner gekommen war. Er wusste, dass Grube der neue Vorstandsvorsitzende des Friedrichsen-Verlags war und dass er von dem internationalen Konzern kam, an den der alte Friedrichsen gut die Hälfte seiner Anteile verkauft hatte.

»Herr Grube, es ist mir eine Ehre.« Niklas streckte dem Medienmanager die rechte Hand entgegen. Der nahm sie, drückte sie kurz und stark, wie Niklas es selten erlebt hatte, und sagte dabei so leise, dass er Mühe hatte, es zu verstehen: »Guten Tag.«

Grube war das Gegenteil eines typischen Alster-Lounge-Mitglieds, er sah nicht aus wie ein Manager, sondern wie ein Langstreckenläufer. Der Kaschmirpullover flatterte, so dünn war der Oberkörper, den er verbarg. Die enge Stoffhose betonte zwei durchtrainierte Beine und endete bei ein paar sicherlich sehr teuren Turnschuhen, die Niklas zum Joggen getragen hätte, wenn er denn joggen würde. Grube wirkte nicht wie jemand, mit dem man viel Spaß haben konnte, als Gastronom schon gar nicht. Niklas ahnte, dass der neue Gast maximal ein Stück Fisch mit etwas gedünstetem Gemüse bestellen würde, dazu Wasser, wahrscheinlich ohne Sprudel, auf keinen Fall ein Dessert, dafür zwei, drei, vielleicht auch vier Espressi. Er hätte sich schütteln mögen angesichts so viel Mensch gewordener Disziplin.

Niklas zog einen der Stühle an Gärtners Tisch ein Stück nach hinten und bat Martin Grube, Platz zu nehmen. »Darf ich ein Wasser bringen?«

»Ohne Sprudel, bitte«, antwortete der Vorstandsvorsitzende, und Niklas beglückwünschte sich innerlich zu seiner Menschenkenntnis. Die Frage nach dem Aperitif ließ er weg und ging, zu Gärtner gewandt, gleich zum Wein über: »Weiß oder rot?«

Gärtner guckte kurz zu Martin Grube hinüber, der kaum wahrnehmbar den Kopf schüttelte, um dann zu sagen: »Bringen Sie mir ein Glas Cloudy Bay, Niklas. Haben Sie heute Königsberger Klopse auf der Karte?«

Er liebte wie so viele Mitglieder der Alster-Lounge Hausmannskost auf gehobenem Niveau.

»Einmal Königsberger Klopse, mit einer Extraportion Kapern, kein Problem«, antwortete Niklas, und zu Martin Grube, als wüsste er nicht, was dieser bestellen würde: »Was darf es für Sie sein?« Der neue Chef des Friedrichsen-Verlags orderte gedünsteten Fisch und gedünstetes Gemüse, dazu »einen Espresso vorab und frisch aufgebrühten Pfefferminztee«.

Niklas registrierte aus den Augenwinkeln, dass einige Gäste von anderen Tischen zu Gärtner und Grube hinüberblickten und die Köpfe zusammensteckten. Er signalisierte seinem Sommelier, eines der Sakkos, die man in der Alster-Lounge an Besucher verlieh, die ohne kamen, über Grubes Stuhllehne zu platzieren, Vorschrift war Vorschrift. Doch das Getuschel hörte nicht auf, entweder fragte man sich an den anderen Tischen, wer der Mann neben dem omnibekannten Joachim Gärtner war, oder man spekulierte, was die beiden miteinander zu bereden hatten. Niklas war ein Meister darin, die Geräusche in seiner Umgebung auszublenden und sich auf ein Gespräch zu konzentrieren, das ihn interessierte. Er gab einem seiner Kellner ein Zeichen, dass er sich persönlich um den Tisch kümmern würde, und hatte so mehrfach die Gelegenheit, in die Nähe der beiden zu kommen.

Das Gespräch verlief, nach allem, was er beobachten konnte, wie Gespräche mit Joachim Gärtner immer verliefen. Er redete auf sein Gegenüber ein, nicht übertrieben laut, aber so, dass man ihn beim Vorbeigehen gut verstehen konnte. Niklas bekam eine Ahnung, warum sich Gärtner mit dem Medienmanager traf. Solange der alte Friedrichsen den Verlag geführt hatte, hatten Zeitungen wie die *Chronik* und in Teilen auch der *Politik Insider* aus seiner Sicht zu wohlwollend über den Ersten Bürgermeister berichtet. »Ich verstehe nicht, dass dieses vollkommen überforderte Schaf im Wolfspelz immer noch im Amt ist«, hörte Niklas Gärtner sagen, als er den Espresso und das Glas mit dem Sauvignon blanc aus Neuseeland brachte. »Wie viele Häuser müssen denn noch brennen und wie viele Journalisten müssen noch umkommen, bevor …« Niklas entfernte sich wieder, und als er fünf Minuten später mit dem Gruß aus der Küche, den Martin Grube unangetastet zurückgehen lassen würde, erneut an den Tisch trat, war Gärtner immer noch bei dem Thema: »Aus meiner Sicht sind in Ihrem Verlag, werter Martin, viel zu viele Journalisten in herausgehobenen Positionen beschäftigt, die sich nicht für Fakten, sondern nur für die eigene Gesinnung interessieren und diese auch schamlos publizieren.«

Niklas hatte nicht mitbekommen, dass Grube etwas gesagt hätte, seit die beiden Platz genommen hatten. Aber jetzt hob er die rechte Hand, die bisher auf dem Tischtuch gelegen hatte, ein paar Zentimeter an, als wolle er damit Gärtners Redeschwall unterbrechen, und sagte etwas wie »Ich arbeite daran«. Gärtner trank zufrieden einen großen Schluck Wein, um sogleich seinen Monolog fortzusetzen. Als Niklas den Hauptgang servierte, fragte er gerade: »Wie laufen die Geschäfte, Martin?« Der Angesprochene faltete langsam die Serviette auseinander, legte sie auf seinen Schoß und begann, mit der Gabel ein Stück von dem gedünsteten Lachs abzubrechen und zum Mund zu führen.

»Ich bin«, er kaute einmal und schluckte den Fisch herunter, »noch nicht zufrieden. Aber ich arbeite daran.«

»Wenn Sie wissen wollen, wo man sparen kann, ich hätte da ein paar gute Vorschläge, gerade in den Redaktionen.« Gärtner bestellte ein zweites Glas Wein. Das Gespräch schien ihm zu gefallen, obwohl Martin Grube so gut wie nichts dazu beitrug und ansonsten die Ausstrahlung von diesem Typen aus *Das Schweigen der Lämmer* besaß, den Jodie Foster gejagt hatte. Niklas hatte gehört, was er hören wollte, den Rest konnte den Herren jemand anders bringen.

32

Lukas glaubte nicht mehr daran, dass Finchen Kajas Ohrring verschluckt hatte. Er hatte acht mehr oder weniger große Haufen untersucht und dabei nichts gefunden, was im Ansatz wertvoll gewesen wäre. Immerhin war er dabei nicht von Lilli erwischt worden, die ihm Fragen gestellt hätte, die schwer ehrlich zu beantworten gewesen wären. Er hatte sich zu Beginn ihrer Beziehung geschworen, sie wirklich nur dann anzulügen, wenn es sich nicht vermeiden ließ. Meist ließ es sich vermeiden, selbst in dieser Phase, in der Lukas in zwei komplett verschiedenen Welten lebte. Wenn er mit Lilli zu Hause war, ging es fast ausschließlich um das Kind, die Schwangerschaft und den Umbau des Hauses, wobei die Reihenfolge variierte. Wenn er mit Finchen spazieren ging, beschäftigte er sich nur mit den Journalistenmorden.

Zum Glück neigte Lilli mit jedem weiteren Tag ihrer Schwangerschaft dazu, sich weniger dafür zu interessieren, was sonst auf der Welt passierte, und wenn sie doch mal etwas aufschnappte, hatte sie es schnell wieder vergessen. Lukas war das ganz recht. Er wollte weder, dass Lilli wusste, dass auch sein Name auf der ominösen Liste stand, noch, wie sehr ihn der Fall auf seinen immer länger werdenden Ausflügen mit Finchen in Beschlag nahm. Zweimal hatte sie ihn in den vergangenen Tagen darauf angesprochen, was denn da los sei in der Hamburger Medienszene, aber er hatte abgewinkt und etwas wie »Lass uns nicht darüber sprechen« gesagt. Was nicht gelogen war, denn er wollte tatsächlich nicht darüber sprechen, weil er dann Dinge hätte sagen müssen, die Lilli beunruhigt und verärgert hätten.

Zum Beispiel, dass er das Sabbatical nicht ganz so ernst nahm, wie sie es vereinbart hatten. Wobei: Er kam mit dem, was er sich für die drei Monate außerhalb der Redaktion vorgenommen hatte, gut voran. Das Kinderzimmer war fertig, jeden Abend saßen Lilli und er auf zwei Sitzsäcken vor der Wiege, zogen an der Spieluhr, die dort hing, und beugten sich zu den Klängen von »La-Le-Lu« über die andere Liste, die mit den Namen für ihren Sohn, der in Lillis Bauch strampelte, als könne er es nicht erwarten herauszukommen. Fast alle Vorschläge waren durchgestrichen, nur vier übrig. Jonathan natürlich, Linus, Konstantin und Johannes. Das tägliche Durchstreichen von einem, manchmal zwei Namen hatte Lukas anfänglich Spaß gemacht, es war zu einem schönen gemeinsamen Ritual von Lilli und ihm geworden. Inzwischen kam ihm manchmal allerdings der gruselige Gedanke, dass irgendwo dort draußen ein paar andere Menschen saßen, die das gleiche Spiel mit den Namen und damit dem Leben seiner Kollegen spielten.

Genauso schlimm war die Erkenntnis, dass niemand bei der Aufklärung des Falls voranzukommen schien. Die Polizei um diesen Enno von Spoercken nicht, von dem er seit dem zufälligen Zusammentreffen bei Kaja nichts mehr gehört hatte, die Kollegen bei den anderen Medien nicht, die jeden Tag viele Hunderte Zeilen über die Ereignisse verfassten, ohne dass er etwas substanziell Neues erfuhr. Und der Bürgermeister nicht, der offenbar hoffte, er, Lukas, könnte etwas herausfinden. Aktuell beschäftigte ihn vor allem eine Frage: Wenn es sich wirklich um eine Serie von Verbrechen handelte, wieso ging sie nicht weiter? Seit die Schwester von

Ricarda Frömmel überfahren worden war, hatte es keine Angriffe auf Journalisten mehr gegeben. Konnte das sein, wenn man die Liste mit den 31 Namen ernst nahm? Waren der oder die Täter von der medialen Aufmerksamkeit oder der gestiegenen Polizeipräsenz rund um die Redaktionen beeindruckt und hatten sich deswegen zurückgezogen? Oder hatten sie ihr Ziel erreicht, weil sie, wie während der Tage von G20, maximale Unruhe in die Stadt gebracht hatten, eine Art von Panik, die zu der sonst so gelassenen Atmosphäre in Hamburg nicht passte? War das das Ziel? Darüber zerbrach sich Lukas den Kopf. Die Frage nach dem Warum war die wichtigste, das hatte er bei seinen Recherchen gelernt, und die Frage: Wem nutzt das? Er brauchte jemanden, mit dem er darüber sprechen konnte, einen Sparringspartner, besser zwei oder drei, und er wusste schon, wer das sein sollte.

Jetzt musste er wieder einmal mit Finchen raus, die Dackeldame stand jaulend vor der Haustür, und Lilli hatte aus der Küche, wo sie sich einen Schwangerschaftstee aufbrühte, gerufen: »Lukas, hörst du das nicht?« Er musste so in Gedanken gewesen sein, dass er es wirklich nicht wahrgenommen hatte.

»Bin schon los«, rief er, schnappte sich erst die Leine und dann den Hund. Als er die Türklinke runterdrückte, kam Lilli aus der Küche gewatschelt, anders ließ sich ihr Gang angesichts des weiter gewachsenen Bauches, auf dem ein erstaunlich großer Busen thronte, nicht beschreiben.

»Ihr seid mir vielleicht ein Team.« Sie gab Lukas einen Kuss und tätschelte Finchen über den Kopf. »Von wegen, du wärst nicht so der Hundetyp, Hasenzahn.«

Lukas hatte immer behauptet, dass er sich aus Hunden nichts machte. Was sich auch deswegen geändert hatte, weil

Finchen eine ideale Verbündete in diesen schwierigen Zeiten zwischen Kinderkriegen und Journalistenmörderjagen geworden war, aber das konnte er Lilli schlecht sagen.

»Ja, Finchen und ich sind ein gutes Team, ein sehr gutes Team sogar.« Jetzt wuschelte er ihr durchs Fell.

»Ich habe meinen Eltern geschrieben, dass du dich so lieb um sie kümmerst, sie sind ganz gerührt«, sagte Lilli, und weil der Dackel wieder zu bellen anfing: »Jetzt aber los.«

Lukas gab seiner Frau einen Kuss und merkte dabei, dass das schwieriger geworden war, weil sich ihre Körper nicht mehr so nahe kommen konnten wie sonst.

»Schon dich, Hasenzahn«, sagte er, bevor Finchen so stark an der Leine zog, dass Lukas fast hingefallen wäre. »Sie scheint es eilig zu haben«, rief er im Hinausstolpern, dann war die Haustür zu.

Wenn Finchen so schnell unterwegs war, gab es dafür zwei Gründe: Entweder hatte sie einen anderen Hund gewittert, oder sie musste wirklich dringend. Da Lukas nirgendwo ein anderes Tier sah, als sie auf den Gehweg vor dem Haus abbogen, stellte er sich darauf ein, gleich wieder in der Hocke in einem dampfenden Haufen zu wühlen, und hoffte, dabei von niemandem beobachtet zu werden. Neulich hatte ein anderer Hundehalter im Vorbeigehen mitleidig gefragt, ob mit ihm »alles in Ordnung« sei, so eine Situation wollte sich Lukas in der unmittelbaren Nachbarschaft gern ersparen. Der Druck auf der Leine hatte nachgelassen, Finchen war zur Hälfte in einem Gebüsch am Straßenrand verschwunden. Geht los, dachte Lukas und hielt Ausschau nach Stöckern, die als Sezierbesteck dienen konnten. Er fand ein größeres Exemplar, das so lang war, dass er es im Stehen benutzen konnte. Finchen schien fertig zu sein, sie schob mit den hinteren Pfoten ein wenig Erde in Richtung des Haufens und fing wieder an, an der Leine zu zerren, diesmal, weil auf der anderen Straßenseite ein Schäferhund Gassi geführt wurde. »Sitz!«, befahl Lukas, wohl wissend, dass der Dackel in dieser Situation alles machen, aber mit Sicherheit nicht auf die Anordnungen seines Teilzeit-Herrchens hören würde. »Sitz!«, sagte er lauter, bevor er sah, dass das passiert war, worauf er so lange gewartet hatte. Auf dem mittelgroßen Haufen thronte etwas, das aussah wie – ein Ohrring. Lukas ging dichter heran, beugte sich herunter und fiel fast auf die Knie, als er feststellte, dass es wirklich ein Ohrring war.

»Das hast du gut gemacht«, sagte er in Richtung Finchen, die abwechselnd bellte und an der Leine zog, weil der Schäferhund sich entfernte. »Das hast du sehr, sehr gut gemacht, du verrückter Dackel.« Lukas holte sein Handy aus der Tasche und knipste, ohne sich darum zu scheren, was mögliche Passanten denken könnten, ein Foto von dem, was da gerade aus Finchen herausgekommen war. Das Bild war nicht brillant – wie sollte es auch, bei diesem Motiv –, aber der Ohrring war gut zu erkennen, Lukas hatte ihn herangezoomt. Er schickte es per WhatsApp an Kaja und schrieb nur ein Wort darunter: »Überraschung!« Dann stülpte er einen der schwarzen Beutel über die Hand, die er inzwischen in jeder Hosentasche hatte, und entfernte den Ohrring vorsichtig von den restlichen Ausscheidungen. »Dieser Fall wäre immerhin geklärt«, murmelte er vor sich hin und stellte fest, dass er leider keinen weiteren Beutel dabeihatte. Lukas nahm den Stock, den er gefunden hatte, und versuchte, Finchens Hinterlassenschaften, so gut es ging, in das Gebüsch zu bugsieren. Als er fertig war, piepste sein Handy.

»Das ist mal eine schöne Überraschung«, schrieb Kaja, und Lukas dachte, dass das wahrscheinlich die ungewöhnlichste Reaktion war, die im weltweiten Netz jemals auf das Bild eines Hundehaufens gepostet worden war.

»Ich mache ihn sauber und bin dann jederzeit zur Übergabe bereit«, schrieb Lukas zurück.

Die Antwort von Kaja kam wieder schnell: »Bist du mit dem Hund, wie hieß er noch?, unterwegs?«

»Finchen, und ja«, schrieb Lukas.

»Eppendorf?«, fragte Kaja.

»An der Grenze zu Harvestehude«, antwortete Lukas.

»Wollen wir uns auf einen Tee in der Red Dog Bar treffen? Könnte in 15 Minuten da sein, wollte eh ein paar Dinge mit dir besprechen.«

Lukas sah auf seine Uhr, er war erst seit zehn Minuten von zu Hause weg. Wenn man überlegte, dass es Tage gegeben hatte, an denen er mit Finchen anderthalb Stunden oder länger unterwegs gewesen war, ohne dass Lilli misstrauisch geworden war, hatte er viel Zeit.

Er kam vor Kaja im Red Dog an, band Finchen unter lautem Protest an einem Fahrradständer fest und verschwand auf der Toilette, um den Ohrring minutenlang mit heißem Wasser abzuspülen. Am Ende sah er fast aus wie neu, Lukas rubbelte den Ring mit einem Papierhandtuch trocken und polierte den kleinen Diamanten, indem er ihn an seiner Jeans hin und her rieb. Finchen bellte draußen so laut, dass er es bis aufs Herren-WC hören konnte, sie hasste es, angebunden zu sein.

Als er vor die Tür trat, zerrte Finchen so stark an der Leine, dass sie den Ständer umgerissen hätte, wenn nicht im selben Moment Kaja mit ihrem Rennrad in einen der freien Plätze eingeparkt hätte.

»Du kommst genau rechtzeitig«, sagte Lukas, während er die Dackeldame losband, auf den Arm nahm und versuchte, sie zu beruhigen. Weil sie keinen Boden zum Ablecken hatte, begann sie, sich in die Pfote zu beißen.

»Lass das, Finchen«, sagte Lukas, und etwas lauter: »Aus!«

»Das ist ein spezieller Hund, den du da hast, Lukas.« Kaja gab ihm zur Begrüßung einen Kuss auf die Wange.

»Das ist kein Hund, das ist ein Dackel.« Lukas ließ Finchen auf den Boden plumpsen.

»Schön, dich zu sehen. Und hier«, er griff in seine Hosentasche, »ist das, was du vermisst hast.«

»Du hast ihn sauber gemacht, das solltest du doch nicht«, sagte Kaja.

»Das ist ja wohl das Mindeste, was ich tun kann, wenn mein Hund deinen Ohrring frisst.« Lukas drückte ihr das Schmuckstück in die Hand.

»Ich denke, es ist kein Hund?« Kaja grinste und steckte den Ohrring in ihre Hosentasche. »Was willst du trinken?«

»Eistee wäre gut«, sagte Lukas. »Ich besetze dahinten schon mal einen Platz.« Eigentlich hätte es sich gehört, dass er die Getränke bestellte und bezahlte, aber er hatte in der Eile weder Geld noch Kreditkarte eingesteckt.

Ein paar Minuten später kam Kaja mit einem halben Liter selbst gemachtem Zitronentee in der einen und einem Milchkaffee in der anderen Hand und stellte beides auf dem Tisch ab, von dem man in Richtung Alster gucken konnte. Finchen hatte sich unter die Bank zurückgezogen und halbwegs beruhigt, sie biss nur noch in unregelmäßigen Abständen in ihre Pfote, als gelte es, dort eine Fliege zu verscheuchen.

»Wie geht es dir?« Kaja nahm einen kleinen Schluck von ihrem Milchkaffee, stellte das Glas aber sofort wieder ab, es war zu heiß.

»Wie es einem halt so geht, wenn man auf einer Liste mit

dreißig anderen Journalisten steht, die zum Abschuss freigegeben worden sind«, antwortete Lukas und grinste.

»Du weißt, dass es Journalist:innen heißen muss, und du weißt, dass ich viel für diese Art von Humor übrig habe.« Kaja grinste zurück. »Die Polizei hat übrigens, so höre ich es aus meinen Quellen, außer dieser Liste nicht einen Hinweis, nicht das kleinste Indiz im Politbüro gefunden, dass die Aktivist:innen dort etwas mit den Attacken auf die Journalist:innen zu tun haben.«

»›Meine Quellen‹ … das hast du schön gesagt.« Lukas hatte das erste Glas Eistee fast ausgetrunken.

»Ich kann nichts dafür, dass ausgerechnet der Polizist, den ich im Moment treffe, die Leitung der Sonderkommission übernommen hat«, sagte Kaja. »Aber ja, es schadet bei Recherchen nicht, wobei ich Enno immer hoch und heilig versprechen muss, dass ich alles, was er mir erzählt, nur so verwende, dass man es nicht zu ihm zurückverfolgen kann.«

»Auch wenn er es nachts im Schlaf sagt?« Lukas duckte sich in der Erwartung, dass ihm seine Kollegin ein Stück Zucker an den Kopf werfen würde, aber Kaja konterte lässig: »So viel Schlaf bekommt der bei mir nicht …«

Lukas richtete sich wieder auf. »Keine Details, bitte. Aber er genießt den ganzen Rummel schon, dein Enno, oder?«

»Wie meinst du das?«, fragte Kaja.

»Na ja, ich habe ihn ein paarmal im Fernsehen gesehen, und seitdem diese ominöse Liste aufgetaucht ist, ist sein Name auch in jedem Zeitungstext zu lesen. Da hat offenbar einer auf seine große Chance gewartet«, antwortete Lukas.

»Na und?«, sagte Kaja. »Ich habe grundsätzlich nichts gegen Polizist:innen, die Karriere machen wollen und die, wenn ihnen das gelingt, stolz darauf sind.«

»War nicht böse gemeint, es war mir nur aufgefallen. Wenn ich jetzt darüber nachdenke, könnte das auch ein Motiv sein ...« Weiter kam Lukas nicht.

»Wie meinst du das, Motiv?« Kaja sah ihn böse an. »Du willst nicht allen Ernstes behaupten, dass Enno zwei Journalisten hat um die Ecke bringen lassen, um als strahlender Leiter der Soko die Fälle selbst aufzuklären.«

»Hat es alles gegeben, denk an die Feuerwehrleute, die Häuser in Brand gesteckt haben, um als Erste dort zu sein und sie zu löschen.« Lukas machte eine Pause und genoss Kajas Blick, die sich offenbar nicht entschließen konnte, ob sie entsetzt oder belustigt aussehen sollte. Er löste das Rätsel auf: »Nein, war nur ein Scherz, natürlich hat dein Enno mit der ganzen Sache nichts zu tun und wenn, dann auf der richtigen Seite. Ich bin nur frustriert, dass sich niemand findet, dem man ein Motiv für diese Verbrechen unterstellen könnte.«

»Außer eben den Aktivist:innen und Extremist:innen rund um das Politbüro«, sagte Kaja, die bei einer vorbeilaufenden Kellnerin einen weiteren Milchkaffee bestellte. »Die haben sich sehr darüber geärgert, dass Julius Wolff trotz des G20-Desasters im Amt geblieben ist, und die Berichterstattung in den Tagen danach kann ihnen auch nicht gefallen haben.«

»Aber bringt man deswegen gleich unschuldige Menschen um?«, fragte Lukas.

»Aus Sicht der Extremist:innen sind Journalist:innen vielleicht keine unschuldigen Menschen.« Kaja leerte das erste Glas rechtzeitig, bevor die Kellnerin Nachschub brachte.

»Trotzdem«, brummte Lukas. »Und du hast vorhin gesagt, dass die Polizei außer der Liste keinen belastbaren Beweis gefunden hat ...«

»... noch schlimmer: nicht mal ein Indiz oder einen Hinweis ...«, verbesserte ihn Kaja.

»Bleibt die Möglichkeit, dass einer der Typen, die schon bei G20 durchgeknallt sind und die weiter gesucht werden, Amok gelaufen ist.« Lukas legte sein Handy auf den Tisch. Falls Lilli eine Nachricht schicken sollte, wollte er schnell reagieren können.

»Auch hier: keinerlei Anzeichen, nichts, was auf eine Spur führen würde«, sagte Kaja. »Aber ja, du hast recht: Ausschließen kann man das nicht, in gewisser Weise wäre das für alle eine erleichternde, weil einfache Erklärung. Ein:e Täter:in dreht durch, wird gefasst, geht ins Gefängnis und gut ist. Doch so einfach ist das Leben meistens nicht.«

»Leider.« Weil Finchen ungewöhnlich lange still war, sah Lukas sicherheitshalber unter die Bank. Der Hund war eingeschlafen. »Sag mal, was ist das für eine Geschichte mit Urte und Arne Grellmann?«

»Darüber wollte ich mit dir sprechen«, Kaja beugte sich zu Lukas hinüber und senkte die Stimme, »weil ich das Auftauchen einer weiteren Liste nämlich ziemlich seltsam finde.«

Noch eine Liste? Allmählich verlor Lukas den Überblick. »Die beiden standen auf der«, er machte mit seinen Mittel- und Zeigefingern das Zeichen für Anführungsstriche, »Todesliste, oder?«

»Ja«, sagte Kaja, »aber sie standen auch auf einem Papier, das innerhalb des Friedrichsen-Verlags kursiert und dort intern ebenfalls Todesliste genannt wird.«

»Stellenstreichungen?«, fragte Lukas.

»Ganz genau«, antwortete Kaja. »Der neue Vorstandsvorsitzende ist mit dem Ziel gekommen, die Kosten radikal zu senken, es ist von bis zu fünfhundert Stellen die Rede, die er abbauen will.«

»Das wäre fast jede fünfte«, rechnete Lukas aus.

»Und das geht nicht ohne Druck«, sagte Kaja.

»Was meinst du damit?«, fragte Lukas.

»Ich meine«, Kaja hatte ihr zweites Glas Milchkaffee ausgetrunken, machte aber keine Anstalten, ein weiteres zu bestellen, »dass zum Beispiel Urte und Arne angeboten wurde, sofort in den Vorruhestand zu gehen, und dass sie von der Personalabteilung alle drei Tage angerufen wurden, ob sie sich entschieden hätten.«

»Was nicht schön ist, aber auch nicht verboten«, sagte Lukas.

»Wahrscheinlich hätten sie regulär weitergearbeitet, wenn die Sache mit dieser anderen Todesliste nicht bekannt geworden wäre, der aus dem Politbüro.« Kaja leckte etwas Milchschaum ab, der an ihrer Lippe klebte.

Jetzt war es Lukas, der sich nach vorn beugte: »Was willst du mir damit sagen?«

»Ich will gar nichts sagen. Aber wenn du mich fragst, ist die einfachste Methode, Stellen abzubauen und gerade ältere Kolleg:innen loszuwerden, die lange dabei sind und viel Geld verdienen ...«, Lukas unterbrach Kaja: »... dass man sie umlegen lässt?«

»Klingt unwahrscheinlich, aber das sind solche Art Verbrechen immer«, sagte Kaja. »Auf jeden Fall haben die fünf Journalist:innen, die seit Beginn dieses ganzen Wahnsinns entweder ihren Job oder gleich ihr Leben verloren haben, was gemeinsam, na?«

»Sie haben alle für den Friedrichsen-Verlag gearbeitet«, murmelte Lukas und fragte sich, warum ihm das nicht früher aufgefallen war.

33

»Cui bono?«

Clemens Engel hatte sich den ersten Wein, eine Scheurebe von Horst Sauer, die ihn an seinen Lieblings-Sauvignon-blanc Cloudy Bay erinnerte, zum dritten Mal nachgeschenkt. Er war vor einer halben Stunde als Letzter der Freunde zum Treffen der *Vier Flaschen* in die Alster-Lounge gekommen, aber gesagt hatte er so gut wie nichts. Julius, Lukas und Niklas sprachen ununterbrochen über diese Journalistenmorde und bemerkten nicht, wenn Clemens versuchte, mit einem anderen Thema dazwischenzukommen. Ja, sie reagierten nicht einmal, als er sein zweites Glas Scheurebe in einem Schluck leerte und das Kaminzimmer verließ. Der Sicherheitsbeamte von Julius, der vor der Tür stand, nickte ihm zu, und als er ein paar Minuten später mit einem rollenden Flipboard aus Niklas' Büro zurückkam, hielt er ihm die Tür auf.

»Cui bono?«

Clemens hatte die zwei Worte mit einem dicken schwarzen Edding auf das Flipboard geschrieben und es direkt vor den Kamin geschoben. Jetzt nahmen die Freunde Notiz von ihm.

»Wo hast du das denn her?«, fragte Niklas, der anscheinend vergessen hatte, dass so ein Teil bei ihm im Büro herumstand. Wahrscheinlich hatte er es noch nie benutzt.

»Viel wichtiger: Was willst du uns damit sagen?« Julius

nippte an seinem Weißwein, ihm schien die Scheurebe nicht so gut zu schmecken wie Clemens.

»*Cui bono* heißt: Wem nützt das?«, erklärte der.

»Was du nicht sagst.« Niklas verteilte den Rest der ersten Flasche, eines Bocksbeutels, auf die vier Gläser.

»Ich dachte«, Clemens stellte seinen Wein auf dem Kaminsims ab, »dass ich vielleicht die Moderation dieses Abends übernehmen sollte, an dem es zum ersten Mal in der Geschichte der *Vier Flaschen* nur ein Thema zu geben scheint. Ich habe euch lange genug zugehört, und ich merke, dass ihr Hilfe braucht.«

»Von Detektiv Clemens Engel«, sagte Niklas und grinste.

»Von einem Mann, dessen Spezialität es ist, aus mehreren Kandidaten den richtigen zu finden ...«, setzte Clemens an, und Lukas beendete den Satz: »... wobei es diesmal um die Suche nach einem Mörder geht und nicht um den Käufer eines Hauses.«

»Das Prinzip bleibt das gleiche.« Clemens trank sein drittes Glas in einem Schluck aus, das lange Zuhören hatte ihn durstig gemacht. »Alle Fragen, die ihr euch stellt, laufen in dieser einen zusammen.«

»Cui bono«, sagte Lukas, »wem nützt es? Du meinst, wir sollten ...«

»... mal eine Liste mit möglichen Verdächtigen zusammenstellen, die etwas davon haben, wenn Journalisten verschwinden«, sagte Clemens.

»Mein Bedarf an Listen ist vorerst gedeckt.« Julius machte etwas, was er sonst nie tat, er lockerte die Krawatte, dann zog er sie aus, faltete sie zusammen und legte sie auf die Fensterbank. »Niklas, erinnerst du mich nachher daran, dass ich sie mitnehme?«

Der Alster-Lounge-Chef nickte, dann griff er zur zweiten

Flasche: »Bevor die vier Detektive ihre Arbeit aufnehmen, würde ich euch gern den zweiten Wein präsentieren, der eigentlich der vierte sein sollte, aber irgendwie passt er jetzt ganz gut.« Er holte eine Flasche aus einem Kühler, die er mit einem weißen Tuch bedeckt hielt, stellte sich direkt vor die Freunde und zog das Tuch mit einer schnellen Handbewegung weg: »Tatatata – darf ich bekannt machen: 4F von Eric Manz, unser eigener Wein.« Er sah erst Lukas an, dann Julius und Clemens. »Da seid ihr platt, was?«

Niklas holte sein Kellnermesser aus der Tasche, entkorkte die Flasche und schenkte den Freunden ordentlich ein: »Keine Sorge, es gibt noch mehr. Ich habe insgesamt«, er machte eine Kunstpause, »dreihundert Flaschen geordert, und jeder von euch bekommt nachher eine mit nach Hause.« Er schwenkte den hellen Wein mit schnellen Bewegungen in seinem Glas, bevor er es zur Nase führte und einmal tief einatmete: »Sehr frisch, ich rieche Pfirsich, aber auch ein wenig Ananas. Aufs Leben, Freunde!«

Als alle den ersten Schluck tranken, lief Lukas ein Schauer über den Rücken. Zum einen, weil der Wein wirklich gut war, eine nahezu perfekte Kombination aus süßer Frucht und dem salzigen Boden der Weinberge, wegen der er Riesling so liebte. Zum anderen, weil dieses »Aufs Leben!« ihn daran erinnerte, dass es genau darum ging, um das Leben von Menschen, von Journalistenkollegen, und im Zweifel um sein eigenes. Lukas verscheuchte den letzten Gedanken, es schien ihm nach wie vor nicht richtig, sich in dieser Situation um sich selbst Sorgen zu machen.

»Großartig, einfach großartig«, sagte er, als er das Glas abgesetzt hatte, und am Gesichtsausdruck der anderen sah er, dass sie genauso dachten.

»Wollen wir?« Clemens zeigte auf das Flipboard und

zückte den Edding, um die Namen aller Verdächtigen aufzuschreiben.

»Hm …«, Niklas schenkte von dem neuen Wein nach und
begann, laut zu denken, »wem nützt es, wenn Journalisten
umgebracht werden …«

»… oder anderweitig verschwinden«, sagte Lukas.

»Wie meinste das, anderweitig verschwinden?« Niklas
hatte sich in einen der Ledersessel gesetzt und rückte ihn so
zurecht, dass er das Flipboard gut sehen konnte. Clemens
war der Einzige, der stand.

»Zwei Journalisten, Christoph Meier-Wiegand und Jens
U. Schmidt, sind umgebracht worden«, erklärte Lukas. »Aber
drei weitere haben wegen dem, was passiert ist, ihren Job
quittiert und Hamburg verlassen: Ricarda Frömmel vom *Politik Insider*, Arne und Urte Grellmann von der *Chronik*.« Er
sah, dass diese Information für Clemens und Niklas neu war,
bei Julius war er sich nicht sicher.

»Und wer profitiert davon, wenn fünf renommierte Politikjournalisten«, Clemens blickte zu Lukas, um sich zu ver-
gewissern, dass er mit dieser Einschätzung richtiglag, und
bekam ein Nicken als Antwort, »wenn also fünf renommierte
Politikjournalisten nicht mehr da sind?« Weil keiner der anderen den Anschein machte, etwas sagen zu wollen, wandte
sich Clemens zum Flipchart und schrieb drei Buchstaben und
eine Zahl auf: »BGM 1«. Die Abkürzung stand im Hamburger
Rathaus für den Ersten Bürgermeister. Lukas sah erst auf die
Tafel, dann zu Julius Wolff, der sich in seinem Sessel zurückgelehnt hatte, das halb volle Glas in der rechten Hand, und
scheinbar unbewegt sagte: »Du weißt, dass das Quatsch ist,
Clemens.«

»Als Freund weiß ich das«, Clemens drehte sich zum Bürgermeister, »aber wenn wir die Frage stellen, wem dieser gan-

ze Wahnsinn dienlich ist, dann gehört dein Name auf diese Liste. Denn natürlich nützt es einem Mann in deiner Position und deiner Lage nach G20, wenn fünf Journalisten, die über all das berichtet haben, es nicht mehr tun.« Seine Stimme wurde noch höher als sonst. »Da beißt die Maus keinen Faden ab.«

»Und deshalb kannst du dir vorstellen, dass ich den Innensenator oder den Polizeipräsidenten beauftragt habe, ein paar Leute zu organisieren, die dafür sorgen, dass möglichst viele Politikjournalisten verschwinden, tot oder lebendig?« Julius versuchte wie immer, vollkommen ruhig zu bleiben, aber Lukas glaubte zu erkennen, dass ihm das schwerer fiel als sonst. »Clemens, wir sind nicht im Wilden Westen, und die ganze Situation nützt mir überhaupt nicht, sie schadet mir massiv, weil die Menschen erneut den Eindruck haben, dass der Bürgermeister die Sicherheit in dieser Stadt nicht gewährleisten kann. Das ist der Punkt.« Seine Stimme wurde energischer. »Wir sollten uns fragen, wem es hilft, wenn der«, er holte tief Luft, »sowieso angeschlagene Bürgermeister der Freien und Hansestadt Hamburg wieder in die Schusslinie kommt. Darum geht es.«

»Es nützt dem Politbüro, den Linksextremen, die dich lieber heute als morgen weghaben würden und die sich tierisch ärgern, dass dich ihre Randale bei G20 nicht den Job gekostet hat«, sagte Niklas. Clemens schrieb »Politbüro« auf das Flipchart und fragte in Richtung Julius: »Warum räumt ihr den Laden eigentlich nicht einfach?«

»Weil die dann ihr großes Ziel erreicht hätten und sich als Märtyrer stilisieren könnten, diesen Triumph gönne ich ihnen nicht«, antwortete der Bürgermeister. »Wenn wir ihnen nachweisen können, mit den Morden an den beiden Journalisten etwas zu tun zu haben, ist die Lage natürlich eine andere ...«

»Ihr habt doch diese Liste?«, fragte Clemens nach.

»Ja, diese Liste«, Julius trank sein Glas leer und hielt es Niklas mit der unausgesprochenen Bitte hin nachzuschenken. »Wirklich sehr gut, dieser, ich meine, unser Wein, coole Idee, Nik.« Ein Lächeln huschte über sein Gesicht, bevor er wieder ernst wurde. »Die Liste ist das eine, keine weiteren Beweise sind das andere. Wir haben bisher neben diesen Zetteln mit Namen, von denen sämtliche Rechtsanwälte des Politbüros behaupten, dass sie bloß ein Presseverteiler sind, nichts gefunden, das etwas mit den Angriffen auf die Journalisten zu tun hatte. Im Gegenteil: Im Politbüro scheint man wie im Rathaus damit beschäftigt gewesen zu sein, G20 aufzuarbeiten.«

»Aber das kann täuschen«, unterbrach Clemens Julius, »und wir sind uns sicher einig, dass das Politbüro so oder so auf unsere Liste gehört, übrigens genauso wie die Lügenpresse-Bewegung.« Er blickte in die Runde, und weil Widerspruch ausblieb, fragte er weiter: »Wer muss noch drauf?«

Niklas holte die dritte Flasche, den Rotwein vom Château Grand Moulin, weil er sah, dass alle ihre Gläser ausgetrunken hatten und vom Riesling 4F nichts mehr übrig war. »Was ist mit Konkurrenten?«, fragte er.

»Wen meinst du damit?«, fragte Lukas zurück und hielt ihm sein Glas hin.

»Na ja, andere Journalisten, andere Zeitungen. Du hast doch mal erzählt, dass die Redaktionen vom *Politik Insider* und von der *Chronik* quasi verfeindet sind ...«

»... und bisher sind ausschließlich Journalisten vom *Politik Insider* ums Leben gekommen«, fiel ihm Clemens ins Wort und schrieb »Konkurrenten« auf das Flipchart.

»Ihr glaubt nicht im Ernst, dass Journalisten andere Journalisten umlegen lassen ...«, setzte Lukas an.

»Warum nicht? Das gibt gleichzeitig noch ein paar richtig gute Schlagzeilen«, sagte Clemens.

»Wenn ich auf Clemens' Liste stehe«, Julius Wolff zeigte in Richtung »BGM 1«, »musst du damit leben, Lukas, dass Journalisten auch draufkommen.«

»Ich befürchte nur, dass wir so nicht wirklich Fortschritte machen«, sagte der Angesprochene und merkte, dass er dabei einen Tick zu ernst geklungen hatte.

»Alter, du musst den Fall ja auch nicht lösen«, entgegnete Niklas, und Lukas dachte: Genau das will ich aber. Er fand den Rotwein überraschend gut, sehr gut sogar, samtig und nicht so alkoholisch wie die Rotweine, die sie normalerweise bei den *Vier Flaschen* tranken. Und er sah die Gelegenheit gekommen, mit den anderen über den Verdacht zu sprechen, auf den ihn Kaja gebracht hatte.

»Wenn wir mal nicht über die Journalisten und die Redaktionen reden«, sagte er, »sondern über die Verlage, die dahinterstecken ...«

»... und die genauso wenig ein Interesse daran haben werden, ihre eigenen Leute umzubringen, wie der Hamburger Bürgermeister die Reporter, die über ihn berichten«, sagte Julius.

»Wer sich verteidigt, macht sich verdächtig.« Clemens duckte sich vorsichtshalber, weil Julius so tat, als würde er mit seinem Glas nach ihm werfen.

»Kommt darauf an«, murmelte Lukas vor sich hin, wartete, bis Julius »Worauf?« gefragt hatte, und erzählte die Geschichte von Martin Grube und dessen Sparprogramm.

»Du meinst, so ein Typ wie der Grube würde einen Auftragskiller oder wen auch immer anheuern, um Leute von seiner Payroll zu bekommen?« Clemens zögerte, den Namen aufzuschreiben.

»Zuzutrauen wäre ihm das«, sagte Niklas und berichtete von seinem Aufeinandertreffen mit dem Vorstandsvorsitzenden, der, wenn er genau nachdachte, eiskalte stahlblaue Augen gehabt hatte.

»Was vor Gericht als Beweis für zwei Morde jetzt nicht direkt durchgehen würde«, sagte Julius Wolff.

Lukas fand es bemerkenswert, dass ihm Martin Grube in so kurzer Zeit zweimal über den Weg gelaufen war, und er hatte sich genau gemerkt, was Niklas gesagt hatte: dass es in dem Gespräch mit Joachim Gärtner – auch so ein Name, der öfter fiel – um die wirtschaftliche Situation des Friedrichsen-Verlags gegangen sei und dass Grube etwas wie »Ich arbeite daran« gesagt habe. Das konnte alles und nichts heißen, aber auf jeden Fall hatte Grube ein Interesse daran, dass die Kosten in den Redaktionen seiner Zeitungen und Zeitschriften schnell und signifikant sanken, und das taten sie, wenn die älteren Reporter gingen, die mit den guten Verträgen aus den goldenen Zeiten.

»Was hat denn so einer wie Christoph Meier-Wiegand verdient?«, fragte Clemens.

Das hätte Lukas auch gern gewusst. »Die bei den großen Magazinen machen immer ein Geheimnis darum. Aber wie ihr wisst, sind die Redakteure beim *Politik Insider* am Gewinn beteiligt, da kommt sicher locker eine sechsstellige Summe im Jahr zusammen ...«

»Ich glaube, ich werde das mal checken lassen.« Julius Wolff drehte sein Glas langsam in der Hand und blickte fasziniert auf die Kirchenfenster, die der Rotwein an den Rändern hinterließ. »Wenn es da um viel Geld geht, könnte das tatsächlich ein Motiv sein.«

Diesmal war es an Clemens zu fragen, ob er das ernst meine.

»Du solltest den Grube auf jeden Fall in deine Liste aufnehmen, denn genützt hat ihm das alles«, antwortete der Bürgermeister, und zu Niklas: »Warum hat der Gärtner den Grube eigentlich zum Mittagessen eingeladen?«

»Wenn ich das richtig mitgekriegt habe, hat er sich bei ihm ausgeweint, dass die Reporter des Friedrichsen-Verlags viel zu positiv über den unfähigen Bürgermeister berichten«, antwortete Niklas.

»Also die alte Leier«, sagte Julius und trank sein Glas aus. »Hast du noch einen Rotwein, Nik?«

Der Chef der Alster-Lounge nickte und zeigte auf die Flasche aus dem Napa Valley, die geöffnet in einem Kühler mit kaltem Wasser stand. Das reichte, um den Cabernet Sauvignon auf die richtige Temperatur zu bringen. »Rotwein muss leicht kühl sein, warm wird er von allein«, pflegte Niklas zu sagen, oder: »Die meisten trinken Weißweine zu kalt und Rotweine zu warm.« Er schenkte Julius einen kräftigen Schluck ein und wartete, bis Lukas und Clemens ihre Gläser geleert hatten. »Die Flasche haben wir direkt vom Weingut zum Probieren bekommen, kostenlos«, sagte er. »Ich glaube, ich muss sie in mein Sortiment aufnehmen, auch wenn sie im Einkauf zweihundert Euro kostet.«

»Also auf deiner Karte vierhundert?«, fragte Clemens.

»Kommt hin«, antwortete Niklas, und Lukas überlegte, ob es jemals eine Situation geben würde, in der er so viel Geld für einen Wein bezahlen würde. Solange er Freunde hatte wie Niklas, musste er das zum Glück nicht.

»Soll ich Gärtner auch aufschreiben?«, fragte Clemens. »Nützen ihm die verloren gegangenen Journalisten irgendetwas?«

»Seiner Partei helfen die verworrene Lage und die große Unsicherheit in Hamburg auf jeden Fall«, sagte Julius Wolff, bevor er mit geschlossenen Augen an seinem Glas nippte, erst vorsichtig, dann immer gieriger. »Genial, Nik, der Wein ist genial. Wenn du mich auf die Liste genommen hast, Clemens«, er hatte die Augen wieder geöffnet, »kannst du die Kollegen von der Opposition auch aufschreiben.«

»Opposition«, notierte Clemens wie gewünscht und las die Verdächtigen vor: »BGM 1, Lügenpresse-Bewegung, Politbüro, Konkurrenten, Martin Grube, Opposition.« Lukas hörte die Namen und hatte das Gefühl, nicht viel schlauer als vor einer Stunde zu sein. Normalerweise half es ihm, mit Freunden oder Kollegen Ordnung in seine Gedanken zu bringen, diesmal nicht.

»Haben wir jemanden vergessen?«, fragte Clemens, der das gute Gefühl hatte, das Thema zu einem Ende bringen und zum gemütlichen Teil des Abends übergehen zu können, vielleicht mit einer weiteren 4F-Flasche.

»Sag mal«, Niklas klang, als würde er laut nachdenken, »nützt so eine Verbrechensserie nicht am Ende auch denen, die sich beruflich damit beschäftigen?«

Julius, Clemens und Lukas blickten ihren Freund verständnislos an.

»Wen meinst du?«, fragte Lukas.

»Ich meine«, sagte Niklas und senkte seine Stimme, als ob er befürchten könnte, dass Julius' Sicherheitsbeamte mithören könnten: »Ich meine unsere Freunde und Helfer, die Polizei.«

34

Seine Zeit an der Spitze einer wichtigen Sonderkommission, vielleicht der derzeit wichtigsten Sonderkommission in Deutschland, entwickelte sich nicht so, wie Enno von Spoercken sich das vorgestellt hatte. Dabei waren die ersten Tage wie ein Traum gewesen, der endlich in Erfüllung ging: Enno war aus dem Schatten seiner Chefs herausgetreten, die bei G20 ein aus seiner Sicht unterdurchschnittliches Ergebnis abgeliefert hatten. Jetzt war er es, der direkt mit dem Polizeipräsidenten und dem Innensenator, sogar mit dem Bürgermeister kommunizierte. Er hatte es genossen, wie sie ihm zugehört hatten, und die Kameras der Fernsehteams und Fotografen, die sich in den ersten Tagen bei jeder Gelegenheit wie selbstverständlich auf ihn gerichtet hatten, hatten ihm geschmeichelt.

Aber seitdem Peter Berndt diese Liste im *Blick* veröffentlicht hatte, war nichts mehr so gelaufen, wie Enno sich das vorgestellt hatte. Die Frage, warum er den Polizeipräsidenten und den Innensenator nicht sofort darüber informiert hatte und wie die Dokumente aus dem Politbüro an den Reporter gelangt waren, stand bei jeder Besprechung im Raum. Der Chef der Soko konnte sie ebenso wenig beantworten wie viele andere Fragen, die sich nach den Angriffen auf die Journalisten stellten. Er konnte sich an keinen Fall erinnern, bei dem es um zwei geglückte und einen versuchten Mord gegangen war und bei dem die Polizei derart wenige Hinweise hatte, von Zeugen ganz zu schweigen. Und ausgerechnet bei diesem Fall stand er im Mittelpunkt des internen wie des öffentlichen Interesses, ausgerechnet dieser Fall würde entscheiden, in welche Richtung sich seine Karriere bewegen sollte. Das Ziel blieb die Spitze des Polizeipräsidiums. Denn das, was sein Chef dort gerade machte, konnte er schon lange.

Aber vorher musste Enno aufklären, wer hinter dem Wahnsinn der vergangenen Tage steckte, und dafür brauchte er von seinen Leuten, von den zwanzig Frauen und Männern, die für die Soko Pressefreiheit arbeiteten, Ergebnisse. Die Auswertung all der Computer, Aktenordner, Briefe und was sie sonst kistenweise aus dem Politbüro geschleppt hatten, war mehr als dürftig. Sie hatten Hinweise auf Straftaten gefunden, die während G20 verübt worden waren, und einem der Chaoten aus dem Schanzenviertel, den die Polizei per Haftbefehl gesucht hat, war man dank eines Adressbuchs auf die Spur gekommen. Er hatte ein paar Tage in Untersuchungshaft gesessen. Aber nichts deutete konkret darauf hin, dass das Politbüro etwas mit den Journalistenmorden zu tun haben könnte, wenn man von der Liste mit den zwei durchgestrichenen und den 31 nicht durchgestrichenen Namen absah. Es verging kein Tag, an dem Peter Berndt im *Blick* nicht darüber berichtete – die zwei DIN-A4-Seiten waren wie die Glut in einem Kamin, die demnächst erlöschen würde, wenn nicht jemand neues Holz nachlegte. Dieser Jemand war Berndt, der anders als Enno nicht müde wurde, die Liste für eines »der schrecklichsten Dokumente der Hamburger Kriminalgeschichte« zu halten und für den »ultimativen, niederschmetternden Beweis«, wie unfähig der Senat der einst so stolzen Hansestadt sei.

Peter Berndt hatte Enno mehrfach wegen eines Interviews angefragt, und obwohl er grundsätzlich sehr gern interviewt wurde, auch vom *Blick*, hatte er abgelehnt. Was hätte er sagen sollen? Dass die Polizei trotz der »offensichtlichen Todesliste« bei ihren Ermittlungen kaum vorangekommen war? Dass er, der Chef der Soko, mit jedem weiteren Tag zu der Überzeugung kam, dass die Lage in Wahrheit viel schlimmer war als bislang angenommen – dass die Verbrechen nämlich deshalb so schwer aufzuklären waren, weil es gerade keine Verbindung zwischen dem oder den Tätern und den Opfern gab? Genau so war es doch: Da war nichts Persönliches, nichts Berufliches, nichts Religiöses oder Politisches – Ennos Bauchgefühl sagte ihm immer lauter, dass einiges dafür sprach, dass sie es mit einem Auftragskiller zu tun hatten. Einem Mann, der andere Menschen umbrachte, obwohl sie ihm überhaupt nichts getan hatten. Aber das konnte er Peter Berndt erst recht nicht erzählen.

Er rief in seinem Laptop den aktuellen Ermittlungsstand zum Fall Meier-Wiegand auf. Die Kollegen hatten versucht, mit allen Mitgliedern des Health Club zu sprechen, die am Tag der Tat zur fraglichen Zeit im Fitnessstudio gewesen waren. 33 Personen waren erfasst worden, Enno begann, die Zahl zu hassen. Mit 31 hatte die Polizei sprechen können, ohne etwas zu erfahren, was sie weitergebracht hätte. Keinem war etwas Verdächtiges aufgefallen, allerdings konnte sich auch keiner an Christoph Meier-Wiegand erinnern, dabei war der allein vom Trainingszustand seines Körpers her niemand gewesen, den man übersah. Zwei weitere Gäste hatten die Kollegen nicht ausfindig machen können. Sie hatten den Health Club mit einem Tagesausweis für 69 Euro genutzt und bar bezahlt. Der Mann an der Rezeption glaubte sich zu erinnern, dass es sich um zwei Frauen gehandelt habe, wovon eine recht korpulent gewesen sei und blau gefärbte Haare gehabt habe, was sie für Enno unverdächtig machte. Wer vorhatte, einen

Menschen in einem Fitnessstudio umzubringen, tat alles, um nicht aufzufallen, auf jeden Fall färbte er sich nicht die Haare blau. Zu der anderen Frau fiel dem Rezeptionisten nichts ein, er wunderte sich selbst, dass er sie nur als »irgendwie normal« bezeichnen konnte. War sie klein? Nein, aber groß sei sie auch nicht gewesen, hatte er zu Protokoll gegeben. Die Haare seien nicht dunkel, aber auch nicht hell gewesen, den Körperbau würde er eher als schlank bezeichnen, aber nicht als *zu* schlank. So ging das über eine halbe Seite, und als Enno die Angaben las, überkam ihn zum zweiten Mal ein sonderbares Gefühl. Die Frau, um die es ging, war wie unsichtbar, eine Eigenschaft, wie gemacht für jemanden, der sich gegen Bezahlung um die Beseitigung der Probleme anderer Menschen kümmerte.

Im Fall Jens U. Schmidt waren die Ermittlungsergebnisse noch dünner gewesen. Das E-Fahrrad des Reporters hatten Taucher nach anderthalb Tagen in der Alster gefunden, es musste in die Mitte des Sees abgetrieben sein. Man versuchte gar nicht erst, Fingerabdrücke oder andere Spuren daran zu finden. Dafür ließ Enno einen Kollegen die Aufzeichnung aus den wenigen Videokameras auswerten, die es an der Strecke gab. Er fand einen kurzen Ausschnitt, in dem zu sehen war, wie Jens U. Schmidt von einem Fahrradfahrer überholt wurde und wie es danach wirkte, als würde er die Verfolgung aufnehmen. Einen Moment hatte Enno gedacht, dass die andere Person Schmidt im Vorbeifahren etwas weggerissen haben könnte. Aber beim Heranzoomen konnte man erkennen, dass es doch nur ein normales Überholmanöver gewesen war und der Radfahrer eine Radfahrerin. Wieder eine Frau, dachte Enno.

Im Fall Nummer drei, dem Autounfall der falschen Frau Frömmel, hatte sich zwar nach mehreren Aufrufen in Zeitungen, Radio und Fernsehen eine Handvoll Zeugen gemeldet. Aber ihre Aussagen waren widersprüchlich, mal war das Auto weiß, dann schwarz, mal sollte es ein BMW gewesen sein, dann ein Volvo. Ob eine Frau oder ein Mann am Steuer gesessen hatte, konnte niemand sagen, doch immerhin gab es einen Nebensatz einer 25 Jahre alten Studentin, der Ennos Aufmerksamkeit geweckt hatte. Sie habe sich, hatte diese einem Beamten erzählt, gewundert, dass der oder die Fahrerin bei dem verhältnismäßig hohen Tempo, mit dem das Auto unterwegs gewesen sei, telefoniert habe. »Zeugin behauptet, mit großer Sicherheit ein Handy in der Hand der Person im Auto gesehen zu haben« stand im Protokoll. Was nach Ennos Lebenserfahrung eher für eine Fahrerin sprach, weil Frauen öfter telefonierten als Männer und stolz auf ihre Multitasking-Fähigkeiten waren; zugleich sprach es aber gegen jemanden, der einen professionellen Auftrag abarbeitete. Denn der würde in so einer Situation niemals telefonieren.

Enno hatte gestern Abend Kaja im Bett vorsichtig von seiner Theorie erzählt, nachdem sie geschworen hatte, alles für sich zu behalten. Er brauchte jemanden, mit dem er darüber reden konnte, und eine Polizeireporterin war nicht der schlechteste Gesprächspartner, schon gar nicht eine, die immer von Verbrecher:innen sprach. »Am Ende«, hatte sie gesagt, »können Frauen genauso gut, aber leider auch genauso schlecht sein wie Männer, ob nun als Zahnärzt:innen, Automechaniker:innen oder Auftragskiller:innen. Aber der Weg von einer Frau, die einen Mann mit dem Fahrrad an der Alster überholt, zu einer professionellen Schwerverbrecher:in ist weit. Und selbst wenn es so wäre: Wer, bitte schön, würde jemand damit beauftragen, Journalist:innen umzubringen?«

Das hatte sich Enno von Spoercken auch gefragt. Was

neben vernünftigen, belastbaren Spuren und Zeugenaussagen am meisten fehlte, war ein Motiv. Ein Kollege hatte bei einer der morgendlichen Besprechungen der Soko in den Raum geworfen, ob nicht jemand aus dem Kreis der Lügenpresse-Bewegung hinter alldem stecken könnte. Sie hatten den Gedanken schnell verworfen, weil die Szene in Hamburg im Vergleich zu anderen Bundesländern, gerade mit den ostdeutschen, winzig und, wenn man von ein paar harmlosen Demonstrationen absah, nicht aufgefallen war. Was nicht ausschloss, dass ein Verschwörungstheoretiker durchgedreht war. Aber wenn Enno ehrlich war, passte so ein Szenario eher nach Thüringen oder Sachsen-Anhalt als nach Hamburg.

Er klappte den Laptop zu und stand auf. Es war kurz nach 21 Uhr, die Büros, die man der Soko Pressefreiheit im Polizeipräsidium zur Verfügung gestellt hatte, waren leer. Er, ihr Chef, hatte sich eigentlich vorgenommen, erst nach Hause zu gehen, wenn er etwas gefunden hatte, was die anderen übersehen hatten. Irgendetwas musste in den Ermittlungsakten, in den Zeugenbefragungen oder in den Berichten der Rechtsmediziner verborgen liegen, das war immer so, bei Morden erst recht. Enno hatte auf eine schnelle Aufklärung gehofft, wie sie bei Kapitalverbrechen üblich war, weil meistens Emotionen im Spiel waren. Die Gefahr, von jemandem umgebracht zu werden, den man gut kannte, von einem Freund, einem Kollegen oder gar dem eigenen Ehemann, war um ein Vielfaches größer, als ins Visier von jemandem zu geraten, den man nie zuvor gesehen hatte. Es sei denn ..., überlegte Enno, während er zu Fuß aus dem fünften Stock des Polizeipräsidiums ins Erdgeschoss ging. »Ja, was, Enno von Spoercken, was?«, murmelte er vor sich hin, als er an den Beamten vorbeiging, die am Eingang Wache schoben.

»Entschuldigung, haben Sie etwas gesagt?«, rief ihm einer hinterher.

Enno schüttelte den Kopf. »Schönen Feierabend nachher.«

»Ihnen auch, Herr von Spoercken«, sagte der Beamte. »Hoffen wir alle, dass auch die nächste Nacht ruhig bleibt.«

Enno blieb abrupt stehen. Er dachte einen Augenblick nach, dann drehte er sich um und ging auf den Kollegen zu, dessen Namensschild ihn als einen Herrn Fass auswies.

»Was haben Sie gesagt?«, fragte er.

Der Beamte wirkte etwas eingeschüchtert, weil der Soko-Chef zurückgekommen war, er musste das Gefühl haben, etwas Falsches getan zu haben.

»Ich habe Ihnen einen schönen Feierabend gewünscht, weil ich dachte …«, fing er an.

»Das meine ich nicht«, unterbrach ihn Enno. »Was haben Sie danach gesagt?«

»Ich habe gesagt, dass es schön wäre, wenn auch die nächste Nacht ruhig bliebe.« Fass' Verunsicherung hielt an. »Weil, es ist, äh, also, es ist doch ein schöner Erfolg Ihrer Arbeit, Herr von Spoercken, dass es seit dieser Sache mit dem Autounfall keine weiteren Anschläge auf Journalisten gegeben hat. Oder? Das zeigt, meine ich, dass der Täter …«

»Ja, das stimmt, da ist was dran.« Enno drehte sich wieder um und ließ den verdutzten Kollegen stehen. Fass hatte etwas ausgesprochen, was ihm gar nicht aufgefallen war. Seine Arbeit und die seiner Soko war nicht erfolglos, schließlich hatte es seit Tagen keine weiteren Verbrechen gegeben. Die 31 Journalistinnen und Journalisten auf der Liste aus dem Politbüro erfreuten sich bester Gesundheit. Vielleicht, dachte Enno, haben wir den Täter verscheucht, abgeschreckt, vielleicht hat er Hamburg längst genauso verlassen wie Ricarda

Frömmel. Wenn nicht, dann würde er spätestens beim nächsten Mal einen Fehler machen. Oder sie, dachte der Soko-Chef und schmunzelte.

35

Peter Berndt hatte Erfahrung darin, seine Geschichten am Laufen zu halten, auch wenn nichts Neues passierte. Es war immer sein Ehrgeiz, das so lange zu tun, bis er Fakten geschaffen hatte, über die er dann wieder berichten konnte. Zwei Senatoren, drei Staatsräte und einen Parteivorsitzenden hatte er in seiner Karriere als Journalist so zum Rücktritt getrieben. Ein Bürgermeister fehlte ihm noch, aber er arbeitete dran. Berndt hatte dem Oppositionsführer in der Hamburgischen Bürgerschaft in einem Interview viel Raum gegeben, Julius Wolffs Rücktritt zu fordern und sich darüber auszulassen, dass die »schönste Stadt der Welt in ihrer Geschichte nie einen so unfähigen Regierungschef« gehabt hätte. Er hatte Berichte über Journalistenkollegen geschrieben, die, unter falschem Namen, ihm in den Block diktiert hatten, welche Sorgen sie sich um die eigene Unversehrtheit und die Sicherheit ihrer Familien machen würden. Die Journalisten-Gewerkschaft hatte im *Blick* angeprangert, dass die Medien in diesem »Klima der Gewalt« ihren Job nicht richtig machen könnten und das nicht im Interesse der Politik sein könne. »Oder doch?«, hatte Peter Berndt in dem Artikel gefragt und die Frage einfach so stehen lassen.

Natürlich hatte er Joachim Gärtner angerufen, der immer für kernige Aussagen gegen den Bürgermeister gut war und der ihn auch diesmal nicht enttäuschte. »Es gehört sehr viel Arroganz und Selbstüberschätzung dazu, wenn man nach all dem, was dieser Herr in unserer Stadt zu verantworten hat, einfach auf seinem Stuhl im Rathaus sitzen bleibt und so tut, als sei nichts gewesen«, hatte Gärtner gesagt, und weiter: »Das hat Hamburg nicht verdient.« Das Gespräch mit dem »hanseatischsten aller Politiker«, so würde Berndt seinen Interviewpartner später in seinem Text nennen, war nicht nur wegen der Zitate ergiebig gewesen. Am Ende hatte Gärtner ihm von einer Anzeigenkampagne erzählt, die er mit einigen Unternehmern plane, die fanden, dass Recht und Ordnung und Sicherheit in der Stadt endlich wiederhergestellt werden sollten, und ob er, Berndt, nicht Lust hätte, die Texte dazu zu schreiben. »Gegen ein anständiges Honorar, versteht sich.«

Der Reporter hatte kurz darüber nachgedacht, ob er das tun sollte, auch in dem Bewusstsein, dass er es nicht durfte. Hanns-Joachim Friedrichs, ein ehemaliger Moderator der *Tagesthemen*, hatte gesagt, dass man sich als Journalist mit keiner Sache gemeinmachen dürfe, auch nicht mit einer guten. Der Satz war zu einem ungeschriebenen Gesetz in der Branche geworden; wann immer ein Journalistenpreis verliehen oder ein verdienter Reporter in den Ruhestand verabschiedet wurde, konnte man darauf wetten, dass er zitiert wurde. Berndt hielt ihn für Quatsch. Er schlug sich in seinen Texten gern auf die Seite derer, von denen er fand, dass sie recht hatten, und natürlich kämpfte er für die Überzeugungen, auch die politischen, die er für richtig hielt. Wenn er dafür, wie jetzt, zusätzliches Geld bekam, wäre er schön blöd, es abzulehnen. Peter Berndt verlangte 10 000 Euro und Stillschweigen, Joachim Gärtner sagte beides zu, und der Reporter ärgerte sich, weil er wahrscheinlich auch 15 000 Euro hätte fordern können. Oder gar 20 000.

Heute waren die ersten Anzeigen in den Zeitungen erschienen, auch im *Blick*, dort passenderweise unter einem weiteren Text von Berndt, in dem es um einen Polizisten ging, der in seinem Streifenwagen vor dem Pressehaus eingeschlafen war. Auf jeden Fall suggerierte das ein Foto, das ein freier Fotograf, mit dem er hin und wieder zusammenarbeitete, ihm angeboten hatte. »So schützt die Polizei die Presse« stand in dicken Buchstaben darüber, und darunter, in der Anzeige: »Solidarität mit Hamburgs Journalisten – der Appell der Unternehmer«.

Beide Texte waren ihm sehr gut gelungen, fand Berndt, als er sie gegen seine Gewohnheit in Ruhe zu Hause las. Gärtner hatte ihm eine Kiste Bordeaux-Weine aus der Alster-Lounge schicken lassen, als »kleines Dankeschön«, wie auf einem Begleitkärtchen gestanden hatte. Er hatte eine gleich geöffnet, sich einen kräftigen Schluck eingeschenkt und eine Zigarre angezündet. Er brauchte nicht viel, um zufrieden zu sein, hier in seiner Erdgeschosswohnung in Eimsbüttel, in der er seit mehr als dreißig Jahren lebte, zu einer Miete, für die die neu zugezogenen Nachbarn nicht einmal einen Tiefgaragenstellplatz bekommen hätten. Der Rauch der Zigarre hatte nach und nach das Arbeitszimmer vernebelt, in dem sich Peter Berndt mit Zeitung und Wein an den Schreibtisch gesetzt hatte, der angeblich aus dem Nachlass des rasenden Reporters Egon Erwin Kisch stammte. Aber vielleicht hatte ihn der Verkäufer damals auch reingelegt, er war jung gewesen und hatte den Tisch unbedingt haben wollen. Berndt strich über das Holz, das sich angenehm und erhaben anfühlte, und er merkte, wie ihn die Kombination aus Nikotin und schwerem Rotwein müde machte. Ein Gefühl, das ihm vertraut war und das er nach besonders anstrengenden Arbeitstagen sehr genoss.

Vielleicht nahm er deshalb das, was ihm die nächste Titelstory bringen sollte, mit Verzögerung wahr. Das Klirren des

Fensters, einen Windhauch, begleitet von einem Feuerschein, und schließlich eine Explosion direkt neben seinem Schreibtisch, die ihn vom Stuhl riss. Berndt war ein von Natur aus hagerer, durchaus nicht unbeweglicher Mann, auch wenn er seit Jahren keinen Sport mehr gemacht hatte. Es gelang ihm, sich abzurollen, ohne sich zu verletzen. Als er sich aufrappelte, sah er, dass die Gardine, der Zeitungsständer und Teile des Perserteppichs vor dem Schreibtisch Feuer gefangen hatten. Er rannte in die Küche, wo in der Abseite seit Jahren ein kleiner Feuerlöscher stand. Seine Lebensgefährtin hatte ihn dort in der Angst deponiert, ihr Peter könnte nach einer gemeinsamen Nacht mit einer brennenden Zigarette einschlafen. Berndt hoffte, dass das Ding funktionierte, und lief zurück ins Arbeitszimmer, wo die Flammen weiter um sich gegriffen hatten. Er nahm den Feuerlöscher in beide Hände und drückte ab. Erst tropfte der weiße Schaum zögerlich heraus, dann ergoss er sich in Fontänen über das Feuer. Als nichts mehr kam, brannte nur noch der Perserteppich, den Berndt mit einem Ruck hochzog und aus dem Fenster warf. Erst jetzt merkte er, wie schwer er atmete, erst jetzt hörte er die Rufe im Treppenhaus und das Klingeln an seiner Wohnungstür. »Alles in Ordnung, ich komme«, rief er, öffnete die Tür und signalisierte den dort versammelten Nachbarn, mit ihm nach draußen zu kommen. In der Ferne vernahm er das vertraute Geräusch, das die Sirenen der Einsatzwagen von Feuerwehr und Polizei machten. Peter Berndt ahnte, dass er gerade selbst der Hauptdarsteller in einer Topgeschichte war. »Ich, der *Blick*-Reporter.« So würde er den Text anfangen, dachte er, als er das Bewusstsein verlor.

Das Erste, was er sah, als er die Augen wieder aufschlug, waren eine Infusion in seinem linken Arm und zwei Sanitäter, die vorhatten, ihn auf eine Trage zu hieven. Das Zweite war diese Polizeireporterin von den *Hamburg News*, wie hieß sie noch gleich? Peter Berndt wollte gerade »Das ist *meine* Story!« rufen, als die Beruhigungsmittel zu wirken begannen.

36

In der Nacht hatte Finchen etwas getan, was sie normalerweise nicht mehr machte. Die Dackeldame war so laut bellend durchs Haus gelaufen, dass Lukas davon wach geworden und vom Schlafzimmer im ersten Stock ins Erdgeschoss gegangen war, um nachzusehen, was sie so aufregte. Als Finchen ihr Ersatz-Herrchen sah, hörte sie auf zu bellen, lief auf Lukas zu und stupste sein nacktes rechtes Bein an, als wollte sie ihm sagen: Komm mit, ich muss dir etwas zeigen.

»Was machst du für einen Alarm, Fini?«, hatte Lukas geflüstert. Er wollte verhindern, dass Lilli geweckt würde, wobei die Gefahr gering war. Vor ihrer Schwangerschaft hatte seine Frau große Probleme mit dem Einschlafen gehabt, von Durchschlafen nicht zu sprechen. Doch mit jeder Woche, die der Geburtstermin näher rückte, war ihr Schlaf tiefer und länger geworden, und Lukas war froh darüber.

Finchen hatte begonnen zu knurren und sich in die Pfote zu beißen. Lukas schnappte sie sich, nahm sie wie ein Baby auf den Arm und begann, ihr über den Rücken zu streicheln. »Ganz ruhig, Fini, ganz ruhig, hier ist keiner außer uns beiden«, hatte er gesagt und versucht, durch das große Wohnzimmerfenster hinaus ins Dunkle zu schauen, in dem er so gut wie nichts erkennen konnte. Er hatte auch einen Blick aus dem Küchenfenster und aus dem Fenster im Arbeitszimmer geworfen, weil ihm für einen Moment die Liste in den Sinn gekommen war, auf der sein Name stand, und dass es am

Ende nicht ausgeschlossen war, dass er ... »Ach, Quatsch«, hatte er dann zu sich selbst gesagt, Finchen in ihr Körbchen gelegt und war zurück ins Schlafzimmer geschlichen.

Dort lag Lilli auf dem Rücken in ihrem Bett, als sei nichts geschehen. Recht hat sie, dachte Lukas, schlug seine Decke zur Seite und legte sich auch wieder hin. Neben ihm türmte sich die Decke seiner Frau wie ein Idiotenhügel im Wintersportgebiet auf, an dem die Anfänger Skifahren lernen. Wobei es gemein war, im Zusammenhang mit seinem ungeborenen Sohn an einen Idiotenhügel zu denken. »Ist nur Spaß, kleiner Jonathan«, murmelte Lukas. Wenige Augenblicke später war er eingeschlafen.

Das nächtliche Intermezzo führte immerhin dazu, dass Finchen am Morgen länger schlief als sonst. Lukas wurde vor dem Hund wach, konnte sich in Ruhe die Zähne putzen und anziehen, bevor er Trippelschritte hörte, die sich der Haustür näherten. »Ich gehe mit der Kleinen raus«, flüsterte er Lilli ins Ohr. Die nickte im Schlaf, versuchte sich auf die Seite zu drehen, scheiterte an ihrem Bauch und fiel zurück auf den Rücken. Lukas ging die Treppe hinunter, schnappte sich wie immer die Leine, dann die Dackeldame und schloss die Haustür auf. Finchen schoss hinaus, als wäre sie seit Monaten nicht an der frischen Luft gewesen, und zog Lukas hinter sich her. Fast wäre er auf einem DIN-A4-Umschlag ausgerutscht, der quer auf der Fußmatte lag. »Blöde Werbung«, murmelte er, nahm den Umschlag und warf ihn in den Flur, bevor die Tür ins Schloss fiel. Dann band er die Leine an seinem Gürtel fest, eine Methode, die sich bewährt hatte, weil er dadurch die Hände fürs Handy frei hatte.

Als Erstes blinkte eine WhatsApp von Kaja auf, die sie gestern Abend geschickt hatte. Lukas sah ein Foto, darunter hatte Kaja mit vier Ausrufezeichen geschrieben: »Es geht weiter!!!!« Er klickte auf das Bild, um es zu vergrößern. Zu sehen war ein Mann, der auf einer Trage von zwei Sanitätern abtransportiert wurde. Wenn er sich nicht völlig täuschte, war das … Lukas zog das Foto auf, so weit es ging. Keine Frage, das war Peter Berndt, der Kollege vom *Blick*. Er hatte etwas in seinem linken Arm stecken, sah aber nicht verletzt aus, keine verbundenen Wunden, kein Blut. »Was ist passiert?«, schrieb Lukas zurück und wartete nicht auf eine Antwort. Erst ging er auf die Internetseite der *Hamburg News*, auf der er ein ähnliches Bild fand wie das, was Kaja ihm geschickt hatte, nur dass Peter Berndts Gesicht gepixelt war. »Neuer Angriff auf Journalisten« stand als Überschrift über dem Text dazu. Lukas überflog die ersten Zeilen und erfuhr, dass Unbekannte einen Molotowcocktail in die Wohnung von Berndt geworfen hatten, der das entstandene Feuer schnell hatte löschen können. Dem Reporter war nichts passiert, wenn man von einer leichten Rauchvergiftung und einem Schock absah, mit dem er sicherheitshalber ins Krankenhaus gebracht worden war. »Die Polizei geht von einem Brandanschlag aus, der einen Zusammenhang mit den jüngsten Attacken auf Journalist:innen in Hamburg haben könnte, bei denen in den vergangenen Wochen zwei Reporter:innen des *Politik Insiders* ums Leben gekommen sind«, hatte Kaja geschrieben, und Lukas dachte wieder einmal, dass bei seiner Kollegin Gendern vor Genauigkeit kam. Denn es waren nicht zwei Reporter:innen, sondern zwei männliche Reporter ums Leben gekommen, so viel stand immerhin fest.

Er wechselte auf die Seite des *Blicks*, und auch dort sah er Peter Berndt, diesmal in einem Krankenbett, die Rückenlehne war aufgerichtet, der Reporter blickte den Leser in einer Mischung aus Wut und Entschlossenheit direkt an. Auf der Bettdecke thronte ein aufgeklappter Laptop. »Terrorserie

gegen Journalisten – *Blick*-Reporter ist das nächste Opfer«
stand über dem Foto, und darunter: »Feiger Brandanschlag
auf den Mann, der den Skandal um die Todesliste aus dem
Politbüro aufdeckte. Kann der Hamburger Senat die freie
Presse nicht mehr schützen?« Lukas wollte den Text sofort
lesen, den Peter Berndt aus dem Krankenhaus geschrieben
hatte. Doch Finchen hatte ein paar Meter vor sich einen anderen Hund entdeckt, einen Golden Retriever aus der Nachbarschaft, auf den sie jedes Mal losging, als sei er nicht sechsmal so groß wie sie. Lukas fummelte die Leine von seinem
Gürtel los und nahm sie so kurz wie möglich. Finchen bellte
empört und zerrte so stark, dass sie die meiste Zeit nur auf
den Hinterbeinen ging, der Rest des Körpers hing in der Luft.
Lukas blieb nichts anderes übrig, als in den kleinen Park ab-
zubiegen, der auf der linken Seite lag.

Kaum war der Golden Retriever außer Reich- und Riech-
weite, begann Finchen sich abzuregen. Lukas entdeckte eine
freie Bank, band den Hund daran fest und setzte sich. Hier
konnte er in Ruhe weiterlesen, was Peter Berndt geschrieben
hatte. Sein Text war länger als das, was sonst im *Blick* veröffentlicht wurde, meist mussten dort selbst für komplexe
Sachverhalte dreißig, vierzig Zeilen reichen. Diesmal war das
anders, und Lukas ahnte, warum. Eine Geschichte, in der die
Hauptperson identisch mit dem Reporter war, in der das Opfer zugleich der Held sein durfte und in der man alles von Anfang an bis zum vorläufigen Höhepunkt exklusiv hatte, war
für ein Boulevardblatt der größte anzunehmende Glücksfall.
Lukas musste zugeben, dass es das auch für die *Hamburg
News* gewesen wäre, er aber trotzdem nicht mit Peter Berndt
hätte tauschen wollen. Nicht auszudenken, was bei ihm zu
Hause losgewesen wäre, wenn ein Brandsatz durchs Fenster
ins Wohnzimmer oder Schlafzimmer geflogen wäre. Lilli

durfte auch von dieser Geschichte nur so wenig wie möglich erfahren, am besten gar nichts.

Peter Berndt schrieb: »Ich, der *Blick*-Reporter, bin also das nächste Opfer in der Serie von feigen, hinterhältigen Anschlägen auf Journalisten in Hamburg. Der Bürgermeister selbst hatte versprochen, alles für unsere Sicherheit, für die Freiheit und Unversehrtheit der Presse zu tun, und er hat einmal mehr nicht Wort gehalten. Man fühlt sich in diesen Tagen und Wochen wie zum Abschuss freigegeben, wenn man einfach nur seinen Job macht. Einen Job, der nicht allen gefällt und der gerade deshalb so wichtig, so existenziell ist für unsere Demokratie. Deren radikale Gegner versuchen nun, kritische Stimmen, ja, die vierte Gewalt als solche mundtot zu machen, und sie werden vom Hamburger Bürgermeister, von seinem Innensenator und der Polizei nicht daran gehindert.

Ich, der *Blick*-Reporter, habe enthüllt, dass die Sonderkommission Pressefreiheit bei einer großen Razzia im Politbüro eine Liste mit den Namen von 33 Journalisten gefunden hat. Zwei dieser Namen waren durchgestrichen, sie gehörten den Kollegen vom *Politik Insider*, die die ersten Opfer dieser abscheulichen Anschlagsserie waren. Anders als sie habe ich, der *Blick*-Reporter, überlebt. Aber das Ziel war ein anderes. Man wollte auch mich aus dem Weg räumen.

Der oder die Täter müssen mich über Tage ausspioniert haben, sie wussten, wo ich wohne, sie wussten, wann ich nach Hause komme. Ich saß also nach einem langen Tag intensiver Recherchen abends friedlich in meinem Arbeitszimmer und sortierte meine Aufzeichnungen zu ebenjener Todesliste und dem, was nach ihrer Entdeckung passiert beziehungsweise leider nicht passiert ist. Da knallte es, die Scheibe des Fensters, hinter dem ich saß, zerbrach, und ein Molotowcocktail flog direkt auf mich zu. Bei dem, was nun folgte, hatte ich das Glück, das Christoph Meier-Wiegand und Jens U. Schmidt nicht beschieden war: Ich überlebte, überlebte sogar ohne lebensgefährliche Verletzungen. Nachbarn riefen die Feuerwehr, den Notarzt und die Polizei, die ich und alle anderen Journalisten in dieser Stadt viel früher an unserer Seite gebraucht hätten.

Ich, der *Blick*-Reporter, schreibe diese Zeilen in meinem Bett im Universitätsklinikum Eppendorf. Man will mich über Nacht hierbehalten, zur Kontrolle. Ich weiß nicht, ob vor der Zimmertür ein Polizeibeamter zu meinem Schutz abgestellt ist. Aber ich weiß, dass all die Journalisten, die auf der Todesliste stehen und die morgen Abend oder übermorgen oder wann auch immer arglos wie ich in ihren Wohnungen oder Häusern sitzen, Freiwild geworden sind. Weil der Mann, der sich Hamburgs Bürgermeister nennt und der die Stadt während des G20-Gipfels in eine schändliche Katastrophe geführt hat, nicht sehen will, was jeder sehen kann, der Augen hat: Die Terroristen, ja, die Mörder, leben mitten unter uns, in einem Haus im Schanzenviertel, das sie besetzt haben und in dem die Anschläge gegen das Grundgesetz und gegen die freie Presse geplant worden sind. Wenn der Bürgermeister die Journalisten in dieser Stadt nicht schützen kann oder vielleicht nicht schützen will – etwas anderes kann er tun: endlich zurücktreten und das Rathaus frei machen für jemanden, der nicht an die eigene Karriere, sondern an das Leben und die Unversehrtheit der Menschen denkt, für die er verantwortlich ist.

Ich, der *Blick*-Reporter, habe Glück gehabt. Die Ärzte sagen, dass ich wahrscheinlich morgen nach Hause gehen kann. Beziehungsweise in ein Hotel, denn meine Wohnung dürfte nach dem Brandanschlag erst einmal nicht bewohnbar sein. Ich habe einen Schock, sagen die Ärzte, aber das wird mich nicht davon abhalten, weiter zu recherchieren und zu schreiben. So lange, bis dieser Spuk zu Ende ist und bis wir Journalisten endlich wieder in Ruhe und ohne Angst um unser Leben unserem Job nachgehen können.«

»Puuhhh.« Lukas atmete so laut aus, dass Finchen, die vergeblich versucht hatte, sich weiter von der Bank zu entfernen, als es die festgeknotete Leine zuließ, zu ihm hochsah. »Was für eine Story.« Er las in die mehr als fünfhundert Kommentare rein, die unter Berndts Text standen. Die Empörung der Leser war groß, das Mitgefühl ebenso, aber es gab auch Sätze wie »Geschieht der Lügenpresse recht« von einem »killjournalist11« oder »Heul doch, du Faktenverdreher« von »traukeinem«. Manchmal sehnte sich Lukas nach der Zeit, in der er seine ersten Texte geschrieben hatte und in der die Leser nicht die Möglichkeit gehabt hatten, spontane Reaktionen innerhalb weniger Sekunden in die Welt hinauszublasen. Nicht selten, ohne den Text überhaupt gelesen zu haben. Oft reichte eine Überschrift, um frei von weiterer Informationen oder Fakten draufloszupoltern, zu beleidigen und zu behaupten, was man wollte. Wenn in der Kommentarspalte ein anderer Leser widersprach oder mehr Respekt im Miteinander anmahnte – »Journalisten sind schließlich auch Menschen« –, konnte man augenscheinlich allzu leicht zurückkätzen: »Halt die Fresse, Lügenpresse« oder »Was bist du denn für ein Weichei? Geh heim zu Mutti«.

Lukas scrollte sich durch ein paar andere Nachrichtenseiten, aber nirgendwo fand er mehr Informationen über den Anschlag auf Peter Berndt als in dem Text von Peter Berndt, wie auch. In einem Update bei den *Hamburg News* hatte Julius Wolff den »Brandanschlag auf einen Reporter des *Blicks* auf das schärfste« verurteilt, Peter Berndt gute Genesung gewünscht und versprochen, dass die Polizei alles tun werde, den Fall so schnell wie möglich aufzuklären. Lukas fiel auf, dass Julius nicht von einem weiteren Anschlag sprach, dass er keine Verbindung zu den Angriffen auf die anderen Journalisten andeutete. Das konnte an Informationen liegen, die er über den Fall hatte, aber nicht veröffentlichen wollte, das konnte Taktik sein. Lukas versuchte, Kaja anzurufen, die vielleicht mehr wusste, doch es ging nur ihre Mailbox ran. »Ruf mich an, wenn du kannst«, sagte Lukas nach dem Piep.

Erst jetzt bemerkte er, dass Finchen einen für ihre Verhältnisse großen Haufen neben die Bank gemacht hatte. »Oha«, sagte Lukas, zog einen Beutel aus der Hosentasche, stülpte ihn über seine Hand und begann, Stück für Stück einzusammeln. Er fand jedes Mal, dass das etwas Erniedrigendes hatte, für das Herrchen genauso wie für den Hund. Er warf den Beutel in den Mülleimer neben der Bank, ausnahmsweise ohne ihn zu verknoten, was angesichts der Menge schwierig gewesen wäre. Dann band er Finchen los. Es war Zeit, nach Hause zu gehen, und sei es nur, um Lilli davon abzubringen, sich mit den Nachrichten des Tages zu beschäftigen. Lukas dachte an Peter Berndt, der ein paar Hundert Meter entfernt im Krankhaus wahrscheinlich an seiner nächsten Geschichte saß, und er dachte an Julius, dem jetzt nichts anderes übrig blieb, als die Liste aus dem Politbüro ernst zu nehmen. Aber konnte die Polizei all die Journalisten, deren Namen darauf standen, wirklich beschützen, rund um die Uhr, sieben Tage die Woche? Lukas blieb an einer roten Ampel stehen, an der Finchen zum ersten Mal, seit er mit ihr Gassi ging, von selbst Sitz machte. Er nutzte die Gelegenheit, holte sein Notizbuch aus der Hosentasche und blätterte zu den Seiten, auf denen er die vollständigen Namen der Kollegen von der Liste aufgeschrieben hatte.

Er ging sie durch und staunte wie jedes Mal, dass es bisher keinen Reporter der *Chronik* getroffen hatte, obwohl die Wochenzeitung mit so vielen Personen vertreten war wie kein anderes Medium. Auch er und die Kollegen von den *Hamburg News* hatten Glück gehabt, dachte Lukas und stellte fest, dass das genau die Formulierung von Peter Berndt gewesen war. »Ich, der *Blick*-Reporter, habe Glück gehabt«, hatte er geschrieben, und … »Moment mal!« Jetzt dachte Lukas laut und blieb weiter an der Ampel stehen, obwohl sie auf Grün gesprungen war. »Moment mal!« Er blätterte eine Seite in seinem Notizbuch zurück und begann erneut, die Namen der Journalisten durchzulesen. Dann, zur Sicherheit, ein weiteres Mal. Nein, er hatte sich nicht geirrt, und er fragte sich, warum ihm das vorher nicht aufgefallen war. Peter Berndt stand gar nicht auf der Liste.

37

Die E-Mail, die er erst an den Polizeipräsidenten und dann an den Innensenator geschickt hatte, bestand aus drei Worten: »Wir haben ihn.« Enno von Spoercken wusste, dass er damit falsche Erwartungen wecken könnte, weil noch nicht bewiesen war, dass der Mann, den sie festgenommen hatten, zweifellos der Mann war, den sie suchten. Aber dass er einen Molotowcocktail durch ein Fenster in die Wohnung von Peter Berndt geworfen hatte, das stand fest.

Es war einer dieser schnellen Fahndungserfolge, die Enno in den vergangenen Tagen so vermisst hatte und auf die die Polizei bei Kapitalverbrechen angewiesen war. Je mehr Zeit nach einer Tat verging, desto unwahrscheinlicher und schwieriger wurde es, den Schuldigen zu finden. Deshalb setzte ein guter Kriminalpolizist alle Kraft und alles Personal in den ersten Stunden und Tagen der Ermittlungen ein, um einen Fahndungsdruck zu erzeugen, der den Täter zu Fehlern zwang. Die Notrufzentrale hatte die Soko Pressefreiheit von dem Einsatz bei Berndt gut zwanzig Minuten nach dem Eintreffen der ersten Beamten informiert – der Reporter hatte laut Protokoll darum »gebeten«, »diesen unfähigen Soko-Chef davon zu unterrichten, dass ein *Blick*-Reporter das nächste Opfer der Mordserie hätte sein sollen«. Enno hatte sich mit Ritter auf den Weg gemacht, sein Einsatz wäre aber, wie sich bald herausstellte, nicht nötig gewesen.

Denn endlich half der Zufall der Polizei in Gestalt eines

defekten Vorderlichts an dem Fahrrad, mit dem der Täter von Berndts Wohnung geflohen war. Der Besatzung eines Streifenwagens war der Radfahrer aufgefallen, der im Halbdunkeln ohne Beleuchtung unterwegs war. Weil sie gerade nichts anderes zu tun hatte, schaltete sie das Blaulicht ein und signalisierte ihm anzuhalten. Der Radfahrer versuchte abzuhauen, geriet ins Schlingern und stürzte so unglücklich, dass die Polizisten leichtes Spiel hatten, ihn zu stellen. Was mit einem defekten Licht begonnen hatte, endete mit der Kontrolle der Personalien und des auffallend großen Rucksacks, den der Mann trug. Darin fanden die Beamten nicht nur mehrere Zeitungsartikel, die Peter Berndt geschrieben hatte, sondern auch ein Sturmfeuerzeug und eine leere Öldose. »Der Rucksack verströmt einen intensiven Geruch nach Petroleum oder Benzin«, notierten sie. Der Abgleich der Personalien ergab, dass der Radfahrer ein Italiener war, der in einem Vorort von Rom gemeldet und zu den G20-Krawallen nach Hamburg gekommen und anschließend hiergeblieben war. Man fand im Internet Fotos von ihm sowohl bei den Demonstrationen im Schanzenviertel als auch bei dem Zug, den Chaoten durch die Elbvororte veranstaltet hatten und bei dem Dutzende Autos in Brand gesteckt worden waren.

Der Italiener gab vor, weder Deutsch noch Englisch zu verstehen, und als auf dem Polizeipräsidium ein Dolmetscher hinzugezogen wurde, verweigerte er die Aussage. Erst als ihn Enno, der nach seiner Stippvisite am Tatort direkt ins Präsidium gefahren war, damit konfrontierte, dass man ihn des Mordes an zwei Journalisten und des versuchten Mordes an zwei weiteren verdächtigte, kam Leben in den Mann. Er hieß Giovanni Esposito, und Enno sah ihm an, dass er unruhig wurde, die Pupillen in seinen Augen größer, die Lippen trocken: Panikreaktionen, die man in solchen Situationen ebenso wenig steuern konnte wie den Herzschlag, weswegen Enno bei Verhören oft zu gern den Puls der Verdächtigen gemessen hätte. Leider war das verboten, wie so vieles andere, was die Arbeit der Polizei dramatisch erleichtern würde.

Enno hatte das Gespräch in dem Moment abbrechen lassen, in dem die Angst bei dem Italiener am größten gewesen war, und ihn in die Untersuchungshaft bringen lassen. Ohne einen Anwalt wären weitere Aussagen sowieso wertlos, außerdem brauchte er ein genaues Profil des Verdächtigen. Mehrere Mitglieder der Soko arbeiteten mit Hochdruck daran, hatten die Pension ausfindig gemacht, in der er wohnte, und dort unter anderem einen Laptop und ein iPad sichergestellt. Die entscheidende Frage war, wo sich Esposito am Morgen des Anschlags auf Christoph Meier-Wiegand aufgehalten hatte und an dem Abend, an dem Jens U. Schmidt in der Alster ertrunken war. Enno glaubte, dass es nicht einmal 24 Stunden dauern würde, bis sie die Antwort darauf hätten. Wenn alles gut liefe, könnte der Fall dann erledigt sein.

Er ließ für den nächsten Mittag eine Pressekonferenz vorbereiten, auf der er den Medien den schnellen Fahndungserfolg in all seinen Details präsentieren würde. Giovanni Esposito gehörte einer gewaltbereiten, radikalen linken Bewegung aus Italien an, die sich mit anderen extremistischen Gruppen überall in Europa vernetzt hatte. Zum G20-Gipfel nach Hamburg war er wie ein normaler Tourist zusammen mit Hunderten Gleichgesinnten aus Frankreich, den Niederlanden, der Schweiz, Spanien, Portugal, Rumänien, Schweden und Österreich in einem ICE gekommen. Die Polizei hatte die Männer und die wenigen Frauen, die später auf den Demonstrationen zusammen mit den deutschen Verbündeten den Kern des schwarzen Blocks bilden würden, von Anfang an beobachtet. Eine Hundertschaft hatte sie am Hamburger

Hauptbahnhof in Empfang genommen, aber nichts anderes machen können, als ihre Fahrkarten zu kontrollieren. Mit denen war alles in Ordnung, mit den »Touristen« selbst dagegen nichts. Sie machten aus Hamburg ein Schlachtfeld und staunten, wie leicht sich die mehr als 30000 Polizisten austricksen ließen, die zum Schutz der Staats- und Regierungschefs in der Stadt zusammengezogen worden waren.

Die meisten Randalierer waren nach getaner Arbeit und angesichts drohender Haftbefehle schnell in ihre Heimatländer abgereist. Eine Truppe aus Spanien hatte der *Politik Insider* in einem Dorf, das eine halbe Stunde von Madrid entfernt lag, aufgestöbert und dem Anführer Raum gegeben zu erzählen, dass dieser G20-Gipfel aus Sicht seiner Gegner einer der besten war, die es je gegeben hatte. Andere Randalierer warteten in deutschen Gefängnissen auf den Prozess oder die Abschiebung, und einige waren in Hamburg untergetaucht, ob mit weiteren Zielen oder Aufgaben, war unklar. Giovanni Esposito gehörte zu letzterer Gruppe. Er war der Polizei während der G20-Tage als gewaltbereit aufgefallen, danach hatte sich seine Spur verloren. Aber offensichtlich hatte er genau verfolgt, was in den vergangenen Wochen in der Stadt passiert war. In seinem Pensionszimmer fanden sich mehrere Ausgaben des *Blicks*, aus denen er Texte von Peter Berndt ausgerissen hatte, dazu zwei aktuelle Ausgaben des *Politik Insiders*. Sie waren für Enno von Spoercken untrügliche Beweise, dass Esposito deutlich besser Deutsch verstand, als er vorgegeben hatte. Er freute sich, ihn bei der Fortsetzung des Verhörs darauf anzusprechen. Ein Kollege war mit einem aktuellen Foto des Italieners zum Health Club unterwegs, vielleicht konnte sich dort ein Mitarbeiter an ihn erinnern, ausgeschlossen war das nicht – Giovanni Esposito hatte sich ein Peace-Zeichen und eine Friedenstaube auf den

Hals tätowieren lassen. Ausgerechnet, dachte Enno. Auch die Zeugen des Autounfalls von Rebecca Frömmel sollten das Bild ansehen, obwohl sich Enno davon nicht viel versprach. Außerdem hatte er entschieden, den Zeitungen, Zeitschriften und Fernsehsendern das Foto des mutmaßlichen Täters zur Verfügung zu stellen – je mehr es verbreitet wurde, umso besser. Irgendwer von den mehr als 1,8 Millionen Menschen, die in Hamburg lebten, musste Esposito außerhalb der Pension auf St. Georg begegnet sein. Der Italiener musste etwas gegessen und eingekauft haben, vielleicht hatte er sogar irgendwo gearbeitet. Es gab in der Stadt genügend Möglichkeiten, Geld zu verdienen, ohne dass gefragt wurde, woher man kam. Zumal Esposito eine Ausbildung zum Koch gemacht und in verschiedenen Restaurants in seinem Heimatland gearbeitet hatte. Das ging aus den Unterlagen hervor, die die italienischen Behörden nach Hamburg geschickt hatten.

Zum ersten Mal, seit er die Leitung der Soko übernommen hatte, plante Enno eine Pressekonferenz in dem Bewusstsein, auf die meisten Fragen der Journalisten Antworten zu haben. Der Polizeipräsident und der Innensenator hatten bereits angekündigt, dabei sein zu wollen, und Enno ging fest davon aus, dass sich der Bürgermeister die Gelegenheit ebenfalls nicht entgehen lassen würde. Wenn Erfolge zu verkünden waren, waren Politiker in der Regel sehr auskunftsfreudig, wenn es um Misserfolge ging, verwiesen sie gern an diejenigen, die sich »operativ« darum kümmerten. Enno war so einer, und er fand, dass einiges dafür sprach, dass Giovanni Esposito nicht nur im Fall Peter Berndt ihr Mann war. Dagegen sprach allerdings das, was man im Volksmund Bauchgefühl nannte. Enno kannte Esposito zwar erst seit ein paar Stunden, aber er traute ihm zwei so raffinierte Morde wie die an Christoph Meier-Wiegand und Jens U. Schmidt nicht zu, dafür war er bei der Befragung vorhin zu schnell ins Schwitzen gekommen. Dieser Mann mochte gut im Straßenkampf sein, unterstützt und angefeuert von seinesgleichen, er mochte sich mit den Methoden des schwarzen Blocks auskennen, zu denen Steinwürfe genauso gehörten wie Molotowcocktails. Aber wie der große Stratege sah Esposito nicht aus, und er benahm sich auch nicht so.

Enno musste an die Radfahrerin denken, die Schmidt an der Binnenalster überholt hatte, er dachte an die rätselhafte Frau, die im Health Club eine Tageskarte gekauft hatte. Vor allem dachte er an mögliche Hintermänner, an mächtige Strukturen und Systeme, die in Hamburg einen Kampf austrugen, der größer war als alles, was sich der kleine Giovanni vorstellen konnte. Gleichzeitig fragte er sich angesichts von Espositos Festnahme, ob es klug gewesen war, Kaja von seiner Theorie mit dem Auftragskiller zu erzählen.

38

Beim Nachhausegehen hatte Lukas Kaja eine Sprachnachricht via WhatsApp geschickt. Er ging davon aus, dass sie die eher abhörte als ihre Mailbox: »Mir ist gerade etwas aufgefallen. Peter Berndt steht nicht auf der Liste aus dem Politbüro, und trotzdem gab es diesen Anschlag auf ihn. Was bedeutet das? Dass die Liste keine Todesliste ist, sondern nur ein harmloser Presseverteiler, wie die Anwälte des Politbüros es behaupten? Dass das also mit der ganzen Sache nichts zu tun hat? Oder eben doch, und man wollte Berndt jetzt mundtot machen, obwohl man das ursprünglich gar nicht geplant hatte? Und wenn das so war: Warum eigentlich nicht? Warum steht der Reporter, der seit Jahren die Räumung des Politbüros fordert, der die Aktivisten dort hasst wie niemand sonst, nicht auf deren, ich sage es echt nur noch in Anführungszeichen, ›Todesliste‹? Verstehst du das? Wir müssen telefonieren, Kaja. Ruf mich an, wenn du kannst, und halt mich auf dem Laufenden.«

Auf dem Rückweg ihrer Spaziergänge zog Finchen immer stärker an der Leine als auf dem Hinweg, es war jedes Mal, als könne sie es nicht erwarten, nach Hause zu kommen. Was heute damit zusammenhängen konnte, dass Lukas vergessen hatte, ihr das Fressen zu geben. Er konnte sich nicht einmal erinnern, die Portion gestern Abend aus dem Tiefkühlschrank geholt und aufgetaut zu haben. Er hoffte, dass Lilli daran gedacht hatte, auch wenn das seine Aufgabe war.

Als sie am Gartentor angekommen waren, checkte Lukas sein Handy. Keine Nachricht von Kaja, nichts Neues auf den Seiten von *Hamburg News* und *Blick*. Er stellte sein Telefon auf stumm und schloss die Haustür auf. »Wir sind wieder da, Hasenzahn!«, rief er vom Flur aus und wartete auf eine Antwort, die ihm verraten würde, wo Lilli sich aufhielt. Nicht selten lag sie um diese Zeit, es war kurz nach zehn Uhr, im Bett. Manchmal hatte sie es sich im Wohnzimmer gemütlich gemacht und las in einem ihrer Baby- oder Erziehungsbücher.

»Hasenzahn, wo bist du?« Lukas machte Finchen von der Leine los, die sofort in Richtung Küche dackelte. Das Fressen, dachte Lukas und dackelte hinterher, bis er an die geöffnete Tür kam und erschrocken stehen blieb. Am Küchentisch saß seine Frau, in Trainingshose, grauen Wollsocken und einem T-Shirt, das spannte, obwohl es eigentlich viel, viel zu groß war. Mit der linken Hand hielt sich Lilli den Bauch, als hätte sie Sorge, dass er gleich auf den Boden fallen könnte, in der rechten hatte sie ein Stück Papier. Auf der Tischplatte lagen viele Zettel, kreuz und quer durcheinander, auf einem Stuhl entdeckte Lukas einen aufgerissenen DIN-A4-Umschlag. Das musste der sein, den er vorhin achtlos in den Flur geworfen hatte.

Lilli blickte hoch und sah Lukas direkt an.

»Guten Morgen«, wollte er sagen, aber er kam über die erste Silbe nicht hinaus. »Gu…«

»Was ist das, Lukas?« Lilli hielt einen Zettel hoch, dann zwei, dann vier. »Lukas, was ist das?« Sie ließ die Papiere auf den Tisch sinken und wischte darüber wie ein Kind, das die Karten beim Memory-Spiel mischt.

Lukas kam näher und widerstand dem Impuls, Lilli einen Kuss zu geben, erst auf die Stirn, dann auf den Bauch, wie er es in diesen Tagen gern tat, in denen sich die Schwangerschaft dem Höhepunkt näherte. Er zog einen Stuhl zurück und setzte sich links neben seine Frau, die ihn aus großen Augen ansah, mit einem Blick, der etwas Verstörtes hatte. Oder besser gesagt etwas Verstörendes? Auf jeden Fall schien sie etwas auf den Zetteln gefunden zu haben, was sie aufregte, und Lukas befürchtete, dass es mit den Journalistenmorden zu tun haben könnte. Aber was? Und wer hatte es ihnen vor die Tür gelegt?

»Was ist das, Lukas?« Lilli wiederholte sich, und ihre Stimme wurde immer schriller. »Ich kann dir hoffentlich gleich alles erklären«, sagte er und stellte sich darauf ein, seiner Frau beichten zu müssen, dass er es außerhalb des Hauses mit den Sabbatical-Regeln nicht ganz so ernst genommen hatte, wie sie das besprochen hatten. Dann sah er sich die Zettel an. Es waren Dutzende E-Mails, die jemand ausgedruckt hatte.

»Hmm, E-Mails«, sagte Lukas, mehr um überhaupt etwas zu sagen, und griff sich aus dem vor ihm liegenden Haufen wahllos eine Seite heraus.

»Das sehe ich auch«, entgegnete Lilli und fragte, weil Finchen mit einem leeren Napf in der Schnauze vor ihrem Stuhl stand: »Hast du vergessen …«

»Habe ich, Hasenzahn. Kannst du vielleicht …« Lukas zeigte in Richtung Kühlschrank und konzentrierte sich auf den Zettel in seiner Hand. Er konnte nicht glauben, was er dort las. Die ausgedruckte E-Mail stammte von Georg Weichmann, dem Chefredakteur der *Chronik*, und sie war an eine Luisa gerichtet. »Denk an dich, würde jetzt gern deinen Körper spüren« stand da. Lukas nahm sich die nächste Mail. Wieder war der Absender Weichmann, die Adressatin hieß diesmal Anika. »Lust auf eine verlängerte Mittagspause?« So ging es weiter. Die E-Mails waren eine Sammlung mehr oder weniger freizügiger und eindeutiger Botschaften eines Chefredakteurs an verschiedene Kolleginnen. Die E-Mail-Adressen der Frauen – bei fünf hatte Lukas aufgehört zu zählen – endeten alle auf *chronik.de*, sie arbeiteten also offensichtlich in der Redaktion, die meisten von ihnen vermutlich noch nicht allzu lange. Zumindest kamen ihm die Namen nicht bekannt vor, was auch daran liegen konnte, dass er mit den Kolleginnen von der *Chronik* normalerweise noch weniger zu tun hatte als mit denen vom *Politik Insider*.

Lukas hörte, wie Finchen sich über ihr Fressen hermachte, in weniger als zwei Minuten würde die Schale leer sein. Lilli hatte sich eine Tasse Tee geholt und schleppte sich zu ihrem Platz zurück.

»Wo hast du das her?« Lukas stand auf und schob ihr den Stuhl zurecht.

»Das fragst du mich?« Lilli ließ sich auf den Stuhl plumpsen, der dabei ein Stück nach hinten rutschte. »Ich dachte, dass du diesen Umschlag«, sie nahm das aufgerissene Teil und hielt es Lukas entgegen, »im Flur deponiert hast.«

»Der Umschlag lag vor der Tür, ich wäre heute Morgen fast darauf ausgerutscht und ... Darf ich mal?« Lukas nahm ihn seiner Frau aus der Hand und drehte ihn hin und her. »Keine Briefmarke, keine Adresse, kein Absender.«

»Du meinst, der ist gar nicht für uns?« Lilli trank einen Schluck Tee. »Aber warum liegt er dann vor unserer Tür?«

»Ich weiß es nicht.« Lukas arbeitete sich weiter durch den Papierhaufen und fand eine E-Mail, die Georg Weichmann nicht an eine Frau, sondern an einen Mann geschrieben hatte, an Martin Hansel. Den immerhin kannte Lukas, er war einer der Stellvertreter von Weichmann. Die Betreffzeile lautete: »Diese Barbara ...«, und der Text: »... hat eine große Karriere vor sich, wenn sie so weitermacht. Du musst dich auch mal mit ihr treffen, wenn du verstehst, was ich meine.«

»Das ist echt eklig, Lukas.« Lilli versuchte, ihre Beine unter den Tisch zu strecken, ohne vom Stuhl zu fallen. »Dieser Georg Weichmann, das ist doch der Chefredakteur von der *Chronik*, oder?«

Lukas nickte.

»Kannst du mir dann mal erzählen, was das für Mails sind, die er da an seine Kolleginnen schreibt? Hier, lies mal die!« Sie hielt ihm einen Ausdruck hin: »Ich kann mich gar nicht auf die Konferenz konzentrieren, ich denke immer nur an dich und deine wundervollen Brüste.« Lilli schüttelte den Kopf: »Boah, ist das widerlich. Der gräbt im Büro anscheinend alles an, was nicht bei drei auf den Bäumen ist. Ist das so üblich bei euch männlichen Journalisten?« Sie sah Lukas leicht von schräg unten an, und wenn er jemals eine Spur von Misstrauen im Blick seiner Ehefrau entdeckt hatte, dann in diesem Moment. »Ich frage mich, Lukas: Was sollen diese ganzen Ausdrucke auf unserem Küchentisch, was will uns, was will mir der anonyme Absender damit sagen? Oder sollte ich lieber von einer Absenderin sprechen?« Lilli fing an, den Papierstapel zusammenzuschieben, als könne sie damit Ordnung in ihre Gedanken bringen.

Lukas wusste nicht, was er antworten sollte. Der Chefredakteur der *Chronik*, der, wenn er sich richtig erinnerte, verheiratet und Vater von zwei Kindern war, unterhielt offensichtlich Beziehungen zu diversen Kolleginnen, also Untergebenen, und schien sie weiterzureichen an seinen Stellvertreter.

»Das ist sexistisch bis dorthinaus«, unterbrach Lilli seine Gedanken. »Das ist ekliger Machtmissbrauch. Wenn das hier«, sie zeigte auf den Stapel, »öffentlich bekannt werden würde, wäre der feine Herr Weichmann seinen Job morgen los.«

Lukas versuchte, eine Antwort auf die Fragen zu finden, die Lilli ihm zuvor gestellt hatte. Dann stutzte er: »Moment, was hast du eben gesagt?«

»Gerade eben?«, fragte Lilli zurück. »Dass der Weichmann seinen Job morgen los wäre, wenn das hier veröffentlicht werden würde.«

Wäre Lukas ein Schauspieler in einem Theaterstück gewesen, hätte er sich mit der flachen Hand auf die Stirn geschlagen. Was hatte Kaja in ihrer letzten WhatsApp geschrieben: »Es geht wieder los.« Sie hatte recht gehabt, aber nicht wegen des Brandanschlags auf Peter Berndt. Lukas nahm aus dem Augenwinkel einen Zettel wahr, der unter den Küchentisch gefallen war, bückte sich und hob ihn auf. Die Betreffzeile lautete: »Dein Vertrag ist entfristet worden«. Darunter hatte Georg Weichmann ohne Anrede geschrieben: »Du bist eine großartige Frau und eine noch großartigere Reporterin. In dir steckt ein Chefredakteur, und das meine ich wirklich nicht so, wie man das nach unserer gestrigen Nacht denken könnte. Freue mich auf deine nächsten Schritte und unsere nächsten Treffen, liebe Catherina. Aber pssst …«

39

Wenn Catherina Schulz eines in ihrer Berufsausbildung auf der Journalistenschule gelernt hatte, war es, in Bildern zu denken. Es gab schlechte Bilder, abgenutzte, die man in den Zeitungen und Magazinen, für die sie arbeiten wollte, auf keinen Fall verwendete, etwa das Glas, das halb voll oder halb leer war. Es gab gute Bilder, die man ruhig hier und da mal in einen Text einfließen lassen konnte, am besten jeweils leicht abgewandelt. Die »E-Zigarette danach«, von der sie neulich gelesen hatte, hatte Catherina beispielsweise gefallen, weil sie in wenigen Worten sowohl eine Situation als auch eine Gefühlswelt beschrieb. Und dann gab es noch die einzigartigen, die großartigen Bilder, von denen jede Journalistin träumte, die so tickte wie sie.

Wenn sie zu dem Mann hinüberlugte, der neben ihr lag, fiel Catherina Schulz sofort ein Bild ein, es drängte sich wie von selbst auf. Georg Weichmann war ein Mensch gewordener Vulkan. Catherina hatte nicht auf die Uhr ihres Handys geguckt, aber es konnte gerade einmal zwanzig Minuten her sein, dass sie Georgs schnellen Atem in ihrem Nacken gespürt hatte, seine Hände an ihren Hüften und Brüsten und seinen enorm behaarten Oberkörper an ihrem Rücken. Er war im Bett wie im wahren Leben, dominant, er nahm sich, was er wollte. Wenn er es bekommen hatte, hörte der Vulkan auf zu brodeln, um schnell zu erlöschen. Catherina musste grinsen, als sie merkte, dass das Bild etwas schief und übertrieben war für einen Mann, der nach dem Sex einfach einschlief und unsexy anfing zu schnarchen.

Als sie vor gut drei Jahren ihre Ausbildung zur Redakteurin bei der *Chronik* begonnen hatte, war Georg Weichmann nicht dort gewesen. Catherina hatte kaum glauben können, dass sie das Volontariat bekommen hatte, es hieß, dass es auf ihre Stelle mehr als hundert Bewerberinnen gegeben hatte. Die *Chronik* war nach wie vor – manche sagten, wieder – eine der großen Adressen des deutschen Journalismus. In ihrem direkten Umfeld, das überwiegend aus anderen Journalistinnen bestand, kannte Catherina niemanden, der oder die nicht dorthin gewollt hätte. Sie wusste genau, wie stolz sie an ihrem ersten Arbeitstag gewesen war, dass sie mit einer kleinen Plastikkarte Zugang zu diesem Hochamt der Sprache erhalten hatte. Einen Ausweis für die Etagen des Pressehauses zu haben, in denen die Redaktion der *Chronik* untergebracht war, war das schönste Geschenk, das man Catherina hatte machen können. Hier, dachte sie damals, möchte ich nie wieder weg.

Schon als Volontärin hatte sie ein Einzelbüro, das natürlich kleiner war als die Büros der Redakteure und weiter weg vom großen Konferenzraum und der Chefredaktion, aber immerhin ein Raum, der ihr gestattete, die Tür hinter sich zu schließen, wenn sie sich konzentrieren musste. Und während die Volontäre bei den Lokalzeitungen in zugigen, lauten Großraumbüros saßen und über Kopfschmerzen, Nackenprobleme und brennende Augen klagten, kam bei der *Chronik* dreimal die Woche der Hausmasseur vorbei, um eventuell entstandene Verspannungen oder Blockaden zu lösen. Wenn es ein Paradies für Journalisten gäbe, müsste es so aussehen, befand Catherina. Das änderte sich auch nicht, als der neue Chefredakteur kam. Georg Weichmann hatte in jungen Jahren als Korrespondent im Ausland gearbeitet, meist für das öffentlich-rechtliche Fernsehen, seine Bücher aus den Krisenregionen dieser Welt waren Bestseller geworden. Die großen TV-Sender hatten um das eloquente Talent gebuhlt, und wahrscheinlich wäre Weichmann eines Tages als Moderator bei einer der wichtigen Nachrichtensendungen gelandet, wenn der Stuhl des Chefredakteurs bei der *Chronik* nicht frei geworden wäre. Sein Vorgänger hatte das Alter erreicht, um in den Kreis der Herausgeber aufzusteigen, von wo aus er künftig alle journalistischen Entscheidungen kritisieren könnte, ohne selbst Verantwortung übernehmen zu müssen. Weichmann hatte sich geziert, das Angebot anzunehmen, vielleicht wollte er mit seiner Zurückhaltung seine Verhandlungsposition verbessern. Am Ende schlug er jedoch ein, nachdem man ihm zugestanden hatte, zwei andere Journalisten als seine Stellvertreter mitzubringen, mit denen er seit Jahren eng zusammenarbeitete.

Das Trio hatte in der *Chronik*-Redaktion den Spitznamen »Take That« bekommen, wie die Boygroup aus den neunziger Jahren, und Catherina fand, dass das passte. Einerseits, weil die Auftritte von Georg und Co. in den Konferenzen wie durchchoreographiert wirkten, andererseits, weil die drei, und vor allem der Chef, sich wirklich nahmen, was sie wollten. Der Weichmann, den Catherina aus seinen Büchern kannte, in denen er sich Mühe gab, wie ein Intellektueller zu wirken, war anders als der Weichmann, der jetzt ihr Chef war. Ein Kollege hatte nach den ersten Wochen gesagt, dass »der Georg« – Weichmann bestand darauf, dass ihn alle duzten, auch das eine Revolution bei der *Chronik* – etwas Animalisches hätte. Was er damit unter anderem meinte, war, dass der Chefredakteur zum Tier werden konnte, wenn etwas nicht so lief, wie er sich das vorgestellt hatte, oder wenn er etwas nicht bekam, was er haben wollte. Das begann bei Geschichten, die zuerst im *Politik Insider* oder im *Blick* standen, und es endete bei Frauen, die sich seinem Charme oder dem, was er dafür hielt, entzogen.

Wer dem neuen Chef wohlgesonnen war und die Hintergründe nicht kannte, hielt ihm zugute, wie intensiv und persönlich er sich gerade um die jungen Kolleginnen bei der *Chronik* kümmerte. Gut zwei Wochen nachdem er seinen Job angetreten hatte, hatte Georg Weichmann zum ersten Mal bei Catherina im Büro gestanden, mit einem ihrer Manuskripte in der Hand. »Können wir das mal in Ruhe besprechen?«, hatte er gefragt, und Catherina hatte sich ein wenig erschrocken. Dass sein Vorgänger von sich aus in ihr Büro gekommen wäre, um mit ihr einen Text durchzugehen, hatte es nicht gegeben. Wer mit ihm reden wollte, musste sich im Sekretariat der Chefredaktion einen Termin besorgen und konnte froh sein, wenn er drei Wochen später eine Viertelstunde zugewiesen erhielt.

Bei Georg Weichmann war das anders, er kam regelmäßig vorbei, mal mit einer Bitte, mal mit einem Text, und eines Abends mit einer Flasche Wein. Es war wieder spät geworden, Catherina sah in wenigen anderen Büros noch Licht. Sie saß an einer Reportage über ein angeblich hochbegabtes Kind, dessen schulische Leistungen so schlecht geworden waren, dass es eine Klasse wiederholen sollte. »Ich gehe gerade durch die Flure, um denen, die noch arbeiten, eine kleine Freude zu machen«, hatte Georg gesagt, zwei Gläser aus seinen Sakkotaschen gezogen und erst ihr und dann sich eingeschenkt. »Habe ich dir schon mal gesagt, was für ein großes Talent du bist?« Catherina war rot geworden, bei allem Ehrgeiz war es ihr unangenehm, wenn sie gelobt wurde.

Was dann passierte, daran erinnerte sie sich nicht mehr genau, nur, dass sie aufgestanden war, um mit Georg anzustoßen. Nachdem sie beide einen Schluck getrunken hatten, hatten sie ihre Gläser abgestellt und sich lange in die Augen geguckt, bevor sie sich schließlich küssten. Das war der Beginn ihrer ersten Affäre mit einem Vorgesetzten.

Catherina wusste, dass man so etwas eigentlich nicht machte, und weil sie das wusste, wunderte sie sich nicht, dass Georg sie um Diskretion bat, in seinem und ihrem Interesse, wie er es ausdrückte. Die junge Reporterin hatte in der Tat keine Lust, in der Redaktion der *Chronik* den Ruf zu bekommen, sich nach oben geschlafen zu haben. Aber, dachte sie, wenn Karriere der Nebeneffekt einer Sache ist, die mir Spaß macht, warum nicht? Dass das mit Georg und ihr wahrscheinlich nicht die große Liebe war, war ihr klar – dass der Chefredakteur hin und wieder auch in anderen Büros verschwand, hatte sie längst beobachtet. Niemand sprach offen darüber, aber alle wussten, dass er eine Schwäche für junge Kolleginnen wie sie hatte. Catherina hatte beschlossen, diese Schwäche zu ihren Gunsten zu nutzen, sie sammelte Mails von Georg und machte bereitwillig diese Fotos, auf die er so stand, auch wenn sie wusste, dass derartige Nachrichten und Bilder den Chefredakteur eines Tages seinen Job kosten könnten. Aber das würde dann nicht ihr Problem sein.

40

»Wir können das nicht veröffentlichen!«

Auf dem Tisch lagen immer noch die ausgedruckten E-Mails von Georg Weichmann, aber sonst hatte sich bei den Hammersteins in den vergangenen drei Stunden vieles verändert. Lukas und Lilli saßen nicht mehr allein in ihrer Küche. Kaja war vor einer halben Stunde dazugekommen, und Lukas hatte Finchen nur mit mehreren gezielten Schüssen aus der Wasserpistole davon abbringen können, den Küchenboden im Akkord abzulecken. »Sie freut sich anscheinend, mich zu sehen«, hatte Kaja gesagt und vergeblich versucht, den Dackel zu streicheln. Lukas hatte Lilli inzwischen gebeichtet, dass er sich heimlich mit der Journalistenmordaffäre beschäftigt hatte. Es täte ihm sehr leid, aber er sei da immer tiefer reingerutscht, erst die Sache mit Jens U. Schmidt, dann der Besuch von Enno von Spoercken und jetzt der Anschlag auf Peter Berndt. Er erzählte von der »Cui bono«-Runde bei den *Vier Flaschen* ebenso wie von der vermeintlichen Todesliste aus dem Politbüro, die Berndt veröffentlicht hatte und auf der ausgerechnet sein Name nicht stand; er erwähnte das Telefonat mit Joachim Gärtner, weil er hoffte, dass er bei Lilli damit punkten konnte, dessen seltsames Angebot abgelehnt zu haben. Schließlich deutete er an, dass hinter alldem womöglich nicht ein durchgeknallter Aktivist und schon gar nicht dieser festgenommene Italiener stecken könnte, sondern ein professioneller Verbrecher, der den Auftrag erhalten hatte, Journalisten aus dem Weg zu räumen. »Ich glaube, Hasenzahn«, hatte Lukas gesagt und auf die ausgedruckten E-Mails auf dem Küchentisch gezeigt, »dass diese Zettel nicht zufällig bei uns gelandet sind.«

Lilli hatte nur die Hälfte verstanden, wenn überhaupt, und sie hatte keine große Lust, sich mit dieser Geschichte zu befassen, die sie bewusst von sich und ihrem ungeborenen Kind ferngehalten hatte. Aber sie sah das Glimmen in den Augen ihres Mannes, diese Leidenschaft in seinem Blick, die sie schon immer zugleich fasziniert und beunruhigt hatte. Wenn sein Interesse an einem Thema geweckt war, konnte er nicht anders, dann musste er sich damit beschäftigen. Genau diese Eigenschaft hatte ihn zu dem Journalisten gemacht, dessen Texte Lilli so gern las, zu einem Reporter, der sich von nichts und niemandem abspeisen ließ, bis er herausgefunden hatte, was er herausfinden wollte. Lilli wusste, dass das Sabbatical für ihn deshalb eine Herausforderung war, und sie fand, dass er es bis hierhin gut gemacht hatte. Die To-do-Listen waren abgearbeitet, das Haus zwar noch nicht fertig, aber das würde es wahrscheinlich nie werden. Lukas hatte sich rührend um Finchen gekümmert, auch wenn Lilli nach seinem Geständnis ahnte, dass die langen Spaziergänge nicht ganz uneigennützig gewesen waren. Sie seufzte, aber so, dass Lukas es kaum hören konnte, und sie wusste, was sie sagen musste: »Hasenzahn, ich begreife nur in Teilen, was du mir da erzählst, aber wenn du meinst, dass es wichtig ist, dann glaube ich dir das natürlich.« Lilli nahm seine Hand. »Ich gebe dir eine Woche Sabbatical vom Sabbatical. Sieben Tage, um diese Geschichte zu klären, unter einer Bedingung: Keine Geheimnisse mehr, volle Transparenz, ich will wissen, wo du bist und mit wem du dich triffst. Und in sieben Tagen bist du dann bis zum Ende der Schwangerschaft ganz für uns beide da.« Sie streichelte über ihren Bauch und spürte, wie das Baby anfing zu treten. Ob man die Aufregung hier draußen da drinnen spüren konnte?

»Deal, Hasenzahn?«, fragte Lilli.

»Deal, Hasenzahn«, antwortete Lukas, stand auf, nahm das Gesicht seiner Frau in beide Hände und gab ihr einen Kuss auf den Mund. Was er, wie beide gleichzeitig und erstaunt feststellten, ganz schön lange nicht getan hatte.

Wie um Lilli zu beweisen, dass er sich streng an die neue Abmachung hielt, hatte Lukas Kaja angerufen und sie gebeten, so schnell wie möglich zu kommen.

»Aber deine Frau ...?«, hatte Kaja gefragt.

»Die weiß Bescheid«, lautete Lukas' Antwort.

Nun saßen sie zu dritt in der Küche, und Lukas wiederholte den Satz, der normalerweise nicht zum Wortschatz eines Journalisten gehörte: »Wir können das nicht veröffentlichen!«

Kaja hatte sich jede der ausgedruckten E-Mails Zeile für Zeile durchgelesen. Am Anfang hatte sie kaum merklich mit dem Kopf geschüttelt, später fing sie an, mit den Schneidezähnen auf ihrer Unterlippe herumzubeißen, ab Zettel sechs oder sieben so doll, dass Lukas befürchtete, es könnte Blut fließen. Irgendwann stieß Kaja zischend Beschimpfungen aus, von denen »Was für ein Machoschwein« und »Dieser erbärmliche Wichser« noch die harmlosesten waren. Als sie fertig war, sah sie Lilli entschuldigend an und sagte zu Lukas: »Ich brauche was zu trinken.«

»Mit oder ohne Sprudel?«, fragte er, und bevor Kaja darauf reagieren konnte: »War nur ein Scherz. Wir haben«, er öffnete den Kühlschrank, »nur einen Flachmann, Jägermeister.«

»Das ist genau das Richtige.« Kaja streckte den Arm aus, nahm die kleine grüne Flasche entgegen, öffnete sie und trank sie in einem Schluck aus. Lilli schüttelte es beim Zusehen.

»So«, Kaja wischte sich mit dem Unterarm über die Lippen, »schon besser. Hast du noch einen?«

»Leider nein«, sagte Lukas. »Was denkst du?«

»›Was denkst du?‹«, echote Kaja. »Meine Stärke liegt in den Recherchen da draußen auf der Straße, deine Stärke sind die Recherchen hier oben.« Sie klopfte sich mit den Knöcheln von Zeige- und Mittelfinger an die Stirn.

Lukas begann, die Zettel aufeinanderzulegen. »Also«, sagte er und blickte zu seiner Frau, als würde er sie fragen, ob sie nicht lieber nach oben ins Schlafzimmer gehen und sich ausruhen wolle. Doch Lilli machte keine Anstalten, ihren Platz in der Küche zu räumen. »Ich bleibe, falls du das meinst«, sagte sie.

»Also.« Lukas stand auf, nur um sich gleich wieder hinzusetzen, weil es albern ausgesehen hätte, wenn er wie Hercule Poirot in *Mord im Orient-Express* auf und ab gegangen wäre. »Ich glaube, dass der- oder diejenige, die uns das Paket mit diesen E-Mails vor die Tür gelegt hat, das sehr bewusst getan hat. Ich glaube, dass er oder sie uns instrumentalisieren will.«

»Wie meinst du das?«, fragte Lilli, die beschlossen hatte, genau zu verstehen, was da an ihrem Küchentisch gesprochen wurde, wenn sie schon dabei sein konnte.

»Nun, warum wohl sollten wir, warum sollte ich diese E-Mails finden?« Lukas blickte Lilli und Kaja an, als ob die Frage nur rhetorisch gemeint sein könnte. »Weil der Absender oder die Absenderin ...«

»Du machst Fortschritte!« Kaja grinste.

»Weil der Absendende«, jetzt grinsten alle, »damit rechnet, dass aus diesen E-Mails eine Geschichte wird und dass diese

Geschichte Georg Weichmann seinen Job kostet. Er glaubt, mich zu seinem Handlanger machen zu können ...«

»... oder sie«, unterbrach Kaja. Lukas fuhr fort: »... und deshalb bleibe ich dabei: Wir dürfen das nicht veröffentlichen. Das wäre wie Beihilfe zur Fortsetzung einer Verbrechensserie, und das mache ich nicht.«

»Sorry, aber ich verstehe nicht, wovon du da redest, Has...«, Lilli erinnerte sich gerade rechtzeitig daran, dass Lukas und sie abgemacht hatten, den gewöhnungsbedürftigen Kosenamen im Beisein anderer nicht zu verwenden. »Ha...st du verstanden, was er meint, Kaja?«

Die Polizeireporterin leckte sich die Lippen, als könnten dort noch ein paar Tropfen Jägermeister lauern. »Nun, es ist unwahrscheinlich, aber eben nicht unmöglich, dass hinter den Morden und Attacken auf die Journalistenkolleg:innen ein:e Auftragskiller:in steckt, also jemand, der oder die professionell Menschen aus dem Weg oder aus ihrem Job räumt, je nachdem, was gerade gewünscht und bezahlt wird.«

»Du meinst, so wie im Wilden Westen: tot oder lebendig?«, fragte Lilli.

»Schöner Vergleich.« Kaja nickte anerkennend. »Wir haben zwei tote Journalist:innen und drei Journalist:innen, die sich gezwungen sahen, ihren Job hinzuschmeißen ...«

»... und wenn wir das hier veröffentlichen, kann jemand auf seiner Liste den nächsten Namen durchstreichen, verstehst du?«, fragte Lukas seine Frau.

»Puh, ich dachte, das mit der Liste hätte sich erledigt«, sagte Lilli.

»Ich meine nicht die Liste, die die Polizei im Politbüro gefunden hat und die aus meiner Sicht mit der ganzen Sache nichts zu tun hat.« Lukas machte eine abfällige Handbewegung.

»Und der Typ, den sie nach dem Brandanschlag auf Peter Berndt gefasst haben?«, hakte Lilli nach.

»Ein Trittbrettfahrer, ein Zufall, was auch immer. Aber nicht unser Mann«, antwortete Lukas.

»… oder unsere Frau, denk daran, was Enno gesagt hat«, fiel ihm Kaja ins Wort.

»Was hat er denn gesagt?«, fragte Lilli..

»Dass es nicht unmöglich ist, dass hinter alldem eine geheimnisvolle Frau steckt, die bei den Morden an Christoph Meier-Wiegand und Jens U. Schmidt in der Nähe war …«, antwortete Kaja.

»Auf jeden Fall sucht die Person, die für das alles verantwortlich ist, einen Dummen, der ihr perfides Spiel mitspielt«, Lukas holte tief Luft, »und ich werde nicht dieser Dumme sein.« Er verschränkte die Arme vor der Brust.

»Was willst du dann damit tun?« Lilli zeigte auf den Stapel mit den DIN-A4-Zetteln, der gut fünf Zentimeter hoch sein musste. »Kann man das nicht einfach der Polizei übergeben, und die kümmert sich?«

»Was sollen die denn damit machen?« Lukas hielt den zerfetzten Briefumschlag hoch. »Fingerabdrücke wird darauf niemand finden, und selbst wenn: Was beweist das schon?«

»Also macht ihr *was* genau?«, fragte Lilli weiter.

Lukas und Kaja sahen sich an.

»Wir veröffentlichen das …«, sagte sie.

»… auf keinen Fall«, sagte er.

Jetzt stand Kaja auf, was Finchen, die sich unter den Tisch verkrochen hatte, als Signal für einen Spaziergang verstand. Aber sie stellte sich bloß hinter Lilli, bevor sie sich wieder Lukas zuwandte. Der ahnte, was kommen würde.

»Lukas.« Kaja begann, vorsichtig die Schultern von Lilli zu massieren, die wohlig schnurrte und die Augen schloss.

»Dieser Georg Weichmann benutzt seine Macht als Chefredakteur der *Chronik*, um eine junge Frau nach der anderen flachzulegen. Er lobt sie, er macht ihnen Versprechungen, um sie ins Bett zu kriegen. Und wenn er von einer genug hat, reicht er sie weiter an seine Stellvertreter.« Sie hatten in den Mails noch andere gefunden, in denen Weichmann seinen männlichen Kollegen eindeutige Hinweise auf bestimmte Mitarbeiterinnen gegeben hatte. »Das ist so eklig, so widerwärtig, so völlig aus der Zeit, dass dieser Typ damit nicht durchkommen darf. So einer darf nie und nimmer Chefredakteur einer Zeitung sein, so einer dürfte nicht einmal den *Blick* leiten. Der Weichmann muss weg, und hier auf deinem Küchentisch liegt alles, was man dazu braucht.« Kaja verstärkte den Druck auf Lillis Schultern, die begann, leicht hin und her zu schwanken.

»Zu doll?«, fragte Kaja.

»Nein«, stöhnte Lilli, »mach weiter. Das tut soooo gut.« Sie schlug kurz die Augen auf und sagte zu Lukas: »Kaja hat recht. Du weißt, dass sie recht hat. Du verachtest doch selbst solche Kerle.«

»Und vergiss nicht, wie der und die alle bei der *Chronik* immer auf uns bei den Lokalzeitungen herabschauen. Wenn der Weichmann in den *Hamburg News* das da lesen und sehen müsste …« Kaja nickte Lukas aufmunternd zu.

»Das geht nicht.« Lukas zog Finchen auf seinen Schoß, die die ganze Zeit versucht hatte, auf den Stuhl zu gelangen. »Ihr wisst, dass ich die Geschichte sofort machen würde, wenn ich selbst darauf gestoßen wäre und wenn es diese offensichtliche Verbindung zu den Anschlägen auf die Journalisten nicht geben würde …«

»So offensichtlich finde ich die Verbindung gar nicht«, murmelte Lilli mit geschlossenen Augen. Lukas ging nicht darauf ein: »Aber ich lasse mich nicht zum billigen Büttel eines Verbrechers machen.«

»Oder eine:r Verbrecher:in.« Kaja drückte ihre Fingerkuppen tief in Lillis Rücken und strich so langsam nach unten, dass Lukas beim bloßen Zuschauen ein Kribbeln verspürte. »Und das musst du auch nicht.«

»Muss ich nicht?«, fragte Lukas. »Du meinst ...?«

»Ich meine, dass ich sehr gern diese Dokumente einfach mitnehme, um den Herrn Chefredakteur direkt damit zu konfrontieren, so von unterdrückter Frau zu machtgeilem Macho«, sagte Kaja. »Ich bin jetzt schon gespannt, was er dazu sagt.«

»Er wird dich und die *Hamburg News* mit einstweiligen Verfügungen und Klagen überziehen.« Lukas kraulte Finchen. »Und du wirst nicht erklären können, woher du die vielen E-Mails hast. Das ist ein schwerer Verstoß gegen den Datenschutz, und das weißt du.«

»Nicht aufhören, Kaja.« Lilli meldete sich, weil diese die Massage unterbrochen hatte.

»Das lass mal meine Sorgen sein.« Kaja fuhr mit ihren Händen Lillis Rücken weiter nach oben, bis in den Nacken und zurück. »Ich werde mit all den Damen sprechen, die in diesen Mails erwähnt werden, und ich bin mir sicher, dass mindestens eine deren Echtheit bestätigen wird. Dann kann sich die *Chronik* eine:n neue:n Chefredakteur:in suchen.«

»Das mag ja alles sein«, Lukas setzte Finchen wieder auf den Boden, »und ich verstehe, dass das für dich einen persönlichen Triumph in deinem Kampf für mehr Geschlechtergerechtigkeit bedeuten würde ...« Wenn Kaja nicht beschäftigt gewesen wäre, hätte sie ihm an dieser Stelle zwei Mittelfinger gezeigt. So konnte sie Lukas nur die Zunge herausstrecken und »Blödmann« nuscheln, was den nicht daran hinderte, seinen Satz zu beenden: »... aber unser Grundproblem lösen wir damit nicht.«

»Du meinst die Unterdrückung der Frauen durch, Entschuldigung, Lilli, Entschuldigung, kleines Baby, schwanzgesteuerte Männer?«, fragte Kaja.

»Ich meine, dass wir nicht den Mörder von Christoph Meier-Wiegand und Jens U. Schmidt finden, wenn wir ihm den Gefallen tun, Georg Weichmann zu Fall zu bringen«, sagte Lukas.

»Vielleicht doch.« Kajas Handy piepste. »Jetzt hätte ich fast die Pressekonferenz im Rathaus vergessen. Tut mir leid, ich muss los.«

»Wir müssen los.« Lukas sah vorsichtshalber zu Lilli hinüber, die nach der Massage so entspannt war wie lange nicht mehr und einfach lächelte.

41

Auf der Fahrt ins Hamburger Rathaus versuchte Kaja, Enno zu erreichen. Sie hoffte, schon vor der Pressekonferenz ein, zwei Neuigkeiten zum Fall des festgenommenen Italieners veröffentlichen zu können, und sie hatte Glück. Beim dritten Versuch ging Enno ran, sagte, dass er nicht viel Zeit habe, aber auch, dass sich eine Zeugin gemeldet hätte. Eine junge Frau, die über Peter Berndt wohnte, hatte den Brandanschlag beobachtet und den Täter mit ihrem Handy fotografiert. Die Aufnahmen seien nicht besonders, aber dass es sich bei dem Mann um den festgenommenen Giovanni Esposito handelte, stand außer Frage. »Wir haben ihn, Kaja«, wiederholte Enno den Satz, den er per Mail an den Innensenator und den Polizeipräsidenten geschickt hatte, aber anders als die beiden fragte die Polizeireporterin sofort nach: »Du meinst, dieser Giovanni könnte auch für die anderen Taten …?«

»Erst mal haben wir den Anschlag auf Peter Berndt aufgeklärt, das steht hundertprozentig fest.« Kaja hörte, wie Türen zugeschlagen wurden, wahrscheinlich war Enno vor dem Rathaus abgesetzt worden. »Was den Rest angeht«, der Soko-Chef senkte die Stimme, »muss man abwarten. Immerhin hat ein Mitarbeiter des Health Club, dem wir ein Foto von Esposito gezeigt haben, gesagt, dass ihm das Gesicht bekannt vorkommt.«

»Was alles und nichts heißen kann«, sagte Kaja.

»Mehr gleich bei der Pressekonferenz. Bist du da?«, fragte Enno.

»Was denkst du denn?«, antwortete Kaja. »Was ist mit heute Abend?«

»Ich melde mich.« Erst nachdem Enno aufgelegt hatte, traute sich Lukas wieder, etwas zu sagen. Er hatte die ganze Zeit still neben Kaja auf dem Beifahrersitz ihres Minis gesessen und zugehört, sie hatte über die Freisprechanlage telefoniert. Alles andere hätte Lukas auch verunsichert, weil Kaja grundsätzlich viel schneller fuhr, als erlaubt war.

»Der ist ja ziemlich auskunftsfreudig, dein adliger Polizeifreund«, sagte er, und es klang etwas schnippischer, als es hätte klingen sollen. Lukas hatte sich während des Gesprächs erneut an das erinnert, was Clemens beim Treffen der *Vier Flaschen* gesagt hatte, an diese Geschichte mit den Feuerwehrmännern, die Brände legten, um sie selbst heldenhaft zu löschen. Aber war das wirklich denkbar? Dass Enno von Spoercken eine oder gleich mehrere Personen beauftragt hatte, Verbrechen zu begehen, damit er sie aufklären und sich auf Pressekonferenzen für seine Erfolge feiern lassen konnte, schien ihm einerseits wenig wahrscheinlich. Andererseits war der Mann aus seiner Sicht eine Spur zu eitel, genoss es über das normale Maß, wenn er befragt, fotografiert oder gefilmt wurde. Es kam hinzu, dass er mit keinem Satz erwähnt hatte, dass das neueste Opfer, Peter Berndt, gar nicht auf der Liste aus dem Politbüro stand.

»Seid ihr eigentlich zusammen?« Lukas war die Frage eher rausgerutscht, als dass er sie bewusst gestellt hätte, und ihm war klar, dass ihn das nichts anging.

»Zusammen sein ist für mich keine wirklich wichtige Kategorie«, antwortete Kaja. »Aber es läuft gut.« Sie bog in die Straße hinter dem Rathaus ein und parkte den Mini vor der Zentrale der Hamburger Sparkasse. »Ich kann mich auf jeden Fall nicht erinnern, dass sich bei mir jemals Arbeit und

Vergnügen so gut miteinander verbunden haben. Das nenn ich mal eine Work-Life-Balance. Wollen wir?«

»Und der Hund?« Lukas hatte Finchen mitgenommen, damit Lilli ihre Ruhe hatte. Die Dackeldame hatte sich unaufgeregt wie selten in den Fußraum des Beifahrersitzes gelegt und machte keine Anstalten, den Platz zu verlassen.

»Ihr scheint es ganz gut da unten zu gefallen«, sagte Kaja. »Außerdem können wir sie kaum mit ins Rathaus nehmen …«

»… weil sie dort allen die Show stehlen würde, selbst deinem Enno«, sagte Lukas und band Finchens Leine vorsichtshalber um den Steuerknüppel, bevor er ausstieg.

Die Show stahl dem Leiter der Soko und dem Innensenator, die gemeinsam, aber ohne den Bürgermeister im Rathaus vor die Presse traten, ein anderer. Als Hartmut Naumann mit seiner Begrüßung ansetzen wollte, öffnete sich die Tür zu Raum Nummer 151 ein weiteres Mal, und herein trat der Mann, ohne den es diese Pressekonferenz nicht gegeben hätte. Peter Berndt hatte ein Pflaster auf der Hand kleben, ansonsten sah er aus wie immer. Er ging betont langsam zu seinem Stammplatz in der ersten Reihe, den die Kollegen offenbar aus Pietätsgründen frei gehalten hatten, setzte sich hin und zündete sich eine Zigarette an, als sei das hier üblich und nicht seit Jahren verboten. Der Letzte, dem man das in Hamburg hatte durchgehen lassen, war Helmut Schmidt gewesen. Als die Fotografen, die vor Enno von Spoercken und dem Innensenator standen, bemerkten, dass das Opfer des letzten Anschlags selbst gekommen war, stürzten sie in seine Richtung und fotografierten den Reporter minutenlang. Dann erhob sich der Mann, der neben Berndt saß, und begann zu klatschen, Lukas konnte nicht erkennen, wer es war. Die Kollegen fielen nach und nach ein, es gab Standing Ovations, Lukas und Kaja gehörten zu den wenigen, die sitzen blieben. »Wenn ich es nicht mit eigenen Augen sehen würde, würde ich nicht glauben, was hier gerade passiert«, flüsterte die Polizeireporterin Lukas ins Ohr und versuchte, durch die stehenden Menschen einen Blick auf Enno zu erhaschen. Er sah verunsichert aus, was sie gut verstehen konnte. Die Situation war zu skurril.

Zwischen zwei Zigarettenzügen machte Peter Berndt ein Zeichen mit der Hand, dass es genug sei und die Kollegen sich setzen sollten. »Der muss sich fühlen wie der König von Hamburg.« Jetzt war es an Lukas zu flüstern. Er war gespannt, wie diejenigen, die bis eben gedacht hatten, die Hauptakteure dieser Pressekonferenz zu sein, auf Berndts Auftritt reagieren würden.

»Meine Damen und Herren«, der Innensenator stellte sein Mikrofon so ein, dass er es direkt vor dem Mund hatte. »Lassen Sie mich erst einmal im Namen des Senats der Freien und Hansestadt Hamburg sagen, wie froh ich bin, dass Sie, sehr geehrter Herr Berndt, heute unversehrt unter uns sitzen.« Er nickte in Richtung des *Blick*-Reporters, der sich die Bemerkung, dass das nun am wenigsten das Verdienst des Senats sei, nicht verkneifen konnte. Naumann ignorierte das und sprach ein paar allgemeine einleitende Worte, bevor er an den Chef der Soko Pressefreiheit übergab.

Enno räusperte sich zweimal, ehe er das Mikrofon anschaltete und den Journalisten das erzählte, was Kaja und Lukas bereits wussten. Er berichtete von dem Brandanschlag auf die Wohnung Berndts, bei dem der mutmaßliche Täter von einer Nachbarin fotografiert worden sei, und dass es sich um einen Italiener handele, der der Polizei während der G20-Tage mehrfach aufgefallen sei. Enno erzählte von der Verhaftung durch eine Polizeistreife kurz nach der Tat, zeigte Fotos von Giovanni Esposito und den Dingen, die sie in seinem

Rucksack gefunden hätten, alles sei zur Veröffentlichung freigegeben. »Wir können nach jetzigem Ermittlungsstand mit an Sicherheit grenzender Wahrscheinlichkeit sagen, dass es sich bei Giovanni Esposito um den Mann handelt, der einen Molotowcocktail gebastelt und durch das Fenster in die Wohnung von Herrn Berndt geworfen hat.« Enno blickte zu dem Reporter, der sich eine weitere Zigarette angezündet hatte und scheinbar gelangweilt zuhörte, als würde das alles nichts mit ihm zu tun haben. »Nun suchen wir nach möglichen Verbindungen zwischen dieser Tat und den anderen noch nicht aufgeklärten Anschlägen auf Journalisten. Wir ermitteln in alle Richtungen, ich kann kein Ergebnis ausschließen«, Enno machte eine kurze Pause, »weder, dass es sich um einen Einzeltäter, noch, dass es sich um eine Gruppe von Tätern handelt, und auch nicht, dass der jüngste Anschlag mit den vorhergehenden überhaupt nichts zu tun hat. Bevor Sie gleich Gelegenheit haben, Fragen zu stellen, möchte ich mich bei meinem Team bedanken, das diesen Fall so schnell und vorbildlich aufgeklärt hat.« Enno überlegte kurz, ob er einen Satz wie »Das wäre auch mal einen Applaus wert« anbringen sollte, verwarf den Gedanken aber wieder. »Haben Sie Fragen?«

Kaja glaubte, Schweißperlen auf Ennos Stirn zu erkennen, bevor in den Reihen vor ihr die Arme hochgingen.

»Ja, bitte.« Er zeigte auf einen Mann, der für den Norddeutschen Rundfunk arbeitete.

»Ich habe eine Frage an Herrn von Spoercken«, sagte er, und Lukas dachte bei sich: An wen denn sonst? »Können Sie mir erklären, warum man einige der Details, die Sie uns gerade mitgeteilt haben, schon kurz vor Beginn der Pressekonferenz auf der Seite der *Hamburg News* lesen konnte?«

»Das müssen Sie die *Hamburg News* fragen«, sagte Enno knapp. »Nächste Frage, Sie in der dritten Reihe, ganz rechts. Seien Sie so nett und sagen Sie bitte, wie Sie heißen und von welchem Medium Sie sind.«

»Barbara Holzner, *Politik Insider*. Ich habe zwei Fragen. Erstens würde ich gern wissen, ob es schon Hinweise darauf gibt, dass der festgenommene Mann etwas mit der Ermordung der beiden Reporter aus …«, sie schluckte, »aus unserer Redaktion zu tun haben könnte.«

»Dazu kann ich zum momentanen Zeitpunkt nichts sagen.« Enno blieb bei seiner Strategie, möglichst schnell und kurz zu antworten, er hoffte, damit Souveränität und Stärke auszustrahlen. »Ihre zweite Frage?«

»Welche Rolle spielt die Liste mit den Namen der Journalistinnen und Journalisten, die Sie bei der Razzia im Politbüro gefunden haben, bei Ihren Ermittlungen noch?«

»Wie kommen Sie auf die Frage?«, fragte Enno zurück.

»Ich komme darauf, weil unsere Recherchen ergeben haben, dass Peter Berndt auf dieser Liste überhaupt nicht stand«, sagte Barbara Holzner, und Lukas fand den Begriff »Recherchen« in diesem Zusammenhang deutlich zu dick aufgetragen. Man hatte nur die Liste aufmerksam durchsehen müssen, um festzustellen, was seine Exkollegin hier als investigative Leistung verkaufte. »Das spricht ja dafür, dass diese Liste vielleicht doch nicht das ist, was in der Zeitung des Kollegen Berndt großspurig verkündet wurde, nämlich eine Todesliste.«

»Die Polizei Hamburg hat sich diesen Begriff nie zu eigen gemacht.« Enno hörte sich an wie ein Politiker. »Bitte, Sie da in Reihe vier, links, bitte sehr.«

»Catherina Schulz, *Chronik*.« Lukas sah, wie sich Kajas Körper spannte und sie den Kopf reckte, um besser erkennen zu können, wer da sprach. Catherina Schulz mochte Ende zwanzig, Anfang dreißig Jahre alt sein, sie hatte lange dunkelblonde Haare, die bis knapp auf die Schultern fielen und auf dem Kopf von einer großen Sonnenbrille zusammengehalten wurden. Lukas konnte verstehen, dass sich Georg Weichmann für diese Frau interessierte, aber das sagte er Kaja lieber nicht.

»Werden Sie die Sicherheitsmaßnahmen aufrechterhalten, die nach unseren Informationen für ganze Redaktionen und für einzelne Journalisten ergriffen wurden?« Catherina Schulz hatte eine sehr klare, eher tiefe Stimme, die Selbstbewusstsein ausstrahlte. So trat keine auf, die sich von ihrem Chef unterdrücken lässt, dachte Lukas, und gleichzeitig überlegte er, ob sie die Frage gestellt hatte, weil sie sich Sorgen um ihren Georg machte. Kaja musste über Enno herauskriegen, ob der Chefredakteur der *Chronik* Personenschutz erhalten hatte.

»Wir werden die Maßnahmen bis zum endgültigen Abschluss der Ermittlungen selbstverständlich aufrechterhalten«, sagte Enno und arbeitete dann eine Dreiviertelstunde Fragen ab, die anfingen, sich zu wiederholen.

Bald hatte die Pressekonferenz einen Zustand erreicht, der sich am besten mit einem Spruch beschreiben ließ, den er von Vereinsversammlungen kannte: Eigentlich war alles gesagt, aber noch nicht von jedem. Enno nahm sich vor, so lange am Mikrofon zu bleiben, bis niemand mehr einen Arm nach oben streckte.

Als es so weit war, blickte er ein letztes Mal in den Saal und wollte gerade »Dann danke ich für Ihr Interesse« sagen, als in der ersten Reihe eine Hand hochging. Eine Hand, die eine Zigarette hielt. Enno stoppte seine Abschiedsworte: »Herr Berndt, wollen Sie zum Schluss etwas erklären?«

Peter Berndt ließ seinen Arm langsam sinken, zog an der Zigarette und pustete kleine Ringe in die Luft. »Ich würde gern zwei Fragen stellen, obwohl ich weiß, dass Sie sie weder beantworten wollen noch können. Aber es sind zwei Fragen, die in dieser Stadt über Leben und Tod entscheiden, und deshalb werde ich sie so lange wiederholen, bis sie sich erledigt haben. Oder bis sie mich erledigt haben.« Die Fotografen fingen wieder an, Bilder von Peter Berndt zu schießen, der aufgestanden war und mit dem Finger in Richtung Soko-Chef und Innensenator zeigte.

»Herr Berndt, ich kann verstehen, dass Sie angesichts dessen, was Sie erlebt haben, aufgewühlt sind, aber ...«, setzte Naumann an, doch der Reporter des *Blicks* sprach einfach weiter: »Diese zwei Fragen lauten: Wann räumt der Senat endlich das Politbüro? Und wann tritt der Bürgermeister zurück?«

Ein paar Journalisten klatschten, andere schüttelten den Kopf, und der Innensenator sagte, dass man »die Pressekonferenz an diesem Punkt nun wirklich beenden« wolle. Lukas und Kaja gehörten zu den Ersten, die den Raum verließen. Die Polizeireporterin wollte schnell in die Redaktion, und Lukas hatte beschlossen, mit Finchen zu Fuß vom Rathaus nach Hause zu gehen. Die Dackeldame hatte genau so in Kajas Auto gelegen, wie sie sie zurückgelassen hatten, und Lukas hatte tatsächlich Schwierigkeiten gehabt, sie dort rauszulocken.

»Sprechen wir nachher noch mal?«, fragte er Kaja, nachdem der Hund endlich bellend auf der Straße stand.

»Auf jeden Fall, ruf mich an«, antwortete sie, stieg in ihr Auto und düste ab. Lukas sah ihr nach und wollte gerade losgehen, als der Mini stoppte, Kaja sich über den Beifahrersitz beugte und die Tür öffnete. Erst jetzt konnte Lukas erkennen, warum sie das tat. Neben ihrem Auto stand eine junge Frau mit langen dunkelblonden Haaren, die von einer großen Sonnenbrille zusammengehalten wurden. Die beiden sprachen kurz miteinander, dann stieg Catherina Schulz ein.

42

Die Festnahme von Giovanni Esposito und der Auftritt von Peter Berndt bei der Pressekonferenz im Rathaus waren die großen Themen auf allen Nachrichtenseiten, durch die Lukas am Abend scrollte. Er hatte sich ins Kinderzimmer zurückgezogen, jetzt durfte er das ganz offiziell. Finchen lag, erschöpft von dem langen Spaziergang, in Lillis Bett. Im Hause Hammerstein war nach einem aufregenden Tag Ruhe eingekehrt, die Redaktionen mussten dagegen im Ausnahmezustand sein. Dass die Anschlagsserie zwei neue Gesichter bekam, das eines Täters und das eines Opfers, war journalistisch gesehen ein Geschenk, dass man die Bilder der beiden veröffentlichen durfte, sowieso. Als sei das nicht genug, überboten sich die Kollegen im Netz mit Deutungsversuchen der jüngsten Ereignisse. Mal war Giovanni Esposito ein gefährlicher Einzeltäter, der viel zu spät geschnappt worden war, dann sollte er Teil einer radikalen Gruppe wahlweise aus Linksextremen und/oder Anhängern der Lügenpresse-Bewegung sein, deren Plan es war, Journalisten auszuschalten und damit einen der Grundpfeiler der Demokratie ins Wanken zu bringen. Dass Peter Berndt nicht auf der »Todesliste« gestanden hatte, werteten die einen als Beleg für deren Echtheit, während andere davor warnten, endgültig in Panik und Hysterie zu verfallen.

»Erst denken, dann schreiben«, murmelte Lukas vor sich hin. Er hatte eine Geschichte auch am liebsten als Erster und exklusiv. Aber bevor er etwas veröffentlichte, was sich wenig später als Blödsinn herausstellte, wartete er ab, recherchierte und dachte nach. Seine Erfahrung besagte, dass gesunder Menschenverstand für einen Journalisten mindestens so wichtig war wie das Sammeln und Sortieren von Fakten. Leider war der manchen Kollegen mit dem Siegeszug des Internets abhandengekommen. Deren wichtigste Währung war nicht mehr Genauigkeit, sondern Schnelligkeit, und wer das nicht kapieren wollte, galt schnell als ein alter Print-Mann. Auch wenn er wie Lukas knapp über vierzig war.

Natürlich wäre es für alle am einfachsten, wenn sich herausstellen würde, dass Giovanni Esposito auch die anderen Verbrechen begangen hätte. Der Italiener kam aus einem anarchistischen, gewaltbereiten Umfeld, er war auf frischer Tat ertappt worden, das schien zu passen. Was nicht passte, aber das wusste außer Lukas und Kaja niemand, war, dass in der Nacht des Brandanschlags auf Peter Berndt der Umschlag mit den ausgedruckten E-Mails vor Lukas' Haus abgelegt worden sein musste. Es war unwahrscheinlich, dass Esposito beides getan hatte, zumal er größere Teile der Nacht in Polizeigewahrsam verbracht hatte. Außerdem passten die Methoden nicht zusammen: dort der plumpe Molotowcocktail, den sich praktisch jeder nach einer Anleitung aus dem Internet zusammenbasteln konnte, hier intime E-Mail-Verläufe, für die man sich in Computersysteme hacken musste. Lukas kannte Giovanni Esposito nicht, aber das, was er über ihn gelesen hatte, deutete nicht darauf hin, dass er besonders clever war. So einer kam nicht auf die Idee, den Chefredakteur einer großen Zeitung mit Hilfe seiner Liebesaffären vernichten zu wollen. Dass genau dies das Ziel desjenigen war, der den Hammersteins den Umschlag auf die Fußmatte gelegt hatte, stand für Lukas genauso außer Frage wie ein Zusammenhang mit den anderen Anschlägen. Die ganze Sache war mit der Festnahme des Italieners nicht beendet, im Gegenteil. Sie ging auf einem neuen Niveau weiter.

Lukas hatte am frühen Abend zweimal versucht, Kaja zu erreichen, aber sie hatte ihm nur eine automatische Nachricht zurückgeschickt: »Kann ich später zurückrufen?« Entweder hatte sie in der Redaktion zu viel zu tun – ihr aktueller Text auf der *Hamburg News*-Seite war gerade das sechste Mal aktualisiert worden –, oder sie hatte sich mit Enno getroffen. Erst kurz vor 21 Uhr kam eine WhatsApp von ihr: »Georg Weichmann hat den Personenschutz, den ihm die Polizei angeboten hat, weil er auf der Liste aus dem Politbüro steht, übrigens abgelehnt.« Das war, fand Lukas, eine wichtige Information. Weichmann hatte offensichtlich kein Interesse daran, dass ihn die Polizei dabei beobachtete, mit wem aus der Redaktion er sich traf. »Was hast du mit Catherina Schulz im Auto besprochen?«, schrieb er Kaja zurück, erhielt aber keine Antwort.

Dafür sah Lukas, dass Niklas Claasen versucht hatte, ihn zu erreichen. Er hatte ihn auch anrufen und um einen Gefallen bitten wollen. Niklas hatte bei einem Treffen der *Vier Flaschen* einmal erzählt, dass Karl Friedrichsen, der Gründer des Friedrichsen-Verlags, seit seinem Rückzug von der Spitze des Unternehmens fast täglich in der Alster-Lounge zu Mittag aß. Lukas wollte in den nächsten Tagen, am besten gleich morgen, die Gelegenheit nutzen, um dort mit dem Verleger zu sprechen.

Denn so verworren die Geschichte der Anschläge auf die Journalisten war, einen roten Faden gab es: Ganz gleich, ob Reporter getötet worden waren, ob sie ihren Job aufgegeben hatten oder, wie im Fall Georg Weichmann, dazu gezwungen werden sollten, immer verschwand ein hochbezahlter Mensch von den Gehaltslisten des Friedrichsen-Verlags. Dieser Punkt war zu auffällig, um ignoriert zu werden, dachte Lukas. Er hatte die vergangenen Stunden deshalb dazu genutzt, im Netz alles zu lesen, was er über Martin Grube, Friedrichsens neuen Vorstandsvorsitzenden, finden konnte. Das war nicht besonders viel, ausgerechnet der Chef eines der größten Medienkonzerne des Landes hatte sich mit Interviews und Auftritten zurückgehalten, und wenn er welche gab, waren seine Aussagen allgemein und belanglos. Interessant war allein der Text aus einem Wirtschaftsmagazin, das versucht hatte, Grube anhand von Einschätzungen ehemaliger Mitarbeiter und Weggefährten zu porträtieren. Einer hatte erzählt, dass er »völlig frei von menschlichen Regungen und Empfindungen« sei, vor allem dann, »wenn die Zahlen sich nicht so entwickeln, wie er sich das vorstellt«. Ein anderer hatte dem Reporter des Wirtschaftsmagazins gesagt, dass der Medienmanager zu den Chefs gehöre, »die über Leichen gehen«. Was ein Zitat war, das Lukas' Wunsch nicht verringerte, so viel wie möglich über den Mann zu erfahren.

Er wählte Niklas' Nummer, der Freund war nach dem ersten Klingeln dran.

»Lukas, wie schön.« Im Hintergrund hörte man ein Stimmengewirr und Musik, Niklas musste in der Alster-Lounge sein. »Alles gut bei dir, wie läuft das Sabbatical?«

»Ich mache gerade eine Pause«, antwortete Lukas.

»Das weiß ich, Alter«, sagte Niklas. »Also, ich weiß, dass du ein Sabbatical machst, und ich weiß, was das ist …«

»Nein, ich mache eine Pause vom Sabbatical, sozusagen ein Sabbatical im Sabbatical, um mich um diese Geschichte mit den Journalisten zu kümmern«, sagte Lukas.

»Im Ernst?« Niklas fing an zu husten. »'tschuldigung«, röchelte er, »habe mich an einer Erdnuss verschluckt. Moment, muss schnell was trinken.« Nach einer halben Minute war er wieder da.

»Alles gut bei dir?«, fragte jetzt Lukas.

»Alles gut, ich darf mir halt nicht so viele Erdnüsse auf einmal reinschmeißen.« Niklas hatte immer ein Glas mit Nüssen auf dem Empfangstresen in der Alster-Lounge stehen. Als kleiner Junge hatte er nicht einmal in die Nähe von Erdnüssen kommen dürfen, weil ein Kinderarzt diagnostiziert hatte, dass er dagegen allergisch sei und sie für ihn lebensbedrohlich sein könnten. Eine Einschätzung, die sich später, als er erwachsen war, als Blödsinn herausstellte. Seitdem aß Niklas Erdnüsse, wie andere Menschen Kaffee tranken.

»So«, er räusperte sich ein letztes Mal. »Wo waren wir? Ach ja, bei deinem Sabbatical vom Sabbatical und dieser Journalistengeschichte. Das passt prima. Ich bräuchte nämlich einen Rat von dir.«

Lukas horchte auf. Wenn Niklas ihn um Rat fragte, musste es um etwas Wichtiges gehen. Meistens war es umgekehrt. »Wie kann ich dir helfen, Nik, worum geht es?«

»Das würde ich dir ungern am Telefon erzählen. Kannst du morgen am späten Vormittag in die Alster-Lounge kommen?«

»Klar«, sagte Lukas. »Gegen elf Uhr?«

»Das wäre wunderbar.« Niklas Stimme klang, als hätte er wieder Erdnüsse im Mund.

»Gut, ich werde pünktlich da sein. Sag mal, Nik, ist morgen der Friedrichsen bei euch zum Mittagessen?«

»Warte, ich schaue nach«, Niklas blätterte anscheinend in dem großen Gästebuch, in das in der Alster-Lounge nach wie vor alle Reservierungen eingetragen wurden, als ob es elektronische Alternativen dazu nicht gäbe. »Jepp, er hat um zwölf Uhr seinen Tisch reserviert. Warum fragst du?«

»Ich würde ihn gern kurz sprechen«, antwortete Lukas.

»Kein Problem, ich stelle euch vor. Er schätzt die *Hamburg News* sehr und liest sie jeden Tag, soweit ich weiß. Der kennt deinen Namen bestimmt.« Niklas musste wieder husten. »Dann sehen wir uns um elf Uhr, mein Freund. Bringst du diesen Dackel wieder mit?«

»Wieso fragst du?«, wollte Lukas wissen.

»Dann müsste ich morgen früh nicht durchwischen lassen«, antwortete Niklas und legte auf.

43

Wie sie auf die Idee gekommen war anzuhalten, die Tür zu ihrem Mini zu öffnen und Catherina Schulz zu fragen, ob sie sie ein Stück mitnehmen dürfe, konnte Kaja hinterher nicht mehr genau sagen. Es war instinktiv geschehen, als sie die Kollegin von der *Chronik* am Straßenrand gesehen hatte. Bei der Pressekonferenz war ihr eingefallen, woher sie sich kannten. Beide hatten einen Kurs für »Krisenjournalismus« an der Akademie für Publizistik in der Hamburger Neustadt belegt. An das Gesicht konnte Kaja sich erinnern, an den Namen nicht mehr. Catherina musste es ähnlich gegangen sein, sie war, ohne zu überlegen, in den Mini eingestiegen und hatte sich kein bisschen gewundert, dass Kaja direkt ins Pressehaus an den Hafen fuhr, obwohl die *Hamburg News* dort nicht saßen.

Kaja hatte nach dem üblichen Vorgeplänkel – »Wir kennen uns doch aus der Akadamie?« »Ja, stimmt, der Kursus über Krisenjournalismus, ist auch wieder etwas her« – gefragt, wie denn die Stimmung in der Redaktion der *Chronik* sei angesichts der Anschläge auf Journalisten. »Auf dieser Liste aus dem Politbüro stehen ja einige Leute von euch.«

»Viel Feind, viel Ehr, meint unser Chefredakteur immer, und dass wir uns nicht einschüchtern lassen sollten«, hatte Catherina erwidert. »Aber weißt du, ein bisschen mulmig ist einem doch, wenn man weiß, dass zwei Kollegen, die im selben Haus gearbeitet haben, ums Leben gekommen sind. Und jetzt die Sache mit diesem seltsamen Typen vom *Blick*, also, ich weiß nicht. Wirklich sicher fühle ich mich nicht.«

»Stehst du auf der Liste?«, hatte Kaja gefragt, obwohl sie die Antwort kannte.

»Ich nicht, aber genügend nette Kollegen, mit denen ich täglich zusammenarbeite«, hatte Catherina geantwortet, und Kaja führte den Satz in Gedanken zu Ende: oder mit denen ich schlafe. Offenbar hatte Catherina nicht so sehr Angst davor, dass ihrem Chefredakteur etwas passieren könnte, sondern dass sie im Moment des Anschlags neben ihm liegen könnte.

»Und du?«, hatte sie gefragt.

»Ich stehe auf der Liste, aber es ist mir ziemlich egal«, hatte Kaja geantwortet und war auf die Straße eingebogen, die hinunter zum Hafen führte. Sie hatte überlegt, wie sie das Gespräch auf Georg Weichmann bringen könnte, aber ihr war nur ein plumpes »Und wie ist euer neuer Chef so?« eingefallen.

»So neu ist der Georg gar nicht mehr«, hatte Catherina geantwortet. »Du kannst mich hier rauslassen, wenn du magst.«

Kaja war rechts rangefahren. »War schön, dich mal wiedergesehen zu haben, vielleicht treffen wir uns mal auf einen Kaffee oder so?« Die beiden hatten ihre Handys aneinandergehalten, um die Kontakte auszutauschen.

»Danke fürs Rumfahren«, hatte Catherina Schulz gesagt, und dann, nachdem sie ausgestiegen war: »Hast du eigentlich auch von dem Gerücht gehört, dass dieser Chef der Soko ein Verhältnis mit einer Reporterin haben soll? Hat Georg erzählt.«

In diesem Moment war Kajas Entschluss gefallen, das Material, das sie bei Lukas gesehen hatte, zu veröffentlichen. Der Chefredakteur der *Chronik* musste weg, je schneller, desto besser.

Woher weiß der Weichmann das mit Enno und mir? Oder hatte diese Catherina nur versucht, sie zu testen? Beide Fragen beschäftigten Kaja den Rest des Tages, aber als Enno abends zu ihr ins Schanzenviertel kam, stellte sie eine ganz andere: »Gibt es einen Grund zu feiern?«

Ihr Polizistenfreund hatte eine Flasche Champagner mitgebracht und einen Hunderterpack Teelichter, was Kaja so albern wie romantisch fand.

»Natürlich gibt es einen Grund zu feiern. Erstens, dass wir Giovanni Esposito gefasst haben, und zweitens, dass wir zwei trotz des ganzen Wahnsinns ein paar Stunden für uns haben.« Enno schenkte erst Kaja, dann sich von dem Champagner ein und trank sein Glas in einem Zug aus.

»Da hat jemand anscheinend großen Durst«, sagte Kaja und erzählte von ihrer Begegnung mit Catherina Schulz.

»War das die, die bei der Pressekonferenz nach den Sicherheitsmaßnahmen gefragt hat?« Enno füllte ihr Glas auf: »Das prickelt bei dir ja gar nicht mehr.«

»Genau die«, antwortete Kaja.

»Die sollte mal lieber mit ihrem Chef sprechen. Der hat nämlich höchstpersönlich sämtliche Sicherheitsmaßnahmen für sich abgelehnt.« Enno versuchte, seine Stimme so zu verstellen, dass sie wie die von Georg Weichmann klang: »Ich war in den schwersten Krisenregionen der Welt, Herr von Spoercken, ich habe keine Angst, vor nichts und niemandem.«

»Das war sicher nicht der Grund, warum er so großzügig auf polizeiliche Überwachung verzichtet hat.« Kaja berichtete Enno von den E-Mails, die Lukas Hammerstein vor die Tür gelegt worden waren. »Ich glaube, dass der ach so angstfreie Herr Weichmann nur deshalb nicht bewacht werden will, damit keiner mitbekommt, was er mit den Frauen in seiner

Redaktion so anstellt, wenn sie gerade keine Texte für ihn schreiben. Was sagst du jetzt?«

Enno stellte das Glas, das er zum Mund führen wollte, auf dem Fußboden ab. »Du meinst ... ihr meint«, man sah ihm an, dass er die neuen Informationen verarbeiten musste, »dass derjenige, der für die Anschläge auf Meier-Wiegand, Schmidt und die anderen verantwortlich ist, jetzt versucht, über Hammerstein den nächsten Journalisten auszuschalten?«

»Lukas glaubt fest daran, und ich finde das auch plausibel. Oder hast du eine Erklärung dafür, warum ein paar Dutzend ausgedruckte E-Mails auftauchen, die eindeutig beweisen, dass Georg Weichmann seine Stellung missbraucht? Es haben schon Führungskräfte wegen deutlich weniger ihren Job verloren.« Kaja begann, Enno im Nacken zu kraulen. »Die Frage ist nur, was wir damit machen. Lukas meint, wir dürfen das alles nicht veröffentlichen, weil wir uns dann zu Mittätern machen.«

»Und was meinst du?« Enno schloss die Augen, Kaja konnte sehen, dass er Gänsehaut auf den Unterarmen bekam.

»Ich meine, dass man so ein Arschloch nicht davonkommen lassen darf. Erst recht nicht, seit ich weiß, dass ausgerechnet Mister Ich-bring-dich-ganz-groß-raus-wenn-du-mit-mir-ins-Bett-gehst überall rumerzählt, dass du eine Affäre mit eine:r Journalist:in hast.«

Enno riss die Augen auf: »Er macht was?«

»Kein Grund, sich aufzuregen.« Kaja strich Enno über das Gesicht, als wollte sie seine Augen wieder verschließen. »Es ist als Beamt:in nicht strafbar, ein Verhältnis mit eine:r Journalist:in zu haben.«

»Es ist auch als Chefredakteur nicht strafbar, mit einer Redakteurin ins Bett zu gehen, und trotzdem dürfte dieser Weichmann sich nicht darüber freuen, wenn ihr veröffentlicht, was in diesen E-Mails steht, oder?« Er nahm Kajas Hand aus seinem Gesicht. »Woher weiß der das mit uns?«

»Vielleicht weiß er das gar nicht, vielleicht hat er nur vor seiner Freundin mit seinem vermeintlichen Wissen prahlen wollen«, sagte Kaja. »Oder er brauchte in der Redaktionskonferenz eine Erklärung dafür, dass die kleinen *Hamburg News* viele wichtige Informationen vor der großen *Chronik* hatten. Wenn nicht sein kann, was nicht sein darf, suchen mächtige Männer halt gern Ausreden. Da erzählt man schnell mal, dass der Soko-Chef mit eine:r Kolleg:in von der Konkurrenz ins Bett geht, während der Herr Weichmann selbst sich lieber an die Frauen in der eigenen Redaktion hält. Die können ihm ja qua Arbeitsvertrag nicht widerstehen.« Kaja stand auf, stellte sich hinter Enno und begann, seine kräftigen Schultern zu massieren. Sie musste an die Situation in der Küche der Hammersteins denken und an Lilli, die sich anders als Enno sehr schnell entspannt hatte.

Kaja knöpfte an seinem Hemd die obersten Knöpfe auf, um mit ihren Händen direkt auf seine Haut zu kommen. »Was meinst du: Müssen wir nicht unbedingt über diese Machtspiele von Georg Weichmann berichten?«

»Was würdet ihr normalerweise tun?«, fragte Enno.

»Was meinst du mit ›normalerweise‹?«, fragte Kaja zurück.

»Wenn es nicht diesen Zusammenhang mit den Attacken auf die anderen Journalisten geben würde, den ihr vermutet …«

»Du denn nicht?« Kaja war vom Rücken über die Schultern in Richtung Ennos Oberkörper gewechselt, in den sie vorsichtig ihre Fingernägel bohrte. Er zuckte leicht zusammen.

»Na ja, warum sollte jemand, der schon zwei Journalisten umgebracht hat, es plötzlich mit ausgedruckten E-Mails versuchen?«, fragte er.

»Vielleicht, weil vor dem Pressehaus Polizisten patrouillieren und Journalisten Personenschutz haben ...«

»... außer sie sind so tolle Kerle wie dieser Weichmann«, unterbrach sie Enno.

»... vielleicht, weil die Auftragskillerin eben kein Mann, sondern eine Frau ist, eine ziemlich clevere Frau, die weiß, dass man in diesen Zeiten nicht unbedingt eine Waffe braucht, um jemanden zu vernichten. Schon mal etwas von Cyberkriminalität gehört, Herr Soko-Chef?«

»Mach weiter«, sagte Enno, weil Kaja die Massage gestoppt hatte. »Also, wenn dein Lukas mir den Umschlag und die Papiere zur Verfügung stellt, können wir uns das gern von professioneller Seite ansehen, wenn euch das hilft.«

»Es geht nicht darum, was uns hilft«, Kaja verstärkte den Druck ihrer Fingernägel, »es geht wohl eher darum, was *euch* hilft. Außerdem warst du es, der das erste Mal von einer Frau gesprochen hat, die in der ganzen Geschichte eine Rolle spielen könnte.«

»Du«, Enno stöhnte leicht, als Kajas Hände über seine Brustwarzen strichen, »du redest von der unbekannten Frau in diesem Fitnessclub und der Frau, die Jens U. Schmidt an der Alster mit dem Fahrrad überholt hat? Und du meinst, dass die ausgedruckten E-Mails auch von einer Frau bei den Hammersteins abgegeben worden sind?«

»Für mich ist das eindeutig.« Kaja machte den nächsten Knopf von Ennos Hemd auf und zog es so weit nach unten, dass er mit halb nacktem Oberkörper vor ihr saß. »Ein Mann käme niemals auf die Idee, solche Informationen zu verwenden, weil die meisten Männer diese Art von Affären völlig normal finden.«

»Warte mal, so geht das nicht.« Enno stand auf und zog das Hemd aus. »So ist es besser«, sagte er, nachdem er sich wieder hingesetzt hatte. »Gleich bist du dran. Vorher müssen wir aber zwei Fragen klären. Nummer eins: Wenn du, nein, wenn ihr recht habt mit eurer Theorie, bleibt immer noch die Frage, warum diese Frau das alles macht.«

»Das ist einfach.« Kaja sah, dass ihre Fingernägel dünne rote Streifen auf Ennos Oberkörper hinterließen, und sie spürte, dass ihn das erregte. »Die Frau macht das beruflich. Die hat von jemandem Geld bekommen, um Journalisten aus dem Weg zu räumen.«

»Womit das Politbüro aus dem Spiel wäre, weil die dort zwar jede Menge kriminelle Energie haben, aber definitiv kein Geld. Die Kontoauszüge, die wir gefunden haben, waren fett im Dispo«, sagte Enno, und weil er Kajas Nachfrage erahnte: »Aber nicht so fett, dass man damit einen Auftragskiller bezahlen könnte.«

»Eine:n Auftragskiller:in, wann lernst du das endlich?« Kaja biss ihn leicht in den Nacken, er zuckte ein weiteres Mal zusammen. »Was kostet so etwas eigentlich, was ist ein Menschenleben wert?«

»Kommt darauf an.« Enno hatte die Augen wieder fest geschlossen und die Beine von sich gestreckt. Kaja sah, dass die Stoffhose unter dem Gürtel spannte. »Irgendeinen osteuropäischen Killer kriegst du auf dem Kiez oder im Darknet schon für 10 000 Euro. Wenn du aber einen echten Profi willst, wird es schnell sechsstellig.«

»Das heißt, wir suchen jemanden, der viel Geld hat und keinerlei Hemmungen.« Kajas Arme fingen an wehzutun, es war an der Zeit, dass sie die Rollen tauschten. »So, jetzt bin ich dran.« Sie zog sich das T-Shirt aus und hakte den BH auf.

»Naaaa gut.« Enno machte den Platz auf der Couch frei und begann, Kaja die Schultern auszustreichen. »Zurück zum Thema: Ihr sucht einen, der Geld hat und keinerlei Hemmungen. Ich habe diesen Giovanni Esposito, der unter dringendem Tatverdacht steht ...«

»... aber definitiv Lukas den Umschlag nicht vor die Tür gelegt haben kann, weil er zu dieser Zeit warm und trocken im Polizeiauto oder auf dem Präsidium saß«, sagte Kaja.

»Du lässt nicht locker.« Enno seufzte.

»Du bist hier der, der nicht lockerlassen sollte, mein Freund.« Kaja griff nach seinen Händen und führte sie zu ihrem Oberkörper, bis kurz vor den Busen. »Für mich ist das ganz klar: Irgendwer in Hamburg hat ein Interesse daran, dass bekannte und erfahrene Journalist:innen verstummen, entweder weil ihm oder ihr nicht gefällt, was sie berichten, oder«, Kaja hielt kurz den Atem an, als Enno mit den Handinnenflächen vorsichtig über ihre Brustwarzen strich, »oder weil sie zu teuer sind.«

»Zu teuer?«, fragte Enno.

»Schon mal etwas von der Medienkrise gehört?« Kaja musste sich zusammenreißen, damit sie nicht zu stöhnen anfing. Enno hatte große, kräftige Hände, wie sie sie an Männern liebte, und er wusste, wie man damit umging. »Weil die Auflagen der Zeitungen in den vergangenen Jahren massiv eingebrochen sind, hat es in den Redaktionen ein Sparprogramm nach dem anderen gegeben. Ich habe aufgehört zu zählen, wie viele Kolleg:innen vorzeitig zum Gehen überredet worden sind. So etwas ist deutlich mühsamer und teurer, als sie einfach von einer oder einem externen Dienstleister:in«, Kaja kicherte, der Begriff war ihr eben eingefallen, »beseitigen zu lassen.«

»Du glaubst nicht im Ernst, dass ein Chefredakteur seine Leute umbringen lässt, nur um seine wirtschaftlichen Ziele zu erreichen?« Enno beugte sich weit über Kaja, seine Hände würden gleich versuchen, den Knopf ihrer Jeans zu öffnen.

Noch waren sie in der Region rund um den Bauchnabel unterwegs.

»Nein, das glaube ich nicht. Aber dem neuen Gesamtchef des Friedrichsen-Verlags, diesem Martin Grube, dem traue ich das zu.«

Enno musste an das Gespräch denken, das er im Pressehaus mit Grube geführt hatte. Zu behaupten, dass der Mann ihm unheimlich gewesen wäre, wäre übertrieben gewesen, aber unsympathisch war er auf jeden Fall rübergekommen. Und kalt, als würden ihn die toten Kollegen überhaupt nicht interessieren. Taten sie vielleicht auch nicht, wenn Kaja recht hatte.

»Weißt du, wie sein Spitzname in den Redaktionen ist?« Kaja merkte, wie die Berührungen Ennos sie zittern ließen, lange würde das Gespräch nicht mehr dauern können.

»Nein, aber du wirst es mir verraten.« Enno knöpfte mit der rechten Hand scheinbar beiläufig ihre Jeans auf und zog den Reißverschluss herunter.

»Sie nennen ihn den FTE-Killer«, sagte Kaja, und weil sie nicht wusste, ob Enno den Begriff kannte, fügte sie hinzu: »FTE steht für Fulltime Equivalent, damit sind Vollzeitstellen gemeint.«

»Ich weiß, was FTE sind«, Enno schob Kajas Jeans weiter nach unten, bis ein schwarzes Höschen freigelegt war. »Und du musst mir noch die zweite Frage beantworten: Was würdet ihr Journalisten normalerweise tun, wenn ihr solche E-Mails zugespielt bekommt wie die von Georg Weichmann?«

»Wir würden«, sagte Kaja und begann, sich die Jeans auszuziehen, »sie auf ihre Echtheit prüfen und versuchen, mit den Frauen, an die sie gerichtet sind, Kontakt aufzunehmen. Danach würden wir den Betroffenen mit unseren Recherchen konfrontieren.«

Enno war hinter der Couch hervorgekommen und hatte sich neben Kaja gesetzt.

»Und genau das werde ich tun, ganz egal was Lukas sagt. Aber jetzt«, sie griff mit beiden Händen an den Gürtel, der Ennos Hose auf den Hüften hielt, »muss ich mich um einen anderen Fall kümmern.«

44

Die Nacht bei den Hammersteins war unruhig und kurz gewesen. Gegen drei Uhr hatte Lilli das Gefühl gehabt, Wehen zu bekommen, und sie waren vorsichtshalber ins Krankenhaus gefahren. Lukas hatte seine Frau vor der Geburtsstation abgesetzt und dann, im Auto wartend, ein schlechtes Gewissen bekommen. Hätte er sie doch nicht in die Geschichte reinziehen sollen? Waren die Ereignisse des vergangenen Tages zu viel Aufregung für Lilli und ihren ungeborenen Sohn gewesen? Sollte er nicht lieber das Sabbatical so durchziehen, wie sie es besprochen hatten? Lukas hatte sich wie ein egoistischer Ehemann und schlechter Fast-Vater gefühlt, bis Lilli nach einer halben Stunde die Beifahrertür aufgezogen und sich schwer atmend ins Auto hatte fallen lassen: »Fehlalarm.« Lukas war so erleichtert gewesen, dass er sie küssen musste, erst vorsichtig, dann leidenschaftlicher. *Wenn wir nicht im Auto sitzen würden und Lilli nicht hochschwanger wäre, würden wir jetzt ...*, hatte er gedacht, sich aber gleichzeitig daran erinnert, dass Sex in diesem Stadium der Schwangerschaft genau das auslösen konnte, weswegen sie ins Krankenhaus gefahren waren und was sie gerade nicht gebrauchen konnten. Ein paar Wochen sollte ihr Sohn bitte noch dort bleiben, wo er es die vergangenen Monaten so gut und sicher gehabt hatte.

»Ich liebe dich«, sagte er zu Lilli, küsste sie ein letztes Mal, ließ sich zurück auf seinen Sitz fallen und wollte den Motor starten, als seine Frau ihre Hand auf seinen rechten Arm legte: »Warte mal.«

»Was ist?« Lukas wurde erneut unruhig. »Geht es wieder los?«

Lilli schüttelte den Kopf, griff in ihre Hosentasche und zog eine Liste heraus, die Lukas besser kannte als die aus dem Politbüro.

»Es stehen nur noch zwei Namen drauf«, sagte Lilli, als ob ihr Mann das nicht selbst wüsste. »Johannes und Jonathan.« Sie atmete tief ein und wieder aus. »Ich zähle jetzt bis drei, und dann nennt jeder seinen Favoriten. Eins, zwei ...«

»Jonathan«, sagten Lukas und Lilli wie aus einem Mund und fielen sich in die Arme. »Ich liebe dich auch«, flüsterte Lilli, und Lukas spürte, wie ihm eine Träne die Wange hinunterlief.

Anschließend waren sie nach Hause gefahren und, erfüllt und bewegt von den Aufregungen der vorangegangenen Stunden, so tief eingeschlafen, dass Lukas am nächsten Morgen erst gegen kurz nach zehn Uhr aufwachte. Weil er das Jaulen von Finchen nicht gehört hatte, hatte sie aus Protest einen See in den Flur gemacht. Zum Glück auf die Kacheln, nicht auf das Parkett, dachte Lukas, der viel zu müde und viel zu beseelt von der finalen Namensfindung im Auto war, um mit dem Dackel zu schimpfen. Er nahm eine der Windeln, die in Jonathans Kinderzimmer bereits zu Dutzenden lagerten, um das Malheur zu beseitigen, und war von der Saugkraft beeindruckt. Dann zog er sich an, schrieb der schlafenden Lilli auf einen Zettel, dass er bei Niklas in der Alster-Lounge sei – »Er wollte mir etwas Wichtiges erzählen« –, schnappte sich Finchen und verließ das Haus. Instinktiv hob er den Fuß, um nicht auf etwas zu treten, was auf der Fußmatte liegen könnte, aber da war diesmal nichts, zum Glück. Weil es spät war und man Finchen, wie er jetzt wusste, gut im Fußraum des Beifahrersitzes deponieren konnte, nahm Lukas ausnahmsweise das Auto. Was sich später als Fehler herausstellen sollte, weil die Straße, an der die Alster-Lounge lag, für den normalen Durchgangsverkehr gesperrt war. Als er den Polizisten, der ihn deswegen stoppte und seine Personalien aufnahm, fragte, was sein »gewaltiges Vergehen« wohl kosten würde, antwortete der trocken: »Fünfzig Euro. Oder waren es achtzig?«

Lukas hatte keine Zeit, sich zu ärgern. Er stellte das Auto in einem Parkhaus ab, in dem er weitere fünf Euro die Stunde bezahlen musste, und fragte Finchen, ob sie hierbleiben oder mitkommen wolle. Als der Hund sich nicht regte, selbst dann nicht, als Lukas die Beifahrertür ein Stück öffnete, wertete er das als Antwort. »Also bleibst du hier. Pass gut auf das Auto auf«, sagte er und lief, so schnell es ging, in Richtung Alster-Lounge.

Niklas wartete schon auf ihn. Sein Freund machte ihm persönlich die Tür auf, nachdem er auf den goldenen Summer gedrückt hatte, und schloss ihn ungewöhnlich lange in die Arme. »Danke, dass du gekommen bist«, sagte er und blickte an ihm herab. »Keinen Hund dabei heute? Dabei habe ich extra einen Napf mit etwas Fleisch und Gemüse besorgt.«

»Finchen hätte sowieso nichts essen dürfen, ihre Ernährung ist streng von meinen Schwiegereltern reguliert, und die verstehen dabei keinen Spaß«, sagte Lukas. »Ich habe sie im Auto gelassen, da regt sie sich wenigstens nicht so auf.« Er folgte Niklas in den großen Speiseraum der Alster-Lounge, in dem alle Tische eingedeckt waren, obwohl die meisten Gäste auf der Terrasse essen würden. Das Wetter war für Hamburger Verhältnisse weiterhin hochsommerlich, vorhergesagt waren trockene 25 Grad. Lukas konnte sich nicht erinnern, wann es zuletzt in einem Sommer in der Stadt, die für schlechtes Wetter gefürchtet war, so wenig geregnet hatte. Wenn sein Sabbatical zu Ende war, müsste er sich unbedingt mit den Auswirkungen befassen, die der Klimawandel auf Hamburg hatte. Darüber wurde nach wie vor viel zu wenig geschrieben, fand er.

Niklas bog rechts in den langen Flur ab, von dem auf der einen Seite eine kleine Bar abging, auf der anderen das Kaminzimmer und mehrere Räume, die Mitglieder der Alster-Lounge mieten konnten, wenn sie mit Gästen unter sich sein wollten. Ganz am Ende hatte Niklas sein Büro, eine schmucklose Ecke, in der mehrere ungeöffnete Kisten Wein, ein Schrank mit unzähligen, zum Teil wüst aufeinandergestapelten Aktenordnern sowie ein Ledersofa standen. Auf dem Schreibtisch lagen zwei aufgeschlagene Zeitungen, die Vortagsausgaben vom *Blick* und den *Hamburg News*. Lukas starrten von großen Fotos, die in beiden Titeln direkt nebeneinander platziert waren, Peter Berndt und Giovanni Esposito entgegen.

»Setz dich.« Niklas wies auf das Ledersofa. »Willst du einen Kaffee? Oder etwas anderes?«

»Gern ein Wasser mit Sprudel. Kann ich mir aber selbst nehmen.« Lukas hatte gesehen, dass zwei Wasserflaschen auf einem Beistelltisch neben dem Sofa standen. Er schenkte sich ein Glas ein und, als Niklas nickte, seinem Freund auch.

»Der Mann«, Niklas hielt die beiden Ausgaben der Zeitungen hoch, »war in den vergangenen Wochen sehr oft bei uns.«

»Peter Berndt ist Mitglied in der Alster-Lounge?«, fragte Lukas. »Wer hat denn für den gebürgt?« Wer in den Club eintreten wollte, musste zwei Mitglieder als Fürsprecher benennen. Daran war bereits die eine oder andere Aufnahme gescheitert, und Lukas konnte sich nicht vorstellen, dass der unfreundliche, unnahbare Berndt nur einen unter den Mitgliedern finden würde, der sich für ihn starkmachte.

»Nein.« Niklas schüttelte den Kopf. »Peter Berndt würde ich nach allem, was ich über ihn gehört und von ihm gelesen habe, nicht einmal als Mitglied aufnehmen, wenn der halbe Club für ihn bürgen würde. Ich meine den anderen.« Verschämt zeigte er auf das Bild von Giovanni Esposito, einem hageren Mann mit dunkelbraunen Augen und Dreitagebart. Rechts von der Nase hatte er ein Muttermal, das Lukas an die Raute erinnerte, das Markenzeichen des Hamburger Sportvereins.

»Du meinst …«, sagte Lukas, »du meinst … Das verstehe ich nicht. Giovanni Esposito kommt doch gar nicht aus Hamburg, der ist extra für G20 angereist und dann …«

»Lukas, es ist … Er hat …«, Niklas legte die Zeitungen wieder hin, ging um den Schreibtisch herum und setzte sich vorn auf dessen Kante. Lukas und ihn trennten nur anderthalb Meter. »Es war so: Ein Koch von mir hat sich beim Fußballspielen die Schulter ausgekugelt und konnte von heute auf morgen nicht mehr arbeiten. Als wir auf die Schnelle keinen Ersatz gefunden haben, hat Michaela, eine der Service-Mitarbeiterinnen, diesen Giovanni mitgebracht und gesagt, dass er aushelfen könne. Er sei gelernter Koch aus Italien und derzeit auf längerem Besuch bei Freunden in Deutschland …«

»… so kann man das auch nennen.« Lukas hob die Augenbrauen.

»Ich war in Not, ich habe mir nichts dabei gedacht, und dieser Giovanni war von der ersten Stunde an voll einsetzbar. Der war zwar nie pünktlich, hat aber richtig gut gekocht. Ich dachte echt, dass der Mann ein Glücksfall ist.«

»Bis du ihn in der Zeitung gesehen hast«, sagte Lukas.

»So ist es. Ich glaube, ich brauche einen Schluck Wein.

Willst du auch?« Niklas ging zu einem Weinkühlschrank, der Lukas zuvor nicht aufgefallen war, und holte eine Flasche Riesling Grünlack von Schloss Johannisberg heraus. »Einen kleinen Schluck«, antwortete Lukas. Der Wein war bei seiner Hochzeit ausgeschenkt worden, seither nutzte er jede Gelegenheit, neue Jahrgänge zu probieren. Niklas goss sein Glas halb voll, das seines Freundes nur zwei Finger breit. Sie stießen an, und Lukas fragte: »Also, du hast ihn in der Zeitung gesehen, einen Schreck bekommen und was gemacht?«

»Ich habe dich angerufen und gebeten, heute hierherzukommen.« Niklas nahm einen langen Schluck und blinzelte zweimal schnell hintereinander mit den Augen. »Schöner Wein, oder?«

Lukas nickte, aber er wollte nicht über Weine sprechen, sondern über Giovanni Esposito und seine Verbindungen zur Alster-Lounge.

»Die Polizei hast du nicht verständigt?«, fragte er.

»Das kann ich nicht, also, das geht nicht.« Niklas fing an herumzudrucksen, so kannte Lukas seinen Freund gar nicht. »Denn, nun ja, es ist so …«

»Sag nicht, dass du ihn schwarz beschäftigt hast.«

Niklas wurde rot: »Ich brauchte ihn dringend, es musste schnell gehen, ich habe ihm einfach nach jeder Schicht sein Geld gegeben. Natürlich Mindestlohn, Lukas, und vom Trinkgeld hat er auch seinen Teil abbekommen, wie alle anderen.«

»Alles schön steuerfrei«, sagte Lukas, nippte an dem Grünlack und musste daran denken, wie Niklas Lilli und ihm zwei Kisten mit Rieslingen des Weinguts Schloss Johannisberg aus ihren beiden Geburtsjahrgängen geschenkt hatte. Er war der großzügigste Mensch, den er kannte, und er war sich sicher, dass Giovanni Esposito es gut bei ihm gehabt hatte. Aber das war hier nicht der Punkt.

Weißt du denn etwas über diesen Esposito, das die Polizei interessieren könnte?, wollte Lukas fragen, als ihm klar wurde, warum Niklas mit ihm hatte sprechen wollen. »Du bist ... Die Alster-Lounge ist ... sein Alibi?«

Niklas guckte noch verlegener als eben, als Lukas das mit der Schwarzarbeit herausbekommen hatte. »Also, wenn du damit meinst, dass Giovanni an den Tagen bei uns gearbeitet hat, an denen es die Anschläge auf Jens U. Schmidt und diese Frau gegeben hat, wie hieß sie noch gleich?«

»Rebecca Frömmel«, sagte Lukas.

»An beiden Tagen stand er bei mir in der Küche, und zwar bis etwa 22 Uhr.«

Lukas atmete tief durch. »Puh, das sind wirklich mal Breaking News.«

»Du darfst das nicht veröffentlichen, Lukas!« Niklas stieß sich vom Schreibtisch ab, als würde er im nächsten Moment seinem Freund den Mund zuhalten wollen.

»Selbstverständlich nicht, mit ›Breaking News‹ wollte ich nur sagen, dass das eine Neuigkeit ist, die vieles verändern wird. Die Polizei hofft, dass Esposito ein Serientäter ist. Weißt du, wo er an dem Morgen war, an dem Christoph Meier-Wiegand ermordet wurde?«

Niklas schenkte sich von dem Grünlack nach: »Wenn ich das richtig gelesen habe, soll die Tat zwischen acht und neun Uhr morgens begangen worden sein. Ich kann dir versichern, dass Giovanni zu diesem Zeitpunkt niemals in der Lage gewesen wäre, etwas anderes zu tun, als zu schlafen. Der ist jeden Tag bei uns mit der Ausrede zu spät gekommen, dass er nicht rechtzeitig aufgewacht ist. Wenn ich nicht dringend einen Koch gebraucht hätte und wenn er nicht so gut gekocht hätte, hätte ich ihn spätestens nach einer Woche vor die Tür gesetzt.«

»Und jetzt?« Lukas ließ sich so tief in das Sofa zurücksinken, wie es das alte Leder zuließ.

»Das wollte ich dich fragen. Ich dachte mir, dass die Informationen, die ich habe, nicht unwichtig sind …«, sagte Niklas.

»Kann man so sagen.« Lukas nickte gequält. »Das muss die Polizei erfahren, und wenn du Glück hast, wird niemand nach seinem Arbeitsvertrag oder anderen Dokumenten fragen.«

»Lukas«, Niklas stand auf, setzte sich neben seinen Freund und legte ihm den Arm um die Schulter. »Kannst du das für mich übernehmen? Kannst du die Polizei ins Bild setzen und die Alster-Lounge da raushalten? Nicht auszudenken, wenn unsere Mitglieder …« Er sah Lukas tief in die Augen. »Du hast doch bei den *Vier Flaschen* angedeutet, dass du den Leiter der Soko gut kennst …«

»Gut ist übertrieben«, sagte Lukas. »Er hat mich nach dem Mord an Jens U. Schmidt verhört, und er ist die aktuelle Affäre einer Kollegin …«

»… da kannst du ihm doch unauffällig stecken, dass nach Informationen, die du hast, Giovanni als Täter bei den anderen Anschlägen ausscheidet.«

»Und was soll ich ihm sagen, woher ich das weiß?«, fragte Lukas.

»Du erzählst dem Typen irgendetwas von Informantenschutz, und gut ist«, antwortete Niklas. »Die Soko heißt Pressefreiheit, die muss das mit dem Informantenschutz ernst nehmen. Bitte, mein Freund, du musst mir helfen!«

Lukas musste die Neuigkeiten erst einmal verarbeiten. Dass Giovanni Esposito endgültig als Täter ausschied, außer für den Anschlag auf Peter Berndt, hieß, dass da draußen weiter jemand anders herumlief, der etwas gegen Journalisten hatte. Dieser Jemand musste auch derjenige sein, der ihm den Umschlag mit Georg Weichmanns E-Mails vor die Haustür gelegt hatte. Theoretisch konnte das auch ein anderer aus dem Kreis der G20-Chaoten gewesen sein, aber daran glaubte Lukas spätestens jetzt nicht mehr. Das Politbüro hatte nichts mit den Morden an den Journalisten zu tun, der Molotowcocktail für Berndt war aus Lukas' Sicht die Rache eines Einzeltäters an einem Reporter, der wie kein anderer die Bekämpfung der Linksextremen gepredigt hatte. Hier ging es um mehr, und deshalb musste Lukas umso dringender mit Karl Friedrichsen reden.

»Lukas, sprichst du noch mit mir?« Niklas rüttelte an seiner Schulter, als müsse er seinen Freund aus dem Tiefschlaf wecken.

»Ich kann dir nichts versprechen, aber ich tue, was ich kann«, antwortete er, und Niklas fiel ihm in die Arme und drückte ihn so doll, dass Lukas fast die Luft wegblieb. »Das vergesse ich dir nie, du hast wirklich was gut bei mir.«

Lukas befreite sich vorsichtig aus der Umarmung, trank seinen Wein aus und stand auf: »Als Erstes würde es mir helfen, wenn du mich mit Karl Friedrichsen bekannt machen würdest.«

45

Karl Friedrichsen saß selbst bei gutem Wetter in der Alster-Lounge am liebsten drinnen, an einem Tisch, von dem er das Treiben auf der Terrasse genauso beobachten konnte wie ankommende Gäste. Natürlich könnte er nach wie vor in der Kantine des Pressehauses essen, so wie er es jahrzehntelang jeden Tag gemacht hatte. Als Alleininhaber des Friedrichsen-Verlags hatte er es geliebt, mitten unter seinen Mitarbeitern zu sitzen und mit ihnen die Themen zu diskutieren, über die sie in seinen Zeitungen und Zeitschriften berichteten. Doch seit er die Hälfte des Unternehmens an einen internationalen Konzern verkauft hatte, war Karl Friedrichsen nicht mehr in dem verschachtelten Gebäude am Hafen gewesen, das er mitentworfen hatte. Er wollte nicht den Eindruck erwecken, nicht loslassen zu können, so, wie er selbst es in unzähligen Leitartikeln vielen Politikern und sogar dem einen oder anderen Bundeskanzler vorgeworfen hatte. Und er wollte nicht andauernd auf Entscheidungen oder Fehlentscheidungen seines Nachfolgers an der Spitze des Unternehmens angesprochen werden, und das würde er, wenn er weiter in der Kantine säße. Die Mitarbeiter, vor allem die Journalisten, waren es gewohnt, den Verleger einfach anzusprechen, es hatte Zeiten gegeben, in denen sie selbst mit privaten Sorgen zu ihm gekommen waren.

Vorbei, dachte Friedrichsen und war froh, dass er in der Alster-Lounge einen Platz gefunden hatte, um unter anderen Geschäftsleuten mittags etwas zu essen. Die Alternative wäre, sich in seinem Haus an der Elbchaussee etwas von einem der Angestellten zubereiten zu lassen. Aber erstens sah seine Frau es nicht gern, wenn er den ganzen Tag zu Hause saß, und zweitens war er nicht bis zu seinem achtzigsten Lebensjahr fast jeden Tag in die Innenstadt gefahren, um jetzt damit aufzuhören. So alt war er nun auch nicht. Friedrichsen hatte einen Caesar Salad mit Hühnchen bestellt, dazu eine zuckerfreie Cola. Das Getränk hatte er bei den Treffen mit Helmut Schmidt in dessen Doppelhaushälfte in Langenhorn schätzen gelernt, zu denen er früher regelmäßig eingeladen worden war. Vom Altkanzler hatte er auch die Marotte übernommen, nur etwas Leichtes zum Essen zu bestellen und davon immer etwas übrig zu lassen. Für Schmidt, den großen Intellektuellen, schien Nahrungsaufnahme unter seiner Würde gewesen zu sein, er aß mit diesem Hauch von Verachtung, den auch Gesprächspartner zu spüren bekamen, die er langweilig fand. Der Chefredakteur des *Politik Insiders* hatte Schmidt bei einem Abendessen im Hotel Atlantic einmal gefragt, wie er die Arbeit von Julius Wolff als Hamburgs Erstem Bürgermeister bewerten würde. Wolff war damals erst ein paar Monate im Amt gewesen, die Frage aus Friedrichsens Sicht also durchaus berechtigt. Helmut Schmidt hatte an der Zigarette gezogen, die er sich zwischen Vorspeise und Hauptgang angezündet hatte, als sei das bei Tisch üblich, und dem Chefredakteur geantwortet: »Junger Mann, ich interessiere mich nicht für Lokalpolitik.« Wenn Friedrichsen an die Geschichte dachte, musste er lachen.

Die Alster-Lounge füllte sich, der eine oder andere Kaufmann nickte dem Verleger zu oder grüßte mit der Hand, wenn er ihn erkannte. Anders als in der Kantine des Pressehauses wurde Friedrichsen im Club selten angesprochen. Wahrscheinlich weil die Leute dachten, er wolle in Ruhe gelassen werden, vielleicht weil sie sich nicht trauten. In den *Hamburg News*, der Zeitung, die er sein ganzes Verlegerdasein lang gern übernommen hätte, die aber nie zum Verkauf stand, war er mal eine »lebende Legende« genannt worden. Darüber hatte er sich gefreut, über einen anderen Satz weniger, auch wenn er nicht falsch war: »Haben kommt von Behalten, sagt Friedrichsen gern, und das erklärt, warum der Verleger zu einem der reichsten Hamburger geworden ist.« Er hatte die Hoch-Zeit der Zeitungen und Zeitschriften miterlebt, sein Geschäft war wie eine Lizenz zum Gelddrucken gewesen. Als der Vorstandschef der Deutschen Bank für sein Unternehmen eine Eigenkapitalrendite von 25 Prozent als Ziel ausgab und dafür von Friedrichsens Journalisten in Kommentaren und Leitartikeln Prügel wie selten zuvor ein Topmanager bezog, beschloss der Verleger, niemals über die Renditen zu sprechen, die er mit seinen Medien erzielte. Sie waren noch höher als die Zahlen, die seine eigenen Leute als »unverhältnismäßig«, »unverschämt«, gar »unmenschlich« geißelten.

Friedrichsen hatten seine wirtschaftlichen Erfolge trotzdem nie ein schlechtes Gewissen gemacht, weil er seine Leute sehr ordentlich bezahlte und sah, dass die Menschen gern für ihn arbeiteten. Einer seiner Chefredakteure hatte ihm bei einem Gespräch in der Kantine gesagt, dass der Friedrichsen-Verlag ein Sehnsuchtsort für die meisten Journalisten sei. Darauf war er stolz gewesen, mit dieser Aussage konnte keine noch so hohe Umsatzsteigerung, kein noch so dickes Gewinnplus mithalten. Persönlich machte sich Friedrichsen aus dem vielen Geld sowieso nichts. Er ließ sich seit fünfzehn Jahren mit demselben Dienstwagen, einer E-Klasse, von zu Hause in die Stadt fahren. Wenn er mit dem Flugzeug unterwegs war, buchte er Economy. Friedrichsen hatte nie eine Lufthansa-Lounge von innen gesehen, Derartiges war für ihn Geldverschwendung. Selbst bei der Mitgliedschaft in der Alster-Lounge hatte er wegen des Jahresbeitrags von 1300 Euro kurz gezögert – musste das denn sein?

»Herr Friedrichsen, dürfen wir Sie stören?« Der Verleger wurde von Niklas Claasen aus seinen Gedanken gerissen und war froh darüber, weil er sich sonst wieder den Kopf darüber zerbrochen hätte, ob der Verkauf der Hälfte seines Unternehmens ein Fehler gewesen war. Ein schwerer und nicht rückgängig zu machender Fehler.

»Sie stören nie, Niklas, schließlich sind Sie der Herr im Haus, und ich bin froh, hier jeden Mittag eine warme Mahlzeit zu bekommen«, sagte Friedrichsen.

»Oder eine kalte.« Niklas zeigte auf die Schüssel, die auf dem Tisch stand und in der noch eine Handvoll Salatblätter und Croûtons lagen.

»Je älter ich werde, desto weniger esse ich.« Friedrichsen machte eine Handbewegung, dass sich Niklas Claasen und sein Begleiter setzen sollten.

»Darf ich bekannt machen: Das ist Karl Friedrichsen.« Niklas deutete auf den schlanken Mann mit den erstaunlich dichten grauen Haaren, der sich beim Aufstehen das Sakko zuknöpfte. »Und das ist Lukas Hammerstein, einer der besten Reporter bei den *Hamburg News*.«

»Ihr Name sagt mir natürlich etwas.« Friedrichsen schüttelte Lukas kurz und kräftig die Hand. »Ich lese Ihre Zeitung seit mehr als fünfzig Jahren.« Ihm waren Hammersteins Texte nicht wegen der Überschriften oder Thesen aufgefallen, die waren meist recht sachlich mit einer Tendenz ins Langweilige. Was Friedrichsen mochte, war die Ausgewogenheit und Gründlichkeit, die Art und Weise, wie der Reporter über relevante Themen berichtete und dass man seinen Artikeln anmerkte, dass er sich mit dem auskannte, worüber er schrieb.

»Das freut mich sehr, vielen Dank.« Lukas zögerte, den angebotenen Platz anzunehmen, aber als Niklas sich hinsetzte, tat er es auch.

»Drei Espressi?«, fragte der Chef der Alster-Lounge in die Runde und gab einem Kellner ein Zeichen, als kein Widerspruch kam.

»Entschuldigen Sie den Überfall«, sagte Lukas, »aber ...«

»Sie müssen sich nicht entschuldigen, Lukas«, Friedrichsen bevorzugte das Hamburger Sie, sprach jüngere Menschen also beim Vornamen an, siezte sie aber. »Ich freue mich, wenn ich die Gelegenheit habe, mich mit Journalisten zu unterhalten, das waren in meinem Arbeitsleben immer die interessantesten und lebhaftesten Begegnungen. Was kann ich für Sie tun, Lukas?«

»Ich ermitt... äh, ich recherchiere im Fall der Journalistinnen und Journalisten, auf die Anschläge verübt wurden.« Die Espressi kamen, Friedrichsen hielt seine Hände an die kleine Tasse, als müsste er sie wärmen. »Das ist furchtbar, was da geschehen ist. Zwei meiner besten Reporter haben ihr Leben verloren, ich kannte sie sehr gut, vor allem Christoph Meier-Wiegand. Es ist eine Tragödie.« Der Verleger nippte an seinem Kaffee. »Und ich befürchte, Ricarda Frömmel wird ebenfalls nicht in die Redaktion zurückkehren, nach allem, was sie erlebt hat.«

»Die Grellmanns wahrscheinlich auch nicht«, fügte Lukas hinzu.

Friedrichsen ließ die Tasse sinken, die auf dem Weg zu seinen Lippen gewesen war. »Was ist mit den Grellmanns? Sind sie etwa ...?« Er sah seinem Gegenüber mit einer Mischung aus Überraschung und Besorgnis direkt in die Augen. Lukas erklärte in kurzen Sätzen, was mit dem Ehepaar passiert war, das so lange für die *Chronik* gearbeitet hatte.

»Also hat uns diese Sache fünf unserer besten und erfahrensten Reporter gekostet.« Friedrichsen schlug für einen Moment die Augen nieder. »Aber jetzt hat die Polizei immerhin diesen Italiener festgenommen ...«

»... der nach allem, was ich recherchiert habe«, Lukas schaute unauffällig zu Niklas, »zwar für den Brandanschlag auf Peter Berndt verantwortlich ist, mit den anderen Verbrechen aber nichts zu tun haben kann.«

»Sie meinen ...?« Das Gespräch fing an, Friedrichsen wirklich zu interessieren.

»Ich meine, dass der oder die Täter«, Lukas sparte sich die Genderisierung, für die der Verleger ob seines Alters nicht viel übrighaben würde, »weiter frei herumlaufen. Ich suche allerdings im Moment weniger nach ihnen als nach dem Motiv, das hinter der Beseitigung so vieler Journalisten stehen könnte.«

»Extremisten sehen in Journalisten oft Feinde, da ist es egal, ob sie von ganz links oder von ganz rechts kommen. Das scheint mir ein starkes Motiv zu sein.« Friedrichsen bot den anderen den Keks an, der auf seiner Untertasse lag. Niklas griff zu. »Glauben Sie, dass die Anschläge in Zusammenhang mit G20 stehen? Davon war in unseren Magazinen und natürlich in Ihrer Zeitung einiges zu lesen. Wobei ich mich gewundert habe, dass sich so wenige Journalisten die Frage gestellt habe, welche Rolle die Lügenpresse-Bewegung in diesem Fall spielen könnte.«

»Da haben Sie einen Punkt.« Lukas staunte, wie schnell und klar Friedrichsen im Kopf war. Wenn er sich recht erinnerte, wurde der Verleger in wenigen Tagen achtzig Jahre alt. »Es gibt noch ein, zwei andere Ansätze, und dazu hätte ich ein paar Fragen an Sie.«

»Legen Sie los, Lukas.« Friedrichsen schob seine Tasse zur Seite.

»Können Sie mir sagen, was Reporter wie Meier-Wiegand, Schmidt, Frau Frömmel oder die Grellmanns verdient haben?« Lukas hatte beschlossen, nicht lange drum herumzureden und direkt das zu fragen, was er wissen wollte.

»Die hatten alle Verträge aus der guten, man müsste eher sagen, *sehr* guten alten Zeit.« Friedrichsen schien sich über die Frage nicht zu wundern, er beantwortete sie offen und ausführlich. »Wissen Sie, früher, als es das Internet nicht gab, war Geld das geringste Problem, das wir in den Verlagen hatten. Das Budget eines Chefredakteurs für seine Redaktion war das, was er ausgab. Wenn ein Kollege mehr Gehalt wollte, dann murrten die Geschäftsführer zwar pflichtgemäß, aber eigentlich bekam jeder, was er wollte. Inklusive Betriebsrenten, Presseversorgung, Sonn- und Feiertagszuschlägen, Gewinnbeteiligung, Sonderzahlungen. Nach jeder Fußball-Weltmeisterschaft haben wir im Verlag jedem Sportreporter 5000 D-Mark extra überwiesen, als Dank für seine Arbeit.«

»Das hätte ich auch alles gern«, murmelte Lukas, aber entweder hatte Friedrichsen das nicht gehört, oder er wollte es nicht hören.

»Ich schweife ab, entschuldigen Sie«, fuhr er fort. »Eigentlich wollten Sie wissen, was die Kollegen verdient haben. Nun, ich denke, zwischen 200 000 und 400 000 Euro im Jahr.«

»Das ist viel«, sagte Niklas.

»Das sind bei fünf Personen, die ausscheiden«, Lukas bedauerte den Ausdruck und redete schnell weiter, »Kosten zwischen einer und zwei Millionen Euro, die in den Redaktionen wegfallen.«

»Eher noch mehr«, sagte Friedrichsen, »weil die Sozialabgaben und so dazukommen. Aber worauf wollen Sie hinaus, Lukas?«

»Na ja, ich frage mich, wem es nützt, wenn Journalisten verschwinden. Eine Antwort ist: Es nützt einem Topmanager, der sich vorgenommen hat, die Kosten in seinem Verlag zu senken, und zwar deutlich. Auf jeden Fall wäre es sehr schwer und sehr teuer geworden, die fünf altgedienten Reporterinnen und Reporter auf normalem Weg loszuwerden, oder?«

»Warum hätten sie gehen sollen?« Karl Friedrichsen zog die dichten Augenbrauen hoch, als verstünde er die Frage nicht. »Sie haben alle gute Arbeit geleistet, für die sie sehr gut bezahlt wurden. Sie hatten Verträge, die bis zur Rente gegolten haben. Sie waren praktisch unkündbar.«

»Was verdient denn ein junger Redakteur?«, wollte Niklas wissen.

»Vielleicht 50 000 bis 60 000 Euro im Jahr«, antwortete Lukas.

»Das heißt, du musst vier bis acht Reporter von diesem Kaliber hinauswerfen, um auf die gleiche Kostenersparnis zu kommen wie bei einem der alten.« Da sollte einer sagen, dass Niklas nicht mit Zahlen umgehen konnte.

»Und du verlierst, wenn du dich von den jungen Leuten trennst, die, die für wenig Geld viel arbeiten«, sagte Lukas.

Friedrichsen sah zwischen den beiden Freunden hin und her wie ein Zuschauer bei einem Tennisspiel, bevor er dazwischenging: »Entschuldigen Sie, meine Herren, es ist alles so weit richtig, was Sie sagen und berechnen. Aber können Sie mir erklären, worin der Zusammenhang zu den Anschlägen auf die Journalisten besteht?«

Lukas ließ sich mit einer Antwort Zeit, in der Hoffnung, dass der Verleger selbst darauf kommen würde, und so war es.

»Sie meinen, Sie können sich vorstellen«, Friedrichsen kam ins Stammeln, »dass jemand aus dem Verlag den Auftrag gegeben haben könnte ...«

»Wie gut kennen Sie Martin Grube?« Lukas fand, dass er sich anhörte wie ein Kriminalkommissar bei einem Verhör. Niklas gab ihm ein Handzeichen, dass er es nicht übertreiben solle, man war schließlich in der Alster-Lounge und nicht auf dem Polizeipräsidium.

»Meinen Nachfolger, meinen Sie? Wir haben uns zwei, drei Mal getroffen, die Übergabe ging sehr professionell vonstatten. Herr Grube war der Wunschkandidat des Unternehmens, an das ich die Hälfte des Verlags verkauft habe, und in den Verträgen war geregelt, dass die Kollegen bei der nächsten Vergabe das Erstzugriffsrecht auf den Vorstandsvorsitz haben.« Friedrichsen hob den rechten Zeigefinger. »Aber das bleibt bitte unter uns, wir haben über solche Details Stillschweigen vereinbart.«

»Meine Recherchen haben ergeben, dass Martin Grube als eiskalter Sanierer gilt ...«, sagte Lukas.

»... wobei es im Friedrichsen-Verlag nichts zu sanieren gibt, das Unternehmen ist kerngesund«, entgegnete Friedrichsen.

»Aber mehr geht immer, oder?« Niklas hatte ein paar Pralinen bringen lassen und griff als Erster zu. Friedrichsen sah nicht aus, als würde er viel Süßes essen. »Herr Grube hat tatsächlich sehr ehrgeizige Ziele, sonst wäre er nicht dort, wo er ist.«

»Und er hat den Ruf, auf dem Weg dorthin über Leichen zu gehen, was aber normalerweise im übertragenen Sinn gemeint ist«, sagte Lukas.

»Meine Herren«, Friedrichsen setzte sich kerzengerade auf seinen Stuhl, so wie es Lukas' Lehrer in der Grundschule getan hatte, bevor es Ärger für die Klasse gab. »Wie Sie wissen, ist die Medienbranche von gewaltigen Verwerfungen durch die Digitalisierung betroffen, die alle Verlage zwingen, sich ihre Kostenstrukturen genau anzusehen und so effizient wie möglich zu arbeiten. Herr Grube mag es dabei an dem einen oder anderen Punkt übertreiben. Aber ich kann mir nicht vorstellen, dass er so weit geht und verdiente Mitarbeiter aus dem Weg räumen lässt.«

»Er wird aber genau *daran* gemessen, oder?« Lukas spürte, wie so oft bei seiner Arbeit, dass das Gespräch an einem Wendepunkt angekommen war.

»Natürlich orientiert sich die Vergütung eines Vorstandsvorsitzenden an seinen Leistungen, das war in meiner Zeit nicht anders«, sagte Friedrichsen. »Trotzdem habe ich keine Leute umbringen lassen, die mir zu teuer waren.« Er trank seinen Espresso aus und sah sich in der Alster-Lounge um, als suche er einen Kellner, bei dem er die Rechnung bestellen konnte.

»Natürlich, nichts für ungut, Herr Friedrichsen. Der Espresso geht aufs Haus.« Niklas stand auf und signalisierte Lukas, es ihm gleichzutun. »Wir danken Ihnen sehr für Ihre Zeit. Darf es ein Dessert sein, ich lade Sie ein?«

Karl Friedrichsen schüttelte den Kopf. Wenn Niklas geglaubt hatte, dass sich die Atmosphäre mit einer kostenlosen Nachspeise wieder entspannen könnte, hatte er sich getäuscht. Der Blick des Verlegers blieb starr. »Meine Herren«, verabschiedete er sich, und nur zu Niklas: »Könnten Sie einem Ihrer Kollegen Bescheid sagen, dass er meine Rechnung fertig macht?«

»Sehr gern, Herr Friedrichsen, ich kümmere mich sofort darum«, antwortete Niklas aus Lukas' Sicht eine Spur zu devot. Sie zogen sich rückwärts von Friedrichsens Tisch zurück.

Erst nach ein paar Schritten drehten sie sich um und gingen in Richtung Kaminzimmer

»Du hast Nerven«, nuschelte Niklas.

»Man wird doch wohl noch Fragen stellen dürfen. Das kennt der Friedrichsen eh von seinen Journalisten, also, zumindest von denen, die noch leben«, sagte Lukas leise.

»Sehr witzig.« Niklas zog seinen Freund in das leere Kaminzimmer. »Hast du alles erfahren, was du wolltest?«

»Fast.« Lukas zog die Tür zu. »Eigentlich müsste ich unbedingt persönlich mit Martin Grube sprechen. Aber wenn er mit der Sache etwas zu tun habe sollte, wird er mich auf keinen Fall empfangen, und sonst wahrscheinlich auch nicht.«

»Du willst den Grube treffen?«, fragte Niklas. »Dafür brauchst du Karl Friedrichsen nicht, dafür hast du mich.« Er grinste, bevor er hinzufügte: »Wann warst du eigentlich zuletzt auf einem Kostümfest?«

46

Nach dem Gespräch mit Friedrichsen hatte Lukas überlegt, direkt nach Hause zu fahren. Doch dann entschied er sich anders, holte Finchen aus dem Auto im Parkhaus und ging zu Fuß in die Redaktion der *Hamburg News* in der Neustadt. Es fühlte sich gut an, mal wieder hier zu sein, auch wenn die Kollegen natürlich nicht mit ihm gerechnet hatten. »Hast du dein Sabbatical abgebrochen?«, war deshalb die dritthäufigste Frage, die Lukas gestellt wurde, als er das Großraumbüro im neunten Stock betrat. Die beiden häufigsten galten Finchen: »Seit wann hast du einen Hund? – Ist mit dem alles in Ordnung?« So ruhig die Dackeldame fast zwei Stunden lang vor dem Beifahrersitz gekauert und auf Lukas gewartet hatte, so sehr drehte sie in der Redaktion durch, vor allem als er sie von der Leine ließ. Lukas versuchte zu erklären, dass der Hund erstens recht jung sei, zweitens die Umgebung nicht gewohnt und drittens seinen Schwiegereltern gehöre. »Und viertens sollten die dringend mal mit ihm zur Hundeschule gehen«, hatte der Fotochef bemerkt, der sich in der Redaktion wie kein anderer mit Tieren auskannte.

Lukas war es nicht leichtgefallen, Finchen wieder einzufangen, zwischenzeitlich hatte er Angst gehabt, dass der Hund durch eine achtlos geöffnete Tür ins Treppenhaus gelaufen und abgehauen sein könnte. »Dich mache ich nie, nie wieder los«, sagte er zum wiederholten Male, als er den Dackel endlich mit einem Dutzend Leckerli angelockt hatte, um mit ihm zusammen Kaja in ihrem Büro aufzusuchen. Man wusste erst, ob die Polizeireporterin da war, wenn man einmal um ihren Schreibtisch herumgegangen war, auf dem sich Zeitungen, Akten und andere Papiere türmten. »Ist das Kunst, oder kann das weg?«, war ein gern verwendeter Spruch, wenn Kollegen vorbeikamen, und alle fragten sich, was in dem großen Sideboard sein mochte, das direkt hinter Kajas Schreibtisch stand.

Finchen hatte sich gefreut, einen bekannten Menschen zu treffen, und gebellt wie verrückt. »Sie mag dich«, hatte Lukas gesagt und erzählt, was er von Niklas erfahren hatte.

»Das ist ein Coup.« Kaja hatte alles mitgeschrieben. »Es bleibt die Frage, ob und wie wir ihn veröffentlichen können.«

»Das kannst du, wenn du Niklas und die Alster-Lounge rauslässt und lediglich schreibst, dass Giovanni Esposito nach Informationen der *Hamburg News* als Täter ausscheidet, weil er zumindest für die Anschläge auf Jens U. Schmidt und Rebecca Frömmel ein gesichertes Alibi hat …«, hatte Lukas gesagt.

»… und weil er nicht zeitgleich einen Molotowcocktail in die Wohnung von Peter Berndt werfen und den Umschlag mit Weichmanns Affären vor eure Tür hätte legen können«, war ihm Kaja ins Wort gefallen.

»Wenn du das so schreibst, wie ich das gesagt habe, kann Niklas nichts dagegen haben«, sagte Lukas. So waren sie verblieben.

Als die Eilmeldung mit der Überschrift »Anschläge auf Journalisten: Alibi entlastet Hauptverdächtigen« auf der Internetseite der *Hamburg News* erschien, saß er wieder zu Hause im Kinderzimmer und suchte im Internet nach weiteren Informationen über Martin Grube und Karl Friedrichsen.

Er war dabei auf die Kampagne gestoßen, die Joachim Gärtner initiiert hatte und für die Lukas die Texte hatte schreiben sollen. Die großen Anzeigen dazu waren inzwischen in allen Zeitungen und Zeitschriften des Friedrichsen-Verlags erschienen. Wenn man überlegte, dass die Anschläge auf die Journalisten mit Sicherheit auch für ein kräftiges Plus bei den Auflagen und für neue Reichweitenrekorde im Netz gesorgt hatten, lohnte sich das alles für das Unternehmen doppelt und dreifach. Es geht hier nicht nur um die Sicherheit von Menschen, es geht auch um viele Millionen Euro, dachte Lukas.

Er konnte es kaum erwarten, Martin Grube mit seinen Thesen zu konfrontieren. Die Gelegenheit dazu würde sich bereits in drei Tagen ergeben, und Grube würde ihm nicht ausweichen können: Niklas hatte Lukas verraten, dass in der Alster-Lounge eine Überraschungsparty zum achtzigsten Geburtstag von Karl Friedrichsen geplant war, organisiert von Joachim Gärtner. Der hatte alle, die in Hamburg Rang und Namen hatten, heimlich eingeladen und gebeten, sich zu Ehren des Verlegers als eine Person zu verkleiden, mit der Friedrichsen in seinem langen Leben etwas zu tun gehabt hatte. Niklas wollte in einem HSV-Trikot als Uwe Seeler erscheinen, hatte er Lukas verraten, und dass er ihn als Nichtgeladenen selbstverständlich zum Fest in die Alster-Lounge schmuggeln könne, wenn das wichtig sei: »Wird dich ja sowieso keiner erkennen.« Lukas wusste noch nicht, als was er gehen würde. Er hatte darüber nachgedacht, sich als Udo Lindenberg zu verkleiden, bis er von Niklas erfahren hatte, dass der selbst eingeladen sei. Zwei Udos war einer zu viel, fand Lukas.

Sein Handy piepste. Eine Nachricht von Kaja. »Unsere Server sind gerade abgestürzt, so riesig ist das Interesse an der Geschichte über Espositos Alibis«, schrieb sie. »Ich habe Enno vorab einen Tipp gegeben, wollte nicht, dass er das alles aus der Zeitung erfährt. Er fragt, ob wir uns zu dritt treffen können.«

»Na klar, gibt viel zu besprechen«, schrieb Lukas zurück. »Heute Abend? Morgen früh?«

»Wir sind gegen 20 Uhr bei dir«, antwortete Kaja. Lukas sah auf die Uhr, es war kurz nach 15 Uhr. Lilli war gerade vom Frauenarzt zurückgekommen und machte sich über das vegetarische Sushi her, das er aus der Stadt mitgebracht hatte. Lukas beschloss, die Gelegenheit zu nutzen, eine größere Runde mit Finchen zu drehen, die heute bislang nicht richtig draußen gewesen war. »Ich geh noch mal mit dem Hund«, rief er in Richtung Küche, und: »Heute Abend kommt Kaja mit ihrem Freund vorbei, diesem Polizisten. Ist doch in Ordnung, Hasenzahn, oder?«

»Allesch in Ordnung«, antwortete Lilli mit vollem Mund. »Kannschst du mir mehr Shushi mitbringen, gibt es jetzt auch bei Edeka in der Frischetheke?«

»Mach ich«, sagte Lukas, der längst aufgehört hatte, sich über den Heißhunger zu wundern, mit dem seine Frau sich über bestimmte Lebensmittel hermachte.

Als er gut eine Stunde später zurückkam, mit einem Hund, der gleich zweimal sein großes Geschäft verrichtet hatte, und einer weiteren Schachtel Sushi für zwanzig Euro, saß Lilli immer noch – oder wieder? – in der Küche. Lukas hatte ein Déjà-vu. Auf dem Küchentisch lag ein DIN-A4-Umschlag. »Ist es das, was ich denke, was es ist?«, fragte er.

»Ich weiß nicht, was du denkst, Hasenzahn«, antwortete Lilli. »Aber da dieser Umschlag dem ähnelt, den wir vor ein paar Tagen bekommen haben, keine Adresse, kein Absender, habe ich mir gedacht, dass ich mit dem Öffnen dieses Mal warte, bis du zurück bist.«

»Hast du ihn angefasst?« Lukas setzte sich an den Küchentisch. Finchen schien die Spannung im Raum zu spüren, sie hatte wieder angefangen, den Boden abzulecken, aber das interessierte ihre Ersatzeltern in diesem Moment überhaupt nicht.

»Mir blieb nichts anderes übrig«, sagte Lilli. »Die Briefträgerin hat ihn mir in die Hand gedrückt, übrigens ohne ein Wort zu sagen, ziemlich unhöflich.«

»Die Briefträgerin?« Lukas wurde unruhig. Die Post wurde normalerweise nicht so spät am Tag zugestellt, und er hatte in der Gegend noch nie eine Briefträgerin gesehen. Der für sie zuständige Postbote war definitiv ein Mann, irgendwo hatte sich Lukas seinen Namen aufgeschrieben.

»Wir sind uns aber auch mehr zufällig begegnet.« Lilli schob den Umschlag vorsichtig mit den Fingerspitzen zu ihrem Mann hinüber. »Als du mit Finchen rausgegangen bist, ist mir aufgefallen, dass du das hier«, sie holte eine Rolle mit Kackibeuteln aus der Tasche ihres Kapuzenpullovers, »vergessen hattest. Als ich dir die Beutel hinterherbringen wollte, bin ich an der Haustür fast mit der Briefträgerin zusammengestoßen. Du müsstest sie eigentlich gesehen haben.«

Lukas war auf dem Weg niemandem begegnet, das Einzige, woran er sich erinnern konnte, war, dass schon wieder ein Wohnmobil in der Straße gestanden hatte – »Moment, halt mal eben Finchen fest, Hasenzahn.« Er sprang auf, sprintete zur Haustür, durch den Vorgarten und bis zu der Stelle, an der vorhin das Wohnmobil gestanden hatte. Der Parkplatz am Straßenrand war leer.

»Alles in Ordnung, Hasenzahn?«, fragte Lilli, als Lukas zurück in die Küche kam und sie das jaulende Finchen endlich loslassen konnte.

»Woher weißt du, dass die Frau eine Briefträgerin war?«, fragte ihr Ehemann.

»Na, weil sie diese blau-gelben Klamotten anhatte, diese Jacke mit dem Horn, und weil sie den Umschlag in der Hand hatte. Dass keine Adresse draufsteht, habe ich erst später gesehen«, antwortete Lilli.

»Wie sah sie aus?« Lukas versuchte, die Aufregung aus seiner Stimme zu vertreiben, es gelang ihm mittelmäßig.

»Wie so eine Briefträgerin halt aussieht«, sagte Lilli. »Von ihrem Gesicht habe ich wegen dieser Kappe nicht viel erkennen können, ansonsten war sie etwa so groß wie ich, nicht besonders dünn, aber auch nicht wirklich dick, vielleicht Anfang dreißig, vielleicht älter. Auf jeden Fall war sie schnell wieder verschwunden.«

»Hatte sie ein Fahrrad dabei?«, fragte Lukas.

»Hasenzahn, darauf hab ich doch nicht geachtet. Ich habe mir doch nichts dabei gedacht ...« Lilli stockte. »Du meinst, das könnte die Frau gewesen, die ...«

»Auf jeden Fall haben wir nun heute Abend noch mehr zu besprechen. Bis dahin«, Lukas nahm einen der Kackibeutel, stülpte ihn sich über die Hand und griff damit nach dem Umschlag, »bleibt das hier verschlossen.«

Kaja und Enno von Spoercken kamen gemeinsam um kurz nach acht. Lilli hatte frisches Brot und ein paar Dips vom türkischen Imbiss um die Ecke auf den Küchentisch gestellt und sich ins Schlafzimmer zurückgezogen – sie sei müde, wolle nicht stören und auch nicht riskieren, dass sie sich über das aufregte, was im Umschlag steckte: »Ein Fehlalarm die Woche reicht völlig.«

Da Lukas nicht wusste, ob Enno von Spoercken diese Besprechung als Teil seines Dienstes betrachten würde, hatte er ein paar Flaschen alkoholfreies Bier kalt gestellt, dazu einen Riesling mit wenig Alkohol von Othegraven, dem Weingut von TV-Moderator Günther Jauch. Enno entschied sich für Letzteren, während Kaja »Lust auf ein Bier« hatte, »gern eines mit«. Lukas fand eine Flasche im Kühlschrank, stellte sie ohne Glas auf den Tisch und schenkte dem Soko-Chef und sich selbst von dem Riesling ein. Die beiden stießen an, und von Spoercken sagte: »Ich bin übrigens Enno, wenn das für dich, äh, für Sie okay ist.«

»Ist okay. Lukas.« Er grinste. »Kajas Freunde sind meine Freunde, auch wenn sie Polizisten sind. Zum Wohl.«

Sie tranken einen Schluck, genossen den Geschmack von Frucht und Salz auf der Zunge und wandten sich dann fast gleichzeitig dem unbeschrifteten Umschlag zu. »Soll ich?«, fragte Enno und zog sich, als die anderen nickten, zwei Plastikhandschuhe über, um ihn vorsichtig zu öffnen. Er griff hinein, und was er herauszog, ließ keine Fragen offen: Kaja, Lukas und Enno blickten auf eine nackte junge Frau, die auf einem ebenfalls nackten Mann saß, von dem man die Hüfte und ansonsten nur den Ansatz eines weiteren Körperteils sehen konnte. Die anderen Bilder waren ebenso eindeutig, mal waren nur einzelne, sehr spezielle Details fotografiert worden, dann eine komplette Frau. Die hatten die drei am Küchentisch sofort erkannt, es war nicht lange her, dass sie sich in der Pressekonferenz im Rathaus zu Wort gemeldet hatte. Vor ihnen posierte Catherina Schulz, und für wen sie posierte, war eine rhetorische Frage. Mindestens auf einem Bild war der Kopf von Georg Weichmann zu erkennen, auch wenn der Chefredakteur der *Chronik* sich bemühte, ihn zwischen den Beinen seiner Redakteurin zu vergraben, die ihn anscheinend dabei fotografiert hatte.

»Das sieht nach einer Mahnung aus.« Enno drehte die Bilder hin und her. Es war ihm unangenehm, sich solche Szenen mit seiner Freundin anzusehen.

»Wieso Mahnung, wie meinst du das?«, fragte Kaja.

»Wir können wohl davon ausgehen, dass der Absender dieses Umschlags derselbe ist, der den Hammersteins neulich die ausgedruckten E-Mails vor der Tür hinterlassen hat«, erklärte Enno. »Weil seitdem nichts passiert ist, ihr also nichts veröffentlicht habt, legt er nun nach. Diesmal etwas deutlicher und drastischer, als wollte er sagen: Lasst euch diese Geschichte nicht entgehen.«

»Sonst?«, fragte Lukas.

»Was, sonst?« Enno sah auf ein Bild, das Catherina Schulz kniend vor einem Mann zeigte, der sie von oben fotografierte. Offenbar stand Weichmann darauf, sich beim Sex ablichten zu lassen.

»Na, was passiert, wenn wir die E-Mails und Fotos nicht veröffentlichen?«, fragte Lukas.

»Ich weiß es nicht. Im besten Fall schickt unser Mann das alles an Journalisten, die weniger zögerlich sind als ihr«, antwortete Enno.

»Und im schlimmsten Fall?«, fragte Kaja.

»Im schlimmsten Fall passiert Georg Weichmann das Gleiche wie Christoph Meier-Wiegand oder Jens U. Schmidt. Klar ist, dass der Mann aus Sicht des unbekannten Absenders wegmuss.«

Kaja begann, die Fotos wieder in den Umschlag zu stecken, eines nach dem anderen. »Können wir uns nicht endlich darauf einigen, dass es nicht um einen Absender, sondern um ein:e Absender:in geht und nicht um einen Täter, sondern um ein:e Täter:in? Es geht mir nicht ums Gendern, sondern darum, was wir wissen. Kennst du schon die Geschichte von der Briefträgerin, Enno?«

Als der Soko-Chef den Kopf schüttelte, erzählte Lukas, was Lilli erlebt hatte und dass er den Stammpostboten angerufen und ihn gefragt hätte, ob er am Nachmittag von einer Kollegin vertreten worden sei. »Wisst ihr, was er gesagt hat? Er hat gesagt, dass er froh wäre, wenn es so eine Kollegin gäbe. Die Post hätte in seinem Bezirk derart wenig Personal, dass er in unserer Straße die Briefe nur alle zwei Tage austragen könne. Möchte noch jemand Wein oder Bier?« Lukas schenkte Enno nach, der ihm sein Glas hinhielt, und berichtete von dem Wohnmobil, das ihm aufgefallen und das nach der Umschlag-Übergabe verschwunden war.

»Wir suchen also eine Briefträgerin, die unbeschriftete DIN-A4-Umschläge mit dem Wohnmobil ausliefert, während der Mann, den wir auf frischer Tat erwischt haben, leider Alibis für die anderen Anschläge hat.« Enno nahm einen langen Schluck. »Na, schönen Dank auch. Könnt ihr mir etwas zu den Alibis von Giovanni Esposito sagen?«

Kaja blickte zu Lukas, Lukas blickte zu Enno und schüttelte den Kopf. »Aber ich kann dir versichern, dass die Quelle zu hundert Prozent vertrauenswürdig ist. Esposito scheidet als Serientäter aus – auch«, jetzt zwinkerte er Kaja zu, »weil ihr eine Frau suchen müsst.«

»Und wisst ihr, was ihr beide müsst? Ihr müsst euch schnell entscheiden, wie ihr mit den E-Mails und diesen Fotos umgeht.« Enno hob den Umschlag hoch. »Wenn das alles stimmt, was ihr mir erzählt, ist Georg Weichmann wirklich in Gefahr.«

47

Den Rest des Abends hatten Enno und Lukas mit etwas verbracht, das man in Diplomatenkreisen »vertrauensbildende Maßnahmen« genannt hätte. Lukas hatte Enno ausführlich von seinem Gespräch mit Karl Friedrichsen erzählt und von den Geldsummen, die freigesetzt wurden, wenn ein altgedienter Journalist von der Bildfläche verschwand. Er hatte herausgefunden, dass Georg Weichmann der mit Abstand bestbezahlte Journalist im Friedrichsen-Verlag war, allein sein Grundgehalt sollte bei mehr als einer halben Million Euro im Jahr liegen. Wenn es jemanden gab, bei dem sich eine Beseitigung wirtschaftlich auszahlte, war es der Chefredakteur der *Chronik*.

Enno hatte über das letzte Verhör mit Giovanni Esposito berichtet, in dem der gestanden hatte, den Brandanschlag auf Peter Berndt verübt zu haben. Er habe diesem »rechten Reporter-Arschloch« eine Lektion erteilen wollen, hatte der Italiener den Beamten im Polizeipräsidium in einer Mischung aus Englisch und Deutsch erklärt und dass seine Genossen und er Berndts Kampagne gegen das Politbüro nicht mehr hätten ertragen können. Natürlich habe er den Reporter nicht umbringen wollen, dafür sei auch »der Molli viel zu klein gewesen«, den er schnell zusammengebaut hatte. Er bereue nichts, hatte Esposito gesagt, aber er habe auch nichts mit den Anschlägen auf die anderen Journalisten zu tun. Wenn sich die Herren Polizisten fragten, warum Peter Berndt nicht auf der Liste stand, die er tagelang und in großen Schlagzeilen als Todesliste bezeichnet habe, dann könne er ihnen allerdings helfen. Das sei nämlich keine Aneinanderreihung von menschlichen Anschlagszielen gewesen, sondern lediglich eine Liste von Journalisten, an die es sich aus Sicht des Politbüros lohnte, Mitteilungen zu verschicken. »Dazu gehörte der Kollege Berndt nun wirklich nicht«, hatte Lukas gesagt, als Enno mit der Zusammenfassung des Verhörs fertig war.

Kaja hatte die Zeit, in der die beiden neuen Duzfreunde ihre Recherche- beziehungsweise Ermittlungsergebnisse austauschten, genutzt, um eine WhatsApp an Catherina Schulz zu schreiben. Sie müsse einmal dringend mit ihr sprechen, es gehe um die Anschläge auf die Journalisten, ob sie vielleicht Zeit für ein kurzes Telefonat hätte? Als die Reporterin der *Chronik* nach einer Viertelstunde nicht geantwortet hatte, schickte Kaja ein kurzes »Hallo?« hinterher und wartete erneut ab, diesmal zwanzig Minuten. An den doppelten Häkchen hinter den Nachrichten konnte sie sehen, dass Catherina sie gelesen hatte. Trotzdem reagierte sie nicht, und Kaja griff zu einem drastischeren Mittel, wie sie es in solchen Situationen gern tat. Sie fotografierte eines der Bilder aus dem Umschlag und schickte es kommentarlos an Catherina. Zwei Minuten später klingelte ihr Telefon.

»Woher hast du dieses Bild?« Catherinas Stimme klang wie ein Feuermelder, der gerade ausgelöst worden war.

»Ich habe …« Kaja kam ins Stammeln. »Uns sind verschiedene solcher Fotos von dir und Georg Weichmann zugespielt worden und E-Mails, die er dir und anderen Mitarbeiterinnen der *Chronik* geschickt hat …«

»… und die dich und deine dämliche Lokalpostille überhaupt nichts angehen!« Catherina schrie so laut, dass Kaja das Handy von ihrem Ohr weghielt. »Es ist mir scheißegal, wie ihr darangekommen seid und ob sich deine Kollegen darauf einen runterholen. Wenn ihr davon irgendetwas veröffentlichen solltet, seid ihr dran, dann machen euch unsere Rechtsanwälte fertig.«

»Entschuldige ...«, setzte Kaja an, wurde aber erneut unterbrochen. »Du kannst mich mal«, sagte Catherina, dann war sie weg. Kaja hatte mit einer heftigen Reaktion gerechnet, nicht jedoch damit, dass das Gespräch derart eskalieren würde.

»Was war denn da los?« Enno und Lukas hatten das Geschreie mitangehört und stellten fast gleichzeitig dieselbe Frage.

»Ich glaube, da hat jemand die Nerven verloren«, sagte Kaja. »Und ich bin mir ziemlich sicher, dass ich morgen einen Termin bei Georg Weichmann bekommen werde.«

Sie schickte die E-Mail mit der Bitte um ein »dringendes Gespräch« mit dem Chefredakteur der *Chronik* am nächsten Tag um sieben Uhr raus. Um elf Uhr kam eine knappe Antwort aus seinem Sekretariat: »Sehr geehrte Frau Woitek, Georg Weichmann hat um 16.15 Uhr eine Viertelstunde Zeit für Sie. Melden Sie sich um 16.05 Uhr am Empfang des Pressehauses. Sie werden abgeholt.« Dass nicht gefragt wurde, worum es in dem Gespräch gehen sollte, war für Kaja ein eindeutiger Beweis, dass Weichmann längst wusste, dass seine Fotos und E-Mails bei der Konkurrenz gelandet waren. Er würde alles tun, damit sie nicht noch weitere Kreise ziehen. Dabei war das weder Kajas noch Lukas' Ziel.

Der Plan, den sie zusammen mit Enno von Spoercken entwickelt hatten, sah vor, dass Kaja Weichmann berichten würde, wie sie an die Unterlagen gekommen waren und dass sie glaubten, dass der Chefredakteur sich in Gefahr befände.

Sie würde ihm sowohl die Fotos als auch die E-Mails mit dem Hinweis zurückgeben, dass er selbst am besten wisse, was damit zu tun sei. Sicherheitshalber würde sie am Morgen in der Redaktion Kopien davon erstellen. Dann, so hofften die drei, würde Georg Weichmann den Schutz der Polizei in Anspruch nehmen, bis die »Briefträgerin«, wie sie die neue Hauptverdächtige nannten, gefasst war. Im Idealfall würde er erkennen, dass er aufgeflogen und als Chefredakteur angezählt war. »Dann hätte die Briefträgerin allerdings ihr Ziel erreicht«, hatte Lukas gesagt, und Kaja hatte seinen Satz verlängert: »… und die Frauen bei der *Chronik* hätten endlich Ruhe vor ihrem schwanzgesteuerten Vorgesetzten.«

Lukas hatte vorgeschlagen, Kaja zum Termin im Pressehaus zu begleiten und während ihres Gesprächs mit Weichmann draußen im Auto zu warten. Vielleicht müsse man danach schnell reagieren, da sei es besser, zu zweit zu sein.

»Aber nur, wenn der Dackel mitkommt«, hatte die Polizeireporterin gesagt. Das sollte ein Scherz sein, doch als Lukas seine Kollegin am nächsten Tag um kurz vor 16 Uhr vor dem Pressehaus absetzte, lag Finchen brav auf ihrem Lieblingsplatz am Fuße des Beifahrersitzes.

»Ich parke am Hafen und gehe ein bisschen mit dem Hund spazieren. Ruf mich einfach an, wenn du fertig bist«, sagte Lukas und drückte Kaja den Umschlag mit den E-Mails und den Fotos von Georg Weichmann in die Hand.

»Und was mache ich, wenn er gleich über mich herfällt?« Sie nahm den Umschlag.

»Dann sagst du ihm, dass du leider nur auf Polizisten stehst«, antwortete Lukas, der Kajas besonderen Humor in solchen Situationen mochte. »Viel Glück!« Er fuhr weiter und kurvte zehn Minuten im Viertel um das Pressehaus herum, bis er einen Parkplatz an den Landungsbrücken gefunden hatte.

Dieselbe Zeit hatte man Kaja am Empfang im Pressehaus warten lassen. Sie hatte einen Zettel ausfüllen müssen,
Name, Datum, Uhrzeit, Arbeitgeber, und hatte bei dem Punkt
»Besuchsanlass« gestutzt. Was sollte sie schreiben? »Affären
des Chefredakteurs« oder »Gespräch über Machtmissbrauch
und sexuelle Belästigung« hätte die Pförtnerin, die ihr das
Papier und einen Kugelschreiber gereicht hatte, wohl nach-
haltig verstört. Also schrieb Kaja: »Interview«. Das war zwar
nicht richtig, aber auch nicht ganz falsch, und bei »voraus-
sichtliche Gesprächsdauer«: »2–15 Minuten«. Ein bisschen
Spaß muss sein, dachte sie und dass sich die Dame am Empfang das, was sie geschrieben hatte, sowieso nicht durchlesen
würde. So war es dann auch. »Sie werden abgeholt.«

»Frau Woitek?« Fünf Minuten später stand eine junge Frau
vor ihr, die mit ihrem kurzen Rock und dem bauchfreien
Oberteil das Gegenteil dessen war, was man im Vorzimmer
des *Chronik*-Chefredakteurs erwartete. Es sei denn, man hatte dessen E-Mails gelesen.

»Das bin ich«, sagte Kaja wahrheitsgemäß, worauf sich
Georg Weichmanns Mitarbeiterin umdrehte und eine Hand-
bewegung machte. »Kommen Sie mit.« Hätte es nicht »Kom-
men Sie *bitte* mit« heißen müssen, fragte sich Kaja. Oder
hatte der Chef die Devise ausgegeben, auf den ungebetenen
Gast so wenig Worte wie möglich zu verschwenden? So oder
so trottete sie dem Rock hinterher, der bei jedem Schritt ein
Stück Po aufblitzen ließ. »This is a man's world«, murmelte
Kaja vor sich hin, als sie ins Treppenhaus abbogen und vier
Stockwerke zu Fuß bis in die Chefetage der *Chronik* gingen.
Auch das, da war sie sicher, Schikane. Denn neben der Tür,
durch die sie das Treppenhaus verließen, gab es zwei Fahrstühle, und nirgendwo war ein Hinweis zu lesen, dass beide
ausgefallen wären.

Lukas stellte fest, dass er lange nicht mehr am Hafen spazieren gegangen war, dabei war das der vielleicht schönste Platz in Hamburg. Er war auf dem Weg in Richtung Hafen-City, die Elbe zu seiner Rechten, ein langer, heute wirklich ruhiger Fluss, auf dem die Barkassen so gut wie nicht schaukelten. Mit jedem Schritt wurde die Elbphilharmonie größer, die wie ein wahr gewordenes Wunder am Horizont thronte. Lukas musste daran denken, wie er dort vor wenigen Wochen im Großen Saal neben Enno von Spoercken gesessen hatte, als er ein Journalist im Sabbatical und Enno ein Polizist von vielen gewesen war. Ihm fiel auf, dass er seitdem kaum etwas von Udo gehört hatte. Als Finchen an einer Straßenlaterne schnupperte, zog er sein Handy aus der Hosentasche und schrieb dem Sänger eine WhatsApp: »Lieber Udo, es gibt so viel zu erzählen, wir müssen uns mal wieder sehen. Dein Lucky Luke.« Lukas drückte auf Senden, und während die Nachricht davonzischte, wusste er plötzlich, als was er auf die Kostümparty zu Ehren von Karl Friedrichsen gehen würde.

Kaja war sicher, dass man den Stuhl extra für sie auf den Gang vor die Tür von Georg Weichmanns Büro gestellt hatte. Der kurze Rock hatte sie aufgefordert, hier zu warten, man würde sie gleich reinrufen, und Kaja kam sich vor wie jemand, der auf dem Einwohnermeldeamt eine Nummer gezogen hatte. Sie musste an ihre Patentante und deren Mann denken, an die Grellmanns, die in genau dem Büro, vor dem sie saß, offiziell erfahren hatten, dass man sie nicht mehr brauchte, dass sie zu alt und zu teuer waren. Ein Schlag ins Gesicht nach all den Jahren, in denen die beiden voller Leidenschaft für die *Chronik* gearbeitet hatten, dachte Kaja, selbst dann schon, als Georg Weichmann wahrscheinlich gerade in der Grundschule schreiben gelernt hatte. Sie hatte die Chance, hier und heute die Grellmanns zu rächen, und wenn sie ehrlich war, freute sie sich darauf. Auch wenn sie mit Lukas und Enno übereingekommen war, die Informationen aus den E-Mails nur zu veröffentlichen, wenn der Herr Chefredakteur nicht selbst auf die Idee kam, das zu tun, was der Anstand gebot.

Es war genau 16.30 Uhr, als Lukas mit Finchen vor der Elbphilharmonie stand. Er überlegte, die Rolltreppe zu nehmen, die auf die Plaza führte, und den Blick von dort auf den Hafen zu genießen, der jedes Mal aufs Neue beeindruckend war. »Wollen wir?«, fragte er die Dackeldame und ging in Richtung Eingang, um kurz vor dem Drehkreuz zu stoppen, weil sein Handy vibrierte. Vielleicht eine Nachricht von Kaja, dachte Lukas. Dann sah er die Eilmeldung des *Blicks*, die für das Signal verantwortlich gewesen war, und wählte hektisch Kajas Nummer. Sofort sprang ihre Mailbox an. Lukas rannte los.

»Herr Weichmann erwartet Sie.« Die Vorzimmerdame hatte Kaja bis zu einer Tür geführt, hinter der sich das Büro des Chefredakteurs befinden musste, hatte dort einmal geklopft und sie dann mit einem eindeutigen Hinweis hineingelassen: »Fünf Minuten und keine Sekunde länger.« Als die Tür sich schloss, passierte das, was immer passierte, wenn die Polizeireporterin einen Ort betrat, den sie nicht kannte: Sie scannte den Raum und speicherte ab, was sie sah. Wände, an denen alte Titelblätter der *Chronik* hingen, eine Couch, die zum Schlafen geeignet war, zumindest guckte an der Seite ein Stück Bettlaken heraus. Eine große Fensterfront, die zum Hafen zeigte, und eine Fensterbank, auf der Pokale und Urkunden aufgereiht waren, wie bei einem Sportler. »Journalist des Jahres 2015« stand auf einer Plakette, und an einer Plastikskulptur, die Kaja an ein eingestürztes Hochhaus erinnerte, las sie: »Beste Innovation 2016«. Angeber, dachte sie.

Georg Weichmann stand hinter einem höhenverstellbaren Schreibtisch, er gehörte anscheinend zu denen, die gern im Stehen arbeiteten. Der Chefredakteur machte keine Anstalten, auf Kaja zuzukommen und sie zu begrüßen, im Gegenteil. Er sah nicht von seinem Bildschirm auf, als er sagte: »Was wollen Sie von mir?« Es klang wie: »Hau ab, du intrigantes Miststück.«

»Ich bin …«, fing Kaja an.

»Ich weiß, wer Sie sind, und ich weiß, was Sie vorhaben.« Jetzt trat Weichmann hinter seinem Bildschirm hervor, zündete sich eine Zigarette an und pustete den Rauch schnell und wütend aus. »Und ich kann Ihnen gar nicht sagen, *wie* ekelhaft ich es finde, dass Sie glauben, aus dem Privatleben von Journalistenkollegen eine Story machen zu können. Ich habe von den *Hamburg News* nie viel gehalten, aber das ist wirklich das Allerletzte, das hat mit Journalismus nichts mehr zu tun.« Weichmanns Blick traf Kaja zum ersten Mal direkt, und sie erschrak, obwohl sie von Berufs wegen nicht besonders ängstlich war. Der Kraft in seinen Augen musste man erst einmal standhalten.

»Vielleicht –« Kaja ging ein paar Schritte auf den Schreibtisch zu und legte den Umschlag mit den E-Mails und den Fotos darauf ab: »Vielleicht sehen Sie sich das an, und dann sprechen wir in Ruhe.«

Weichmann riss den Umschlag auf und überflog den Inhalt. Kaja war sicher, dass Catherina Schulz ihn vorgewarnt hatte. Der Chefredakteur war zwar maximal empört, wirkte aber nicht überrascht. »Du willst mich erpressen, du kleine Lokalreporterin«, zischte er.

»Wir sollten besser beim Sie bleiben.« Kajas Selbstbewusstsein war wieder intakt. »Und nein, ich, ähem, *wir* wollen Sie nicht erpressen.« Er sollte wissen, dass sie zwar allein in seinem Büro stand, dass es aber da draußen noch andere gab, die sich mit dem Fall beschäftigt hatten und weiter beschäftigen würden. »Wir fanden nur, dass Sie das da kennen sollten«, Kaja zeigte auf die Fotos, die gestern Abend auf dem Küchentisch der Hammersteins gelegen hatten und jetzt direkt vor dem Mann lagen, der bis vor wenigen Stunden dachte, er sei einer der mächtigsten Journalisten des Landes, unangreifbar und unverwundbar. »Wir haben eigentlich«, sie wiederholte das Wort, um es zu betonen, »*eigentlich* nicht vor, das zu veröffentlichen. Ich wollte nur mit Ihnen darüber verhandeln, wie ...«

Bevor Kaja weitersprechen konnte, flog die Bürotür auf, und für einen Moment dachte sie, dass ihre »fünf Minuten und keine Sekunde länger« abgelaufen waren. Aber statt der Vorzimmerdame stürmten zwei Männer herein, die wie Georg Weichmann hellblaue Hemden mit hochgekrempelten Ärmeln trugen und, auch das registrierte Kaja, Sneakers. Das musste der Rest der Chefredaktion sein, die Weichmann zur *Chronik* mitgebracht hatte – die Journalist gewordene Version von Take That. Einer der beiden Typen hielt ein iPad in der Hand und rief: »Georg, what the fuck ist das?« Dabei wedelte er so mit dem Gerät herum, dass Kaja Schwierigkeiten hatte, etwas darauf zu erkennen. Dann sah sie die Internetseite des *Blicks*, darauf ein Foto von Georg Weichmann und die Schlagzeile: »Die Machtspiele der Chefredaktion – Sexaffäre erschüttert Wochenzeitung.«

48

Das Wohnmobil war vollgetankt, es würde reichen, um heute Nacht bis an die polnische Grenze zu gelangen. Von dort würde sie über die Slowakei und Ungarn in Richtung Süden fahren, bis sie auf der griechischen Insel war, auf der sie sich von ihrem ersten Honorar ein kleines Häuschen gekauft hatte. Für die Nachbarn dort war sie Claudia, die Deutsche, eine Eigenbrötlerin, die morgens in aller Frühe zum Strand ging, um ungestört nackt baden zu können, und die ansonsten viel Zeit in ihrem kleinen Garten verbrachte. Abends würde sie sich mit einem Salat und Brot wieder ans Meer setzen, essen und es genießen, einfach zu atmen und zu leben. Wer wusste besser als sie, dass beides nicht selbstverständlich war.

Der Auftrag in Hamburg war fast erledigt. Gestern hatte sie die letzten drei Namen von der Liste gestrichen. Der Chefredakteur der *Chronik* und seine beiden Stellvertreter waren bis auf weiteres beurlaubt worden, das hatte die Zeitung unter der Überschrift »In eigener Sache« auf ihrer Homepage berichtet. Wobei »bis auf weiteres« höflich formuliert war. Nachdem der *Blick* nicht nur viele der E-Mails veröffentlicht hatte, die Georg Weichmann und seine Kollegen an oder über meist junge Reporterinnen geschrieben hatten, sondern auch zwei eindeutige Fotos, war die Karriere der drei erledigt. Die Frau, die ihren Auftrag als Emma Trautmann in der Elbphilharmonie angenommen hatte und die in gut achtundvierzig Stunden als Claudia die Tomaten in ihrem griechischen Garten ernten würde, hatte geliefert. Sie hatte acht Journalisten verschwinden lassen, mit einer, wie sie fand, raffinierten Mischung aus analoger Gewalt und digitaler Finesse. Gut, sie hatte auch das Glück gehabt, dass ausgerechnet die Zwillingsschwester eines ihrer Zielobjekte zufällig in einen Autounfall verwickelt worden war. Aber das Endergebnis war dasselbe: Die Journalistin, diese Ricarda Frömmel, verschwand wie alle anderen, und genau das war der Auftrag gewesen.

Die Beseitigung von Georg Weichmann und Co. hatte etwas länger gedauert, weil Lucky Luke nicht so reagiert hatte, wie sie sich das erhofft hatte. Sie hatte die Idee witzig gefunden, ausgerechnet dem Mann die pikanten Informationen über den Chefredakteur der *Chronik* vor die Tür zu legen, der auf ihrer Auftragsliste gestrichen worden war. Doch als dieser nicht reagierte, nicht einmal auf die eindeutigen Fotos, hatte sie das Material diesem Typen zugespielt, der Opfer eines Brandanschlags geworden war. Auch damit hatte sie nichts zu tun, Molotowcocktails waren nun wirklich unter ihrem Niveau. Für einen Moment hatte sie immerhin Sorge gehabt, dass Trittbrettfahrer ihr in die Quere kommen und das Gesamtwerk zerstören könnten. Aber zum Glück war der Täter schnell geschnappt worden und hatte damit das Interesse von Polizei und Medien ganz auf sich gelenkt. Eigentlich, dachte sie, müsste ich ihm eine Kiste Wein ins Gefängnis schicken lassen.

Es wäre alles perfekt gelaufen, nein, mehr als perfekt, wenn da nicht die seltsamen Unregelmäßigkeiten gewesen wären, um die sie sich heute Abend würde kümmern müssen. Geplant hatte sie das nicht, aber sie war auch eine Meisterin, wenn es ums Improvisieren ging. Ein Hackerfreund hatte dafür gesorgt, dass sie auf der Gästeliste für diese Kostümparty stand. Ein letztes Mal als Emma Trautmann. Dass jemand wie sie bei so einer Gelegenheit dazu gezwungen wurde, sich zu verkleiden, war fast zu schön, um wahr zu sein. Sie hatte erst überlegt, die Briefträgerinnen-Uniform noch einmal anzuziehen. Doch dann hatte sie die E-Mail-Einladung, die Joachim Gärtner vermeintlich heimlich an wichtige Leute in Hamburg verschickt hatte, von ihrem Hackerfreund erhalten und gelesen, dass man als jemand kommen sollte, mit dem das Geburtstagskind, der achtzigjährige Verleger, in seinem bewegten Leben Kontakt gehabt hatte. Sie hatte Karl Friedrichsen gegoogelt und Hunderte Bilder von ihm gefunden, darunter mindestens drei, auf denen er mit der Bundeskanzlerin zu sehen war. Daraufhin hatte sie recherchiert, dass Angela Merkel etwa so groß war wie sie – es fehlten zwei Zentimeter –, und war erstaunt, wie leicht man im Internet ein Merkel-Verkleidungsset mit dem Untertitel »Aussehen wie Mutti« bekommen konnte.

Die Perücke, ein türkisfarbener Blazer, eine schwarze Hose und passende Schuhe lagen im Wohnmobil bereit, dazu eine Holzkette in Deutschland-Farben und ein Set künstlicher abgeknabberter Fingernägel. Ob sie die aufkleben würde, wusste sie noch nicht, der Rest passte gut, allein der Blazer war etwas zu groß. Aber den Platz darunter würde sie zu nutzen wissen.

49

Nach alldem, was passiert und was an Fragen offen war, kam es Lukas komisch vor, dass er nichts Besseres zu tun hatte, als auf der Suche nach einem weißen Cowboyhut und einem roten Halstuch durch Hamburg zu laufen. Das waren die beiden einzigen Kleidungsstücke, die ihm für seine Verwandlung in Lucky Luke fehlten, und die Zeit drängte. In sechs Stunden sollte die Kostümparty in der Alster-Lounge beginnen, und Lukas musste noch Finchen nach Hause zurückbringen, die so lange gejault hatte, bis er sie zum Einkaufen mitgenommen hatte. Sie waren zu Fuß in die Innenstadt gegangen, um dort festzustellen, dass das Kostümgeschäft umgezogen war, das es jahrelang am Neuen Wall gegeben hatte, und dass sein neuer Standort fünf Minuten vom Haus der Hammersteins entfernt lag.

Auf dem Rückweg musste Lukas sich beherrschen, nicht in jedes Wohnmobil zu gucken, das an der Außenalster abgestellt war. Die Briefträgerin hatte bekommen, was sie wollte: Peter Berndts Bericht im *Blick* hatte Georg Weichmann und seine Boygroup gezwungen, ihre Plätze zu räumen. Lukas war wie ein Verrückter zurück zum Pressehaus gerannt, aber als er ankam, hatte Kaja bereits vor dem Eingang gestanden, im Begriff, ihn anzurufen. Weichmann hatte nicht gemerkt, dass sie aus seinem Büro verschwunden war. Als er die Schlagzeilen auf dem iPad seines Kollegen gesehen hatte, hatte er sich für die Reporterin der *Hamburg News* nicht mehr interessiert. »Ist irgendwie anders gelaufen, als wir uns das überlegt hatten«, hatte Kaja gesagt. »Aber, ganz ehrlich: Ich gönne es diesem widerlichen Typen.«

Lukas war froh, dass sie sich wenigstens nicht zu Erfüllungsgehilfen der Briefträgerin gemacht hatten, auch wenn im Ergebnis das Gleiche herausgekommen war. Mit dem Unterschied, dass sich Peter Berndt für einen Bericht feiern ließ, der Lukas höchst unangenehm gewesen wäre. Er stellte wieder einmal fest, dass in dieser verworrenen Geschichte unterm Strich immer derselbe profitierte: nämlich derjenige, der im Friedrichsen-Verlag für die Zahlen verantwortlich war. Lukas musste dringend mit Martin Grube sprechen, der mit Sicherheit heute Abend in der Alster-Lounge zugegen sein würde. Hoffentlich würde er ihn erkennen. Als was verkleidete sich der Chef eines Medienunternehmens, den alle nur den FTE-Killer nannten? Als Graf Zahl? Als einer von den Daltons?

Lukas mochte alles, was mit Fasching oder Karneval oder Verkleiden zu tun hatte, nicht besonders, was auch daran lag, dass das in Hamburg keine Tradition hatte. Er hatte Niklas Claasen per WhatsApp gefragt, ob er nicht einfach als Journalist kommen könne, mit einer Kamera über der Schulter und einem Notizblock in der Hand, aber Niklas hatte zurückgeschrieben: »Nee, das geht nicht. Gib dir mal Mühe!« Deshalb stand Lukas am frühen Abend im Schlafzimmer, zog sich ein gelbes Hemd an und eine schwarze Weste darüber, dazu eine dunkelblaue Jeans, deren Hosenbeine er so weit hochkrempelte, dass die braunen Lederstiefel darunter gut zur Geltung kamen. Lilli band ihm das rote Tuch, das er soeben gekauft hatte, um den Hals, setzte ihm den Cowboyhut auf und verglich ihren Lukas mit dem Lucky Luke auf dem Cover des Hefts, das sie wahllos aus der Sammlung ihres

Mannes gezogen hatte. »Fehlt nur etwas, das du im Mund hast«, sagte sie und zeigte auf den echten Lucky Luke, der andauernd auf einem Strohhalm oder einer Zigarette herumkaute. »Nimm dir ein paar Zahnstocher aus der Küche mit, die tun es auch.« Lukas nickte und stellte sich vor den großen Spiegel im Schlafzimmer, um den braunen Pistolengürtel anzulegen, in den er, so viel Abweichung vom Original musste sein, eine Wasserpistole steckte: »Ich will ja keinen Stress mit den Sicherheitsleuten in der Alster-Lounge haben.«

Davon würden einige da sein, nicht nur die vier von Julius Wolff, sondern auch Enno mit ein paar Kollegen. Der Chef der Soko hatte darauf bestanden, zur Feier von Karl Friedrichsen zu kommen, weil schließlich alle Journalisten, die in den vergangenen Wochen Opfer der Briefträgerin geworden waren – denn davon waren Enno, Kaja und Lukas inzwischen überzeugt –, aus seinem Verlag stammten. Und weil niemand wusste, wer das nächste werden könnte. »Was meinst du, wie lange das noch weitergeht?«, hatte Lukas Enno gefragt, als Kaja und er ihn nach dem Termin bei Georg Weichmann aus dem Auto angerufen hatten.

»Ich habe keine Ahnung, das ist das Schlimme«, hatte Enno geantwortet. »Aber fest steht, dass ein Kostümfest alle Voraussetzungen für einen perfekten Tatort mitbringt. Deshalb werden wir da sein.«

»Auch verkleidet?«, hatte Kaja gefragt

»Wir sind immer verkleidet«, hatte Enno gesagt. »Drei Polizisten in Uniform dürften unter dreihundert kostümierten Gästen kaum auffallen.«

»Wollen wir?« Lilli hatte Lukas angeboten, ihn in die Alster-Lounge zu bringen. Autofahren fiel ihr angesichts ihres dicken Bauches zwar nicht mehr leicht, aber sie ahnte, wie unangenehm es ihrem Mann sein würde, als Lucky Luke mit dem Taxi oder mit der U-Bahn in die Innenstadt zu fahren. So verkleidet an der Alster entlangzugehen würde auch nicht funktionieren, weil spätestens nach fünf Minuten die ersten »aufmerksamen Passanten« die Polizei rufen und von einem »bewaffneten Irren« berichten würden. Also quetschte sich Lilli hinter das Lenkrad, während Lukas seinen Cowboyhut auf dem Rücksitz und Finchen wie immer im Fußraum des Beifahrersitzes verstaute. »Auf geht's, Jolly Jumper!«, sagte er und tätschelte seiner Frau über den Kopf.

»Wer ist Jolly Jumper?« Lilli startete das Auto, und Lukas fragte sich einmal mehr, was seine Frau als junges Mädchen gelesen hatte. Lucky Luke offensichtlich nicht.

Sie waren spät dran, als Lilli Lukas an der Straßenecke herausließ, an der der Haupteingang der Alster-Lounge lag. Davor standen zwei Männer mit dicken Zigarren im Mund, die aussahen wie die Koberer, die auf der Reeperbahn Gäste in Sexbars lockten. Lukas war sich nicht sicher, ob die auch verkleidet waren oder ob Niklas für die Einlasskontrolle zwei Originale gebucht hatte. Zumindest einen glaubte er wiederzuerkennen, von einer Reportage, die er vor langer Zeit auf dem Kiez gemacht hatte. Vor den Koberern hatte sich die wahrscheinlich skurrilste Warteschlange gebildet, die es in der Geschichte der Alster-Lounge jemals gegeben hatte: Lukas sah Ernie und Bert, Hans Albers neben Heidi Kabel, Winnetou, zwei Kapitäne, Karl Lagerfeld, einen Polizisten und gleich drei Damen, die versucht hatten, sich als leichte Mädchen zu verkleiden. Sollten die Gäste nicht als jemand kommen, mit dem Karl Friedrichsen in seinem Leben öfter Kontakt gehabt hat?, dachte Lukas und überlegte, ob der Verleger sich angesichts dieser Vorgabe über die Anwesenheit der Prostituierten freuen würde. Er reihte sich in die

Warteschlange ein und bemerkte, dass sich auf der anderen Straßenseite eine Traube von professionellen Fotografen und Menschen mit Handykameras gebildet hatte, die wie verrückt Fotos machten.

»Alder, wen haben wir denn da: den Beschützer hilfsbedürftiger Ladys, den Schrecken aller Viehdiebe und Falschspieler. Den Mustercowboy, der die gefährlichsten Killer schlottern lässt.« Einer der Koberer hatte Lukas entdeckt, und verkündete dessen Ankunft in derselben Lautstärke, mit der er auf der Reeperbahn normalerweise auf sein Etablissement aufmerksam machte: »Hochverehrte Damen und Herren, heißen Sie mit mir den Mann willkommen, der schneller als sein Schatten zieht. Es erscheint Luckyyyyyyy Luuuuuuke!« Lukas ahnte, dass sein Gesicht die Farbe des Halstuchs angenommen hatte. Er murmelte etwas von »Nicht so laut« und »Danke für die freundliche Begrüßung« und war froh, als er die Einlasskontrolle überstanden hatte und von der Straße ins Gebäude gelassen wurde.

Auf dem Flur im Erdgeschoss sorgte eine Frau in Lack und Leder mit einer großen schwarzen Peitsche dafür, dass die Gäste in einer Reihe geduldig auf den Fahrstuhl warteten, nur wer das Treppenhaus benutzen wollte, durfte passieren. Lukas hatte keine Lust, erneut anzustehen, zumal die Alster-Lounge im zweiten Stock lag, das würde Lucky Luke auch ohne Jolly Jumper schaffen. Er zog den Cowboyhut in die Stirn, steckte sich einen frischen Zahnstocher in den Mund und ging lässig an der Lack-und-Leder-Frau vorbei, die so mit Ernie und Bert beschäftigt war, dass sie ihn gar nicht bemerkte.

Im Treppenhaus war kaum etwas los, nur weiter oben hörte Lukas ein paar Schritte. Er brauchte eine Minute, bis er im zweiten Stock war. Vor der Tür, die vom Treppenhaus auf den Flur zur Alster-Lounge führte, stand ein weiterer Koberer. Er signalisierte Lukas, einen Moment zu warten, weil der Fahrstuhl eine weitere Ladung Gäste ausgespuckt hatte. Lukas sah einen Mann, der sich als Helmut Schmidt verkleidet hatte, mit dem charakteristischen Elbsegler auf dem Kopf und einer nicht angezündeten Zigarette im Mund. Er wurde von zwei Männern und zwei Frauen begleitet, die nicht nur aussahen wie Leibwächter, sondern es tatsächlich waren. Lukas konnte sich gerade noch zurückhalten, an die Treppenhaustür zu klopfen und Julius' Namen zu rufen. Da war eben sein Freund, der Bürgermeister, an ihm vorbeigegangen, und Lukas fragte sich, ob es so klug von ihm war, sich ausgerechnet als Helmut Schmidt zu verkleiden. Er fand, dass der Vergleich mit dem legendären Bundeskanzler Julius schade, aber er wusste auch, dass der Bürgermeister gern mit ihm verglichen wurde. Und sei es nur, weil er sich eines Tages selbst im Bundeskanzleramt sah.

Kurz bevor der Koberer die Tür freigab, hörte Lukas Schritte hinter sich. Er drehte sich um und erblickte statt des ehemaligen Bundeskanzlers jetzt die amtierende Bundeskanzlerin. Lukas öffnete die Tür und hielt sie so lange auf, bis die Frau in dem türkisfarbenen Blazer im zweiten Stock angekommen war: »Bitte sehr, Frau Merkel«, sagte er und verbeugte sich scherzhaft.

»Danke, Lucky Luke.« Sie machte den Spaß mit, und Lukas fragte sich, ob er die Stimme schon einmal gehört hatte und er die Frau also kennen müsste. Aber da war sie auch schon in einem Strom neuer Gäste aus dem Fahrstuhl verschwunden, und Lukas beeilte sich, endlich auch in die Alster-Lounge hineinzukommen.

Die schwere Holztür war weit geöffnet, dahinter reichten drei Dragqueens den Gästen Champagner, nachdem Uwe

Seeler jeden Einzelnen per Handschlag begrüßt hatte. Niklas hatte seine Ankündigung wahr gemacht, er stand in einer roten kurzen Hose und einem weißen HSV-Trikot im Eingang, die eigenen Haare unter einer Uwe-Seeler-Perücke versteckt, die er sich extra für den Abend hatte anfertigen lassen. Er trug Stollenschuhe von Adidas, und irgendwie war ein Ball an seiner rechten Wade angebracht. Neben Niklas, also neben Uwe Seeler, stand eine weitere Dragqueen, die viel imposanter war als die am Eingang – was zum einen an absurd hochhackigen Schuhen lag und zum anderen an einer noch absurderen Oberweite – und die ihr silbernes Paillettenkleid nur mühsam unter Kontrolle bringen konnte. Lukas musste dreimal hingucken, bevor er erkannte, wer darin steckte.

»Wenn das nicht unser alter Kumpel Lucky Luke ist.« Niklas alias Uwe Seeler tat so, als würde er Lukas den Ball zuspielen, doch der hatte nur Augen für die Frau mit den Stilettos, die mindestens zehn Zentimeter hoch waren: »Clemens, bist das wirklich du?« Er musste sich beherrschen, nicht zu überprüfen, ob die Brüste echt waren. Sicherheitshalber behielt er die Hände am Pistolengürtel.

»Du bist mir ja ein Süßer!« Die Dragqueen sprach mit einer Stimme, die zwischen sehr hoch und sehr tief schwankte. »Aber das mit dem Clemens bleibt unser kleines Geheimnis, Chéri.« Lukas grinste und scheiterte bei dem Versuch, den Freund zu umarmen, dessen hochtoupierte Perücke ihn um weitere zehn Zentimeter größer machte. Niklas fummelte sein Handy aus der hinteren Tasche seiner Sporthose und zog die beiden Freunde für ein paar Selfies an sich heran: »Lucky Luke, Uwe Seeler und Olivia Jones, was für ein Bild!«

»Habt ihr Helmut Schmidt gesehen?«, fragte Lukas.

»Julius ist direkt in Richtung Terrasse verschwunden«, antwortete Niklas.

»Und sonst? Wer ist alles da?« Lukas hatte Mühe, seinen Platz an der Seite von Niklas zu behaupten, weil immer neue Gäste eintrafen.

»Keine Ahnung, die meisten sind so gut verkleidet, dass man sie nicht erkennt«, sagte der Chef der Alster-Lounge.

»Als was ist Karl Friedrichsen gekommen?«, wollte Lukas wissen.

»Als Max Raabe. Er ist wohl ein großer Fan«, Niklas senkte die Stimme, »und er weiß nicht, dass der echte Max Raabe nachher nur für ihn und uns ein paar Lieder singen wird.«

»Hast du Martin Grube irgendwo entdeckt?« Lukas hätte es allein angesichts der Menge an Menschen schwer gehabt, den Vorstandsvorsitzenden des Friedrichsen-Verlags zu finden, selbst wenn diese normal gekleidet gewesen wären. Jetzt erschien es ihm fast unmöglich.

»Du hast Glück, Lucky Luke, was kein Wunder ist bei deinem Namen«, antwortete Niklas. »Denn der spaßbefreite Herr Grube hat sich als Chef eines großen Verlags verkleidet.«

»Du meinst ...«, fing Lukas an, und Niklas beendete den Satz: »... dass er einer der wenigen ist, die auf ein Kostümfest ohne Kostüm kommen, das meine ich. Den dürftest du leicht zu fassen kriegen.«

»Wann geht es denn offiziell los?« Clemens beugte sich zu den beiden Freunden herunter und wäre mit seinen Stöckelschuhen beinahe umgeknickt. Lukas konnte ihn gerade noch festhalten.

»Es gibt keinen offiziellen Teil«, Niklas steckte das Handy wieder in die Hosentasche. »Keine Begrüßung, keine Reden, keine Dankesworte. Hat sich der alte Friedrichsen ausdrücklich verbeten – das hier sei sowieso alles viel zu viel der Ehre für so einen, ich zitiere, ›alten Knacker wie mich‹. Typisch hanseatischer Kaufmann, bloß kein Aufheben um sich machen, muss doch alles nicht sein.«

»Der Clou ist, dass die meisten gar nicht wissen, wem sie gratulieren sollen.« Clemens breitete seine Arme über den Köpfen von Niklas und Lukas aus. »So ein Kostümfest ist wirklich ideal, wenn man in Ruhe gelassen werden will.«

Lukas tippte mit zwei Fingern an seinen Cowboyhut: »Ich mach mich auf die Suche nach dem Grube, wir sehen uns, Amigos!«

»Hoffentlich hast du Jolly Jumper draußen nicht im Halteverbot abgestellt«, rief Niklas, als Lucky Luke versuchte, ins Innere der Alster-Lounge vorzudringen. Der Club war etwas zu klein für so viele Menschen, sodass jeder Schritt in die eine oder andere Richtung eine Entscheidung war, die sich schwer korrigieren ließ. Lukas beschloss, sich einen Weg in Richtung Terrasse zu bahnen, weil die Luft dort mit Sicherheit besser war als drinnen und weil er Martin Grube als jemanden einschätzte, der versuchen würde, sich unauffällig in eine Ecke zurückzuziehen. Der Mann war nicht gekommen, um ausgelassen zu feiern, er war hier, weil er hier sein musste. Lukas wettete, dass er die erstbeste Gelegenheit nutzen würde, um durch einen Hintereingang zu verschwinden, bestimmt wartete der Fahrer in einem Wagen in der Nähe.

Er fragte sich, ob er Udo erkennen würde. Gut möglich, dass der wie immer gekommen war, schließlich war er jedes Mal verkleidet, wenn er das Haus verließ – Hut, Sonnenbrille, Zigarre im Mund, enge Jacke, noch engere Hose, grüne Socken. Lukas drehte sich einmal um sich selbst, konnte aber keines der Markenzeichen entdecken. Dafür erspähte er den Kopf von Angela Merkel, die gegen den Strom in Richtung Ausgang abbog, wahrscheinlich dachte sie, dass dort die Toiletten waren. Lukas wandte sich wieder in Richtung Terrasse, sechs, sieben Meter, dann hatte er es geschafft. Vorn links entdeckte er an dem einzigen Tisch, der noch im Raum stand, einen Mann, der aussah wie der ältere Bruder von Max Raabe. Die Haare waren weiß, aber perfekt nach hinten gegelt, Karl Friedrichsen trug einen Smoking mit einer schwarzen Fliege, neben ihm stand ein altes Mikrofon, Lukas mutmaßte, dass man ihn nicht nur mit dem Fest, sondern auch mit einem eigenen Kostüm überrascht hatte. Er winkte dem Geburtstagskind etwas unbeholfen zu, weil er dachte, dass sich das so gehörte, auch wenn Friedrichsen nicht der Gastgeber, sondern nur der Grund für diese Party war, die, da war sich Lukas sicher, in die Geschichte der Hamburger Gesellschaft eingehen würde.

Er war vielleicht einen Meter von der Tür zur Terrasse entfernt, als er stutzte. Irgendetwas hinter ihm stimmte nicht, das gleichmäßige Stimmengewirr der Gäste hatte einen anderen Klang bekommen. Lauter und aufgeregter. Lukas drehte sich um und sah, wie Julius Wolff alias Helmut Schmidt umringt von seinen Sicherheitsleuten in Richtung Notausgang begleitet wurde. Die Leibwächter verschafften sich Platz, ohne auf jemand anderen Rücksicht zu nehmen als auf den Bürgermeister. Lukas wusste, dass solche Evakuierungsaktionen nicht ohne Grund geschahen, offensichtlich glaubten die Bodyguards, dass Gefahr drohte. Was war da los?

Er spürte, wie Unruhe in die Menge kam, er konnte das Trikot von Uwe Seeler erkennen, der einem Polizisten in Uniform – wahrscheinlich einer von Ennos Männern – hinterherlief, so gut das angesichts der vielen Menschen ging. Die hatten begonnen, wie Autofahrer eine Art Rettungsgasse zu bilden. In dem Flur, in dem Niklas verschwunden war, drückten sich Gäste an die Wände, um Platz zu machen, andere versuchten, in Richtung Ausgang oder Terrasse zu kommen.

Das Stimmengemurmel erreichte einen Pegel, der für Lukas nicht mehr weit von einer Panik entfernt war. Er musste wissen, was hier los war, und versuchte, sich Niklas und dem Polizisten an die Fersen zu heften. In der Ferne hörte er Feuerwehr- oder Notarztsirenen, ein paar Meter vor sich konnte er seinen Freund sehen. Niklas stand mit weit ausgebreiteten Armen vor der Tür, die zur Herrentoilette führte. Sein Gesicht war so weiß wie sein Trikot, und was er rief, klang beunruhigend: »Machen Sie Platz, kein Grund zur Panik, halten Sie Abstand, bleiben Sie ruhig, lassen Sie die Rettungskräfte durch.« Lukas schob sich weiter, bis er seinen Freund erreichte, dem der Schweiß auf der Stirn stand. »Was ist los, Nik, was ist passiert?« Er merkte, dass er selbst angefangen hatte zu schreien.

Niklas brauchte einen Moment, um zu verstehen, dass der Cowboy, der auf ihn einredete, sein alter Kumpel war. Er zog Lukas an sich, der aus den Augenwinkeln sah, wie zwei Sanitäter und ein Dutzend Polizisten in ihre Richtung gelaufen kamen. Niklas riss die Tür zur Toilette auf und rief: »Hier rein, hier rein«, ehe er sich wieder in Lukas' Arme fallen ließ.

»Ich glaube, ich steh unter Schock«, stöhnte er.

»Nik, du musst mir sagen, was passiert ist.« Lukas hatte Mühe, seinen Freund auf den Beinen zu halten.

»Udo Lindenberg«, stammelte er, »Udo Lindenberg ist auf der Herrentoilette erstochen worden.«

50

»No panic, mein Freund.«

Lukas atmete tief durch. Die frische Luft tat gut, der weite Blick über die Binnenalster auch. Es war drei Stunden her, dass er den Mann, der tänzelnd neben ihm herging, für tot gehalten hatte. Als die Sanitäter in die Herrentoilette der Alster-Lounge gestürmt waren, hatte er durch die geöffnete Tür seinen Hut gesehen, die Sonnenbrille und die grünen Socken. Dort lag Udo Lindenberg leblos am Boden – oder vielmehr jemand, der aussah wie er. Im ersten Moment des Schrecks hatte Lukas ganz vergessen, dass er auf einem Kostümfest war und dass er an diesem Abend in der Alster-Lounge selbst nicht der Reporter Hammerstein von den *Hamburg News* war, sondern der coole Cowboy aus dem Comic. Ein paar unendliche Minuten, in denen die Sanitäter um das Leben des Mannes hinter der Tür kämpften, glaubte er, dass sie nie wieder gemeinsam um die Alster gehen würden, dass die nuschelnde, weise Stimme für immer verstummt war.

Bis er sie an seinem rechten Ohr hörte.

»No panic, mein Freund.«

Der Mann, der vor der Herrentoilette in Lukas' Ohr geflüstert hatte, trug die Uniform eines Kapitäns, hatte aber ohne Zweifel die Augen von Udo Lindenberg. Er hatte salutiert und dann kaum hörbar genuschelt: »Alles klar auf der Andrea

Doria.« Lukas hätte in diesem Moment heulen können und presste den Kapitän an sich, als ob er ihn nie wieder loslassen wollte. Udo Lindenberg war einer dieser Männer, die andere gern und viel umarmten, gute Freunde bekamen nicht selten einen Kuss auf den Mund. Aber diese Umarmung war auch für ihn ungewöhnlich lang und intensiv. »Jetzt brauche ich erst einmal einen Schnaps«, hatte Lukas gesagt, als er sich nach einer knappen Minute von Udo gelöst hatte. Niklas' Mitarbeiter hatten begonnen, Getränke an die Gäste auszuschenken, die sich in der Alster-Lounge verteilt hatten. Enno von Spoercken hatte vor allen Ein- und Ausgängen Polizisten postiert, andere Beamte nahmen die Personalien der Anwesenden auf. Am Ende sollten sie feststellen, dass von all denen, die auf den Listen am Empfang registriert worden waren, nur eine Person fehlte: eine gewisse Emma Trautmann, die Joachim Gärtner persönlich eingeladen hatte, auf jeden Fall war sie in der digitalen Einladungsübersicht als einer seiner Gäste vermerkt.

Gärtner selbst konnte man dazu nicht mehr befragen. Noch während sich die Polizei von Winnetou, Ernie und Bert und den anderen Gästen ihre Ausweise zeigen ließ, war der Mann, der die Feier zu Ehren von Karl Friedrichsen auf die Beine gestellt hatte, auf einer Trage durch einen Hintereingang abtransportiert worden. Joachim Gärtner, der eine gute Udo-Lindenberg-Kopie abgegeben hatte, war nicht mehr am Leben. Ermordet – aber das ahnte zu diesem Zeitpunkt nur Lukas Hammerstein – von Angela Merkel.

»Yeah, Lucky Luke, hast du wirklich gedacht, dass man dem kleinen Udo einfach so die Kerze auspusten kann?« Lukas und Lindenberg hatten mit Niklas' Hilfe die Alster-Lounge auf demselben Weg verlassen wie Gärtner, nur auf den eigenen Füßen, und sie hatten auch deshalb nicht eine Sekunde überlegt, ein Taxi zu nehmen. Lukas wollte unbedingt zum Hotel Atlantic gehen, er hoffte, dass ihm die frische Luft helfen würde, einen klaren Kopf zu bekommen.

»Da ist jemand umgebracht worden, der aussah wie du. Beunruhigt dich das nicht?« Lukas sah zu Udo hinüber, der auf einer kalten Zigarre kaute.

»Alles easy, Lucky Luke. Die Zeit der Panik-Nachtigall ist noch lange nicht gekommen. Noch dreißig Jahre bis zum Club der Hunderter. Erst dann: Wenn die Nachtigall verstummt, geht ganz Deutschland schwer vermummt, gehüllt in Tüchern und in Leinen, um zu trauern und zu weinen.« Er kicherte. »Aber bis dahin is noch lange hin, Amigo, sehr lange. Muss noch so oft raus auf die Bühne, die grazile Gazelle rauslassen, locker schluffend durch die schräge Welt.« Er stellte sich auf die Zehenspitzen, tippelte erst nach links, dann nach rechts, was komisch aussah, weil es an diesem Abend nicht Udo Lindenberg, sondern ein Kapitän in schneeweißer Galauniform tat.

Es waren Sätze wie diese, die Lukas an dem Sänger liebte, dessen Einfluss auf die deutsche Sprache ein Intellektueller einmal mit dem von Johann Wolfgang von Goethe verglichen hatte. Lukas hätte zu gern alles mitgeschrieben, was Udo Lindenberg von sich gab, es war in der Regel so vernuschelt wie genial. Er staunte, wie fit dieser Mann war, der vor vielen Jahren mit fünf Promille in ein Krankenhaus eingeliefert worden war und danach einen Preis für sein Lebenswerk erhalten hatte, weil alle dachten, dass es nicht mehr lange gut gehen würde mit dem Udo. Doch dann hatte er genau dieses Leben komplett verändert, war als Musiker erfolgreicher geworden als jemals zuvor und in Lukas' Augen unsterblich. Vielleicht war er deshalb vorhin so schockiert gewesen.

»Nun guck nicht so betroffen, Amigo.« Udo tippelte auf Lukas zu und nahm ihn in den Arm. »Wobei: besser gut betroffen als voll besoffen, oder?«

Lukas konnte zum ersten Mal wieder lächeln.

»Wir waren zwei Detektive, die Hüte tief im Gesicht …«, zitierte Udo Lindenberg sich selbst.

»… alle Straßen endlos, Barrikaden gab's für uns doch nicht …« Die beiden spazierten Arm in Arm an der Alster entlang und sangen Udos Hit »Hinterm Horizont« gemeinsam:

»Du und ich, das war einfach unschlagbar, ein Paar wie Blitz und Donner, und immer nur auf brennend heißer Spur.«

Abrupt blieb Lukas stehen.

»Alles okay, Lucky Luke?«, fragte Udo.

»Ich hätte so gern eine brennend heiße Spur«, seufzte Lukas. »Aber das Einzige, was ich habe, ist ein neues Opfer, eine Briefträgerin und Angela Merkel, die wie vom Erdboden verschwunden ist.«

»Yeah, das klingt nach ziemlicher Action, mein Cowboy.« Auch Udo war stehen geblieben. »Und was suchst du?«

»Ich suche einen Mörder«, antwortete Lukas.

Udo runzelte die Stirn, die Kapitänsmütze hob und senkte sich zweimal schnell hintereinander, bevor er trocken sagte: »Der Mörder ist immer der Gärtner.«

Da war Lukas plötzlich alles klar. Und wo er die Stimme von Angela Merkel gehört hatte, wusste er auch wieder.

51

Außerhalb der Betriebsferien hatte die Alster-Lounge in ihrer Geschichte nie länger als zwei Tage geschlossen gehabt. Aber nach dem Kostümfest, das mit dem Mord an Joachim Gärtner ein schreckliches Ende genommen hatte, fand es Niklas angemessen und pietätvoll, den Club eine Woche lang nicht zu öffnen. Die ersten beiden Tage war die Spurensicherung im Haus gewesen, danach hatten seine Leute gründlich aufgeräumt. In der Herrentoilette hatte Niklas selbst die Fotos ausgetauscht, die über den Urinalen hingen, auch die Wände waren neu gestrichen. Möglichst nichts sollte so sein, wie es gewesen war, als ein Mensch in diesen Räumen sein Leben verlor.

Vor der Wiedereröffnung hatte Niklas seine Freunde zu einem außerplanmäßigen Treffen der *Vier Flaschen* eingeladen. Sie konnten es alle gut gebrauchen. Lukas hatte drei Tage und große Teile der Nächte an der Hintergrundgeschichte gearbeitet, die die *Hamburg News* heute unter der Überschrift »Die Chronologie eines Serien-Verbrechens« veröffentlicht hatten. Julius hatte so viele Reden gehalten und Interviews gegeben wie selten zuvor in seinem Leben und dabei den richtigen Ton zwischen Trauer, Mitgefühl, Erschrecken und der Zuversicht gefunden, dass die Zeit der Anschläge auf Journalistinnen und Journalisten nun endlich vorbei sei. Clemens wiederum war in den chaotischen Minuten in der Alster-Lounge so unglücklich mit seinen Stöckelschuhen umgeknickt, dass er sich ein Band im rechten Fuß gerissen hatte.

Und Niklas brauchte vier Flaschen guten Wein und einen Abend mit seinen Freunden, um einen Schlussstrich unter die furchtbaren Ereignisse zu ziehen. Es hatte zwar kein Happy End gegeben, weil die Täterin nicht gefasst worden war, aber es sah alles danach aus, dass man den Mann gefunden hatte, der sie beauftragt hatte.

Niklas hatte für jeden der vier Freunde einen Lieblingswein herausgesucht. Für Julius stand im Kaminzimmer eine Flasche Redigaffi aus dem Jahr 2013 bereit, für Clemens ein Cloudy Bay. Niklas hatte für sich einen Champagner Mailly Grand Cru geöffnet, auf Lukas wartete ein Riesling von Egon Müller. Der Reporter erschien diesmal als Letzter, er hatte dunkle Ringe unter den Augen, aber alles andere hätte Niklas auch überrascht. Lukas hatte durchgearbeitet, sein Text ging in der gedruckten Ausgabe der *Hamburg News* über vier Seiten. Als er ins Kaminzimmer kam, standen Julius, Clemens und Niklas von ihren Sesseln auf und klatschten, dann drückte einer nach dem anderen Lukas an sich. Am Ende war er es gewesen, der den Fall gelöst hatte.

»Du musst uns alles in Ruhe erzählen«, sagte Niklas, nachdem er den Freunden zum Start etwas von seinem aktuellen Lieblingschampagner eingeschenkt hatte.

»Wo soll ich anfangen?«, fragte Lukas.

»Wie bist du auf die Idee gekommen, dass Joachim Gärtner hinter all dem stecken könnte?«, fragte Julius zurück, und Niklas fiel ein: »Eigentlich hattest du doch diesen Martin Grube in Verdacht.«

»Udo hat mich auf den Gedanken gebracht.« Lukas spürte, wie der Schaumwein langsam das Leben zurück in seinen Körper brachte.

»Udo Lindenberg?« Clemens setzte das Glas ab, das er gerade erst zum Mund geführt hatte.

»Ja, Udo Lindenberg. Als wir nach dem Kostümfest gemeinsam an der Alster entlanggegangen sind, sagte er ganz beiläufig, der Mörder ist immer der Gärtner ...«

»Ist das nicht ein Lied von Reinhard Mey?«, fragte Clemens.

»Kann sein.« Lukas hielt Niklas sein Glas hin, der es bis zum Rand vollschenkte. »Auf jeden Fall hat es da Klick gemacht. Ich habe mir daraufhin alles durchgelesen, was Meier-Wiegand, Schmidt und die anderen in den vergangenen zwölf Monaten geschrieben haben. Wir dachten, dass es die Berichte über G20 sind, die sie verbinden, aber das war nicht das Entscheidende. Über G20 hat in diesem Jahr schließlich jeder Journalist etwas veröffentlicht. Was die acht gemeinsam hatten, war, dass sie in der Zeit vor G20 nicht nur viel über Julius berichtet haben, sondern dass sie ihm weitaus mehr zutrauten, als Bürgermeister von Hamburg zu sein. Den Weichmann und seine Truppe konnte man regelrecht als Fans von dir bezeichnen.« Er blickte zum Bürgermeister, der zustimmend nickte. »Deshalb kamen die acht auf Gärtners Liste. Er wollte zwei Fliegen mit einer Klappe schlagen, entschuldigt das abgenudelte Bild, aber ich bin etwas müde ... Also: Einerseits wusste Gärtner, dass eine Reihe von Attacken auf Journalisten Julius erneut in Bedrängnis bringen würde, andererseits konnte er auf diesem Weg gleich die Kolleginnen und Kollegen loswerden, die aus seiner Sicht zu positiv über den Senat berichtet haben. Eben zwei Fliegen mit einer Klappe.«

»Wahnsinn.« Clemens hatte so gebannt zugehört, dass er nicht einen Schluck Champagner getrunken hatte. »Also gab es tatsächlich eine Liste mit Namen von Journalisten? Aber das war nicht die Liste, über die dieser Peter Berndt berichtet hatte? Ich check es nicht richtig ...«

Offenbar hatte er das Dossier von Lukas nicht gelesen.

»Als ich am Abend nach der missglückten Feier für Friedrichsen nach Hause kam, lag ein weiterer Umschlag vor meiner Tür.« Lukas stockte, weil er nicht wusste, ob die anderen die Geschichte mit Umschlag eins und Umschlag zwei kannten, aber als Niklas und Julius nickten, fuhr er fort: »In dem Umschlag steckten zwei DIN-A4-Zettel mit Fotos, Namen, Adressen und Kontakten der acht Anschlagsopfer. Die Polizei hat darauf mehrere Fingerabdrücke von Joachim Gärtner gefunden und einen weiteren, der der Größe nach zu urteilen wohl zu einer Frau gehört. Ich glaube, dass Gärtner die Liste mit den Journalisten, die aus dem Weg geräumt werden sollten, selbst geschrieben und der Frau im Merkel-Kostüm hat zukommen lassen.«

»Habe ich das richtig verstanden in deinem Text, dass«, Julius strich sich mit Daumen und Zeigefinger der rechten Hand am Kinn entlang, »dass du davon ausgehst, dass die Mörderin von Joachim Gärtner ...«

»... und die Frau, die für alle anderen Anschläge in seinem Auftrag verantwortlich war«, ergänzte Lukas.

»... dass die höchstpersönlich vor oder nach der Tat in der Alster-Lounge die Liste vor deinem Haus abgelegt hat, um danach aus der Stadt zu verschwinden?«, beendete Julius seinen Satz. »Aber warum?«

»Vielleicht hat sie mir zugetraut, dass ich Gärtner auf die Spur komme, und wollte ein weiteres Indiz dafür liefern.« Lukas sah in die Runde, was Niklas als Aufforderung deutete, den zweiten Wein einzuschenken. Er entschied sich für den Sauvignon blanc, und Clemens kippte das erste Glas herunter, als würde es sich um einen Schnaps handeln.

»Der Cloudy Bay ist und bleibt der beste Wein, den es auf diesem Planeten gibt«, sagte er, und dann zu Lukas gewandt:

»Ich verstehe nicht, wieso eine Profikillerin am Ende ihrer Mission den Mann umbringt, von dem sie den Auftrag hat.«

»Das hat mich auch beschäftigt«, sagte Lukas. »Es gibt zwei Gründe, warum Profis ihren Auftraggeber beseitigen. Entweder haben sie Bedenken, dass er sie enttarnen könnte ...«

»... was bei einer Frau, von der bis heute weder eine Beschreibung noch ein Phantombild existiert, eher unwahrscheinlich ist«, sagte Julius, und Lukas glaubte, aus diesen Worten Kritik an der Hamburger Polizei herauszuhören.

»... oder es ist in dem Geschäft etwas nicht so gelaufen, wie es vereinbart war. Profis machen genau das, was man von ihnen verlangt, erwarten aber von ihren Auftraggebern, dass sie das Gleiche tun. Passiert das nicht, verstehen sie keinen Spaß, siehe Emma Trautmann.« Lukas sah in die Runde, ob alle ihm folgen konnten.

»So heißt die Angela Merkel wirklich?« Clemens griff sich die Flasche Cloudy Bay, als sollte niemand außer ihm etwas daraus trinken.

»Ich glaube kaum, dass das ihr richtiger Name ist. Aber der Name taucht immerhin zweimal im Zusammenhang mit Joachim Gärtner auf«, antwortete Lukas. »Einmal auf der Gästeliste für das Kostümfest von Friedrichsen, wobei sich Gärtners Büro nicht daran erinnern kann, ihn daraufgesetzt zu haben. Ein anderes Mal interessanterweise bei dem Elbphilharmonie-Konzert für die Polizisten nach G20.«

»Für das hatte Gärtner bei mir Karten bestellt«, sagte Niklas. »Ich glaube, zwanzig oder dreißig.«

»Eine davon war an der Abendkasse für eine Emma Trautmann hinterlegt, das hat man bei der Auswertung aller Computer und E-Mails von Joachim Gärtner herausbekommen«, sagte Lukas.

»Woher weißt du das alles so genau?« Julius stand auf, um

den Rest des Sauvignon blanc in den Spucknapf zu schütten, der auf dem Kamin stand. »Kann ich etwas von dem Riesling haben?«, fragte er Niklas, und der begann, den Wein von Egon Müller auszuschenken. Erst dann antwortete Lukas auf Julius' Ausgangsfrage: »Informantenschutz, Herr Bürgermeister.« Er grinste. »Ich kann nur sagen, dass die Zusammenarbeit mit den Ermittlungsbehörden in diesem Fall gut funktioniert hat und das Gegenteil von einseitig war.« Als Lukas die Fragezeichen in den Gesichtern seiner Freunde sah, fügte er hinzu: »Ihr wisst schon: Eine Hand wäscht die andere. Also, wo war ich?«

»Bei den Auswertungen der Computer von Joachim Gärtner«, antwortete Clemens, der fast so fasziniert von Lukas' Ausführungen war wie von dem Cloudy Bay.

»Die Polizei hat in den vergangenen Wochen auffällige Zahlungsbewegungen bei Gärtner gefunden. Zweimal hat er umgerechnet 100 000 Euro in Bitcoins an jemanden überwiesen, dessen Identität die Polizei bisher nicht ermitteln konnte. Wobei, ich sollte besser sagen *deren* ... Beide Transaktionen erfolgten jeweils kurz nach den Morden an Christoph Meier-Wiegand und Jens U. Schmidt.« Lukas probierte den Riesling und schloss für einen Moment die Augen: »Der ist grandios, Nik.«

»Freut mich, dass er dir schmeckt. Genau so war es gedacht. Aber erzähl weiter«, sagte Niklas.

»Wenig später hat Gärtner 80 000 Euro in bar abgehoben und dann dreimal jeweils 50 000 Euro überwiesen, wieder in Bitcoins.«

»Das heißt, die haben für unterschiedliche Anschläge unterschiedliche Preise vereinbart?«, fragte Clemens.

»Na ja, zweimal haben die Opfer ihr Leben gelassen, danach haben sie nur ihre Jobs geräumt«, sagte Julius Wolff. »Vielleicht ist Mord einfach teurer als ...«

»Genau das glaube ich nicht.« Lukas nickte, als Niklas Anstalten machte, sein Glas aufzufüllen. »Selbst wenn: Die Polizei hat eben nur fünf dieser ungewöhnlichen Transaktionen gefunden …«

»… aber Emma Trautmann hat insgesamt acht Journalisten verschwinden lassen.« Clemens nickte mit dem Kopf wie ein Schüler in Mathematik, der endlich die Rechenformel begriffen hatte, die der Lehrer an die Tafel geschrieben hatte. »Diese Emma hat den Gärtner kaltgemacht, weil er sie nicht wie vereinbart bezahlt hat!«

»Das ist meine Theorie«, sagte Lukas. »Diese Sorte Verbrecher muss verhindern, dass Auftraggeber glauben, ihnen etwas schuldig bleiben zu können. Wer nicht mit Geld bezahlt, bezahlt mit dem Leben.«

»Ein Opfer mehr oder weniger ist dann auch egal«, sagte Clemens.

»So in etwa.« Lukas sah erneut von einem Freund zum anderen. »Das ist, stark verkürzt, die Geschichte.« Er trank sein Glas in einem Schluck aus.

»Ich kann immer noch nicht glauben, dass Joachim Gärtner zu so etwas fähig war. Warum hat er das gemacht?«, fragte Julius.

»Weil er dich für überfordert hielt, weil er fand, dass die Stadt an ihrer Spitze einen Besseren verdient hat, weil die Gelegenheit nach G20 günstig war, weil er sich für den Größten hielt.« Lukas zählte vier Gründe auf, die ihm sofort einfielen. Bevor er fortfahren konnte, sagte Niklas: »Und weil er es konnte.«

»Wie meinst du das?«, fragte Julius.

»Nun, für mich ist das sonnenklar, ich habe den Typen ja auch oft genug bei mir im Laden erlebt. Gärtner hatte nicht mehr die Macht, die er so liebte, dieses Gefühl, dass er bestimmen kann, was in dieser Stadt passiert. Aber er hatte Geld, viel Geld, und er hatte gelernt, dass man sich damit alles kaufen kann. Für ihn war das Ganze wahrscheinlich nur ein weiteres großes Geschäft unter so vielen, die er in seinem Leben gemacht hat.« Niklas seufzte, bevor er nach der geöffneten Rotweinflasche griff, die auf dem kleinen Beistelltisch neben seinem Sessel stand. »So, und jetzt kommen wir zum Höhepunkt des Abends.« Feierlich schenkte er den Redigaffi in große bauchige Gläser, die auf dem Kamin bereitstanden, und verteilte sie schwenkend an die drei Freunde. »Bevor wir anstoßen, habe ich noch eine Frage, Lukas. Wenn ich deinen Text richtig gelesen habe, standen auf der Liste, die Emma Trautmann oder wie auch immer sie heißt, von Joachim Gärtner bekommen hat, neun Namen.«

»Das stimmt. Aber der neunte war durchgestrichen«, sagte Lukas.

»Du verschweigst da ein wichtiges Detail.« Niklas atmete einmal tief in das Rotweinglas aus und sog den Duft mit dem nächsten Atemzug ein.

»Welches Detail?«, fragte Clemens und leerte den Sauvignon blanc, bei dem er geblieben war.

»Der neunte Name war der von Lukas«, sagte Julius Wolff trocken.

»Stimmt das?« Clemens' Augen weiteten sich.

Lukas nickte erneut: »Ich stand auf der Liste, wahrscheinlich weil Gärtner von meiner besonderen Beziehung zu Julius wusste. Trotzdem hat er mich später gefragt, ob ich nicht die Texte für seine Anti-Wolff-Kampagne schreiben könnte, anscheinend hatte er an diesem mörderischen Spiel eine seltsame Freude ...«

»Und hast du eine Erklärung, warum dein Name durchgestrichen war?«, fragte Clemens. »Kann es sein, dass er wusste, dass du die nächsten Monate gar nicht arbeiten würdest?«

»Dann hätte mir ja das Sabbatical, das ich eigentlich nicht machen wollte, das Leben gerettet.« Lukas hob das Weinglas. »Das ist ein gutes Stichwort, Freunde: Aufs Leben!« Alle vier standen auf und stießen an, jeder mit jedem. Als der erste Schluck auf Lukas Zunge traf, dachte er, dass er nie zuvor einen so guten Rotwein getrunken hatte.

52

Als sie abends am Meer saß, musste sie an Lucky Luke denken, der am Ende eines jeden Comicheftes singend in den Sonnenuntergang ritt. Sie nahm ihr Handy, suchte seine Nummer und tippte den Refrain des Liedes von diesem Udo Lindenberg ein, als der sich ihr letztes Opfer verkleidet hatte und das im Grunde der Soundtrack ihres Lebens sein könnte. Sie drückte auf Senden, stand auf, ging bis zu den Knien ins Wasser und schmiss das Telefon so weit hinein, wie sie konnte.

Einen Augenblick später ploppte bei Lukas Hammerstein eine SMS auf:

»Ja, wenn es auch manchmal tierisch hart ist
Wenn sonst keiner, sonst keiner hier am Start ist
Nützt ja alles nichts
Einer muss den Job ja machen
Bitte keine halben Sachen
Einer lässt es richtig krachen
Einer muss den Job ja machen.«

DANKE

Manchmal geht man in ein italienisches Restaurant in dem Glauben, ein neues politisches Sachbuch zu schreiben, und kommt mit einer Krimireihe heraus. Lukas und Lilli Hammerstein, die gendernde Polizeireporterin Kaja, die *Vier Flaschen* und der Dackel, den man niemals von der Leine lassen darf, sind mehr oder weniger bei einem Mittagessen mitten in Hamburg entstanden. Dafür kann ich an dieser Stelle nur danke sagen an Tim Jung, der mich endlich auf den Weg gebracht hat, von dem ich lange geträumt habe. Danke auch an Vivian Hecker für die Kontaktanbahnung, Sophia Jungmann für das fantastische Lektorat, Carola Brandt für das erste Feedback, Lisa Bluhm für die liebevolle Betreuung, Udo Lindenberg für großartige Inspirationen, viele Freunde und Verwandte dafür, dass sie mindestens in Teilen wunderbare Vorbilder für die Figuren waren. Der allerallergrößte Dank gilt natürlich unserem Dackel, der zwar nicht Finchen heißt, aber ansonsten genauso ist wie ... na, Sie wissen schon.

Teil zwei der Hammerstein'schen Abenteuer erscheint bald, und ich weiß jetzt schon, dass ich mich am Ende von *Ich lieb' dich überhaupt nicht mehr* bei Luisa Neubauer werde bedanken müssen.

Aber mehr wird nicht verraten.